D'origine texane, Amy Tintera a [illegible] rsité
du Texas, puis le [illegible] lans
l'industrie du ci[illegible] re-
mière passion, l'é[illegible] ur
adolescents, *Rebo*[illegible] e
voit traduit dans u[illegible]

Mens-moi à l'oreille [illegible] duites et a connu
lui aussi un immense [illegible] gue anglaise et à l'international.

Mens-moi à l'oreille

AMY TINTERA

Mens-moi à l'oreille

Traduit de l'anglais (États-Unis)
par Raphaëlle O'Brien

J'AI LU

Ce titre a précédemment paru sous le titre
Écoute mes mensonges.

TITRE ORIGINAL
Listen for the lie

ÉDITEUR ORIGINAL
Henry Holt and Company, une marque
du groupe Macmillan Publishing, LLC, États-Unis

Pour Laura, Emma et Daniel.
Merci d'avoir autant d'idées.

1

Lucy

Un podcasteur a décidé de ruiner ma vie, alors j'achète un poulet.

Poulet dont j'imagine la cuisson tandis que j'attends mon licenciement, assise dans mon box de l'open space de Walter J. Brown Investment Services. Ça fait deux heures que j'ai arrêté de faire semblant de travailler. Maintenant, je consulte des recettes sur mon téléphone et je rêve d'enfoncer des citrons dans le croupion d'un poulet.

C'est un poulet d'excuses, pour mon petit ami.

C'est un peu comme un poulet de fiançailles. Du genre que certaines femmes préparent pour convaincre leur amoureux de les demander en mariage, vous voyez ? Sauf que là, c'est plutôt un poulet « désolée de ne pas t'avoir dit que je suis la principale suspecte du meurtre de ma meilleure amie ».

Un poulet d'excuses, en résumé.

— Lucy ?

Je lève les yeux de mon écran et vois mon patron debout devant la porte de son bureau. Il ajuste sa cravate et se racle la gorge.

— Vous pouvez venir une minute ? demande-t-il.

Enfin. Manifestement, ils se sont décidés à me virer ce matin. Les cloisons vitrées, pour un bureau, c'est toujours un choix étrange, mais ça l'est encore plus quand vous êtes en réunion avec trois autres managers et que, pendant toute la conversation, ils ne peuvent pas s'empêcher de jeter des coups d'œil à votre assistante, dont le sort est apparemment sur la table.

— Bien sûr.

Je glisse mon téléphone dans ma poche et le suis dans son bureau immaculé.

Même si ça fait presque un an que je travaille pour lui, je suis encore une fois frappée par l'état impeccable de cette pièce. Il n'y a rien sur les murs beiges. Pas de cartons empilés dans un coin. La table de travail est complètement vide, à l'exception d'un écran et d'un clavier.

Chaque soir, lorsque Jerry Howell sort de son bureau, il ne laisse absolument aucune trace de son passage. Il a probablement raté sa vocation de tueur en série.

Remarquez, il n'a qu'une quarantaine d'années. Il a largement le temps de se lancer dans un nouveau hobby.

Je m'assieds dans le fauteuil de l'autre côté de son bureau et j'essaie de prendre une expression agréable, un peu comme si je n'étais pas en train de l'imaginer assassiner des gens. (Effet secondaire quand on est accusé de meurtre : on passe beaucoup de temps à penser à ça. On s'y habitue.)

Jerry lève ses mains vers sa tête, mais les remet rapidement sur son bureau. Il fait souvent ça. Je pense qu'il avait l'habitude de jouer avec ses mèches de cheveux, avant de devenir presque chauve, et ses cheveux sont coupés très, très ras.

— Je suis désolé, Lucy, mais nous devons nous séparer de vous, déclare-t-il sans que personne s'en étonne.

J'acquiesce.

— Nous réduisons nos effectifs, malheureusement, poursuit-il en fixant un point situé juste derrière mon épaule au lieu de me regarder dans les yeux. Les assistants vont devoir travailler pour deux managers. Chelsea nous assistera, Raymond et moi. Je suis navré.

Chelsea a tiré la courte paille, la pauvre. Deux fois plus de travail, tout ça à cause d'un podcast de *true crime*.

— Je comprends.

Je me lève. Jerry a l'air soulagé que je ne fasse pas de scène. À travers le mur de verre inopportun, je vois un agent de sécurité déjà posté devant ma table de travail. C'est la procédure habituelle lorsque quelqu'un est licencié, mais je ne peux m'empêcher de remarquer que les trois assistantes qui partagent mon box se sont enfuies.

On dirait que je n'aurai pas droit à un pot « désolée que tu aies été virée parce qu'on te soupçonne de meurtre ».

Mon bureau n'est pas aussi propre que celui de Jerry, et il me faut quelques minutes pour ramasser ma tasse, ma bouteille d'eau, mon sac à main et plusieurs tubes de baume à lèvres. L'agent de sécurité reste à rôder là pendant tout ce temps.

Il m'accompagne à travers les locaux désormais silencieux ; certains nous suivent des yeux, tandis que d'autres font semblant de ne pas voir. Chelsea a l'air furax.

Nous montons dans l'ascenseur. La porte se referme.

L'agent de sécurité se penche vers moi, un large sourire aux lèvres. Une de ses dents de devant chevauche l'autre.

— Alors, vous l'avez fait ? Vous l'avez tuée ?

Je soupire.

— Je ne sais pas.

— Vous êtes sérieuse ? C'est la vérité ?

La porte de l'ascenseur s'ouvre de nouveau sur un *ding*. Je sors et le regarde par-dessus mon épaule.

— La vérité n'a pas d'importance.

2

Lucy

Il est probablement injuste de dire qu'un podcast a ruiné ma vie.

En réalité, ma vie a été détruite la nuit où Savvy a été assassinée.

Puis elle a été détruite de nouveau, le lendemain, quand je me suis retrouvée à faire une promenade matinale dans une robe maculée de son sang.

Et une troisième fois, quand tout le monde dans ma ville natale a décidé que c'était moi qui l'avais tuée.

Mais qu'un podcasteur étale l'affaire sur la place publique, cinq ans plus tard, ça ne va pas m'arranger la vie.

Je prépare mon poulet d'excuses, parce que mes anciens collègues de travail ne sont pas les seuls à écouter la nouvelle saison du podcast de Ben Owens sur les *true crimes*. Nathan, mon petit ami, était bizarre quand il est rentré du travail, hier soir. Il était en retard, sentait la bière, et il fuyait mon regard. De toute évidence, quelqu'un l'avait mis au parfum.

Pour être honnête, je n'avais aucune intention de lui en parler. Nathan ne s'intéresse pratiquement à rien d'autre qu'à lui-même. Je ne pensais pas que le sujet viendrait sur le tapis. J'ai connu beaucoup d'hommes égocentriques, mais Nathan remporte la palme. C'est ce que je préfère chez lui. Je ne me rappelle même pas la dernière fois qu'il m'a posé une question personnelle. Quand je lui ai dit que j'avais été mariée deux ans, à vingt ans à peine, il m'a répondu : « Pas de souci, tu veux aller au cinéma ? »

Je suis sûre qu'il a dû me *googler* à un moment donné, au début de notre relation, mais l'affaire n'avait pas attiré l'attention des médias nationaux et, comme je n'ai jamais été arrêtée pour ce crime, il faut creuser un peu pour me trouver. Ça représente beaucoup trop d'efforts pour Nathan.

Mais maintenant, grâce à mon podcasteur préféré, le meurtre est la toute première chose qui apparaît quand on tape « Lucy Chase » sur Internet. Donc je cuisine un poulet d'excuses et je me prépare à me faire larguer. Immédiatement après avoir été virée.

Pour être honnête en ce qui concerne ce Ben Owens de merde, Nathan et moi n'aurions probablement pas tenu encore plus d'un mois ou deux, même sans ce meurtre surprise. Nous ne sortions ensemble que depuis trois mois lorsqu'il m'a proposé d'emménager avec lui. Mon bail arrivait à échéance et nous étions encore dans une phase de sexe permanent, donc ça semblait cohérent. De toute façon, je dormais chez lui toutes les nuits.

Malheureusement, cette phase s'est terminée environ deux semaines après mon déménagement. Je suis sûre que Nathan a regretté sa proposition, mais il est du genre à éviter les conflits à tout prix. Ça fait donc deux mois que nous vivons ensemble, dans une atmosphère gênée, alors que je suis bien persuadée qu'aucun de nous deux n'est ravi de la situation.

Que ça serve de leçon à tous les hommes qui fuient les conflits : achetez-vous des couilles et larguez votre petite amie, ou vous pourriez finir par vivre indéfiniment avec une meurtrière présumée.

La porte d'entrée s'ouvre et Brewster se précipite pour accueillir Nathan, la queue frétillante.

Je mentirais si je disais que la petite bouille de la boule de poils qui sert de labrador beige à Nathan – Brewster, donc – n'a pas joué un rôle dans ma décision de continuer à vivre avec cet homme. Mon petit ami peut être très médiocre, mais il a beaucoup de goût en ce qui concerne les chiens.

Il a également un goût très sûr en matière d'appartements. Son deux-pièces de quatre-vingts mètres carrés récemment rénové, avec lave-vaisselle et lave-linge–sèche-linge intégrés, coûte plus cher que ce que j'ai jamais pu m'offrir à Los Angeles. Son parquet grisé et ses plans de travail en marbre blanc brillant ne sont plus tout à fait branchés, mais indiquent clairement que vous payez un loyer qui horrifierait les gens dans la plupart des autres régions.

— Bonjour, mon beau. Hum, ça sent bon.

Nathan passe un long moment à caresser son chien, faisant tout ce qu'il peut pour éviter de me regarder.

— J'ai préparé du poulet.

Il se lève et jette enfin un coup d'œil dans ma direction. Son attention se porte sur la volaille qui refroidit sur la cuisinière.

— Génial.

Il desserre sa cravate avant de la retirer et déboutonne son col. J'adorais le regarder faire, avant. Il étire toujours son cou d'un côté lorsqu'il défait son premier bouton, et il y a quelque chose de vraiment sexy dans ce geste. Chaque fois qu'il rentrait à la maison, j'arrêtais ce que je faisais et je me précipitais pour l'embrasser. Je passais mes mains dans ses cheveux de jais, parfaitement peignés sur le côté pour le travail, et je les ébouriffais un peu, parce que je trouve que cela lui va mieux.

Il se rend compte que je l'observe et prend soudain un air inquiet.

— Je, euh... je vais me changer.

Sur quoi il se précipite dans la chambre, comme si je risquais de le poursuivre pour l'embrasser.

Je sors une fourchette et un couteau à découper. Maintenant, ce poulet m'apparaît comme une mauvaise idée. Peut-être que je ne tiens pas assez à Nathan pour m'excuser.

Cela dit, je vais devoir trouver un nouvel endroit où vivre s'il me met à la porte, et les propriétaires ont tendance à formuler des exigences un peu tatillonnes, comme produire une fiche de paie.

Je plante le couteau dans le poulet au moment où Nathan revient dans la pièce. Il déglutit, je vois bouger sa pomme d'Adam, et je m'imagine brièvement en train de lui planter la fourchette dans le cou. Elle a deux dents, elle laisserait donc deux petits trous sanglants, comme une morsure de vampire.

Mon autre main tient le couteau, et je garde les yeux fixés sur lui avec mes armes bien serrées dans les poings, prête à l'action. Je veux qu'il le dise en premier. C'est lui qui voit clairement en moi une meurtrière, c'est à lui de le dire en premier. Je suis presque sûre que c'est la règle du jeu.

Je le dévisage. Il me dévisage.

Finalement, il sort :

— Comment ça s'est passé, le travail ?

— J'ai été licenciée.

Il me contourne pour s'approcher du plan de travail à côté du frigo.

— OK. Tu veux du vin ? Je vais m'en servir.

J'attends qu'il intègre ce que je viens de lui annoncer, mais il se contente d'attraper la bouteille, sans autre réaction.

Je plante le couteau dans le poulet, juste entre le blanc et la cuisse, peut-être avec un peu plus de force que nécessaire.

Nathan sursaute. Je souris.

À ce rythme, il va finir marié à une meurtrière.

Mens-moi à l'oreille

Un podcast de Ben Owens

Épisode 1 – « La fille la plus adorable que vous ayez jamais rencontrée »

Maya Harper : *Elle s'en est tirée alors qu'elle avait commis un meurtre, et tout le monde le sait. Absolument tout le monde à Plumpton sait que Lucy Chase a tué ma sœur. C'est juste que personne ne peut le prouver.*

Maya Harper avait dix-huit ans lorsque sa sœur aînée, Savannah, a été assassinée. Elle décrit celle-ci comme quelqu'un d'amusant et de gentil, le genre de femme capable d'organiser une fête en moins d'une heure et de donner l'impression qu'elle y a travaillé un mois.

Maya : *Elle était tellement gentille et accueillante avec tout le monde. Et c'était la meilleure des sœurs. Quand elle était au lycée, elle me laissait parfois sortir avec elle et ses amis. Pourtant, on avait une vraie différence d'âge. Elle avait six ans de plus que moi. Je ne connaissais aucune autre grande sœur qui laissait une gamine de dix ans l'accompagner aux matchs de football.*

Maya est heureuse de me parler, mais elle doute que je trouve quelque chose de nouveau.

Maya : *Vous savez que ma famille a engagé trois détectives privés différents, non ? Mes parents n'ont jamais abandonné. Je ne sais pas s'il reste quelque chose à trouver.*

Ben : *Je suis au courant, oui.*

Maya : *Je suppose que ça ne peut pas faire de mal. Je veux dire, ça fait cinq ans et c'est comme si tout le monde s'en fichait de la mort de Savvy. Ils ont tous lâché l'affaire.*

Petite remarque : vous entendrez souvent les personnes qui ont connu Savannah l'appeler « Savvy ». C'est le diminutif que la plupart des gens lui donnaient.

Ben : *Vous n'avez donc pas reçu de nouvelles de la part de la police, du procureur ou de qui que ce soit d'autre ?*

Maya : *Pas depuis des années. Ils savaient tous que c'était Lucy, mais ils ne pouvaient pas le prouver, je crois.*

Ben : *Il n'y a jamais eu d'autres suspects ?*

Maya : *Non. Je veux dire, Lucy était couverte du sang de Savvy quand ils l'ont trouvée. Elle avait de la peau de Savvy sous les ongles, on a trouvé des égratignures sur le bras de ma soeur et des bleus qui avaient la forme des doigts de Lucy. Les gens les ont vues se disputer au mariage. Lucy l'a tuée. Elle a tué ma sœur et s'en est tirée, parce que ces incapables de policiers ont dit qu'il n'y avait pas assez de preuves pour une inculpation.*

Ben : *Avez-vous eu des contacts avec Lucy récemment ?*

Maya : *Non, pas depuis qu'elle a quitté Plumpton. Elle n'est jamais revenue, même si ses parents vivent toujours ici.*

Ben : *Pour autant que vous sachiez, prétend-elle toujours n'avoir aucun souvenir de la nuit où Savannah est morte ?*

Maya : *Oui, c'était sa version de l'histoire.*

Ben : *Vous la croyez ?*

Maya : *Bien sûr que non. Personne ne la croit.*

Est-il vrai que personne ne croit Lucy Chase ? Cache-t-elle quelque chose ou les habitants de Plumpton accusent-ils une innocente de meurtre depuis cinq ans ?

À nous de le découvrir !

Je suis Ben Owens et j'anime le podcast *Mens-moi à l'oreille*, où nous mettons au jour tous les mensonges pour découvrir la vérité.

3

Lucy

Il s'avère que Nathan n'a pas de couilles.

Nous avons mangé le poulet. Nous avons bu du vin. J'ai joué avec le couteau à découper géant juste pour le voir transpirer. Et il a continué à parler de son travail.

Il ne m'a pas demandé si j'étais une meurtrière.

À ce stade, je suis curieuse de voir combien de temps cela peut durer. Cela fait un moment qu'il veut rompre, de toute évidence, sauf que maintenant il a peur que je le zigouille. Enfin, il va bien finir par retrouver ses couilles et prononcer les mots « S'il te plaît, déménage de mon appartement et ne me contacte plus jamais », non ?

Le point positif, c'est que j'ai plus de temps pour chercher un nouvel appartement en attendant l'inévitable. Ce matin justement, j'ai vu une annonce très prometteuse pour un deux-pièces, sans conditions de ressources. Sur les images, ça ressemble à un taudis, et le propriétaire a demandé à voir une photo de mes pieds quand je lui ai envoyé un e-mail. Mais bon, ce n'est pas cher.

Parfois, je me dis que la version de moi à vingt-deux ans serait absolument horrifiée par la quasi-trentenaire que je suis. Cette jeune mariée brillante et arrogante, propriétaire d'une maison avec quatre chambres, était tellement sûre d'avoir compris la vie et que tout se déroulait comme dans ses rêves...

Devine quoi, connasse ?

J'ai également postulé sans enthousiasme à quelques nouveaux emplois au cours du week-end, et j'ai déjà reçu un refus. Je déchire tout en ce moment (blague).

Cela dit, pour être honnête, je n'ai pas vraiment envie d'un nouveau travail. J'ai publié trois romances sous un nom de plume, et la dernière se vend vraiment pas mal. C'est inattendu, car mes deux premiers livres se sont très peu vendus, mais cela signifie que je vais devoir travailler comme une folle sur le prochain afin de ne pas perdre ce bel élan.

Et peut-être qu'avec un peu de chance je vais finir par en vendre suffisamment pour ne plus avoir à me préoccuper de trouver un autre emploi alimentaire, aussi ennuyeux qu'abrutissant.

Bien sûr, je dois maintenant m'inquiéter du coup de projecteur mis par ce podcasteur sur mon passé. Il ne manquerait plus que quelqu'un découvre qu'en fait c'est une meurtrière présumée qui a écrit sa nouvelle comédie romantique préférée. Personne, à l'exception de mon agente, de mon éditrice et de ma grand-mère, n'est au courant de ma carrière d'autrice, mais je fais partie des sujets de prédilection des détectives amateurs d'Internet.

Cette idée me ronge tout le week-end. Lundi matin, je cours plusieurs kilomètres de plus qu'à mon habitude sur le tapis de la salle de sport de l'immeuble de Nathan, puis je me rends à l'épicerie, parce que j'ai besoin de me réconforter en mangeant du chocolat. Beaucoup de chocolat.

Les épiceries ne sont jamais vides à L.A., même en semaine, parce que personne n'exerce un vrai travail ici. À l'entrée, je contourne une femme qui parle au téléphone, vêtue d' un legging qui a probablement coûté plus cher que toute ma tenue. Cela dit, il lui fait des fesses superbes.

Je pousse mon chariot vers le rayon des fruits et légumes. Je vais peut-être trouver quelque chose à découper en petits morceaux devant Nathan.

(Une personne plus gentille dirait simplement : « Eh, tu as entendu parler du podcast, j'imagine ? » et mettrait fin à ses souffrances. Je devrais essayer d'être moins garce. Demain, peut-être.)

Une femme blonde et mince tâte du doigt une courge butternut et je fais tout mon possible pour ne pas m'imaginer en train de la lui écraser sur la tête.

Raté. Il s'avère que la courge est l'une de mes faiblesses.

Je me demande si celle-ci resterait en un seul morceau. Elle exploserait probablement, et la victime se retrouverait avec le crâne endolori et de la pulpe partout sur le visage.

La femme lève les yeux et remarque que je la dévisage. Je lui souris, comme si je n'étais pas en train de m'imaginer la tabasser à mort. Elle s'éloigne en me jetant un regard inquiet par-dessus son épaule.

Je devrais vraiment essayer d'être moins garce.

Je n'ai aucune envie d'avoir ces pensées criminelles, c'est juste que je n'arrive pas à m'en empêcher. Je ne le fais pas avec tout le monde, mais je me suis déjà imaginée tuer pas mal de gens.

Ça a commencé peu de temps après la mort de Savvy. Tout le monde affirmait que j'étais coupable, et je ne pouvais pas réfuter cette théorie avec certitude, alors j'ai commencé à envisager les différentes façons dont j'aurais pu la tuer. Je me disais que si je passais en revue suffisamment de possibilités, je finirais peut-être par déclencher un souvenir.

Jusqu'à présent, je n'ai pas eu cette chance. Mais peut-être qu'un jour ça arrivera. Je m'imaginerai tuer une serveuse avec mon verre de milkshake vide, et tout me reviendra en mémoire. *Ah oui ! C'est ça ! Savvy et moi nous sommes disputées pour savoir si les milkshakes à la fraise étaient meilleurs que ceux au chocolat, je suis entrée dans une colère noire et je l'ai tuée avec mon verre. Emmenez-moi, monsieur l'agent !*

J'aurais vraiment aimé que la police trouve l'arme du crime. Cela m'aurait épargné beaucoup de meurtres imaginaires.

Mon téléphone sonne. Je jette un coup d'œil à l'écran : Grand-mère. Pas étonnant. Les télévendeurs et ma grand-mère sont les seules personnes à encore faire du téléphone l'usage pour lequel il a été conçu à l'origine.

Je porte l'appareil à mon oreille.

— Coucou, Grand-mère.

Le gars à côté de moi m'adresse un petit sourire, comme s'il approuvait le fait que je parle à mon aïeule. Je pousse mon chariot dans un coin, en face des choux.

— Lucy, ma chérie ! Bonjour. Tu es occupée ? Je te dérange ?

Elle me demande toujours si elle me dérange. À croire qu'elle me voit avec un agenda de ministre. Je n'ai même pas d'amis proches. Juste quelques connaissances professionnelles qui ne m'adresseront plus jamais la parole.

— Non, je fais les courses.

— Comment va Nathan ?

— Eh bien… tu sais. C'est Nathan.

— Tu dis toujours ça, et je ne comprends pas ce que ça veut dire. Je ne l'ai jamais rencontré.

— Il va bien.

— Je vois, fait-elle en se raclant la gorge. Écoute. J'ai une faveur à te demander.

— Qu'est-ce que c'est ?

— C'est une petite faveur, vraiment, et je tiens à te rappeler que je suis aux portes de la mort.

— Ça fait vingt ans que tu te tiens devant ces portes.

— Donc il est logique que je me rapproche du but ! glousse-t-elle.

— Tu es soûle ?

— Lucy, il est 2 heures de l'après-midi. Bien sûr que non, je ne suis pas soûle. Juste un peu pompette, ajoute-t-elle après une pause.

Je me retiens de rire.

— Quelle faveur ?

— J'ai décidé d'organiser une fête pour mon anniversaire. Une grande fête. Le grand huit avec un zéro approche, tu sais.

— Je sais.

Eh oui, je sais. L'anniversaire de Grand-mère est le seul dont je me souvienne sans un rappel du calendrier.

— Tu viendras, bien sûr ?

Sa voix est pleine d'espoir.

Merde.

— Je ne peux pas fêter ça sans ma petite-fille préférée à mes côtés.

La voilà qui passe à la culpabilisation !

— Tu sais que c'est nul de me dire que je suis ta préférée alors que tu as trois petits-enfants ?

— Nous savons toutes les deux qu'Ashley et Brian sont des connards.

— On est censés faire semblant de les aimer quand même, non ?

— Oui, bon. Je ne peux pas organiser une fête d'anniversaire avec seulement les connards.

Je rirais, sans la crainte qui m'assaille de plus en plus fort.

— Tu penses que tu pourrais poser quelques jours ? me demande-t-elle.

— J'ai été licenciée.

— Oh, parfait ! Enfin, je suis désolée, ajoute-t-elle précipitamment.

— Tu sais que je n'aimais pas ce que je faisais, de toute façon.

— Je retire mes excuses. Félicitations pour ton licenciement.

— Merci.

— Puisque tu as donc beaucoup de temps libre, tu pourrais peut-être m'accorder une visite plus longue ? Une semaine ? J'ai déjà parlé à ta mère et elle m'a dit que tu pouvais loger chez eux aussi longtemps que tu le voulais.

— Une semaine ?

J'ai crié si fort qu'une femme qui passait par là a presque sursauté.

— Oui, cela se fait un peu à la dernière minute, et ta mère, avec sa jambe cassée... Nous aurions besoin d'aide pour tout organiser. Je te proposerais bien de venir à la maison, mais il n'y a pas de place, comme tu le sais.

La perspective de passer une journée dans ma ville natale est déjà assez pénible, alors une semaine entière...

Sept jours à l'endroit où j'ai jadis eu le vent en poupe, où je me suis mariée et où j'ai eu beaucoup d'amis qui étaient jaloux de mon bonheur (factice).

Ce serait le contraire d'un retour triomphal. Cinq ans plus tard, j'y reviens divorcée, sans emploi et sans amis. Je ne peux même pas dire aux gens que j'ai publié trois livres. Je frissonne lorsque le brumisateur des fruits et légumes se met en marche, aspergeant mon bras en même temps que le chou. Je m'éloigne.

— À moins que tu ne préfères emmener Nathan et descendre dans un hôtel ? Je suis sûre que ta mère comprendrait, si tu venais avec lui.

J'imagine, brièvement, inviter Nathan à Plumpton, Texas. Est-ce que ce serait la cerise sur le gâteau qui le pousserait à me larguer ? Visiter les lieux du crime, ce serait probablement pousser le bouchon un peu loin, même pour lui.

J'entends un léger entrechoc à l'autre bout du fil, comme des glaçons dans un verre.

— Tu peux refuser. Je sais que tu dois être très occupée...

— Tu sais que je ne suis jamais occupée.

— C'est bizarre que tu répètes ça sans cesse. Les gens de ton âge sont généralement si fiers d'être occupés. Une des filles de l'église m'a dit au moins une centaine de fois qu'elle était débordée. Je commence à me demander si ce n'est pas un appel à l'aide.

— Tu as parlé à Papa aussi ? De mon éventuel passage ?

— Bien sûr que non, j'essaie d'éviter de m'entretenir avec ton père chaque fois que c'est possible. Mais Kathleen lui en a touché deux mots. Nous ne voulions pas que tu débarques sans qu'il soit au courant.

— Il n'a jamais aimé les surprises.

— Non. Cela signifie que tu viendras ?

Je regarde la courge butternut et j'envisage de l'écraser sur mon propre crâne.

— Lucy ?

Je cligne des yeux.

— Désolée. Courge.

— N'achète pas de courges, tu viens au Texas !

— Oh mon Dieu !

— D'accord ? reprend-elle, pleine d'espoir.

Je soupire. Je ne peux pas dire non au seul membre de ma famille que j'apprécie. L'une des seules personnes que j'apprécie tout court.

— Oui. Je viens au Texas.

Une voix douce, une voix que j'essaie toujours d'ignorer, me chuchote à l'oreille : « *Tuons...* »

Je serre le téléphone plus fort et fais taire la voix.

— Oh, c'est merveilleux ! Tu crois que Nathan voudra venir ?

Je prends une inspiration tremblante. La voix semble avoir disparu.

— Je ne pense pas qu'il puisse s'absenter de son travail.

— Oh, bien sûr. Bon, je vais te prendre un billet d'avion. Tu es d'accord pour partir ce week-end ?

— Tu n'es pas obligée de me payer le billet.

— Ne sois pas ridicule, ça me fait plaisir. De toute façon, je serai bientôt morte.

Nous pourrions tous être morts bientôt, même si c'est un espoir fou.

— D'accord pour ce week-end. Mais attends, tu n'es pas malade ? ajouté-je en repensant à sa dernière phrase.

— Pas que je sache, mais mes amis tombent comme des mouches, alors vraiment, ce n'est qu'une question de temps.

— À la bonne heure !

— Écoute, je ne conduis plus beaucoup, mais je peux probablement aller te chercher à Austin. Si ma voiture démarre. On ne sait jamais ces jours-ci.

— Ne t'inquiète pas pour ça. Je louerai une voiture. Et je vais prendre un hôtel.

— Ta mère ne sera pas contente.

Je me pince l'arête du nez.

— Et, Lucy ?

— Oui ?

— Tu as entendu, pour ce podcast, n'est-ce pas ? Celui qui parle de toi ?

4

Lucy

Je ne voyage jamais, et je dois donc m'acheter une valise. Il fut un temps où j'avais un magnifique ensemble de bagages assortis, mais j'ai quitté mon ex-mari avec des vêtements entassés dans des sacs-poubelle.

Quand je rentre, Brewster m'accueille à la porte en reniflant avec excitation mes nouveaux bagages violets. Nathan est à la maison, encore vêtu du pantalon noir et de la chemise blanche qu'il portait au travail. Son visage s'illumine quand il découvre la valise. Subtil, le mec.

— Tu t'en vas quelque part ?

Je pose la valise au sol.

— Non, c'est pour un cadavre.

Ses lèvres s'entrouvrent. Il me regarde, moi, puis la valise. Je fais mine de m'étonner :

— Quoi ? Tu penses que j'aurais dû prendre plus grand ?

Il me dévisage un instant avant de laisser échapper un soupir agacé.

— Bon sang, Lucy.

Je me penche pour caresser Brewster. Celui-ci me lèche la main, sans noter la tension qui règne dans la pièce. Les chiens ne connaissent pas les podcasts de *true crime*. Les veinards !

— Tu ne peux même pas faire semblant, hein ? lâché-je.

— De quoi ?

Un petit pli apparaît entre ses sourcils. Il a des sourcils parfaits, typiquement L.A. Sculptés par un professionnel. Au début, j'ai aimé qu'il soit du genre à ne pas penser que sa masculinité soit liée à sa routine de beauté (ou à son absence).

Maintenant, je suis gênée par ces deux sourcils impeccablement épilés.

— Beaucoup de gens font semblant de croire que je suis innocente. Ils se comportent comme s'ils voulaient entendre ma version, comme s'ils n'avaient pas déjà arrêté leur opinion.

— Ah. Je, euh... Oui, je voudrais entendre ta version...

Je lève les yeux au ciel. C'était si peu sincère que je ne m'ennuie même pas à répondre.

Certains hommes aiment bien ça, la femme-soupçonnée-de-meurtre. Les deux premières années qui ont suivi les faits, je recevais de temps en temps un e-mail pour me proposer un rendez-vous. Des amateurs de sensations fortes, je suppose. Ou bien, ils veulent me sauver. Me reconstruire, en quelque sorte.

Pas Nathan, apparemment.

— Et tu... tu vas quelque part ? demande-t-il après un long silence.

— Au Texas. Ma grand-mère organise une fête pour son anniversaire.

— Ah.

— Tu es invité aussi.

Il cligne des yeux.

— Je, euh… je ne sais pas si je peux… enfin, tu sais, avec le travail.

— Bien sûr.

— Quand pars-tu ?

— Vendredi. Je serai absente environ une semaine.

Il acquiesce. J'attends qu'il me suggère d'emporter toutes mes affaires quand je partirai. Mais pour seule réponse, j'entends les reniflements bruyants de Brewster qui examine minutieusement les extrémités de mon jean.

— Tu vas me la donner ? demande-t-il enfin.

— Quoi ?

— Ta version.

Oh, putain ! Les hommes sont de vrais bébés. Ils ont trop peur de rompre, alors ils deviennent méchants ou sans saveur jusqu'à ce que tu t'énerves et les jettes.

C'est risqué, de rendre une meurtrière présumée assez furieuse pour vous larguer.

— Tu me croirais si je te la donnais ?

Mon téléphone sonne. Je le sors de mon sac à main pour découvrir un message de ma mère.

« *Tu ne coucheras pas à l'hôtel. Je suis en train de te préparer la chambre d'amis.* »

Je tape rapidement une réponse.

« *L'hôtel, ça me va très bien.* »

Je lève les yeux vers Nathan et constate que la réponse à ma question est clairement « Non ».

— Oui, ment-il pourtant.

— Je n'ai toujours aucun souvenir de la nuit en question, mais je n'aurais jamais fait de mal à Savvy.

Les mots sortent facilement de ma bouche. Je les ai répétés des centaines de fois.

Nathan me regarde sans ciller, comme s'il s'attendait à plus. Ils font tous ça.

Mon téléphone sonne, le nom de ma mère s'affiche. Je soupire et glisse le doigt sur l'écran pour répondre.

— Tu ne descendras pas à l'hôtel.

Son ton ne laisse aucune place à l'argumentation, et je réponds sèchement.

— Bonjour, Maman, comment vas-tu ?

Nathan me suit toujours des yeux lorsque je sors sur le balcon.

— Je vais bien. Tu n'iras pas à l'hôtel.

— Grand-mère m'a dit que tu t'étais cassé la jambe.

Je baisse les yeux : une femme pousse un landau sur le trottoir. Un petit carlin sort la tête et lève sa truffe écrasée vers le soleil.

— Ne change pas de sujet.

— Je pensais que tu aimais bien quand j'essaie de faire la conversation. D'agir comme une personne normale, tout ça.

— Lucy.

Elle en a déjà assez de moi, et je ne suis même pas encore arrivée.

— Laisse la chambre à l'un de mes cousins. Ils seront en ville, non ?

— Seulement pour une nuit ou deux. Tu dors chez nous. On a plein de place. Et puis, ça va faire jaser tout le monde, sinon.

Ah ! Voilà la raison qui compte vraiment.

Je me retourne et m'appuie à la balustrade. À l'intérieur, Nathan est en train de taper furieusement des textos.

— C'est vrai que ce serait horrible que les gens fassent des commérages sur moi. Je n'ose même pas imaginer.

— L'hôtel le moins cher de la ville coûte dans les quatre-vingts dollars la nuit de toute façon, et je doute qu'il soit à la hauteur de tes exigences.

— C'est audacieux de ta part de supposer que j'ai des « exigences ».

Cela dit, elle n'a pas tort. Avec mon licenciement, je n'ai pas besoin de dépenser plusieurs centaines de dollars dans une chambre d'hôtel.

— Viens à la maison, Lucy. Ne complique pas les choses.

Elle a omis le « comme à ton habitude » à la fin de sa phrase. Je suppose que c'est sous-entendu.

— D'accord. Merci.

— Oh... Parfait.

Elle a l'air surprise, comme si elle ne pensait pas vraiment qu'elle réussirait à me convaincre. Je me ramollis, sans doute.

— Sérieusement, comment tu t'es cassé la jambe ?

— Je suis tombée de la machine à escalier. Tu sais, celle de la salle de sport, avec l'escalier qui tourne en rond et qui ne mène nulle part ? Eh bien, c'est assez haut, j'ai raté une marche et... c'était pour le moins embarrassant.

— Aïe. Ça a l'air douloureux.

— Ça l'était. Bref, je vais te laisser. Oh, et est-ce que ta grand-mère t'a parlé de ce...

— Oui, je suis au courant pour le podcast.

En fait, je suis probablement au courant du podcast depuis plus longtemps que n'importe qui. J'ai reçu le premier e-mail il y a cinq mois.

De : Ben Owens

Sujet : Podcast *Mens-moi à l'oreille*

Bonjour Lucy,

Je m'appelle Ben Owens, je suis journaliste et animateur du podcast *Mens-moi à l'oreille*. Je fais des recherches sur le meurtre de Savannah Harper et j'aimerais beaucoup m'entretenir avec vous. J'habite également à Los Angeles, je serais donc ravi de me rendre à votre domicile. N'hésitez pas à m'envoyer un e-mail ou à m'appeler au 323-555-8393.

Bye,

Ben

Je n'ai pas répondu.

Mes recherches m'ont permis de découvrir la première saison de son podcast, ainsi qu'un certain nombre de coupures de presse énonçant des avis très mitigés.

« Éthique discutable, disait un article, mais les résultats sont incontestables ! »

Un autre décrivait Ben comme un « joli garçon, au style juvénile », ce qui me l'a rendu encore plus antipathique. Je n'ai jamais aimé les hommes qu'on décrit ainsi. Ils sont toujours imbus d'eux-mêmes.

Quoi qu'il en soit, je ne réponds jamais aux e-mails concernant Savvy, et je n'allais pas faire une exception pour ce salaud arrogant. Je l'ai donc archivé et je suis passée à autre chose.

Bien sûr, la plupart des e-mails au sujet de Savvy n'appellent pas de réponse. Ils se résument généralement à : « *Comment tu peux te regarder dans une glace, espèce de salope sans cœur ?* » ou à : « *Tu vas aller en enfer* », mais presque toujours avec des fautes, ce qui est extrêmement gênant. Une insulte n'a pas l'impact escompté lorsqu'elle est mal orthographiée. Je répondrais bien pour le faire savoir, mais d'après mon expérience les imbéciles n'apprécient pas qu'on corrige leur orthographe.

Je m'assieds sur le lit, à côté de ma valise ouverte, et je fais défiler les e-mails que Ben m'a envoyés il y a des mois. Brewster donne un coup de truffe au sachet de bonbons (à la gélatine) sur la table de nuit, je l'en éloigne tout en en prenant un pour moi.

Un deuxième e-mail est arrivé quelques semaines après le premier, demandant de nouveau un rendez-vous. Puis un troisième :

De : Ben Owens
Sujet : Podcast *Mens-moi à l'oreille*
Bonjour Lucy,
Un dernier e-mail ! J'aimerais vraiment vous interviewer et connaître votre version des faits. Je suis prêt à vous rencontrer selon vos conditions. Le podcast est en train de prendre forme et je pense qu'il est important d'entendre votre point de vue sur les événements.
Bye,
Ben

Oh, ce Ben, si mignon et si naïf ! Tout le monde se fout de ma version de l'histoire.

Pour être honnête, celle-ci se résume à « Je ne me souviens de rien », donc rien de vraiment exaltant. Ni de crédible, apparemment. Par la porte, je jette un coup d'œil à Nathan, qui s'emploie à noyer dans l'alcool ses sentiments équivoques à l'égard de sa petite amie criminelle. Il est assis sur le canapé, et la lueur de la télévision fait apparaître la tension sur son visage.

J'ai essayé d'éviter de penser à la popularité de cette saison du podcast, mais à présent je ne peux plus m'en empêcher. Je tape « Ben Owens Mens-moi à l'oreille » sur Google. Une photo de lui apparaît. Il a l'air très imbu de sa personne.

Les articles sont nombreux. Les sites habituels consacrés aux *true crimes* ont repris l'histoire, mais elle a également été diffusée dans les médias nationaux. *Entertainment Weekly*, *Vanity Fair* et une dizaine d'autres sites ont publié des articles avec des titres comme : « Ce meurtre dans une petite ville sera votre nouvelle obsession en matière de *true crimes* » et « Venez pour le meurtre, restez pour les accents : le podcast *Mens-moi à l'oreille* déterre une affaire non résolue au Texas ». Sur Twitter, les théories vont bon train.

Les gens semblent avoir formé des équipes : comme je vois sans cesse apparaître la « Team Savvy », la logique voudrait qu'il y ait aussi une « Team Lucy », même si je n'en trouve aucune trace.

Compte tenu de l'attention médiatique, tout le monde à Plumpton est certainement en train d'écouter ce fichu machin.

Je regarde Brewster, regrettant soudain de ne pas avoir trouvé de prétexte pour éviter le voyage. J'aurais dû avertir Grand-mère que ma présence à son anniversaire risquait de tout gâcher. Je suis le membre de la famille dont on parle toujours dans les fêtes, quand on compare les familles déglinguées. Je fais une bonne histoire. Et donc, non, mieux vaut ne pas m'inviter.

Mais ma grand-mère ne me demande jamais rien, et je ne l'ai pas vue depuis que j'ai quitté Plumpton, il y a presque cinq ans. Elle n'a jamais pris l'avion, et elle ne va pas commencer maintenant, pour reprendre ses termes. Elle a également exprimé plus d'une fois sa crainte qu'on la gave de chou kale de force si elle se rendait un jour en Californie.

Les Texans détestent la Californie. C'est l'une des raisons pour lesquelles j'y ai élu domicile.

En plus, mes cousins sont vraiment des connards. Grand-mère a raison, elle ne peut pas organiser une fête avec seulement des connards.

Tant qu'à y aller, autant le faire en connaissance de cause. J'ouvre mon application podcast et je trouve *Mens-moi à l'oreille*.

Je lance le premier épisode pendant que je fais ma valise.

Mens-moi à l'oreille

Un podcast de Ben Owens

Épisode 1 – « La fille la plus adorable que vous ayez jamais rencontrée »

J'arrive à Austin un mardi et, honnêtement, je suis déçu de ne pas voir des chapeaux de cow-boy partout.

C'est la première fois que je viens au Texas, où je m'imaginais trouver des rues bordées de restos de grillades et de magasins vendant des santiags et tout ce qu'il faut pour monter à cheval. Des selles ? Je ne sais pas. Je ne connais rien aux chevaux. Je n'ai même jamais fait ce truc de touristes à L.A., la promenade à cheval dans les collines jusqu'à un restaurant mexicain, pour se gaver de margaritas et revenir. Ça m'a toujours semblé être une mauvaise idée.

L'aéroport d'Austin est extrêmement… « austinien ». Je m'en rends compte immédiatement, même si c'est la première fois que je viens dans cette ville. Des panneaux annoncent qu'il s'agit de la capitale mondiale de la musique *live*. Un groupe joue d'ailleurs dans l'une des aires de restauration, au cas où vous en douteriez. Il y a des guitares décoratives dans le hall où l'on récupère les bagages. Pas un seul Starbucks ou McDonald's dans tout l'aéroport, parce que vous connaissez le slogan ? « Conservez la bizarrerie d'Austin » ? La deuxième partie de la phrase, celle dont personne ne se souvient, c'est : « Soutenez les entreprises locales. » Il n'y a que des entreprises locales dans l'aéroport d'Austin.

J'envisage de manger une grillade avant de partir, mais dîner dans un aéroport après être arrivé, je trouve ça triste. Je saute donc dans ma voiture de location et prends la route de Plumpton.

Et là, le Texas n'est plus ce qu'on attendait de lui. C'est très vert. Je pense que je m'imaginais un désert. Et pour bien prouver quel idiot je suis, il se met à pleuvoir si fort que je dois me ranger sur le bas-côté pendant plusieurs minutes parce que je ne vois plus la route. Il pleut comme si l'apocalypse arrivait, et je commence à me demander si ce n'est pas le signe que j'ai fait un mauvais choix en m'intéressant à cette affaire.

Je vais être honnête avec vous. Assis dans cette voiture, à regarder le déluge de l'apocalypse, j'ai sérieusement envisagé de retourner à l'aéroport et de prendre directement un vol pour rentrer.

Et je pensais encore à ce barbecue.

Lorsque la pluie s'est enfin calmée, je me suis remis en route, affamé et nerveux. Environ deux heures plus tard, je suis arrivé à Plumpton, au Texas.

[Musique country.]

Plumpton est une ville pittoresque et charmante de la région des collines du Texas. Elle compte environ quinze mille habitants, un nombre en augmentation chaque année. C'est une ville touristique, en raison de sa proximité avec plusieurs vignobles du Hill Country, mais elle est également devenue un lieu apprécié des jeunes couples qui cherchent à fuir les grandes villes. Son système scolaire public est l'un des meilleurs du Texas.

Quand j'arrive, le centre-ville est envahi de touristes et je suis reconnu par plusieurs autochtones lors de mes déambulations. Un homme me crie même qu'il attend le podcast avec impatience. Ma réputation me précède.

Plumpton compte une majorité d'entreprises locales, mais quelques chaînes se sont installées au cours des dix dernières années, à mesure que la ville s'est développée. Le premier Starbucks a ouvert ses portes il y a trois, quatre ans, ce dont au moins cinq personnes se sont plaintes auprès de moi pendant mes deux premiers jours ici.

Mais c'est Savannah Harper qui constitue le principal titre de gloire de Plumpton, au grand dam de presque tous ses habitants. La plupart d'entre eux ne veulent rien avoir à faire avec les grandes villes ; soit ils vivent ici depuis des générations, comme la famille de Lucy Chase, soit ils y ont emménagé pour s'éloigner de la mégalopole, comme la famille de Savannah Harper. Ils n'aiment pas la renommée qu'ils doivent à un meurtre barbare.

C'est un sentiment répandu à Plumpton : ce genre de fait divers n'aurait pas dû se produire ici. Ça arrive dans les endroits difficiles, pas dans une ville dont tous les habitants se connaissent et fréquentent la même église.

Lorsque je me présente à l'hôtel, Norma me donne quelques tuyaux sur Plumpton. Cette femme sympathique d'une cinquantaine d'années travaille à la réception jusqu'à 18 heures tous les jours de la semaine.

Norma : *Et n'allez pas au bar sur Franklin, c'est là que vont tous les touristes pour s'encanailler. La dernière fois que j'y suis allée, il y avait un enterrement de vie de jeune fille, les nanas lançaient des confettis en forme de pénis, figurez-vous. J'ai retrouvé des pénis dans mes cheveux pendant des heures.*

Ben : *C'est... malheureux.*

Norma : *Allez au bar un peu plus loin, sur Main. À la Bluebonnet Tavern.*

Ben : *Je m'en souviendrai, merci.*

Norma : *Vous venez de Californie ?*

Ben : *Oui, de Los Angeles. Enfin, de San Francisco, à l'origine. Je vis à L.A. maintenant.*

Norma : *Cet État va s'effondrer dans l'océan après un gros tremblement de terre, vous savez.*

Ben : *J'ai entendu dire ça.*

Norma : *Vous savez que Lucy Chase vit aussi là-bas ? Une femme horrible. Savannah était une perle. La fille la plus adorable que vous ayez jamais rencontrée. J'espère que vous clouerez le cul de cette meurtrière de Lucy au mur.*

Une remarque qui, je dois le dire, a été récurrente lors de mes premiers jours à Plumpton.

5

Lucy

La maison de Clover Street est bien celle où j'ai grandi. Je reste pendant plusieurs minutes à la regarder fixement, depuis ma voiture de location garée juste devant.

Ils l'ont repeinte avec une nouvelle teinte – une nuance subtile de pêche, un choix étrange pour l'extérieur d'une maison –, mais sinon elle n'a pas bougé. Des buissons de fleurs violettes ont été plantés le long de la terrasse. Une pelouse bien taillée. Une balançoire à l'avant sur laquelle on ne peut pas s'asseoir six mois par an, parce qu'il fait trop chaud.

Je trouve enfin la force de sortir de la voiture. Il est 18 heures, et la température est toujours aussi élevée. La chaleur est implacable à cette époque de l'année. Quel sale coup de la part de Grand-mère d'être née en août !

J'attrape mon sac et je traverse la pelouse d'un pas traînant jusqu'à la porte d'entrée.

Papa ouvre avant que j'aie eu le temps de frapper. Son sourire est large, amical. Il est très doué pour se montrer poli devant les gens et ainsi mieux les débiner dans leur dos – un truc typiquement texan.

— Lucy !

Il s'avance et m'enlace brièvement.

— Bonjour, Papa.

— Je suis si content que tu sois enfin à la maison. Entre !

Il recule en tendant le bras de façon théâtrale.

Je m'exécute. Le froid me saisit, et il fait sombre, comme toujours. La maison n'a jamais été bien lumineuse au rez-de-chaussée.

Il referme la porte derrière moi. Ses cheveux bruns ont grisonné depuis la dernière fois que je l'ai vu. Ses yeux, profondément enfoncés dans leurs orbites, lui donnent un air expressif, toujours plus prononcé lorsqu'il me regarde. Et la déception se lit sur tous ses traits.

— Comment s'est passé son vol ? demande-t-il, les yeux posés sur ma valise.

— Très bien.

Mensonge. J'ai mangé trop de chocolat, nous avons eu des turbulences et j'ai failli dégobiller. J'ai passé les quinze dernières minutes cramponnée, la tête au-dessus d'un sac.

Il acquiesce, croise brièvement mon regard, avant de détourner rapidement les yeux. Il ne peut toujours pas me regarder, apparemment.

Je me concentre sur le salon. Les meubles sont pour la plupart nouveaux. Du moins, pour moi. Il y a un canapé marron tout doux et un fauteuil visiblement inconfortable, recouvert d'un affreux tissu à rayures roses et orange. Son cadre a l'air vieux, mais le revêtement est tout neuf, comme si quelqu'un avait infligé exprès ce traitement au meuble. Maman a toujours eu des goûts douteux en matière de décoration.

Sur la table, à côté de cet horrible fauteuil, trône une photo de Savvy et moi avec quelques autres connaissances. Elle a été prise lors d'un mariage, peu de temps après mon retour en ville. On dirait une séance photo pour *Southern Living* : une bande de femmes blanches en robes pastel avec des cheveux parfaitement ondulés.

Le cliché me semble de très mauvais goût pour deux raisons : premièrement, la plupart des gens pensent que j'ai assassiné Savvy, et ils n'ont peut-être pas tort ; deuxièmement, elle est morte après avoir assisté à un mariage. Pas celui-là, mais les visiteurs ne le savent pas. Peut-être s'exclament-ils, horrifiés : « Mon Dieu, est-ce que cette photo a été prise le jour où elle est morte ? » Et Maman doit raconter toute l'histoire.

En fait, je viens de comprendre exactement pourquoi elle a choisi cette photo. Les gens, pour la plupart, préféreraient ne pas parler de leur fille si c'était potentiellement une meurtrière, mais pas ma mère. Elle sait comment amadouer son auditoire, et il n'y a pas meilleur moyen de captiver l'attention que de raconter la pire putain d'histoire du monde.

Papa sourit et recule d'un pas pour laisser un large espace entre nous.

— Ta mère est dans sa chambre. Je pense qu'elle faisait la sieste, mais elle est probablement debout maintenant. Pourquoi ne vas-tu pas lui dire bonjour ?

La lampe sur la table à côté du canapé n'est pas neuve. Nous l'avons depuis toujours. C'est un long cylindre en céramique, solide et lourd. Mais pas tant que ça. Je pourrais le soulever, le balancer et frapper mon père en plein sur la tête. La lampe ne se briserait peut-être même pas. C'est vous dire comme elle est costaude. Maman apprécierait ce point. Elle doit aimer cette lampe, vu qu'elle l'a depuis longtemps.

Elle n'apprécierait pas le désordre, en revanche. Le sang jailli de la bouche qui éclabousserait les murs. Et peut-être aussi le canapé, qui n'a pas l'air d'être du genre à se nettoyer facilement.

Non que je sache quels sont les canapés faciles à débarrasser des taches de sang.

Peut-être que ce serait moins salissant si je le frappais à l'arrière de la tête. En plus, ce serait pratique, parce que maintenant il me tourne le dos. Il ne me verrait même pas venir.

Pas sur le moment, en tout cas. À mon avis, personne – et surtout pas mon père – ne serait surpris que j'assassine quelqu'un.

— Ça va ?

Les mots de Papa me font sursauter, parce qu'il s'est retourné pendant que je le tuais, et maintenant il me regarde fixement.

— Tu as une expression bizarre, dit-il. Quelque chose ne va pas ?

— Je suis juste fatiguée par le vol.

Je m'apprête à repousser mes pensées de meurtre, mais tous les thérapeutes que j'ai consultés (et il y en a eu plusieurs) voulaient que j'affronte ces fantasmes de violence au lieu d'essayer de les faire cesser.

J'ai récemment admis, devant ma dernière thérapeute, qu'en essayant d'éviter de tuer des gens dans ma tête je ne faisais qu'en massacrer encore plus de cette façon. Elle m'a beaucoup encouragée dans l'idée de laisser libre cours à mes pensées et de voir où elles me mènent.

J'imagine donc de nouveau la cervelle de Papa éclaboussant le canapé, puis je monte à l'étage voir Maman.

Mens-moi à l'oreille

Un podcast de Ben Owens

Épisode 1 – « La fille la plus adorable que vous ayez jamais rencontrée »

Le corps de Savannah a été découvert tôt le matin, quelques heures seulement après sa mort. Gil Bradford était parti courir lorsqu'il est tombé dessus.

Gil : *Oui, c'était un dimanche, le jour où j'avais l'habitude de faire mes longs footings. J'aimais beaucoup courir à l'époque, mais mes genoux sont trop abîmés maintenant. Bref, je courais sur ce sentier près de Byrd Estate, où ont lieu tous les mariages chics et tout ça. Savannah avait assisté à un mariage la veille.*

Tout à coup, j'ai aperçu un truc rose entre les arbres. Sa robe – celle de Savannah – était d'une couleur assez vive, donc je l'ai vue tout de suite.

Ben : *Vous avez vu son corps tout de suite aussi ? Ou seulement la robe ?*

Gil : *J'ai vu son corps une fraction de seconde après avoir remarqué la robe. Elle n'était pas du tout cachée. Il était très tôt, le soleil commençait à peine* *à se lever, mais je l'ai vue aussi clairement qu'en plein jour. J'ai couru, et je crois avoir crié pour lui demander si elle avait besoin d'aide.*

Mais quand je me suis approché, j'ai vu qu'elle était déjà morte. Elle avait les yeux grands ouverts, et elle était pâle et toute trempée. Elle avait une énorme entaille sur la tête, comme si on l'avait frappée avec quelque chose. Il avait beaucoup plu cette nuit-là, je suis sûr que vous l'avez entendu dire. Ça venait à peine de s'arrêter quand je suis parti courir.

Mais je regarde pas mal de séries policières, vous voyez, alors je me suis éloigné, je n'ai touché à rien et j'ai appelé la police. Bien sûr, ça n'y a rien changé, parce que la pluie avait effacé toutes les preuves de toute façon.

Juste une note ici, pour ceux d'entre vous qui se posent la question : j'ai essayé de contacter la police de Plumpton à plusieurs reprises pour voir si quelqu'un accepterait de me parler de l'affaire. Ils ont été… tout sauf aimables, pour le dire gentiment. Le meurtre non résolu de Savannah Harper est un sujet sensible pour la police ici, et il m'a été clairement signifié qu'ils ne coopéreraient en aucune façon avec le podcast. Bref, nous sommes livrés à nous-mêmes.

Ben : *Aviez-vous déjà rencontré Savannah avant ce jour-là ?*

Gil : *Non, j'habite à la périphérie de la ville et je ne sors pas beaucoup. Je connaissais les Chase, bien sûr, mais je n'avais jamais rencontré Savannah. Je n'avais aucune idée de qui elle était quand j'ai appelé le 911.*

Ben : *Que s'est-il passé quand la police est arrivée ?*

Gil : *Ils ont bouclé la zone et m'ont posé quelques questions. Ils ont trouvé sa voiture sur le bord de la route : personne n'était encore passé par là, ce* *matin-là, parce qu'elle avait été inondée par la pluie. Les flics ont dû descendre par la piste, comme moi. Il a fallu des heures avant qu'ils puissent atteindre le véhicule.*

Ben : *Comment les autres invités étaient-ils rentrés chez eux ?*

Gil : *Il y a deux routes pour aller à Byrd Estate. Une petite route de campagne et la route principale. Savannah et Lucy ont quitté le mariage avant qu'il commence à pleuvoir, d'après ce que j'ai appris plus tard. Elles ont donc emprunté cette petite route de campagne. Mais quand les autres invités sont partis, une heure plus tard, il pleuvait déjà à verse et la route était inondée. Les gens de Byrd Estate l'ont barrée. Tout le monde a dû emprunter la route principale.*

Ben : *Que s'est-il passé après ?*

Gil : *Ils m'ont fait venir au poste quelques jours plus tard. Je leur ai donné un échantillon d'ADN. Je suppose que je n'étais pas obligé, mais j'ai dit : « Écoutez, si ça peut vous aider, faites-moi un prélèvement de salive ou ce que vous voulez, je m'en fiche. Je sais que je n'ai tué personne. »*

Lucy a été retrouvée une heure plus tard, marchant pieds nus sur la route à deux voies qui sort de la ville, toujours vêtue de sa robe bleu layette. Un certain Billy Jack l'avait repérée alors qu'il quittait la ville pour rendre visite à sa famille.

Billy Jack : *Je conduisais et j'ai vu une fille qui marchait. J'avais pas entendu parler d'une personne disparue ou quoi que ce soit de ce genre, mais elle avait l'air mal en point, voyez ? Elle était pieds nus et se déplaçait bizarrement. Elle titubait comme une ivrogne. Et elle portait cette robe, une belle robe, quoi. Mais sale. Comme si elle s'était roulée dans la boue ou qu'il lui était arrivé quelque chose.*

Donc je me suis arrêté, parce que j'allais pas continuer ma route alors que cette fille était manifestement en détresse. J'ai baissé la vitre et j'ai crié : « Poupée, t'as besoin d'aide ? »

Et v'là qu'elle s'arrête et me regarde. Et je vais vous dire, j'ai failli avoir une crise cardiaque. Elle avait une énorme plaie sur le front. Ses vêtements étaient trempés et son maquillage avait coulé partout sur son visage. Elle avait du sang collé dans les cheveux, je crois, mais difficile à dire. Peut-être que c'était de la boue. Elle était dans un sale état.

Vous savez, parfois vous regardez des gens et vous voyez qu'ils sont pas tout à fait là ? Quand elle m'a regardé, elle voyait que dalle. Les lumières étaient allumées, mais y avait personne à la maison. Elle ressemblait à un fantôme dans un putain de film d'horreur.

Bref, la v'là qui se détourne et se remet à marcher. Ou à tituber, plutôt. Alors, je me dis, merde, je peux pas partir comme ça. Et je vais certainement pas traîner cette fille de force dans mon camion.

Du coup, j'ai appelé les flics et je leur ai dit où elle était et que j'allais la suivre lentement jusqu'à ce qu'ils nous rejoignent, parce que j'étais vraiment inquiet. Je le savais pas à l'époque, mais tous les flics de la ville étaient à la recherche de Lucy, parce qu'ils avaient déjà trouvé le corps de Savannah et qu'ils craignaient le pire, voyez ? Bref, y a un flic qu'est arrivé pleine balle. Je le voyais dans mon rétroviseur, genre à cent à l'heure.

Le flic la rattrape et j'attends un peu, parce qu'ils veulent que je fasse une déposition. Une ambulance arrive avec genre sept autres voitures de police. J'avais jamais vu autant de bazar à Plumpton. Y a un des flics qui me parle de Savannah et je me dis, merde, cette fille a dû avoir de la chance. Puis le flic me sort : « Ouais, sans blague, j'espère qu'elle pourra nous dire qui leur a fait ça. »

Je pense pas qu'un seul policier présent sur les lieux ait pensé que cette fille était celle qui avait tué Savannah. Tout le monde était hyper soulagé. Ils pensaient que Lucy était morte elle aussi et ils étaient vachement heureux de l'avoir retrouvée.

On savait pas. On aurait pas pu imaginer.

6
Lucy

L'escalier en bois grince lorsque je monte, bien plus que du temps de mon enfance. J'aurais bien du mal à faire le mur discrètement de nos jours.

Je jette un coup d'œil à Papa tout en montant. Il est dans la cuisine et prend une inspiration, si profonde que je vois ses épaules se soulever sous l'effort. Ma présence met beaucoup de gens mal à l'aise, mais personne davantage que mon propre père.

Je pense à Nathan, debout dans un coin de sa chambre hier, en train de déblatérer sur son travail tout en me regardant faire mes valises. Je sentais la nervosité exsuder de lui.

Putain, il me rappelle mon père ! Merveilleux. Ma thérapeute va adorer.

La porte de la chambre parentale est entrouverte et j'entends le bruit d'un humidificateur à l'intérieur. J'appuie ma main sur le battant.

Maman est assise sur le lit, le dos soutenu par des oreillers, les jambes étendues devant elle, l'une d'elles dans un énorme plâtre blanc. Ses cheveux blonds (teintés, car elle est brune comme moi) sont relevés en queue-de-cheval et elle est soigneusement maquillée. J'ai rarement vu ma mère sans maquillage. Plumpton est le genre de ville où les gens peuvent débarquer à l'improviste.

Elle m'aperçoit en train de l'épier par la porte et sourit.

— Lucy ! J'ai cru t'entendre en bas. Viens ici, ma chérie.

J'entre. Jadis, le mur au-dessus du lit était décoré avec soin de photos de moi à divers âges, au moins une dizaine, mignonne comme tout au fil des ans. À la place, il y a maintenant un grand patchwork bleu et blanc, probablement fait à la main par Maman. N'empêche, je l'ai un peu mauvaise d'avoir été remplacée par une couverture.

— Bonjour, Maman.

— Viens me faire un câlin. Je sais que j'ai une mine affreuse, mais ne t'inquiète pas, je vais bien.

Elle n'a pas du tout une mine affreuse. En revanche, elle a l'air plus vieille. C'est peut-être ce qu'elle entend par « affreuse ». Ma mère, comme la sienne, a la chance d'avoir une magnifique peau de pêche qui l'a toujours fait paraître dix ans plus jeune que son âge. Aujourd'hui, à cinquante-cinq ans, elle commence à ressembler à une jeune quinqua.

J'ai hérité de cette belle peau, mais je fais mes vingt-neuf ans. Dans les mauvais jours, peut-être même déjà la trentaine. Être accusée de meurtre m'a vieillie prématurément.

Je m'approche du lit et la serre rapidement dans mes bras. Elle sent le parfum. Probablement un parfum de luxe, mais je n'en sais rien. Toutes les fragrances sentent la poubelle à fleurs, pour moi.

— Je suis très contente que tu sois venue, dit-elle. Ta grand-mère nous mène la vie dure, avec cette fête. D'ordinaire, elle ne nous laisse même pas l'inviter à dîner pour son anniversaire, et voilà tout à coup qu'elle veut une grosse fiesta avec toute la famille ! Et elle m'en parle deux semaines à l'avance ? Je pense qu'elle essaie de me tuer, juste pour pouvoir se vanter d'avoir survécu à sa fille.

Je ne discute pas, parce que cela ressemble bien à Grand-mère.

Je me perche sur le bord de son lit.

— Comment va ta jambe ? Ils t'ont donné des médicaments efficaces contre la douleur ?

— Je n'en ai pas besoin.

Elle balaie la suggestion d'un revers de la main. Maman a un accent texan plus prononcé que Papa ou moi, ce qui donne un ton amical à tout ce qu'elle dit. Elle a grandi ici, à Plumpton, alors que Papa n'a déménagé au Texas qu'en entrant à l'université. J'ai perdu le peu d'accent que j'avais après quelques années passées ailleurs. Je n'en suis pas triste.

— Comment tu es montée ici, au fait ?

— Avec mes béquilles, pardi, répond-elle en contractant ses biceps. Le médecin m'avait prédit que ce serait difficile, mais ça a été un jeu d'enfant. Mes séances avec un coach portent leurs fruits.

— Quand est-ce que tu es devenue une mordue de sport ?

Elle fronce le nez.

— Je ne crois pas que ce soit le bon mot. Mais l'exercice, c'est très important pour les femmes d'un certain âge. Tu passes toujours des heures à courir sur un tapis ?

— Oui.

Courir jusqu'à ne plus pouvoir penser est le seul moyen que j'aie trouvé pour rester saine d'esprit.

Enfin, relativement saine d'esprit.

— Peut-être qu'ils te laisseront utiliser mon passe pendant que je suis blessée. Je leur rappellerai que je ne les poursuis pas en justice.

— C'est très généreux de ta part.

Elle me tapote la main.

— En tout cas, je veux que tu te sentes libre d'aller où tu veux pendant que tu es là. J'ai prévenu plusieurs connaissances de ton arrivée, histoire que personne ne soit surpris. Je suis sûre que la nouvelle s'est répandue dans toute la ville maintenant.

— Ça ne m'étonnerait pas.

— J'espère que tu sortiras, que tu verras des gens.

Sa main toujours dans la mienne, elle me regarde avec anxiété.

— Personne ne veut me voir, Maman.

— Bien sûr que si. Et je pense qu'il vaut mieux ne pas te cacher. Tu n'as pas à avoir honte, pas vrai ?

C'est une vraie interrogation, du genre qui appelle une réponse. Maman me demande constamment, par un million de biais différents, si j'ai assassiné Savvy. Peut-être pense-t-elle que, si elle me pose assez souvent la question, je finirai par laisser échapper que oui, j'ai bel et bien défoncé le crâne de mon amie. En tout cas, sa persévérance est admirable.

— Non, je n'ai pas à avoir honte de quoi que ce soit.

— Tout à fait, ma chérie.

C'est ce qu'elle dit toujours quand elle pense que je mens.

Et ma mère pense vraiment que je mens quand j'affirme ne pas me souvenir de la nuit où Savvy est morte. Elle a essayé pendant des années de me faire avouer.

Elle m'a harcelée pour que je revienne à la maison après mon départ pour Los Angeles : « Si tu reviens ici, tu te souviendras peut-être de quelque chose. Ou tu te sentiras peut-être obligée de partager une information nouvelle. Tu as vu le mémorial qu'ils ont érigé pour Savvy ? »

Elle a essayé l'approche religieuse : « Tu dois te confesser et expier tes péchés ici-bas si tu veux être pardonnée dans l'autre vie. »

Elle a tenté la logique : « Tu étais seule avec Savvy cette nuit-là, je pense qu'il est temps de regarder les choses en face. »

Elle a opté parfois pour la culpabilisation (de loin sa méthode préférée) : « Tu te rends compte de ce que cette famille traverse ? Ils ont besoin d'une explication. »

Il n'y a rien que ma mère souhaite davantage que de m'entendre avouer l'assassinat de Savvy. Non seulement parce qu'elle pense que c'est la bonne chose à faire, mais aussi parce qu'elle excellerait dans le rôle de mère d'une meurtrière.

Elle serait une star à l'église. Elle ferait de longs discours sur le pardon. Elle écrirait un livre sur la façon de surmonter la culpabilité d'avoir élevé une meurtrière. Parfois, je me dis qu'elle est plus fâchée d'être privée de tout ça que de savoir que j'ai (peut-être) assassiné quelqu'un. Maman aime être la meilleure en tout, et je l'empêche d'être la meilleure mère d'une meurtrière. On ne peut pas être la meilleure mère d'une femme soupçonnée de meurtre. Ça ne sonne pas pareil.

Je me lève et nos mains se dénouent.

— Tu as besoin de quelque chose ?

— Non, ça va, ma chérie.

Elle me sourit et je me dirige vers la porte.

— Au fait, je ne sais pas si on te l'a dit, mais le fameux podcasteur est de retour en ville. Tu devrais peut-être te méfier.

Mens-moi à l'oreille

Un podcast de Ben Owens

Épisode 1 – « La fille la plus adorable que vous ayez jamais rencontrée »

La mère de Savannah, Ivy Harper, m'invite chez elle peu après mon arrivée à Plumpton. Ce qui suit est la première de plusieurs conversations.

Ben : *Bonjour, madame Harper.*

Ivy : *Ben ! C'est un plaisir de vous rencontrer, enfin. Entrez, entrez. Et s'il vous plaît, appelez-moi Ivy.*

Ivy est une petite femme d'un mètre cinquante, ou à peine plus, aux cheveux blonds soigneusement tressés chaque fois que je la vois. Savannah ressemblait à sa mère, comme j'ai pu le noter en voyant les photos accrochées au mur.

Ben : *Waouh, quel âge a-t-elle ici ? Elle vous ressemble beaucoup.*

Ivy : *C'était en troisième, donc environ quinze ans. Nous les avons prises après l'office du dimanche de Pâques.*

La maison des Harper est celle dans laquelle Savannah a grandi. C'est une grande maison avec quatre chambres, peu meublée, ce qui la fait paraître encore plus vaste. Il y a des photos de Savannah partout : aux murs, dans des cadres sur les tables, et jusque sur le diaporama qui passe sur l'écran de télévision.

Ivy et moi nous asseyons à la table ronde qui sert pour le petit déjeuner. La pièce est lumineuse, située juste à côté de la cuisine, et elle me parle de Savannah. Ou Savvy, comme tout le monde l'appelait de son vivant.

Ivy : *Savvy a toujours été joyeuse. Toute sa vie. Même à l'adolescence ! C'était le pire des bébés, elle pleurait tout le temps, constamment, mais vers l'âge de deux ans elle est devenue toute guillerette et ça n'a jamais cessé. Elle avait ses jours, sans doute, mais la plupart du temps c'était une jeune femme vraiment joyeuse. Peut-être trop joyeuse.*

Ben : *Comment ça ?*

Ivy : *Eh bien, je lui disais souvent de se calmer, de réfléchir. Quand elle était excitée par quelque chose, elle voulait le faire sur-le-champ. Elle était toujours enthousiaste à l'idée d'expérimenter de nouvelles choses, parfois, c'était comme si elle voulait tout faire en même temps. J'aurais aimé qu'elle ralentisse. Je lui disais qu'elle avait la vie devant elle. Mais je suppose qu'elle sentait que ça ne durerait pas longtemps.*

Ben : *Pouvez-vous me donner un exemple ?*

Ivy : *Quand elle avait dix ans – ou peut-être onze –, nous vivions encore à La Nouvelle-Orléans et elle a décidé de participer à une production locale de* Roméo et Juliette. *Dans le rôle de Juliette. Et je lui ai dit : « Savvy, ce rôle n'est pas pour une enfant. Seuls les adultes sont autorisés à auditionner. Peut-être une adolescente, à la limite, mais pas une enfant de dix ans. » Ça l'a rendue folle de colère contre moi. Elle m'a suppliée et suppliée encore de la laisser* *auditionner et, comme je continuais de refuser, elle a sauté dans un bus après l'école, s'est rendue sur place et a auditionné toute seule.*

Ben : *Est-ce qu'elle a décroché le rôle ?*

Ivy : *Non, mais ils lui en ont donné un autre, tout petit. Sauf que, bien sûr, elle ne voulait pas de celui-là, elle voulait Juliette. Donc elle a refusé. Elle a fini par jouer Juliette quand Plumpton High, son lycée, en a fait une adaptation. Elle avait alors quinze ans. Ça a créé un sacré pataquès quand le rôle a été attribué à une élève de seconde.*

Ben : *Quand avez-vous emménagé à Plumpton ? Vous venez de dire que vous étiez à La Nouvelle-Orléans quand Savvy avait dix ans.*

Ivy : *Quand elle avait douze ans. Keaton – mon aîné – était sur le point d'entrer au lycée, et Jerome et moi avions toujours prévu de retourner au Texas. J'ai grandi à San Antonio ; nous adorons tous les deux cet endroit. À l'époque, on construisait tout un tas de maisons neuves à des prix très intéressants, donc nous avons sauté sur l'occasion.*

Ben : *Lucy et Savannah se connaissaient-elles au lycée ?*

Ivy : *Oh, bien sûr. C'est une petite ville. Tous les enfants se connaissent, surtout s'ils ont le même âge.*

Ben : *Mais elles n'étaient pas amies ?*

Ivy : *Non. Elles n'avaient rien en commun. Savvy était pom-pom girl, elle participait au conseil des élèves, elle était la reine du lycée. Lucy n'était… pas… rien de tout ça.*

Ben : *Quand sont-elles devenues amies ?*

Ivy : *Après que Lucy est revenue s'installer en ville. Savvy était déjà ici et… Bon, vous savez. Elle était revenue à Plumpton depuis quelques années, après son échec à l'université. Un dimanche, elle est venue dîner et m'a dit : « Maman, tu te souviens de Lucy*

Chase ? » Elle a dû me rafraîchir la mémoire : c'était la fille qui avait été renvoyée pour avoir donné un coup de poing à un garçon. C'est ainsi que Lucy était connue à l'époque. Et donc, Savvy m'a dit : « Oui, elle s'est mariée avec un gars qu'elle a rencontré à l'UT – c'est l'université du Texas, à Austin, mon grand – et ils viennent juste de réemménager en ville. On a discuté quand elle est passée au Charles. » Le Charles est un restaurant chic du centre-ville, où Savvy était barmaid.

Ben : *Et donc, elles ont bien accroché ?*

Ivy : *Oui… D'après Savvy, ça a été un peu bizarre au début. Lucy lui a demandé immédiatement si elle avait aimé Tulane et, bien sûr, Savvy a dû lui répondre qu'elle avait quitté l'université après sa première année. Elle était…* [Long soupir.] *Savvy faisait ça à l'époque, elle prenait les choses à la légère et se moquait d'elle-même en quelque sorte. Histoire de tourner la situation à la blague avant que quelqu'un d'autre ne le fasse, voyez. Je n'aimais pas ça.*

Ben : *Que disait-elle par exemple ?*

Ivy : *Des choses comme « Je suis diplômée en fiesta » ou « J'étais une très mauvaise étudiante, mais une membre brillante de l'association d'étudiantes ». Cela la faisait passer pour une idiote, mais elle était loin de l'être. Elle avait décroché une bourse pour Tulane. Elle était deuxième de sa promotion au lycée, bon sang ! Elle était juste trop jeune. Je sais que beaucoup de gamins de dix-huit ans s'en sortent très bien en quittant la maison, mais pas elle. C'était une gentille fille qui n'était tout simplement pas prête à se débrouiller seule. Elle commençait enfin à retrouver ses marques quand Lucy s'est installée en ville.*

Ben : *Et vous avez dit que c'était bizarre au début ? À cause de l'histoire de la fac ?*

Ivy : *Savvy a dit que Lucy avait l'air vraiment mal à l'aise au début, et que Matt a dû venir à son secours. Matt faisait toujours ça. C'était un vrai charmeur. Je ne vois pas ce qu'il trouvait à Lucy. Mais je suppose que Lucy et Savvy ont commencé à parler et qu'elles ont décidé de se retrouver pour boire un verre le lendemain. J'ai tout de suite été inquiète de leur relation, honnêtement.*

Ben : *Pourquoi ?*

Ivy : *On aurait dit que Lucy avait pitié de Savvy. Lucy était revenue en ville mariée à un homme beau et riche, ils avaient acheté une superbe maison ancienne, et elle aidait Matt à ouvrir une brasserie très chic. Là-dessus, elle tombe sur l'ancienne reine du bal qui a abandonné l'université et qui est devenue barmaid ? Voyons. Il était évident que Lucy savourait l'inversion des rôles.*

Ben : *Savvy a-t-elle eu cette impression ?*

Ivy : *Non. Elle n'en a rien dit, en tout cas. Mais cette enfant avait des œillères quand il s'agissait de Lucy. Elle n'a pas vu la vraie. Jusqu'à ce qu'il soit trop tard.*

7

Lucy

Ma chambre n'a plus rien à voir avec celle où j'ai passé les dix-huit premières années de ma vie. Avant de partir pour Los Angeles, j'ai vidé toute la pièce. Tout décollé des murs et tout mis dans des cartons, vidé l'armoire et la commode, jeté tous les vieux cahiers et les devoirs d'école.

Maman a remplacé les meubles à un moment donné – le lit une place est devenu un lit double, la commode et le bureau sont neufs – et la chambre est donc complètement différente de celle que j'occupais à l'époque. C'est un soulagement.

Je sors mon ordinateur portable de mon sac et m'installe sur le lit, qui est dur comme de la pierre. Maman pense que les matelas mous sont mauvais pour le dos, et rien ne la convaincra du contraire.

J'ai reçu quelques e-mails : certains concernent le livre, l'un est haineux (« *Avec qui t'as couché pour que les charges soient abandonnées, sale garce ?* »), et il y en a un de mon agente, Aubrey. Aubrey Vargas est une éternelle optimiste, et elle m'a envoyé un e-mail bourré de points d'exclamation pour m'assurer qu'elle n'est pas du tout inquiète à propos du podcast.

Votre vrai nom ne sera pas dévoilé, comme d'habitude ! Passez un bon moment au Texas !

Bien sûr, Aubrey. Un super bon moment.

J'ai également une montagne de notifications des réseaux sociaux, que je fais défiler rapidement. Je n'ai de comptes actifs que sous le nom d'Eva Knightley. Il fut un temps où j'avais Instagram, Facebook et Twitter, mais j'ai tout fermé il y a longtemps. Cela me semblait trop risqué. Avant ce podcast, j'avais réussi de justesse à échapper aux radars des réseaux sociaux pendant des années. Je n'ai jamais voulu tenter le sort.

Eva Knightley est une pétillante autrice de romance, qui a beaucoup d'amis (mais uniquement sur Internet). Personne ne pense qu'elle a assassiné qui que ce soit, à l'exception d'un personnage de fiction de temps à autre.

Je fais défiler les commentaires sur la page Facebook de mon groupe de lecteurs, où quelques personnes discutent de Clayton, l'ex-petit ami maléfique dans mon dernier livre.

« Je suis la seule à avoir cru que Clayton allait mystérieusement mourir à la fin ? » a écrit Amber Hutton.

« Pareil ! a répondu Erica Burton. Quand Poppy dit : “Tu ne manquerais littéralement à personne si tu disparaissais demain, Clayton”, je me suis dit qu'elle allait assassiner ce type ! Et que je n'allais pas le regretter ! »

« LOL, a répondu Amber. Cent pour cent d'accord. Pendant une minute, je me suis demandé si le livre que j'avais choisi n'était pas super bizarre, parce que les héroïnes ne tuent pas les gens, en général, dans les romances. »

« Eva, tu devrais peut-être aussi écrire des livres sur les tueurs en série ! »

Je ricane en tapant une réponse.

« Ce n'est pas une mauvaise idée. Attention, tout le monde : j'entre dans ma phase criminelle ! »

Le commentaire reçoit immédiatement des *likes* et des rires. Je me demande si mes fans trouveraient ça drôle d'apprendre qui je suis vraiment.

— Lucy, à table ! appelle ma mère du rez-de-chaussée.

Et soudain, j'ai de nouveau seize ans.

J'aurais dû la prendre, cette fichue chambre d'hôtel.

C'est Papa qui a préparé le dîner. Mes deux parents cuisinent, mais c'est lui qui s'y colle la plupart du temps. Il est meilleur que moi et il aime bien manipuler à grand bruit les casseroles sur la cuisinière quand il est énervé.

Il y a eu pas mal de raffut de casseroles ce soir.

J'ai proposé à Grand-mère d'aller la chercher pour qu'elle puisse se joindre à nous, mais elle a prétexté être au bord de l'épuisement et m'a proposé de passer demain matin.

— « Épuisée », ça signifie « ivre », s'est sentie obligée de m'expliquer Maman lorsque j'ai raccroché.

Et me voilà attablée en face de mes parents. Ils sont tous les deux de l'autre côté, unis contre moi. Ou peut-être qu'ils s'asseyent toujours là. C'est bizarre, mais peut-être qu'ils ne veulent pas se regarder.

J'avale une bouchée de poulet rôti. La déception de Papa ne s'exprime pas dans sa cuisine. Les gens aiment à dire que la nourriture est meilleure lorsqu'elle est préparée avec amour : comme la tarte de leur grand-mère n'a pas le même goût quand ils la refont, ils en déduisent que c'est forcément l'amour qui la rendait meilleure.

À mon avis, c'est des foutaises. C'est probablement l'affaire d'un peu plus de beurre ou d'un sucre de meilleure qualité.

La cuisine de Papa en est la preuve. Elle n'est pas faite avec amour, mais avec ressentiment et déception. Pourtant, elle a toujours sacrément bon goût.

— Comment ça va, le travail, Lucy ?

Maman utilise ses longs ongles couleur pêche pour décoller lentement la peau de son blanc de poulet. Elle la repousse sur le bord de son assiette : un beau gâchis, si vous voulez mon avis.

J'examine ma nourriture au lieu de la regarder, elle.

— Bien. Comme d'habitude.

Mes parents n'ont pas besoin de savoir que j'ai été virée. Ils ont déjà une assez piètre opinion de moi.

— C'est bien. Tu travailles toujours pour cette maison d'édition scolaire, c'est ça ? Tu es chargée de la révision et de ce genre de choses ?

— Oui.

Ce poste, je l'ai occupé quelques mois, il y a deux ans. *Tu n'es pas tombée loin, Maman.*

— Tu as toujours remarqué les fautes d'orthographe et de grammaire. Don, tu te rappelles, hein ? Elle corrigeait la feuille d'informations de l'église et la donnait au pasteur.

— Je m'en souviens, dit Papa. Je crois que Jan lui en a toujours gardé rancune.

— Jan aurait dû faire plus attention en tapant, je m'exclame.

Maman rit, car c'est vrai. Ces feuillets, c'était une honte. Pendant des années, je me suis amusée à compter toutes les fautes pendant les sermons mais, vers l'âge de quinze ans, ça m'a tellement agacée que j'ai décidé de remettre mes corrections au pasteur après le service. J'ai dû passer pour une petite conne auprès de Jan, l'assistante paroissiale dont le travail consistait à les taper chaque semaine.

Ils ont remplacé Jan après que j'ai signalé qu'elle avait tapé « pubics » au lieu de « publics » dans la lettre d'information. Avec les jeunes de mon âge, on était morts de rire. « Les événements *pubics* de l'église baptiste de Plumpton », c'était la chose la plus drôle que nous ayons jamais vue.

L'église a attribué un autre travail à Jan, mais celle-ci m'a effectivement toujours détestée par la suite. Ce n'est pas ma faute si elle ne prenait pas la peine de se relire.

Je me demande si quelqu'un (à part mes parents) se souvient de cette anecdote aujourd'hui. Corriger compulsivement des documents d'église, c'était assez fade, en comparaison avec les événements des années suivantes.

Mens-moi à l'oreille

Un podcast de Ben Owens

Épisode 2 – « Elle n'hésitait pas à faire sa garce »

Je trouve une mine d'informations sur Savannah. La plupart de ses amis et de sa famille n'hésitent pas à me raconter sa vie. Lucy, en revanche ? Elle est plus mystérieuse. Beaucoup de mes interlocuteurs ont insisté pour que l'accent soit mis sur Savannah, et non sur Lucy. Après tout, c'est la première qui a été assassinée.

Cependant, on ne peut pas parler de Savannah sans parler de Lucy. J'ai donc pressé les gens de me donner des détails la concernant et de me faire part de leurs souvenirs à son sujet avant le meurtre. Voici Ross Ayers, qui a grandi à Plumpton et qui est allé à l'école avec Lucy.

Ross : *Je veux dire, Lucy était… Ça allait, quand on était petits. Elle était plutôt gentille, je dirais. Mais plus tard, elle… Je ne sais pas. Elle…*

Ben : *Elle quoi ?*

Ross : *Est-ce que je dois être politiquement correct quand je parle d'une meurtrière maintenant ? Punaise. C'était une salope, d'accord ? C'était une putain d'énorme salope.*

8

Lucy

Le lendemain matin, je vais voir Grand-mère. Je propose à Maman de m'accompagner, en espérant qu'elle refuse, mais elle prend ses béquilles et boitille en direction de ma voiture.

— Elle t'a envoyé une photo de la maison ? me demande-t-elle alors que je roule dans les rues de Plumpton.

Je me les rappelle très bien, à mon grand désarroi.

— Non.

— Mon Dieu, elle est affreuse. Je suis tellement gênée.

Si elle n'est pas affreuse, elle est de fait extrêmement bizarre.

Une fois plantée devant, je penche la tête.

— Hum.

Maman grogne en enfonçant ses béquilles dans le sol et s'arrête à côté de moi.

— Elle a vendu son ancienne maison – qui était déjà payée, je précise – pour acheter cette… chose.

— C'est rose.

— Oui.

— J'ai l'impression qu'elle a oublié de le mentionner.

— Elle l'a fait repeindre de cette couleur exprès. Elle était censée être marron, à la base.

— Hum.

— Elle fait vingt-cinq mètres carrés. Qui veut vivre dans vingt-cinq mètres carrés, bon sang ?

— Grand-mère, apparemment.

— Et pourquoi sur des roues ? Où va-t-elle l'emmener ? Elle n'a jamais quitté le Texas.

Je dois admettre que là, ma mère marque un point.

La *tiny house* est plutôt mignonne, en fait. Il s'agit d'un cube sur roues, certes, mais non sans attrait ; et il ne doit pas tout son charme à son rose pimpant. Il y a un jardin sur la gauche, et deux chaises et une petite table sont installées devant la maison. Celle-ci se trouve sur un terrain entouré d'arbres, avec une maison beaucoup plus grande, à peine visible, plus loin.

La porte s'ouvre sur Grand-mère. Elle porte une robe ample, d'un bleu délavé, dont le bas est brodé de pâquerettes blanches. Ses cheveux gris sont coiffés en chignon et ses lèvres sont peintes d'un rose vif presque assorti à la maison. Je ne pense pas que je serai aussi belle quand j'aurai quatre-vingts ans.

— Lucy !

Elle ouvre grand les bras. Je traverse la pelouse pour l'embrasser et elle maintient son étreinte quand je fais mine de m'écarter.

— Tu n'es pas seulement ma petite-fille préférée, tu es aussi la plus séduisante, et de loin.

Ma mère s'arrête à côté de moi.

— Maman..., marmonne-t-elle. J'aimerais que tu arrêtes de dire ça. Ce n'est vraiment pas délicat.

Grand-mère se retourne et nous fait signe de la suivre.

— Seulement si les autres l'entendent ! Entrez ! J'ai préparé du thé glacé.

Je la suis à l'intérieur, où l'air froid me frappe de plein fouet en arrivant de dehors. Maman frissonne. L'un des avantages d'une petite maison, c'est qu'il est facile de la garder fraîche en été. Voire glaciale, si vous êtes Grand-mère.

Pour vingt-cinq mètres carrés, la demeure optimise étonnamment l'espace. Il y a une kitchenette à ma droite, et à gauche un canapé contre le mur, face à la télévision accrochée de l'autre côté de la pièce. Pendant un instant, je me demande si Grand-mère dort sur le canapé, jusqu'à ce que j'aperçoive un lit à roulettes encastré dans le mur. Il y a une salle de bains tout au fond, avec seulement un rideau en guise de porte.

— Assieds-toi, Kathleen, tu me rends nerveuse avec tes béquilles.

Grand-mère montre le canapé, où Maman s'assied docilement. Je pose ses béquilles contre le mur.

— Tu vois, je peux déplacer la table quand j'ai de la visite !

Grand-mère joint le geste à la parole, et je m'assieds sur l'un des tabourets qu'elle a tirés de dessous.

— C'est très joli.

Maman me regarde comme pour me demander de ne pas l'encourager. Grand-mère s'empare d'une carafe de thé glacé pour remplir trois verres, puis en pose deux sur la table. Ce sont des verres à vin sans pied, comme ceux qu'on est censé utiliser pour le rouge. Je le sais parce que Nathan est un insupportable prétentieux en matière de vin. De mon côté, je préfère le boire directement à la canette.

— Je suis contente que ça te plaise. Ta mère est extrêmement critique, pour sa part.

Je bois une longue gorgée de thé et lui souris. Grand-mère ne nous a pas demandé si nous le préférions sucré ou non. Selon elle, il n'y a qu'une seule façon de boire du thé glacé : avec suffisamment de sucre pour en laisser une bonne couche au fond du verre. (Elle a raison.)

Maman agite les bras en désignant la pièce d'une manière qui semble en effet désapprobatrice.

— Tu avais une maison avec trois chambres ! Et maintenant, tu vis dans un placard !

— Les *tiny houses* sont très à la mode. Les *millenials* les adorent.

— Tu n'es pas une *millenial*.

Ma grand-mère hausse les épaules, dans un geste qui ferait la fierté d'Arya Stark.

Maman me regarde, sourcils froncés.

— Son ancienne maison était charmante. Elle avait de grandes fenêtres dans la cuisine et une véranda à l'arrière.

Elle me dit ça comme si je ne m'en souvenais pas parfaitement. Comme si je n'y avais pas passé nombre de soirées lorsque j'étais enfant, afin de fuir les cris et les tensions à la maison. Grand-mère et moi nous asseyions à la table de la cuisine, à manger des bonbons qui me coupaient l'appétit pour le dîner, tout en observant par les immenses fenêtres la voisine qui devait toujours courir après son petit chien dans la rue.

— De toute façon, la plupart du temps, il faisait trop chaud dans la véranda, objecté-je.

Maman soupire.

Grand-mère acquiesce, puis tend la main pour sortir une bouteille de vodka. Elle en verse un peu dans son thé.

Maman pince les lèvres.

— Maman, il n'est même pas midi.

— Et donc ?

Elle s'en verse un peu plus.

— Lucy, tu en veux ?

— Non, merci.

J'essaie de ne pas rire.

— Je ne comprends vraiment pas comment on peut se mettre à avoir un problème d'alcool après soixante-dix ans, commente Maman.

Grand-mère s'assied en bout de table.

— Et pourquoi pas ? À mon avis, c'est le moment idéal, au contraire. On s'ennuie ferme ici.

Je me pince les lèvres pour réprimer un rire. Maman marmonne quelque chose d'inintelligible.

Grand-mère boit une longue gorgée.

— Laissons tomber ça pour aujourd'hui, veux-tu ? Tu pourras recommencer à juger tous mes choix de vie quand Lucy sera retournée à L.A.

Maman pousse un soupir qui en dit long, mais ne discute pas. Elle ajuste le devant de son chemisier vert pâle, comme si remettre de l'ordre dans son décolleté pouvait arranger la situation.

— Comment ça va à L.A. ? demande ma grand-mère. Et Nathan, il se porte bien ?

— Hmm... Je pense que c'est sur le point de se terminer.

Il n'a toujours pas retrouvé ses couilles pour me larguer officiellement, mais j'ai reçu un texto ce matin.

« On devrait parler quand tu seras de retour. »

Je n'ai pas encore répondu.

Maman nous regarde tour à tour, Grand-mère et moi, avec un petit froncement de sourcils. Elle n'était pas au courant, pour Nathan. Je me dis qu'elle n'a probablement aucune idée de la fréquence à laquelle je parle à Grand-mère. Bien plus souvent qu'à elle, c'est indéniable.

Grand-mère, qui a également remarqué l'expression de Maman, semble très contente d'elle.

— Et comment tu trouves Plumpton ? Différente de quand tu es partie ?

— Un peu. Il y a un Starbucks.

Maman boit son thé et grimace. Elle repose le verre et le pousse discrètement de l'autre côté de la table.

— Tu as réfléchi à ce que tu veux pour ta fête ?

— Oh oui, j'ai fait une liste.

Grand-mère se lève d'un bond – elle se déplace comme si elle avait bien moins de quatre-vingts ans – et attrape un morceau de papier sur le comptoir de la cuisine, qu'elle me tend. C'est la liste des invités, quelques suggestions de plats et une liste de cocktails. En bas, en lettres capitales, il y a écrit « *TARTE* ».

— À la place du gâteau ? demandé-je en lui montrant le mot.

— Oui. J'en voudrais de plusieurs sortes. Mais surtout à la noix de pécan. Et aux pommes. Et aux pêches.

Je ris.

— D'accord. Je suis sûre que Papa pourra s'en charger.

Maman acquiesce.

— Don fait une excellente tarte aux pommes.

Grand-mère me regarde.

— Tu sais que cet animateur radio est en ville ?

— Podcasteur, Maman. On les appelle « podcasteurs » maintenant.

Maman me jette un coup d'œil avant de détourner rapidement le regard.

Je frotte mes bras couverts de chair de poule.

— Maman me l'a dit.

La très grande bouteille de vodka est toujours sur le comptoir. Je m'imagine l'écraser sur la tête de ma mère.

Une voix douce me chuchote à l'oreille : « *Tuons...* »

— A-t-il déjà essayé de te contacter ? demande Grand-mère.

« *Tuons...* »

Pas maintenant. Je secoue la tête et repousse la voix.

— Il m'a envoyé un e-mail.

Maman cligne des yeux.

— À propos de quoi ?

— Il voulait une interview.

— Qu'est-ce que tu as répondu ?

— Rien.

Elle fait claquer sa langue.

— C'est grossier.

— Je ne réponds jamais aux e-mails concernant Savvy.

— Je ne peux pas t'en blâmer, convient Grand-mère.

Maman s'adosse à sa chaise.

— Il était tout à fait aimable.

— Bien sûr qu'il l'était, il voulait quelque chose de toi. Est-ce que tu vas aller voir des gens pendant que tu es en ville ? demande Grand-mère, qui reporte son attention sur moi. Des vieux amis ?

Je ricane.

— Quels amis ?

Mens-moi à l'oreille

Un podcast de Ben Owens

Épisode 2 – « Elle n'hésitait pas à faire sa garce »

Lorsque Lucy est revenue à Plumpton après l'université, elle s'est installée dans un quartier appelé le Block. Il s'agit en fait de plusieurs pâtés de maisons qui forment un carré, situé à trois pas du centre-ville, autrefois délabré, faute d'avoir suivi le rythme de croissance du reste de Plumpton.

Il y a une vingtaine d'années, on a démoli nombre de ces maisons anciennes et on en a rénové certaines. Le coin est rapidement devenu un endroit couru par des jeunes couples aisés qui voulaient acheter. C'est maintenant l'un des quartiers les plus sélects de la ville.

Matt et Lucy y ont acheté Hampton House, ce qui n'a pas manqué de provoquer des remous dans le voisinage. J'ai parlé avec Joanna Clarkson, l'une des premières personnes à s'être installées dans le quartier avec son mari.

Joanna est une femme tourbillonnante, qui ne cesse de s'affairer dans son immense cuisine, très lumineuse, bien décidée à me préparer un en-cas avant que je ne parvienne enfin à la faire s'asseoir pour me parler.

Joanna : *Hampton House était une grande et belle maison construite au début du XXe siècle. Dans les années 1970, elle a été transformée en musée, lequel a fermé ses portes dans les années 1990, puis la maison a été condamnée pendant des années, lorsque le quartier est devenu vétuste. Quand on a commencé à le rénover, la bâtisse n'a pas été démolie. On l'a vidée et transformée en une magnifique demeure, des plus charmantes. Des terrasses tout autour et d'immenses baies vitrées… Vous l'avez vue ?*

Ben : *J'y suis passé tout à l'heure, en fait.*

Joanna : *C'est très joli. Je crois qu'il a été question d'en faire une maison d'hôtes pendant un certain temps. Mais je suppose que ces plans-là ont changé et elle a été vendue à Dale – le maire de l'époque –, au début. Sa femme et lui y ont vécu quelques années, puis ils l'ont mise en vente, juste au moment où Matt et Lucy arrivaient ici. Il y a eu beaucoup d'offres, cependant, Dale les a choisis à cause de Lucy.*

Ben : *Il la connaissait ?*

Joanna : *Il connaissait ses parents. Comme tout le monde. Ça paraissait normal que la maison lui revienne, compte tenu des liens entretenus par sa famille avec la ville. Je me rappelle avoir pensé que Lucy avait vraiment eu de la chance d'épouser un homme issu d'une famille fortunée. Elle n'aurait jamais pu s'offrir cette maison autrement. Globalement, en fait, tout le monde pensait que Lucy avait eu de la chance d'épouser Matt.*

Ben : *Il était apprécié par ici ?*

Joanna : *Vous plaisantez ? Les gens l'adoraient. Et c'est juste... Ça prouve bien ce qu'on dit, pas vrai ?*

Ben : *À quel sujet ?*

Joanna : *Sur les hommes. Je suis désolée, mon petit, ne le prenez pas personnellement mais, avec Matt et Lucy, on a quand même l'impression d'avoir la preuve que les hommes ne s'intéressent qu'au physique. Parce que Lucy, eh bien, elle est belle, mais...*

Ben : *Mais ?*

Joanna : *Eh bien, disons qu'on n'a sans doute pas besoin d'être gentille quand on a ce physique...*

Ben : *Mais elle avait beaucoup d'amis, non ? D'après tous les témoignages que j'ai recueillis, elle était très sociable.*

Joanna : *J'imagine.*

J'ai également parlé à Nina Garcia, qui était l'une des meilleures amies de Lucy au lycée. Nina est infirmière dans un hôpital voisin. Lorsque j'arrive chez elle, elle porte encore sa blouse rose et ses cheveux bruns s'échappent de leur pince.

Nina : *Désolée, douze heures de garde. Je suis en vrac. Qu'est-ce que vous disiez ?*

Ben : *Avez-vous été surprise lorsque Lucy est revenue s'installer ici après l'université ?*

Nina : *Non, pas du tout. La famille de Lucy, du côté de sa mère, est ici depuis... toujours. Je crois même que c'est l'une des premières familles à s'être installée ici. Et même si elle n'était pas du genre pom-pom girl comme Savvy, elle était quand même bien intégrée dans la vie de Plumpton. Elle disait qu'on était une petite ville cool, comme Stars Hollow.*

Ben : *Je ne connais pas Stars Hollow. C'est où ?*

Nina : *La ville dans* Gilmore Girls, *Ben ! Faut vous mettre à niveau sur la télévision du début des années 2000.*

Ben : *Je vais m'y atteler.*

Nina : *Mais avec plus de vin. Nous sommes Stars Hollow, mais avec plus de vin et de bottes de cow-boy. Quoi qu'il en soit, Lucy et moi, on s'est un peu éloignées à la fac – on est allées dans des universités différentes –, mais j'étais super contente quand elle m'a envoyé un texto pour m'annoncer qu'elle revenait s'installer avec Matt après leur mariage. Elle m'a dit qu'il était tombé amoureux de la ville lorsqu'ils avaient rendu visite à ses parents, et qu'il voulait ouvrir une brasserie. Il pensait que ce serait parfait, vu le nombre de touristes, par ici. Il comptait attirer là les maris qui n'aimaient pas le vin. Ça n'a pas marché, je crois. L'établissement n'est resté ouvert que quelques années.*

Ben : *Vous vous êtes donc recontactées quand elle est revenue ?*

Nina : *Euh… en quelque sorte. Disons que c'était prévu. Mais on avait toutes les deux changé, et c'était un peu difficile. J'étais sur le point d'avoir mon premier enfant, et elle n'y pensait pas encore, donc on n'avait plus grand-chose en commun. Et mon ex était… enfin, il préférait que je reste à la maison. Et puis, Lucy a commencé à fréquenter Savvy et quelques femmes de son quartier. L'amitié s'est tarie entre nous. Les amitiés de lycée ne durent pas toujours à l'âge adulte, vous voyez ?*

Ben : *Bien sûr.*

Nina : *Et Lucy et Savvy… elles avaient une de ces amitiés intenses et un peu obsessionnelles, vous savez ?*

Ben : *Non.*

Nina : *J'imagine que c'est plutôt un truc de femmes. Parfois, vous rencontrez une fille qui est tout simplement votre âme sœur. Pas d'une manière romantique, un coup de foudre amical. Et ça peut être* *presque plus intense. Ça se voyait que Savvy et Lucy étaient dans une de ces relations d'âmes sœurs.*

Ben : *Une relation intense connaît généralement des hauts et des bas assez sévères. Elles se disputaient ?*

Nina : *Je ne sais pas vraiment. Je n'ai pas beaucoup traîné avec elles.*

Ben : *J'ai entendu dire que Lucy était colérique. Vous pouvez en témoigner ?*

Nina : *Eh bien… je ne sais pas. Est-ce que les gens l'auraient qualifiée de colérique si elle avait été un homme ? Ils auraient dit qu'elle savait se défendre quand il le fallait.*

Voilà donc ce que je vais retenir. Lucy n'avait pas peur de se défendre.

9

Lucy

Je ne prends conscience qu'on est samedi qu'en entrant dans l'épicerie. Sans travail, je n'ai aucune notion du temps.

Mais apparemment, on est bel et bien samedi. Autrement dit, toute la ville est sortie faire ses courses. Il y a deux grandes épiceries à Plumpton, mais l'autre est merdique et se contente de vendre les produits dont personne n'a voulu.

Pourtant, j'aurais dû aller là-bas.

Parce que, dès que j'entre, je vois que les gens me reconnaissent.

Personne à Los Angeles ne m'a jamais reconnue. Avant le podcast, seule une toute petite niche d'utilisateurs d'Internet obsédés par les meurtres voyait qui j'étais. Il y a des gens bien plus intéressants à voir à Los Angeles. L'acteur d'une série policière à succès fait ses courses dans l'épicerie près de chez moi, par exemple. Personne ne va prêter attention à une peut-être meurtrière quand le type qui a l'air légèrement agacé par sa superbe partenaire depuis huit saisons est en train de tâter des avocats au rayon fruits et légumes.

Mais il n'y a pas d'acteurs qui mangent des avocats à Plumpton. Je suis la plus grande célébrité de la ville. Je pousse mon chariot devant un immense rayon de papier hygiénique en tâchant de faire comme si une femme au casque de cheveux grisonnants ne me zieutait pas ouvertement. Suis-je censée savoir qui elle est ? J'ai fait de mon mieux pour vider ma mémoire de tous les habitants de cette ville, à l'exception de Savvy. Elle est le seul souvenir que je veux conserver, aussi ironique que ça paraisse.

Maman m'a dressé une liste : quelques produits généraux dont ils ont besoin, comme des œufs et du pain, et quelques articles pour la fête. Je pousse mon chariot aussi vite que possible dans les allées. Maman n'a pas mis de babeurre sur la liste, mais j'en prends quand même, espérant que cela encouragera Papa à faire ses biscuits. Et son gâteau au chocolat. Si je dois être là, autant que j'en profite pour déguster un peu de ses spécialités.

J'ajoute plusieurs sachets de bonbons à la nourriture entassée dans mon chariot (le sucre est ma principale faiblesse, à moins que vous ne considériez comme telle mon incapacité à arrêter de tuer des gens dans ma tête) et me dirige vers les très longues files d'attente à la caisse.

— Lucy ?

La voix, familière, est empreinte de perplexité ; et elle a retenti assez fort pour que la moitié au moins du magasin l'entende. J'essaie de ne pas grimacer en me retournant pour repérer celle qui m'a interpellée. Nina Garcia se tient dans la file voisine, littéralement bouche bée.

— Waouh. Salut !

Elle pose les mains sur ses hanches, qui sont un peu plus larges que la dernière fois que je l'ai vue. Elle est plus ronde de partout, en fait. C'est le genre de femme à qui les robes serrées à la taille vont bien. Je suis affreuse, moi, dedans. Une planche à pain vêtue d'un sac.

— Salut, Nina.

J'essaie de sourire. Je ne l'ai pas vue ni ne lui ai parlé depuis la mort de Savvy. Si je l'avais croisée il y a deux jours, ce constat aurait encore pu me rendre amère.

Après avoir entendu le podcast, je trouve plus difficile d'être rancunière. Moi qui suis pourtant tellement douée pour cela, d'habitude. C'est l'un de mes plus grands talents.

— Eh bien, viens par ici !

Elle s'avance et m'entoure de ses bras avant que je ne puisse réagir. Ses longs cheveux bruns ondulés sentent la noix de coco artificielle.

Je ne sais pas quoi faire de cette marque d'amitié. C'est peut-être un truc texan, je me dis. Cette fausse amabilité typique, genre « on prétend que tout va bien même si je te déteste », ne m'a néanmoins pas profité pendant mes derniers jours ici. Mais peut-être que cinq ans, c'est trop long pour maintenir ce niveau d'hostilité. Les Texans sont tout sauf impolis (en face, du moins).

Cela dit, dans le podcast, Nina n'avait pas l'air de me détester. Elle ne me défendait pas passionnément, mais elle ne me chargeait pas non plus. Elle aurait pu raconter plein d'histoires du lycée qui m'auraient fait passer pour quelqu'un d'horrible.

Je ne sais vraiment pas quoi faire de ces réflexions. Je serais bien plus à l'aise si elle m'avait crié « J'espère que tu seras renversée par un camion ! » depuis l'autre côté du magasin.

Mais ces embrassades, c'est bizarre.

Je lui tapote le dos et j'essaie de ne pas avoir l'air mal à l'aise quand elle s'écarte.

— J'avais entendu dire que tu revenais, mais honnêtement je n'y croyais pas.

Elle me pointe du doigt de la tête aux pieds.

— Dis donc, tu as l'air en pleine forme. Comment c'est, Los Angeles ?

— C'est... bien. Enfin, tu sais, ensoleillé.

— Tu m'étonnes ! J'y suis allée une fois. J'ai fait tous les trucs à touristes, les empreintes de mains et tout ça.

Ses yeux s'attardent derrière moi. En me retournant, je vois deux femmes qui me jaugent. L'une d'elles m'adresse un regard noir lorsque nos yeux se croisent.

Elle se tient à côté d'un portant de ciseaux, et je m'imagine en train d'arracher le plastique pour lui en enfoncer un dans la gorge.

« Si tu coupes comme ça, il y aura tout plein de sang, tuons... »

Merde. La voix est de retour. Merde.

J'avais espéré que si je faisais comme si de rien n'était, elle s'éteindrait de nouveau. Elle s'était calmée depuis mon départ de Plumpton.

« Tuons... »

— Comment va ta mère ? demande Nina. J'ai entendu dire qu'elle s'était fait une vilaine fracture.

Je me détourne des deux dames et de leur hostilité, et la voix se calme.

— Elle va bien, je pense. Tu sais comment elle est.

— Bien sûr.

Elle rit. La femme devant elle avance dans la queue et Nina pousse son chariot, puis se retourne vers moi.

— Tu es juste là pour l'anniversaire de ta grand-mère ou... ?

— Pourquoi serais-je ici sinon ?

Elle a l'air déstabilisée.

— Oh, eh bien, je pensais qu'avec la présence de Ben en ville… Tu es au courant pour son podcast, pas vrai ?

J'ai l'estomac retourné à la mention du podcasteur content de lui. Je jette un rapide coup d'œil autour de moi, comme si je risquais de le trouver à l'affût.

— Oui, ma mère m'a dit qu'il était dans le coin.

Nina se mordille la lèvre, puis semble soulagée de pouvoir faire avancer son chariot de nouveau. Elle se penche derrière les rangées de snacks et de baumes à lèvres.

— On se voit bientôt, d'accord ? J'appellerai chez tes parents. Il faut que tu passes, que tu voies les enfants.

En réalité, elle n'a certainement aucune envie que je voie ses enfants. Je ne suis pas compatible avec les enfants. Cette fois, elle dit vraiment ça par politesse.

— Bien sûr.

Elle sourit.

— À bientôt, Lucy.

Mens-moi à l'oreille

Un podcast de Ben Owens

Épisode 2 – « Elle n'hésitait pas à faire sa garce »

J'ai parlé à plusieurs anciens amis de Lucy ainsi qu'à des personnes avec qui elle a grandi, et un thème s'est dégagé de nos discussions.

Jill : *Lucy avait mauvais caractère. Elle n'hésitait pas à faire sa garce.*

Vous entendez Jill Lopez. C'était à son mariage que Lucy et Savannah assistaient, le soir du meurtre, même si elle n'apprécie pas de me voir l'évoquer.

Jill : *Oui, c'était mon mariage. Et oui, j'en veux un max à Lucy d'avoir gâché ce souvenir pour toujours. Je la connaissais même pas très bien. J'aurais pas dû l'inviter, mais ma mère voulait que tout Plumpton soit là.*

Ben : *Mais vous connaissiez assez Lucy pour savoir qu'« elle n'hésitait pas à faire sa garce » ?*

Jill : *Tout le monde le savait.*

Ross Ayers, un camarade de lycée, a personnellement fait les frais du caractère de Lucy.

Ross : *Vous voyez ça ? Juste là ?*

Ben : *Votre nez ?*

Ross : *Cette bosse ! C'est Lucy. Elle me l'a cassé en terminale.*

Ben : *Elle vous a cassé le nez ?*

Ross : *Oui. J'aurais aimé pouvoir témoigner à un procès, histoire de dire à tout le monde qu'elle était cinglée. Parce que je n'étais pas le premier gars qu'elle frappait ! Elle avait cogné sur un mec à la pharmacie, quelques mois plus tôt.*

Ben : *Qu'est-ce qui s'est passé ? Quand Lucy vous a frappé, je veux dire.*

Ross : *On était sur le parking après le bahut, avec des copains, on traînait, on attendait le bus, quand Lucy est sortie. Là, elle m'a vu et elle a complètement pété les plombs. Cette fille avait des yeux de meurtrière. À côté, y avait des gars qui revenaient du basket, elle leur a arraché le ballon des mains et me l'a balancé dessus. Genre à quelques mètres. Elle m'a eu en plein dans le nez. Puis elle a crié quelque chose, je ne me rappelle même pas quoi, elle m'a filé un coup de poing – oui, oui – et est partie. Enfin, non, elle n'est pas partie. Une amie l'a entraînée.*

Ben : *Pourquoi a-t-elle fait cela ? Vous aviez déjà eu des contacts auparavant, tous les deux ?*

Ross : *À peine ! Un peu en classe, mais je ne crois pas qu'on ait jamais eu une seule conversation. Elle a juste perdu les pédales. Je ne sais pas pourquoi.*

J'ai ensuite parlé à Emmett Chapman, qui était l'un des amis les plus proches de Lucy au lycée.

Emmett : *Lucy et moi, on était amis… depuis quoi… toujours ? Je ne me souviens même pas de l'école sans Lucy. En primaire, nos professeurs nous faisaient mettre en rang par ordre alphabétique, et Lucy était toujours juste derrière moi. Chapman et Chase.*

Assez vite, elle a commencé à me défendre tout le temps, alors on est devenus amis.

Ben : *À vous défendre ?*

Emmett : *Oui, j'ai été pas mal harcelé à l'école primaire. J'étais tout petit et une cible facile en général, donc j'ai dû faire face à beaucoup de conneries. Mais Lucy a toujours été gentille avec moi. Elle n'avait pas peur de parler fort. Moi, j'étais un gosse timide. Elle criait sur les autres à ma place.*

Ben : *Alors, elle avait mauvais caractère ou pas ? C'est ce que j'entends souvent.*

Emmett : *Non, je ne dirais pas ça.*

Ben : *Êtes-vous restés en contact après le lycée ?*

Emmett : *Oui. On est tous les deux allés à l'université du Texas, mais on ne s'est plus fréquentés autant après la première année. On s'est mis à traîner avec des groupes différents et on a fait nos propres trucs. Mais on est tous les deux revenus à Plumpton après avoir obtenu notre diplôme, et on est redevenus bons amis. En fait, avec la femme avec qui je sortais à l'époque, je passais beaucoup de temps en compagnie de Matt et Lucy. C'était notre couple d'amis.*

Ben : *Étiez-vous aussi ami avec Savannah ?*

Emmett : *Oui, absolument. Pas au lycée, mais plus tard, quand on a tous réemménagé ici.*

Ben : *Étiez-vous proches tous les deux ?*

Emmett : *Non, j'étais plus ami avec Matt et Lucy. Mais Savvy a toujours été très gentille avec moi. Elle était gentille avec tout le monde.*

Ben : *Comment décririez-vous la relation entre Lucy et Savannah ?*

Emmett : *Elles étaient proches. Je ne sais pas quoi dire de plus. Les gens semblent toujours vouloir que je révèle un grand secret, ou que je raconte qu'en fait je voyais bien qu'elles se détestaient secrètement, mais je n'ai rien vu de tel.*

Ben : *Qu'avez-vous pensé lorsque vous avez appris que Lucy était la principale suspecte dans le meurtre de Savannah ?*

Emmett : *J'étais stupéfait. Je n'aurais jamais pensé que Lucy puisse faire du mal à Savvy.*

10

Lucy

Dimanche soir, Grand-mère m'envoie chercher un dîner pour nous deux au Plumpton Diner. Quand je suis sur le point de sortir, Maman m'avertit que leurs salades sont dégoûtantes et me déconseille d'en commander une.

— Qui commande une salade dans ce type d'endroit ? répliqué-je, un pied déjà dehors.

L'humidité poisseuse se mêle à l'air conditionné d'une manière aussi bizarre que désagréable.

Ma mère renifle.

— Eh bien, tout le reste dégouline de graisse.

— Voilà qui m'a l'air délicieux.

Je m'échappe avant qu'elle propose de m'accompagner.

Ce *diner* existe depuis que je suis enfant et il n'a pas changé d'aspect extérieurement. À l'intérieur, les sièges en plastique rouge craquelé ont été remplacés par des banquettes d'un bleu beaucoup plus agréable. Et c'est plus propre que dans mes souvenirs.

Je m'approche du comptoir pour récupérer notre commande auprès d'un adolescent roux. À en juger par son air blasé, il ne semble pas me reconnaître. Il regarde son téléphone et se gratte un bouton d'acné sur la joue.

— C'est pas encore prêt. Vous pouvez vous asseoir pour attendre.

Je me juche sur un tabouret instable au comptoir et jette un coup d'œil aux convives. Il est encore tôt pour dîner – 17 heures – et l'endroit est presque désert. Il y a un couple dans le coin. Une mère avec ses deux enfants à une table voisine.

Et un homme brun, seul dans un box près de la fenêtre, qui me regarde fixement.

Je le reconnais tout de suite. Ben Owens. Le podcasteur arrogant.

Il lève une main. Me fait signe.

J'ai presque envie de rire.

Et puis, je m'imagine remonter dans ma voiture et percuter le côté du restaurant. Passer directement à travers la fenêtre. Le corps de Ben étalé sur le capot.

« *Le renverser avec ta voiture, pas cool,* chuchote la voix à mon oreille. *Mets tes mains autour de son cou jusqu'à sentir la vie s'échapper de lui. Ce serait amusant, non ? Il le mérite probablement. Ils le méritent toujours. Tuons...* »

Tais-toi, ordonné-je calmement à la voix.

Le fait que j'aie recommencé à lui parler n'est sans doute pas bon signe.

Ben ne bouge pas, mais il penche légèrement la tête, l'air d'attendre une réaction de ma part. C'est peut-être une invitation.

J'imagine qu'il va se lever et venir à moi si je décline.

Je glisse de mon tabouret et traverse le restaurant.

« *C'est une bien belle gorge que vous avez là, monsieur,* dit la voix. *Ce serait dommage qu'il lui arrive quelque chose.* »

Il sourit, dévoilant une impeccable rangée de dents blanches. Appareil dentaire et blanchiment régulier. Ce râtelier n'est pas le fruit du hasard.

Je soupçonne que rien chez Ben Owens n'est le fruit du hasard.

— Bonjour. Ben Owens.

J'ignore la main qu'il me tend.

— Je sais qui vous êtes.

Il désigne le siège en face de lui. Sur la table, un sandwich à moitié mangé et un ordinateur portable, qu'il pousse après l'avoir fermé. Il retourne également un petit carnet, afin que je ne puisse pas voir ce qui y est écrit.

— S'il vous plaît, asseyez-vous.

Je suis toujours debout à côté de sa table comme une idiote, et je ne suis sans doute pas venue juste lui passer le bonjour.

Je m'installe donc sur la banquette. Il fait tomber son stylo par terre et doit se lever de son siège pour le récupérer. Il est troublé.

Je l'imaginais beaucoup plus calme. Confiant. Sachant réseauter.

Ses yeux sombres rencontrent brièvement les miens et se portent aussitôt ailleurs. Je ne sais pas s'il est nerveux, gêné ou simplement très tendu.

— Je vous parle officieusement pour l'instant, dis-je. Je refuse toute conversation si ça doit se retrouver dans le podcast.

— Il y a quelque chose que vous souhaitez me dire ?

Il joue avec les bords de son carnet, comme s'il brûlait d'envie de le retourner et d'écrire un truc. Il a de longs doigts, des ongles bien taillés, et je détourne rapidement le regard.

— Non, rien de particulier. Je voulais juste que ça soit bien clair : je ne suis pas en train de consentir à une interview.

— OK. Tout cela est officieux.

— Exactement.

— J'ai entendu dire que vous étiez en ville. Comment va votre mère ?

— Elle va bien, merci. J'ai aussi entendu dire que vous étiez en ville. Pourquoi ?

— Parce que vous êtes là.

Je hausse un sourcil. Au moins, il est honnête.

— Vous pensiez que je changerais d'avis quant à une éventuelle interview après avoir vu votre charmant visage en vrai ?

Il esquisse un sourire.

— Peut-être.

— Vous avez déjà eu de bons interlocuteurs.

— Vous avez écouté ?

— Oui.

— Qu'en pensez-vous ?

— Passionnant.

— Merci.

Apparemment, il n'a pas remarqué – ou a choisi d'ignorer – mon sarcasme.

Je m'affaisse dans mon siège, appuyant les semelles de mes chaussures sur la banquette à côté de lui.

— Alors, quel est le verdict ? C'est moi ou pas, la coupable ?

Il frotte les bords de son carnet avec plus de détermination et me jette un regard amusé.

— J'ai entendu dire que vous étiez directe.

— C'est l'un de mes nombreux charmes.

— Je recueille les faits et je les expose, je ne porte pas de jugement.

— En voilà une belle connerie. Vous allez finir par donner votre avis. J'ai écouté la première saison.

— Je vous en remercie. Et, oui, au bout du compte, je donnerai ma propre opinion, mais pas tout de suite. Laissez-moi vous interviewer. Personne n'a jamais eu votre version des choses.

Il se penche en avant, les deux bras sur la table.

— Ma version des choses va sacrément vous décevoir, Ben. Je ne me souviens toujours de rien.

— Pas ça. Je veux dire, oui, bien sûr, si vous vous souvenez soudain de ce qui s'est passé cette nuit-là, je vous en prie, appelez-moi tout de suite…

Je le coupe sèchement :

— Mon premier appel sera pour vous, c'est sûr.

— … mais vous pouvez donner votre version des choses sur plein d'autres sujets. Votre relation avec Savannah, Matt, ce qui s'est passé au mariage…

— Je n'étalerai pas mon amitié avec Savvy sur la place publique pour que tout le monde la juge de nouveau. J'ai détesté ça la première fois et je ne vais pas répéter l'expérience.

Je jette un coup d'œil vers le comptoir. L'adolescent a disparu.

— J'ai bien aimé vos livres, dit Ben.

Je repose aussitôt les yeux sur lui.

— Quoi ?

— Vos livres. Les livres d'Eva Knightley.

Je laisse tomber mes pieds de la banquette et je me redresse. Il a de nouveau l'air arrogant.

— Comment avez-vous… ?

Un gouffre commence à se former au fond de moi.

« Tuons, tuons, tuons… »

— J'ai de très bonnes sources.

Quel arrogant.

Je me presse les mains l'une contre l'autre, à en faire craquer les jointures.

— Écoutez, ces livres... Je ne peux pas écrire sous mon vrai nom. Je veux dire, personne ne lira les romances écrites par la fille qui a potentiellement défoncé le crâne de sa meilleure amie.

Il a l'air surpris.

— Et j'ai réussi à garder ce secret jusqu'à présent, alors j'apprécierais vraiment que vous...

— Détendez-vous, Lucy, je ne le dirai à personne.

Il sourit. D'un air suffisant.

J'hésite.

— À condition que je vous accorde une interview ?

— Quoi ? Non, voyons. Lucy, je ne suis pas en train de vous faire chanter. J'ai vraiment aimé vos livres.

— Vous êtes un amateur de romances ?

— Eh bien, non, c'était ma première incursion dans le genre, mais je devrais peut-être en lire plus, parce qu'elles étaient très excitantes. Celle avec le couple qui faisait semblant d'être marié, c'est ma préférée.

— Pourquoi ?

— Apparemment, j'aime bien les histoires de faux mariage. C'est une chose que j'ai découverte récemment sur mon compte.

Je résiste de justesse à l'envie de rire, mais mes lèvres frémissent. Merde.

— Sérieusement, pourquoi vous avez lu mes livres ?

— Cela m'intéressait. Et, à dire vrai, j'ai envisagé d'en parler dans le podcast. D'en lire quelques passages. Mais je ne vois pas en quoi ce serait pertinent. Paige, mon assistante, trouve que ce serait un coup de pute, et je suis d'accord avec elle.

— J'aime bien votre assistante.

— Elle est plus maligne que moi.

— M'dame ?

L'adolescent est réapparu au comptoir et il s'adresse à moi, un grand sac en plastique rempli de récipients à emporter au bout du bras. Je sais qu'ici tout le monde appelle les femmes « m'dame », quel que soit leur âge, mais ça me fait quand même tressaillir. Je suis restée à Los Angeles trop longtemps.

Je fais mine de me lever.

— Juste une question.

Ben avance la main comme pour me toucher, mais sans finir son geste. Il appuie ses paumes sur la table.

— Officieusement.

— Vous pouvez la poser, je n'y répondrai peut-être pas.

— Vous connaissiez bien Colin Dunn ?

Je soupire. Ce putain de Colin Dunn…

— Vous pensez que le coupable est le petit ami de Savvy. Très original. Pourquoi personne d'autre n'y a pensé ? lancé-je, impassible.

Tout le monde y a déjà pensé. C'est toujours le petit ami ou le mari.

Sauf que, dans ce cas précis, non.

— Vous le connaissiez bien ? insiste-t-il.

— Pas des masses.

Le visage de Colin apparaît dans mon esprit – un très beau visage. Une mâchoire carrée et un sourire légèrement de travers, que Savvy adorait.

— Vous pensez vraiment que Colin est rentré directement chez lui ce soir-là ? Pourquoi êtes-vous parties toutes les deux, en laissant Matt à la réception ?

Je me lève de la banquette.

— Ça fait plus d'une question, Ben.

— Je n'ai jamais été très doué pour suivre les règles.

Mon Dieu, ce qu'il est pénible !

Il me glisse une carte dans la main.

— Appelez-moi si vous voulez parler de Colin après l'épisode de demain.

11
Lucy

— C'est quoi ce bordel ?

Je dépose le dîner sur la table et me tourne vers ma grand-mère, affalée sur le canapé au centre de sa minuscule maison, en train de regarder l'un des films de la série des *Avengers*.

Elle pose sur moi de grands yeux pleins d'innocence.

— Quoi ?

— Tu m'as envoyée au *diner* parce que tu savais que ce salopard de podcasteur s'y trouverait.

— Eh bien... oui.

— S'il te plaît..., commencé-je avant de marquer une pause et de fermer brièvement les yeux pour me ressaisir. S'il te plaît, dis-moi que tu n'as pas organisé cette fête dans le seul but de me faire parler à ce type.

— Je ne sais même pas pourquoi tu me le demandes. Il est bien évident que c'est exactement ce que j'ai fait.

Je me laisse tomber sur une chaise, une main plaquée sur le front.

— Bon sang ! Pourquoi... Qu'est-ce que... Mais enfin pourquoi ?

Elle se lève, remet en place son chignon, puis se dirige vers la table pour sortir les provisions du sac.

— Tu l'as vu ?

— Tu m'as vendue à un podcasteur parce qu'il est mignon ?

— Il n'est pas seulement mignon. Mince, il est même plus beau que ce… ce type, qui est-ce ?

J'ôte la main de mon front pour la voir désigner la télévision. Je lève les yeux au ciel.

— Chris Evans ! Il n'est pas plus mignon que Chris Evans.

Elle pose un hamburger et des frites devant moi.

— Eh bien, accordons-nous sur le fait que nous ne sommes pas d'accord. Mais, non, je ne t'ai pas vendue à lui parce qu'il est mignon. Même si son sourire a pu faciliter les choses quand il s'est présenté à ma porte.

— Un sourire arrogant, marmonné-je.

— Oh oui, des plus arrogants. Ce garçon est très imbu de sa personne.

Sur un éclat de rire, elle se dirige vers le mini-réfrigérateur. Son ample robe verte froufroute autour de ses mollets.

— Tu veux une bière ?

— Non, merci.

Elle s'en ouvre une canette, puis s'assied à table et chipe une frite.

— Je pense qu'il est ta meilleure chance.

— Ma meilleure chance de quoi ?

— De découvrir qui a tué Savannah. Nous avons parlé un long moment, et il a été très direct avec moi. Il veut découvrir la vérité, non te faire porter le chapeau comme tout le monde.

J'avale une bouchée de mon hamburger pour ne pas avoir à répliquer. Je ne veux pas lui avouer que je suis terrifiée à l'idée que ce Ben découvre la vérité.

Elle pointe un doigt vers moi. Le vernis de ses ongles rose vif est écaillé au bout comme si elle s'était acharnée dessus.

— Ne fais pas cette tête.

— Quelle tête ?

— Une tête de coupable ayant quelque chose à cacher.

« *Tuons...* »

J'avale une nouvelle bouchée de mon hamburger.

— Je lui ai promis de te convaincre de le laisser t'interviewer, ajoute-t-elle.

— C'est bien présomptueux de ta part de penser y arriver.

— Écoute, Lucy, ne faisons pas semblant : tu vas bel et bien faire ça pour moi.

Elle me tapote la main.

Bon sang !

— Tu as besoin de lui, poursuit-elle.

— Je n'ai pas besoin de cet idiot.

— Si. Les gens croient les hommes. Surtout les hommes avec son physique. S'il déclare que tu n'as rien fait – ou s'il émet suffisamment de doutes à ce sujet –, les gens le croiront. Regarde Ronan Farrow. Personne n'a cru que ce cinéaste avait agressé toutes ces filles jusqu'à ce que lui-même affirme que c'était vrai.

Je soupire, car elle a raison.

Bien sûr, cela signifie aussi que, si Ben décide que je suis coupable, je me retrouverai encore plus dans la mouise.

— Il a résolu une affaire classée pendant la première saison de son podcast, insiste Grand-mère. Il va résoudre celle-ci, et tu vas l'aider.

— Les Harper ont engagé trois détectives privés et ils en ont été pour leurs frais. Comment Ben pourrait résoudre le problème, subitement ?

— Il a dit qu'il allait dénicher des informations dont personne d'autre ne disposait.

J'attrape une frite.

— Comment compte-t-il s'y prendre exactement ?

— *Primo,* tu vas l'aider. Et *secundo,* il en a déjà en sa possession.

Mon hamburger au bord des lèvres, je suspends mon geste.

— Quoi ?

— Colin n'est pas rentré directement chez lui après le mariage.

Mens-moi à l'oreille

Un podcast de Ben Owens

Épisode 3 – « Matt était trop bien pour elle »

Colin Dunn sortait avec Savannah depuis quelques mois lorsqu'elle a été tuée. Je vais le laisser se présenter, avec ses propres mots.

Colin : *J'étais un vrai salaud. [Rire.] Ouais, mec, je n'aimais pas du tout la vie dans cette petite ville. J'en détestais chaque minute, et je me détestais moi-même de ne pas être assez courageux pour sauter dans un bus et ficher le camp. J'ai pas mal passé mes nerfs sur Savvy.*

Ben : *Vous avez passé vos nerfs sur elle ? Que voulez-vous dire ?*

Colin : *Je n'ai pas été très gentil. Je sais que je ne devrais probablement pas l'admettre, ou que je devrais, genre, essayer de me donner le beau rôle, mais je m'en fous. J'ai juste l'impression que je dois être honnête.*

Ben : *Revenons un peu en arrière. Comment vous êtes-vous rencontrés ?*

Colin : *Au bar où elle travaillait. Je n'avais pas l'âge de boire, mais j'avais une fausse carte d'identité…*

Euh, est-ce que je peux dire ça ? Ou est-ce que je suis en train d'avouer un délit ?

Ben : *Non, tout va bien.*

Colin : *Ouais, j'avais dix-neuf ou vingt ans, un truc du genre, et j'avais une fausse carte d'identité. Je ne pense pas que Savvy s'en soit aperçue. Non, c'est sûr qu'elle savait pas. J'ai toujours eu l'impression d'avoir une mauvaise influence sur elle. C'était une fille adorable, très mignonne, et moi j'étais pas le type le plus adorable de la terre. Si je l'avais rencontrée quelques années plus tard, je me serais peut-être mieux comporté avec elle, mais... bon, elle a été assassinée. Ça, ça craint.*

Ben : *En effet.*

Colin : *Bref, on s'est rencontrés au bar et on a tout de suite bien accroché.*

Ben : *C'était quand ?*

Colin : *Au début de l'année, vers janvier. Donc quatre mois avant sa mort.*

Ben : *Et vous êtes sortis ensemble jusqu'à ce qu'elle soit tuée ?*

Colin : *Ben... Je sais pas si c'est le bon mot. On n'était pas... euh, ouais, tu sais, disons qu'on sortait ensemble. Savvy était une chouette fille. Plus chouette que moi, ça, c'est sûr.*

Ben : *Connaissiez-vous ses amis ?*

Colin : *Euh, qu'est-ce que vous voulez dire ? Certains en particulier ?*

Ben : *Connaissiez-vous Lucy ? L'aviez-vous rencontrée avant le mariage ?*

Colin : *Ouais, une ou deux fois. Au bar, une fois, et chez Savvy un jour où j'étais passé la voir. Je savais qui elle était, mais... on n'était pas potes.*

Ben : *Vous a-t-elle laissé une impression particulière ?*

Colin : *Euh... elle était sexy ?*

Ben : *Autre chose ?*

Colin : *Pas vraiment.*

Ben : *Connaissiez-vous Matt ?*

Colin : *Pas avant le mariage.*

Ben : *Avez-vous passé du temps avec Lucy et lui ce soir-là ?*

Colin : *Ouais. On était à la même table.*

Ben : *Qu'avez-vous pensé d'eux ?*

Colin : *Lucy m'a pas vraiment parlé. Pas qu'elle ait été impolie, juste, genre « on n'a rien en commun ». Matt et moi, on a parlé basket – on était pas loin des finales de la NBA. Le mec était drôle. Il était venu pour se marrer à ce mariage. Bon, vous le savez déjà.*

Ben : *Et c'est ce que vous avez constaté ?*

Colin : *Oh oui ! Il était complètement bourré.*

Ben : *Comment se comportait-il ? Il avait l'alcool joyeux ou mauvais ?*

Colin : *Plutôt joyeux, si je me souviens bien. Il dansait beaucoup, il rigolait… et il ignorait complètement Lucy, qui semblait furax.*

Ben : *À cause de lui ?*

Colin : *Je sais pas. J'ai demandé à Savvy ce qu'elle en pensait et elle m'a dit que Lucy allait bien. « T'inquiète », elle a dit. Genre, c'étaient pas mes affaires. Et elle avait raison. Je m'en fichais un peu.*

Ben : *Vous êtes arrivé au mariage dans la voiture de Savvy, mais elle est repartie sans vous. Que s'est-il passé ?*

Colin : *Lucy et Matt se sont disputés, je crois. Je sais pas à propos de quoi. Mais Savvy semblait contrariée, et elle a demandé à son frère – Keaton – de me ramener chez moi. Mais bon, je suis pas allé avec lui. J'habitais pas loin, alors j'ai marché.*

Ben : *Vous êtes rentré directement chez vous ?*

Colin : *Oui.*

Ben : *Tout seul ?*

Colin : *Je… Oui.*

Ben : *Une invitée de ce mariage dit qu'elle vous a vu monter dans une voiture avec une femme.*

Colin : *Quelle invitée ?*

Ben : *Juste quelqu'un qui regrette de ne pas avoir parlé plus tôt. Êtes-vous monté dans la voiture de quelqu'un cette nuit-là ?*

Colin : *Hum… Écoutez. Disons que j'ai… commencé à discuter avec quelqu'un après le départ de Savvy, et une chose en entraînant une autre…*

Ben : *Vous êtes parti avec elle ?*

Colin : *Oui.*

Ben : *Donc, votre alibi, ce que vous avez dit à la police, comme quoi vous êtes rentré chez vous et que vous avez passé la nuit là-bas, ce n'était pas vrai ?*

Colin : *Ben… Je suis rentré chez moi… à 3 heures du matin.*

Ben : *Le légiste a situé la mort de Savvy entre le milieu de la nuit et 3 heures du matin. Vous étiez donc dans la nature au moment où elle a été tuée.*

Colin : *Ça fait mauvais effet, dit comme ça. Je n'étais pas dans la nature. J'étais avec cette femme, puis je suis rentré chez moi.*

Ben : *Elle pourrait se porter garante pour vous ?*

Colin : *Non… Je veux dire, elle ne le fera pas.*

Ben : *Pourquoi ?*

Colin : *Elle n'était pas vraiment… célibataire.*

Ben : *Elle avait quelqu'un.*

Colin : *Oui.*

Ben : *Vous êtes allé chez elle ?*

Colin : *Non…*

Ben : *Où êtes-vous allé ?*

Colin : *Juste dans sa voiture. Elle l'a garée un peu plus loin sur la route et on a… Je pense que personne au mariage n'a remarqué notre absence. En* *tout cas, pas la mienne. J'ignore totalement si son mari a eu des soupçons.*

Ben : *Et ensuite, elle vous a raccompagné chez vous ?*

Colin : *Non, j'ai marché. Elle devait rentrer chez elle.*

Ben : *Vous êtes donc rentré, seul, à quoi ? 1 heure du matin ? 2 heures ? Sous la pluie ?*

Colin : *C'est une ville sûre, mec.*

Ben : *J'essaie juste de préciser la chronologie. Vous étiez dehors, seul, au moment où Savvy a été tuée. Et vous avez menti à la police en prétendant être rentré chez vous juste après son départ.*

Colin : *Je l'ai pas tuée.*

Ben : *Mais c'est la bonne chronologie des faits, maintenant ?*

Colin : *Je l'ai pas tuée. Mince, on peut recommencer ? J'ai l'impression d'avoir merdé.*

12
Lucy

« As-tu téléphoné à Ben ? »

Je jette un coup d'œil au texto que Grand-mère vient de m'envoyer.

— Vous êtes sûre que vous ne voulez pas de roses ? Votre mère a parlé de roses roses.

La fleuriste fronce les sourcils avec méfiance, comme si j'étais entrée dans sa boutique avec l'intention de gâcher la fête d'anniversaire de ma grand-mère. J'appuie sur le bouton « Appel » de mon téléphone et mets Grand-mère sur haut-parleur. Elle décroche immédiatement.

— Allô ?

— Grand-mère. Ton avis sur les roses roses ?

— Dis à ta mère que je vomirai sur ses roses.

Je hausse un sourcil à l'intention de la fleuriste, qui pince ses fines lèvres rouges. On dirait que j'ai insulté toutes les roses roses du monde.

Je coupe le haut-parleur et colle le téléphone à mon oreille.

— L'organisation de la fête se passe affreusement mal et ton anniversaire va être un désastre.

— Je meurs d'impatience. Tu as écouté l'interview d'aujourd'hui, celle avec Colin ? Tu as téléphoné à Ben ?

— Je suis encore en train de réfléchir, traîtresse. Je te rappelle plus tard, d'accord ? Je dois arrêter ce désastre avec les roses roses.

— Oui, s'il te plaît.

Je mets fin à l'appel et reporte mon attention sur la fleuriste, qui est écarlate.

— Des gerberas. Pas de roses de quelque couleur que ce soit.

En rentrant chez mes parents, je trouve Maman en train d'essayer de balayer d'une main tout en se cramponnant à une béquille de l'autre. Je dépose mon sac sur la table de la cuisine et lui prends le balai.

— Merci, ma chérie. Les filles arrivent dans dix minutes et je ne veux pas que cet endroit ressemble à une porcherie.

D'un geste, elle gonfle ses cheveux, déjà assez bouffants pour faire la fierté de la plupart des femmes du Sud.

— C'est qui, ces « filles » ?

Je balaie quelques miettes dans un coin, et les ajoute au petit tas.

Maman s'approche en clopinant du canapé.

— Juste des amies. Elles viennent prendre le thé une semaine sur deux. Nous transformons parfois la réunion en club de lecture, mais pas aujourd'hui. Nous avons commenté un livre la semaine dernière.

— Lequel ?

— Oh, je ne sais plus. Je ne les lis jamais. Qui a encore la patience de lire ?

Je ricane en ramassant la saleté dans la pelle. Elle se retourne pour me regarder.

— Tu t'es arrêtée au restaurant pour voir la salle ?

— Oui. Elle est très belle.

— Tu as donné ton accord pour le menu ?

— Ils m'ont fait goûter leurs boulettes de viande. Chaudement recommandées.

Je vide la pelle et je remise le balai dans le placard.

— Janice m'a dit aujourd'hui que ton oncle Keith et elle avaient réservé à l'auberge, donc pas besoin de s'inquiéter. Ashley et Brian aussi.

— Je ne me faisais pas le moindre souci à ce sujet.

— Ta tante Karen aussi, continue-t-elle en ignorant ma remarque. Tout est prêt. Personne n'a besoin d'être véhiculé, ils viennent en voiture de Houston.

Je n'avais pas l'intention de proposer aux membres de ma famille, à qui je n'ai pas adressé la parole depuis des années, de jouer les taxis, ça tombe bien.

— Tu as été chez la fleuriste ? demande Maman.

— Oui.

— Elle va faire des centres de table avec des roses roses ?

— Bien sûr, dis-je en me dirigeant vers l'escalier. Est-ce que je dois me faire discrète ?

— Bonté divine, non ! Je leur ai dit que tu te joindrais à nous. Ne me mets pas dans l'embarras.

— Il est bien trop tard pour ça, non ?

— Ce que je voulais dire, c'est de ne pas me faire honte en allant te cacher dans ta chambre quand j'ai promis que tu serais là.

— D'accord, mais tu risques de t'en mordre les doigts.

— Je n'ai jamais compris cette expression et je préférerais que tu ne me l'expliques pas.

On sonne. Maman fait bouffer ses cheveux une dernière fois et me presse d'aller accueillir ses invités.

Je me dirige vers la porte d'entrée et l'ouvre. Et je constate tout de suite que, par « thé », elle entendait « vin ».

Quatre dames se tiennent sur le perron, chacune armée d'une bouteille de vin. Deux de blanc, deux de rouge.

Je fais tout mon possible pour ne pas m'imaginer en train de les assassiner en saisissant une bouteille et en la leur fracassant sur le crâne – c'est difficile alors qu'elles apportent l'arme de leur propre meurtre.

Mais je souris et je les invite à entrer.

Je connais trois d'entre elles : Marian, une femme agréable aux cheveux d'un (faux) roux éclatant et au sourire qui se fige chaque fois que nos regards se croisent ; Betsy, qui a un casque de cheveux gris bouclés et me dit exactement combien de calories contiennent les brownies qu'elle a apportés (285 l'unité : « Ce ne sont pas des brownies de régime ! ») ; et Peggy, une femme très petite qui me suit dans la cuisine, me montre quels verres à vin prendre dans le placard, puis les relave même s'ils me paraissent parfaitement propres.

Janet m'est inconnue. Elle s'est installée en ville il y a cinq ans, nous n'avons donc jamais eu le plaisir de nous rencontrer. Elle a l'air nerveuse en me serrant la main. Je ne peux pas lui en vouloir.

Marian prépare effectivement du thé – du très bon thé –, mais il est évident que le vin est le motif principal de leur petite réunion. Elle nous en propose à toutes une tasse, puis Peggy distribue le vin dans des verres rutilants de propreté.

Je prends le verre que l'on me tend, mais je n'en bois que de minuscules gorgées, car je suis une petite nature. Je n'ai pas besoin de me soûler avec ces dames.

Maman est sur le canapé, sa jambe cassée allongée devant elle ; Peggy se place à l'autre bout. Janet et Betsy s'installent sur la causeuse, pendant que Marian et moi prenons place sur une des chaises apportées de la cuisine.

Peggy fronce les sourcils en sirotant son vin.

— Je ne me souviens pas... Lucy, c'est le diminutif de Lucille ?

Je secoue la tête.

— C'est juste Lucy, alors ?

— Oui.

Peggy hausse les sourcils, comme si elle n'était pas d'accord avec le choix fait par mes parents. Je jette un coup d'œil à Maman, mais elle sourit aimablement. J'attrape un brownie à 285 calories sur la table basse et j'en croque une bouchée. Sacrément bon.

— Ils sont incroyables, dis-je.

Betsy rayonne.

Marian regarde Maman.

— Comment se passent les préparatifs de la fête d'anniversaire ?

Ma mère pousse un soupir théâtral.

— Bien, je suppose. Mais Maman n'est d'aucune aide. Elle veut juste savoir quel genre de cocktails nous allons servir.

— Une femme comme je les aime, commente Janet en vidant son verre.

Betsy le lui remplit de nouveau.

— Ça a été une véritable gageure d'appeler tous les membres de la famille et de les faire venir en si peu de temps, poursuit Maman. Je me demande si tout ce ramdam n'était pas une mauvaise idée.

— Bien sûr que non ! s'exclame Janet. Ce sera merveilleux de réunir ta famille.

— Tu aides ta mère, n'est-ce pas ? me demande Peggy d'un air menaçant.

— Lucy m'a beaucoup aidée, s'empresse de répondre Maman. Mais ce n'est pas elle qui pouvait passer les appels à ma place. Certains membres de la famille auraient été très surpris si elle leur avait téléphoné tout à trac.

— Je ne vois pas pourquoi, lâché-je sèchement.

Janet a l'air horrifiée. Betsy s'agite, visiblement mal à l'aise. Peggy semble ravie.

— Oh, arrête ! réplique Maman avant de boire une longue gorgée de vin. On le pense toutes, alors autant le dire.

— Pourquoi ? insisté-je en prenant un autre brownie.

— Ils font 285 calories, me rappelle Betsy.

— Je sais.

— J'ai pensé que tu avais peut-être oublié.

Je croque une bouchée.

— Je n'ai pas oublié.

— Tu es l'une de ces femmes qui peuvent manger tout ce qu'elles veulent sans prendre de poids ? demande Marian.

Elle paraît s'en offusquer à l'extrême. Plus que lorsque ma mère a évoqué, de manière fort peu subtile, les soupçons de meurtre qui pèsent sur moi.

— Elle est génétiquement prédisposée à être mince, déclare Janet en désignant Maman.

— Elle court environ quinze kilomètres tous les matins, précise celle-ci.

— Pas quinze kilomètres. Et pas tous les jours, en tout cas. Mais, oui, je peux manger ce que je veux sans prendre de poids.

Ce n'est pas vrai, mais je m'amuse de l'expression aigre qui se peint sur le visage de Marian. Je savoure une autre bouchée de brownie.

— Bref, je pense que Lucy pourrait se charger d'une partie de l'organisation, même si ta famille serait sidérée d'avoir de ses nouvelles, persiste Peggy.

Je hausse les épaules.

— Ça ne me dérangerait pas en tout cas.

— Tu vois ? Elle est d'accord.

Maman lève les yeux au ciel.

— Lucy est toujours d'accord quand il s'agit de prendre les gens au dépourvu.

— Tu n'as pas tort là-dessus.

J'engloutis le reste de mon brownie.

Betsy fait joyeusement rebondir ses mains sur ses cuisses.

— Changeons de sujet ! Lucy, tu vis à...

— Tu as rencontré ce garçon ? l'interrompt Peggy. Celui qui fait le podcast ? Comment s'appelle-t-il déjà ?

— Ben, répond Janet.

— Oui, c'est ça, Ben. Il n'est vraiment pas mal de sa personne, non ? Je ne sais pas trop ce qu'il fabrique à la radio. Il aurait dû être acteur.

— Il est trop jeune pour moi, objecte Marian, qui se tripote une mèche de cheveux. Plus jeune que mon fils. Est-ce qu'il a seulement fini l'université ?

Maman prend un brownie, manifestement influencée par mon exemple.

— Il a dans les vingt-cinq ans, je crois.

Je rectifie aussitôt :

— Vingt-huit.

Tout le monde se tourne vers moi.

— Tu as écouté son émission ? demande Peggy.

— Oui.

— Il y a un nouvel épisode qui sort aujourd'hui, dit Janet. C'est très bien fait, vous ne trouvez pas ?

— À votre avis, qui a trompé son mari avec ce Colin ? fait Peggy dans un chuchotement sonore, avant de glousser.

Je n'ai écouté que la moitié de l'épisode d'aujourd'hui, mais j'ai toujours pensé que Colin était trop bête et trop paresseux pour tuer qui que ce soit. Je décide toutefois de ne pas partager mon opinion sur le sujet, puisque je suis la seule autre suspecte à ce stade.

— Je suis captivée. J'ai hâte de savoir si c'est moi qui ai fait le coup.

Janet en reste bouche bée.

— Lucy, arrête d'essayer de choquer les gens, proteste gentiment ma mère.

— Je n'ai pas vraiment besoin d'essayer, Maman.

— Bref, reprend Peggy en s'éclaircissant la voix. Kathleen, comment va ta jambe ?

13

Lucy

J'essaie d'éviter de passer devant Hampton House. Je me dis que je n'ai pas besoin de la voir, et encore moins de risquer de croiser Matt, qui y vit avec sa nouvelle femme.

Mais je finis quand même par traverser la ville. Personne ne m'a jamais accusée de prendre de bonnes décisions.

Le soleil vient de disparaître et, lorsque j'arrive, les réverbères s'allument. Les pelouses sont toujours parfaitement entretenues, pas une seule voiture n'est malencontreusement garée dans la rue. La copropriété veille toujours au grain.

Je m'arrête au ras du trottoir devant la maison, puis je coupe le moteur.

L'endroit n'a pas changé. Les fleurs que j'ai plantées pour décorer le devant de la maison sont toujours là. Pareil pour les brumisateurs sous le porche, fruit de mes efforts pour rendre la terrasse de devant confortable pendant les mois d'été (un lamentable échec).

À travers les fenêtres, je peux voir, bien fermées, les persiennes d'intérieur en bois blanc que j'ai choisies. Certes, pourquoi se débarrasser de volets de qualité, mais je suis quand même surprise qu'elle ne les ait pas mis au rebut. À sa place, j'aurais craint qu'ils ne soient maudits. J'aurais sans doute tout brûlé dans la maison où l'ex-femme criminelle de mon mari aurait vécu.

J'ai aimé décorer cette maison, même si je n'en ai jamais vraiment voulu. C'était Matt qui était enchanté par cette demeure, par ce qu'elle dirait de nous.

« Cette maison fera de nous les stars de la ville, avait-il déclaré. Tout le monde en parlera. »

Il avait raison, bien sûr. Ça a jasé dans tout Plumpton. Mais Matt a raison sur tout. Il suffit de lui demander.

J'avais été réticente à l'idée de dépenser l'argent de ses parents, seul moyen pour nous de payer la maison. Il avait balayé mes objections. Ils mettaient de l'argent de côté depuis des années justement pour qu'il puisse acquérir son premier bien immobilier. Il m'avait sorti ça l'air de dire : « Évidemment. Qui ne met pas de côté près d'un million de dollars pour que son fils se paie sa première maison ? Ça coule de source ! »

Je n'ai jamais réussi à piger le mode de vie des riches. C'est tellement empreint de culpabilité. Chaque fois que ses parents venaient, ils lançaient de petites piques à tout bout de champ. Des remarques sur l'entretien et la valeur de revente. Un commentaire sarcastique sur la brasserie (qu'ils avaient également financée). Je préfère vivre fauchée dans un appartement loué à un propriétaire fétichiste des pieds plutôt que de gérer ça.

Une voiture apparaît au coin de la rue et je tourne rapidement la clé dans le contact en regardant de l'autre côté pour que le conducteur ne puisse pas apercevoir mon visage. Je le vois rapetisser dans mon rétroviseur et je relâche lentement mon souffle.

Un coup frappé à la vitre me fait sursauter.

Je me retourne pour regarder côté passager.

Matt.

Mens-moi à l'oreille

Un podcast de Ben Owens

Épisode 3 – « Matt était trop bien pour elle »

Stephanie : *Je suis désolée, mais Matt était trop bien pour elle.*

Ben : *Pourquoi pensiez-vous cela ?*

Stephanie : *Je n'étais pas la seule. C'était un sentiment assez répandu.*

J'ai parlé de Matt à de nombreuses personnes, notamment à Stephanie Gantz, une amie de Matt et Lucy, qui vivait dans le même quartier qu'eux. Elle m'a accordé une interview entre deux entraînements de foot de ses enfants.

Stephanie : *Matt était très amical. D'un abord très facile. Il est venu boire une bière avec mon mari le jour même de leur emménagement ici. Je n'ai rencontré Lucy que quelques jours plus tard – je suis d'ici, mais j'ai une bonne dizaine d'années de plus qu'elle, donc je ne l'ai pas connue quand elle était plus jeune – et c'était… Bref ! Ce n'était pas la femme la plus chaleureuse du monde. C'est même bizarre que Savvy et elle soient devenues aussi proches, en fait.*

Ben : *Pourquoi ?*

Stephanie : *Parce que Savvy était un amour. Pétillante et charmante, la totale, quoi. Elle aurait été mieux assortie à Matt, si vous voulez la vérité.*

Ben : *Mais Lucy et vous avez fini par devenir amies ?*

Stephanie : *Des connaissances, je dirais. J'habitais au bout de la rue, et nous sommes une communauté soudée ici. Lucy ne s'est jamais vraiment intégrée, cela dit. Elle était très jeune. Les autres femmes et moi... Je ne devrais sans doute pas le dire, mais bon... Nous plaisantions, en disant que Lucy était la première femme de Matt. Nous savions qu'il y en aurait une seconde.*

Ben : *Parce qu'ils étaient jeunes, ou pour une autre raison ?*

Stephanie : *Parce qu'ils étaient jeunes, c'est sûr. À cet âge, on croit amusant d'avoir pour épouse quelqu'un qui est votre opposée. Plus tard, on se rend compte que c'est épuisant. Vous aspirez à ce que votre conjoint vous apporte de la sérénité, pas à ce qu'il soit toujours en désaccord avec vous. Matt et Lucy étaient désaccordés.*

Ben : *Vous voulez dire qu'ils se disputaient beaucoup ?*

Stephanie : *Oh, oui. C'était évident quand on les voyait ensemble : vous savez, quand on essaie de s'affronter discrètement en espérant que personne ne le remarque. Mais on entendait des cris chez eux. Ça braillait fort.*

Ben : *Qui criait ? Matt ou Lucy ? Ou les deux ?*

Stephanie : *Les deux.*

Ben : *Est-ce que cela a été une source d'inquiétude ? Quelqu'un a-t-il appelé la police ?*

Stephanie : *Oh, mon Dieu, non ! Bien sûr, sachant ce que je sais maintenant, j'aurais peut-être craint un peu plus pour la sécurité de Matt, à l'époque. Et,* *bien sûr, je me sens très mal pour lui maintenant, à propos de tout.*

Ben : *Vous voulez parler du meurtre de Savannah ?*

Stephanie : *En fait, non, je veux parler de Kyle. Kyle Porter. Vous le connaissez, évidemment.*

Ben : *J'ai entendu certaines choses.*

Stephanie : *Vous devriez parler à Kyle.*

14

Lucy

Je baisse ma vitre, comme une idiote.

Matt se penche par-dessus, ses avant-bras nonchalamment appuyés sur le bas de la fenêtre, ses mains pendant même au-dessus du siège passager.

De très belles mains, d'ailleurs. Aux longs doigts et aux ongles parfaitement soignés. J'ai un faible pour les mains. Une fois, je n'ai plus répondu à un type après un rendez-vous parce qu'il avait les ongles trop longs. Sinon, il était parfait, vraiment gentil et mignon, et nous avions passé un bon moment. Mais j'avais envie de vomir chaque fois que je pensais à ses ongles.

Les cheveux noirs de Matt sont beaucoup plus courts qu'avant. Je me demande s'il commence à les perdre. L'être mesquin qui sommeille en moi l'espère.

Ses yeux – bleus et brillants – ont été la première chose que j'ai remarquée chez lui et il m'est difficile de m'en détourner, même aujourd'hui.

— Bonjour, Luce, dit-il.

Je me suis fourrée dans une situation vraiment merdique, je reste donc bouche cousue.

Je m'imagine remonter la vitre, lui coincer le cou, appuyer sur l'accélérateur et le traîner dans la rue.

« *Tuons...* »

— Tu avais l'intention de frapper à la porte ou de rester assise ici toute la nuit ? demande-t-il.

Je soupire.

— Je passais juste en voiture.

— Tu t'es garée.

— J'étais curieuse de voir à quoi ressemblait la maison.

Il jette un coup d'œil derrière lui, puis revient à moi.

— Puisque tu es là, tu veux entrer ?

Je le dévisage, déconcertée.

— Je ne pense pas que ta femme apprécierait ma visite.

— On est en train de divorcer. Elle est retournée à Houston.

Je m'efforce de ne pas sourire. Je le jure devant Dieu, je fais tout ce que je peux pour ne pas me comporter comme la garce que je suis, mais j'échoue lamentablement.

S'il voit le frémissement de mes lèvres, il fait semblant de ne rien remarquer.

— Entre, insiste-t-il. Viens boire un verre.

Il a dans les yeux la lueur de celui qui se demande déjà s'il va me culbuter dans son lit ou sur la table de la cuisine. Il adorait me prendre dessus. Nous en avions choisi une très solide, spécialement dans ce but. Je me demande s'il l'a toujours.

Non. Merde. Non. Je ne vais pas recommencer.

Je regarde par la vitre.

— Tu es sûr de vouloir te retrouver seul avec moi ?

— Lucy, réplique-t-il en soupirant lourdement.

C'est sa façon de dire « Lucy se ridiculise, encore une fois ».

« Lucy, retourne chez tes parents. S'il te plaît ? Juste pour quelques jours. J'ai besoin de réfléchir. » Il se tenait près de la porte d'entrée lorsqu'il m'a lancé ces mots, tout en faisant nerveusement craquer ses articulations. Je me souviens d'avoir pensé qu'il était prêt à prendre ses jambes à son cou.

Il avait l'air terrifié. Par moi. J'étais rentrée de l'hôpital depuis moins de vingt-quatre heures. La police n'avait pas encore commencé à m'interroger sérieusement. Les médias ne s'étaient pas encore déchaînés contre moi.

Mais Matt ? Matt était sûr que j'étais coupable. Mon mari était trop effrayé pour cohabiter avec moi.

— Peut-être une autre fois.

Je fais redémarrer la voiture, ce qui l'oblige à reculer sur le trottoir.

Je ne regarde pas dans le rétroviseur en m'éloignant.

15
Lucy

Dès que j'entre dans le *diner*, j'avise Ben assis à la même table que la dernière fois, en train de saisir du texte sur un ordinateur portable.

Il lève les yeux et me sourit. Grand-mère avait raison sur un point : il a le sourire d'un super-héros. « Pas de panique, m'dame, ce très beau monsieur est là pour vous aider. » Telle est l'énergie qui se dégage de Ben.

L'amabilité doit être un rôle qu'il interprète, sa façon à lui d'essayer de me soutirer une interview, mais il fait ça bien, je lui accorde. Il a l'air vraiment content de me voir.

Je me dirige vers son box et prends place face à lui. Le plastique collant couine sous mes jambes nues.

— Je ne pensais pas que vous chercheriez à me joindre, dit-il.

Je hausse les épaules. Je lui ai envoyé un e-mail hier soir pour lui proposer un rendez-vous ce matin.

— C'est notre lieu de rendez-vous officiel maintenant ?

— Disons que je suis ici presque tous les jours, donc c'est le lieu où l'on me rencontre généralement, oui.

— Vous venez ici pour travailler ? Vous n'avez pas une chambre d'hôtel ou quelque chose du genre ?

— Si. Mais j'aime travailler dans les cafés ou les *diners*. Et Vince m'a dit que ça ne le dérangeait pas, parce que je ne viens pas aux heures d'affluence. Sans parler du fait que je commande beaucoup de nourriture.

Il attrape le menu et me le tend.

— Vous prenez quelque chose ? Leur hamburger est bon ; le sandwich au poulet et au pesto très bon. Je ne recommande pas le panini au thon.

— Ça ira, merci.

— Vous êtes sûre ? C'est moi qui régale. Ils servent aussi un petit déjeuner toute la journée et leur pain perdu est excellent.

J'hésite. En fait, je n'ai pas beaucoup mangé aujourd'hui, à part une banane après mon jogging. Et ça sent la graisse et le sirop ici. Mon estomac gargouille.

— Il vous fait envie, ce pain perdu ? Bon choix.

Il se redresse et se tourne vers les cuisines, où j'aperçois le sommet d'une tête.

— Hé, Vince ! Ajoute un pain perdu à ma commande !

— Bacon ? répond une voix.

Ben me regarde et je hoche la tête.

— Oui !

— Ça marche !

— Merci.

— De rien. Comment se passent les préparatifs de la fête d'anniversaire ?

Il ferme son ordinateur portable.

— Ma mère vous en a parlé ?

— Non, votre grand-mère.

— Comme sur des roulettes, je crois.

— Vous croyez ?

— Vous avez vraiment l'intention de me parler de la fête d'anniversaire de ma grand-mère ?

Il repousse une mèche de cheveux noirs qui tombe sur son front.

— Non. Je me montrais poli. Histoire de faire la conversation.

— Je ne suis pas douée pour la conversation.

— J'avais remarqué.

— Certains pensent que je suis juste une garce.

— C'est votre incapacité à entretenir la conversation qui ferait de vous une garce ?

— Apparemment. C'est du moins ce qu'affirment certaines personnes.

Ma mère se montre pleine de tact comme toujours à ce sujet, cependant. « Les gens polis discutent entre eux, Lucy ! Ils cherchent à savoir comment tu vas. »

— Êtes-vous une garce ? demande-t-il.

— En quelque sorte.

— Voilà une réponse qui a le mérite d'être honnête.

— Je fais de mon mieux.

Il tapote sur son ordinateur. Je m'efforce de ne pas regarder. Il est amusé. Par moi, je suppose.

— On passe à la section « pute infidèle » du podcast, à ce que je vois, constaté-je.

Il cille, à l'évidence décontenancé.

— Je…

— C'est bon. J'ai l'habitude. Ce n'est pas vraiment un scoop, cependant et, contrairement à ce que croient les gens, je veux vraiment que vous résolviez ce meurtre, Ben.

« La chair en fusion a des odeurs de viande au barbecue, et il ne reste rien du corps. Gagnant-gagnant ! »

Je serre les mâchoires pour faire taire la voix.

« *Tuons...* »

— Pourquoi on ne travaillerait pas main dans la main ? suggère Ben.

— Je n'ai vraiment pas envie de me lancer dans ces histoires de podcast.

— Je ne parle pas du podcast. Pas directement, en tout cas. Je ne vais pas vous payer.

— Votre offre semble déjà irrésistible.

— Travaillez avec moi pour découvrir qui a assassiné Savannah.

— Qui d'autre à part moi, vous voulez dire.

— Ou vous. Transparence complète : si c'est vous la coupable, je le révélerai à la face du monde.

Revoilà ce satané sourire de super-héros. Il fait partie des agaçants. Le genre à se plaindre de ne pas pouvoir avoir de petite amie parce qu'il se soucie trop d'elle. Parce qu'il est trop torturé pour une petite amie. Il relève de ce genre de super-héros.

— Ça me semble équitable.

— Laissez-moi vous interviewer. Et travaillez avec moi en coulisses.

— Je vais vous dire quoi, à votre avis ?

— Vous connaissiez Savannah mieux que quiconque. Et parmi toutes mes informations, je n'ai quasiment rien qui vienne directement de vous. Donnez-moi votre point de vue. Faites-moi part de vos idées. J'ai des théories à n'en plus finir et je dois savoir lesquelles sont complètement à côté de la plaque. Aidez-moi.

Vince arrive avec mon pain perdu et le sandwich de Ben. Le serveur m'observe, les sourcils froncés, puis regarde Ben.

— Vous savez qui c'est ? demande-t-il.

Je lève les yeux au ciel.

— Pourquoi je serais ici avec lui s'il ne savait pas qui je suis ?

Le froncement de sourcils de Vince s'accentue. Il tient l'assiette de pain perdu fumant tout près de sa poitrine, comme s'il n'était pas sûr de vouloir me le servir.

— Merci, répond Ben avec sincérité. Tout a l'air parfait.

Vince se radoucit, mais il pose si lourdement l'assiette devant moi que le morceau de beurre sur le dessus glisse le long du pain.

Je le regarde s'éloigner.

— Je crois qu'il a cessé de vous apprécier. C'est ce qui arrive quand on traîne avec moi. Il va falloir vous y habituer, parce que ça n'arrivera pas qu'une fois.

J'attrape le sirop au bout de la table.

— J'en déduis que vous allez m'aider ?

Je croque une bouchée de pain perdu. Ben avait raison, il est délicieux.

— Oui.

Son visage s'illumine.

— Vraiment ?

— Oui.

— Y compris une interview ? Enregistrée ?

— Oui.

Le voilà absolument ravi.

— Sérieusement ?

Il se saisit de son téléphone et commence à taper un message.

— Pourquoi vous avez l'air aussi surpris ? Ma grand-mère a organisé une fête d'anniversaire dans le seul but de m'attirer ici. Vous pensiez qu'elle ne réussirait pas à me convaincre ?

— Honnêtement, non.

— Je vais lui parler de votre manque de foi. Elle ne sera pas contente.

— Trop tard, je suis déjà en train de lui envoyer un texto.

Il lève brièvement les yeux de son téléphone avec un sourire de faux-cul.

— Vous envoyez un texto à ma grand-mère ?

— On se parle souvent.

— Purée !

— Beverly m'adore, lâche-t-il d'un air suffisant.

— Je suis bien placée pour le savoir.

Il lève les yeux vers moi.

— C'est réciproque. Et vous avez tort, d'ailleurs.

— À propos de quoi ?

— Des informations inédites. Kyle en a craché quelques-unes.

Mens-moi à l'oreille

Un podcast de Ben Owens

Épisode 3 – « Matt était trop bien pour elle »

Kyle Porter vit à Austin et je le rencontre dans la salle de conférences d'un hôtel branché du centre-ville. Il est en route pour aller boire un verre avec un collègue, et il ressemble au protagoniste d'une série judiciaire et romantique. Élégant, naturellement cool.

Kyle : *Je pense que Lucy vivait à Plumpton depuis environ un an quand je l'ai rencontrée. Je parle de la période où elle est revenue, une fois adulte. Je me rendais souvent à Plumpton pour mon travail, et je suis tombé sur elle et Savvy au bar, un week-end. Lucy y traînait parfois pendant la journée, quand c'était calme ; elle écrivait.*

Ben : *Elle écrivait ?*

Kyle : *Un livre. Elle apportait son ordinateur portable au bar, ce qui m'a intrigué. Je l'ai vue assise là, en train de taper, alors je me suis approché et je lui ai dit : « Vous buvez ou vous travaillez ? » Elle m'a répondu qu'elle écrivait un livre, ce que j'ai trouvé cool. Et on a commencé à discuter.*

Ben : *Et ensuite, que s'est-il passé ?*

Kyle : *Je crois que c'était lors de mon troisième week-end en ville. J'ai vu qu'elle m'attendait et qu'elle était plus disponible. Il y a un hôtel à côté de ce restaurant, alors, après quelques verres de vin, j'ai tenté le coup et je lui ai demandé si elle voulait qu'on prenne une chambre.*

Ben : *Vous saviez qu'elle était mariée ?*

Kyle : *J'avais vu son alliance. Mais j'étais célibataire et, honnêtement, je ne cherchais pas à m'engager dans une relation de toute façon. Une femme mariée, c'était l'idéal, en fait.*

Ben : *Quelle a été votre impression sur Lucy ? Elle avait l'air heureuse ?*

Kyle : *« Heureuse » n'est pas le mot que j'emploierais, non. Lucy était complexe. Avec beaucoup de facettes. Elle ne cherchait pas à mettre les autres à l'aise, ce que j'ai vraiment apprécié chez elle. Ce n'est pas un trait de caractère courant chez une femme. Elle semblait avoir bien plus que ses vingt ans et quelques. C'était vraiment une vieille âme. Une intellectuelle. Elle écrivait ce livre, mais il y avait un blocage dans sa tête. Je ne suis pas surpris qu'elle n'ait jamais réussi à publier quoi que ce soit.*

Ben : *Lucy a-t-elle évoqué son mariage avec vous ?*

Kyle : *Pas au début. Mais nos... rendez-vous galants se sont prolongés sur plusieurs mois, presque un an, et elle a fini par me parler un peu de son mari.*

Ben : *Avez-vous eu l'impression que c'était un mariage heureux ?*

Kyle : *J'ai eu l'impression que c'était compliqué. Cela dit, la plupart des mariages le sont, non ? Je n'ai jamais été marié. N'empêche que c'est ce que j'ai toujours pensé. Cela semblait dramatique, pour être honnête. Elle était si jeune. J'ai quinze ans de plus qu'elle, et je me rappelle avoir pensé qu'aucun d'eux n'aurait dû se marier.*

16

Lucy

J'ai donné mon numéro à Ben avant de quitter le *diner* hier, le ventre plein de pain perdu et l'âme, de regrets. Je n'ai jamais donné mon numéro de téléphone à un journaliste (bien que certains aient quand même déniché l'ancien), et je n'arrive pas à me défaire du sentiment d'avoir commis une grave erreur.

En fait, je me demande si je n'ai pas commis de graves erreurs en série ces derniers temps. Ma saleté de vie en ce moment est une grave erreur de A à Z, à commencer par ma décision de traverser le pays en avion pour venir voir ma traîtresse de grand-mère. Laquelle passe environ quatre-vingts pour cent (au bas mot) de sa journée en état d'ébriété. On ne peut manifestement pas se fier à son jugement.

Mon téléphone vibre alors que je suis assise dans le bureau de Maman à contempler l'affiche au-dessus de sa table de travail qui proclame : « *Arrangez-vous pour qu'aujourd'hui soit merveilleux au point de rendre hier jaloux.* » J'avise un message de Ben.

« *Vous êtes dispo cet après-midi ?* »

Je passe actuellement mes journées à fixer une citation pseudo-motivante qui frise la positivité toxique, à me demander comment écrire une scène de baiser sans utiliser le mot « lèvres » quinze fois par page. Bien sûr que je suis disponible.

Je tape une réponse laconique :

« Pourquoi ? »

« Ça vous dirait de rencontrer mon assistante ? Elle est en ville. »

Je fais pivoter la chaise de bureau de Maman. Curieusement, j'ai bel et bien envie de rencontrer son assistante. Elle avait l'air intelligente sur le podcast de la saison dernière. Elle n'hésitait pas à remettre Ben à sa place.

« D'accord. Où ? »

« Nous sommes dans ma chambre au Plumpton Suites. Chambre 226. »

« Aujourd'hui ? »

« Quand vous êtes prête. Nous allons travailler un certain temps. »

Je laisse donc mon ordinateur portable dans ma chambre et persévère dans mes graves erreurs en traversant la ville jusqu'au plus bel hôtel de Plumpton.

Ben m'ouvre en tenue décontractée, jean et T-shirt gris délavé.

— Salut.

Il recule pour me laisser passer. La chambre est une suite basique constituée d'une cuisine et d'un petit salon, avec deux ordinateurs portables sur la table basse. Une jolie Noire aux boucles épaisses et au sourire amical est assise sur le canapé.

— Merci d'être venue, lance Ben. Paige ne m'a pas cru quand je lui ai dit que j'avais réussi à vous convaincre de m'accorder un entretien.

Paige se lève.

— Tu es une petite merde prétentieuse. Cela ne va pas arranger ton ego le moins du monde.

— Paige, je te présente Lucy. Lucy, voici mon assistante, Paige. Elle me déteste.

— Désolée, fait-elle en me tendant la main. Je suis ravie de vous rencontrer.

— Moi de même.

— Asseyez-vous et dites-moi comment il a fait pour que vous acceptiez de lui parler.

Je m'installe sur un fauteuil dans un coin du salon, tandis que Paige reprend place sur le canapé. Ben reste debout dans la cuisine, appuyé contre le comptoir.

— Je peux vous offrir quelque chose ? propose-t-il. De l'eau ? Ou du café ? C'est tout ce que j'ai. Oh, et du whisky.

— Ça va, merci.

Paige m'examine avec une telle intensité que je me demande si elle n'essaie pas de mémoriser mon visage pour pouvoir le peindre plus tard.

— Paige, dit Ben.

— Quoi ?

— Tu recommences.

Elle cligne des yeux.

— Ah oui. Pardon. Est-ce que c'est impoli de dire que vous êtes différente des photos que j'ai vues de vous ?

— Non, la rassuré-je en m'adossant à ma chaise. Les seules photos qui ont circulé sont celles où j'avais une tête de psychopathe.

— Mais oui, c'est ça ! s'exclame Ben avec un claquement de doigts. Je n'arrêtais pas de penser qu'il y avait quelque chose de surprenant chez vous.

— Mon absence de psychopathie ?

— Ou de son expression, en tout cas. Votre niveau réel de psychopathie reste à déterminer.

— Il faut croire, en effet.

Paige me dévisage de nouveau.

— Paige, répète Ben.

Elle ne détourne pas le regard cette fois.

— Je n'en reviens pas que vous soyez assise là à nous parler. Vous écoutez le podcast ?

— Oui.

— D'accord. D'accord…

Paige s'avance sur le canapé, pressant ses paumes l'une contre l'autre dans un geste de prière. Je sens l'excitation qui se dégage d'elle par vagues.

— J'ignore par où commencer.

— Paige, elle n'est pas là pour une interview, lui rappelle Ben. Je lui ai juste demandé de passer nous dire bonjour.

Il me brosse dans le sens du poil en vue de l'entretien. Si je suis à l'aise avec lui – et avec Paige –, je serai plus encline à m'ouvrir. À lui donner des infos juteuses.

Je n'ai pas la moindre idée de ce que pourraient être lesdites infos, mais j'imagine qu'il peut toujours espérer.

Paige laisse tomber ses mains.

— Je sais, admet-elle. Juste une question, cependant. Je dois savoir, parce que j'ai une théorie.

— Bien sûr.

Pourquoi pas ? Vas-y, Paige, fous-toi de ma gueule.

« Je n'ai jamais tué de femme, mais je suis prête à tout essayer une fois. »

Je m'agite pour tenter de faire taire la voix. Elle est de plus en plus forte, ces derniers temps.

Ce n'est sans doute pas bon signe.

— Pourquoi avez-vous frappé Ross Ayers au lycée ?

Prise au dépourvu, je tique. Je ne sais pas à quelle question je m'attendais, mais certainement pas à celle-là.

« *J'aurais dû le tuer, putain. Ça aurait été bien plus satisfaisant.* »

— Personne ne le sait. Et nous avons posé la question à tout le monde, poursuit Paige.

Non, seul Emmett est au courant, et il a toujours été doué pour garder un secret.

— Il prenait des photos sous la jupe d'une fille dans une des classes du lycée.

— Je m'en doutais. Je savais que c'était un truc du genre.

Paige lève les deux poings, comme en signe de victoire ou comme si elle s'apprêtait à frapper quelqu'un. Ben, lui, a l'air surpris : il faut croire que ce n'est pas une hypothèse qu'elle avait partagée avec lui.

— Je pense qu'il m'a vue en parler au professeur, parce que les photos avaient disparu quand ils ont vérifié son téléphone. Si je ne l'ai pas ébruité, c'est que la fille en question m'a suppliée de me taire. Elle était embarrassée. Donc je me suis dit que, puisqu'il allait passer entre les gouttes, ce serait à moi de faire justice.

— Paige…

— Je sais : « Appelle Ross pour voir s'il veut bien nous donner une autre interview. »

Elle tape le message sur son téléphone.

— Il va se contenter de nier.

— Emmett savait, n'est-ce pas ? demande Paige. Parce qu'il est devenu évasif quand je lui ai posé la question.

Purée ! Je comprends pourquoi ces gens ont résolu une affaire la saison dernière. Ils sont vraiment bons.

Je ne sais pas si je suis soulagée ou terrifiée.

« *J'ai une idée...* »

— Je ne lui ai pas dit qui était la fille, mais oui, il savait, dis-je en faisant taire la voix.

— J'ai l'impression qu'Emmett protège un grand nombre de vos secrets, non ? fait Paige en inclinant la tête.

C'est plus un défi qu'une question.

— Je ne lui ai pas parlé depuis cinq ans.

— Pourquoi ? s'étonne Ben.

— Aussi choquant que cela puisse paraître, les gens cessent de vous appeler lorsque vous êtes accusé du meurtre d'une amie commune.

Je pense aux appels manqués sur mon téléphone, aux textos d'Emmett que j'ai ignorés.

Paige me scrute comme si elle savait que je mentais.

Je détourne le regard.

— Êtes-vous en contact avec Matt ? s'enquiert Ben.

— Non, mais je l'ai vu récemment.

— Vous allez le revoir ?

Je hausse les épaules.

— Il me l'a proposé, mais je ne lui ai pas répondu. Pourquoi ?

— Il refuse toute interview. J'ai pensé que vous pourriez peut-être lui en toucher un mot.

Je hausse un sourcil.

— Sérieusement ? Vous voulez que moi, j'essaie de convaincre Matt de vous donner une interview ?

— Pourquoi pas ?

— Il pense que je suis coupable.

— Il a raison ? fait Paige.

Je lui lance un regard amusé pour tenter de masquer la panique qui m'envahit.

— Vous savez quoi ? C'est bon. Je ne promets rien, mais je vais essayer.

Mens-moi à l'oreille

Un podcast de Ben Owens

Épisode 4 – « L'excuse de l'amnésie »

Journaliste (émission d'information) : *Flash spécial : un mariage de la région a pris une tournure tragique lorsque l'une des invitées, Savannah Harper, âgée de vingt-quatre ans, a été retrouvée morte dans les bois, non loin de l'endroit où se déroulaient les festivités. Une deuxième jeune femme a été découverte errant à proximité, également blessée, semble-t-il à la suite d'une agression. Elle est actuellement hospitalisée dans un état stable. La police demande à toute personne détenant des informations...*

Savannah a été déclarée morte sur place après avoir été trouvée par Gil, le joggeur. Le médecin légiste a déterminé plus tard qu'elle était décédée d'un coup à la tête. De deux coups à la tête, en fait. Quelqu'un l'a frappée à deux reprises avec un objet inconnu, puis l'a laissée mourir.

Lucy a d'abord été considérée comme une deuxième victime, et non comme l'autrice de l'agression. Elle a également subi d'importantes blessures.

Cependant, la police n'a trouvé aucune preuve de la présence d'une troisième personne sur les lieux. L'autopsie a montré que les griffures sur les bras de Savannah provenaient des ongles de Lucy et que ses ecchymoses avaient la forme de sa main. Lorsque des témoins ont commencé à raconter ce qu'ils avaient vu le soir du mariage, le récit autour de Lucy a changé.

J'ai interrogé Nina Garcia sur l'altercation dont elle a été témoin entre les deux jeunes femmes cette nuit-là.

Nina : *Tout un tas de gens ont vu Lucy et Savvy se disputer au mariage, ouais.*

Ben : *Qu'entendez-vous par « se disputer » ? Pouvez-vous décrire ce que vous avez vu ?*

Nina : *Quand je suis sortie des toilettes, Lucy et Matt se pelotaient dans le couloir. Savvy avait l'air fumasse.*

Ben : *Savvy avait l'air « fumasse » parce que Lucy embrassait son propre mari ?*

Nina : *Oui. Savvy s'est raclé la gorge et ils se sont arrêtés. Puis Lucy a essayé de dire quelque chose à Savvy et l'autre l'a engueulée. Je n'ai pas entendu ce qu'elle a dit, mais c'était très tendu.*

Ben : *Vous n'avez rien distingué du tout ?*

Nina : *Non. Et je n'ai pas assisté à la suite, mais j'ai entendu dire que plus tard, quand Savvy et Lucy sont parties ensemble, Savvy était toujours en colère. Les gens l'ont vue crier sur Lucy et claquer la portière de sa voiture. Il y avait clairement un problème.*

Lucy affirme depuis le début qu'elle ne conserve aucun souvenir du meurtre de Savannah. En fait, elle prétend ne rien se rappeler de la nuit du mariage.

Voici de nouveau Colin Dunn, le cavalier de Savannah.

Colin : *Oui, Lucy dit qu'elle ne se rappelle rien après être partie de chez elle ce jour-là. Donc même pas son arrivée au mariage, faut croire.*

Ben : *Alors, de quoi se souvient-elle ? D'après ce que vous avez entendu.*

Colin : *D'être montée en voiture avec Matt pour se rendre à Byrd Estate. Mais rien d'autre. Je savais même pas que ça existait vraiment, l'amnésie. Je pensais que c'était un truc inventé pour la télévision.*

Ben : *C'est bien réel.*

Colin : *Bizarre, mec. Mais bref, on m'a demandé d'aller parler à Lucy quelques jours après sa sortie de l'hôpital.*

Ben : *Pourquoi ?*

Colin : *Genre pour l'aider à se rappeler ce qui s'était passé cette nuit-là. Matt lui a dit quelques trucs, mais il était vraiment bourré. Moi, je sais tenir l'alcool. J'avais des souvenirs précis.*

Ben : *Ça ne vous dérangeait pas ? D'aller lui parler ?*

Colin : *Bof, ça m'était égal. Je me sentais mal à propos de… eh bien, vous savez. Ce qui s'est passé avec l'autre femme dans la voiture. C'était pas cool. Bref, je suis allé chez les Chase, parce que Lucy créchait de nouveau chez ses parents. Je lui ai demandé de me raconter ce qu'elle se rappelait, et elle m'a dit : « On s'est retrouvés sur le parking, on est entrés ensemble pour aller jusqu'à notre table. » Et quand moi, je lui ai répondu que non, elle s'est mise à sangloter, ce qui m'a fait vraiment bizarre.*

Ben : *À sangloter ?*

Colin : *Ouais, donc apparemment, quelqu'un d'autre a vu Matt et Lucy parler à un couple sur le parking, et ils pensaient que c'était Savvy et moi. C'est ce qu'ils ont dit à la police, parce qu'à ce moment-là ils essayaient de reconstituer la soirée, donc c'était important, vous voyez ? Mais cette personne s'est* *trompée, ou elle était bourrée elle aussi, parce qu'on est arrivés plus tard. Lucy et Matt étaient déjà installés à leur table quand on est entrés.*

Ben : *Cela a bouleversé Lucy ?*

Colin : *Genre, vraiment bouleversé. Ça m'a totalement paniqué. J'ai cru qu'elle allait s'évanouir ou un truc comme ça. Kathleen et Don m'ont dit plus tard que Lucy s'était souvenue d'être entrée à la réception avec Matt, Savvy et moi. Comme si elle avait créé un tout nouveau souvenir autour de la mauvaise information. Je crois que tout est parti en vrille à partir de là. Lucy savait plus ce qui était réel et ce qu'elle créait à force d'essayer de se rappeler.*

Ben : *L'avez-vous crue quand elle a dit qu'elle ne se souvenait de rien ?*

Colin : *Je sais pas, mec. Si elle mentait, elle a sacrément bien joué son rôle. Je l'ai en quelque sorte crue quand on m'a expliqué que l'amnésie n'était pas seulement un machin pour la télé. Ce que je pige pas vraiment, c'est : est-ce qu'elle va finir par se souvenir d'un truc, un jour ou l'autre ? Genre, quand le traumatisme crânien aura guéri ? C'est suspect pour moi, mec.*

Quelque chose m'a frappé pendant ma conversation avec Colin : il a dit être allé voir Lucy deux jours seulement après sa sortie de l'hôpital, dans le but précis de l'aider à reconstituer la nuit où son amie a été assassinée ; or, une démarche comme celle-ci semble susceptible de causer un stress énorme à quelqu'un qui vient de subir un traumatisme crânien.

En fait, peu de gens parlent du traumatisme crânien de Lucy. On a dit qu'elle avait souffert d'un « traumatisme cérébral modéré », ce qui est en fait une blessure très grave. J'ai parlé à un médecin qui a préféré ne pas s'exprimer, puisqu'il n'a jamais soigné Lucy Chase, mais il m'a confirmé que l'amnésie est un phénomène bien réel susceptible de survenir lors de traumatismes crâniens. En fait, ce n'est pas que les victimes d'une lésion cérébrale ont oublié ce qui s'est passé, mais leur cerveau a cessé de fabriquer des souvenirs. Le souvenir n'existe pas.

Donc, pour répondre à la question que beaucoup d'entre vous ont posée : oui, l'argument de l'amnésie a un vrai fondement. Compte tenu de la gravité des blessures de Lucy, il est possible qu'elle ne se souvienne vraiment pas de ce qui s'est passé cette nuit-là.

Mais est-ce bien la vérité ? Et pourquoi tous les habitants de Plumpton sont-ils si convaincus qu'elle ment ?

17

Lucy

« *Je pense qu'on devrait se séparer.* »

Je découvre le message de Nathan à mon réveil. Il a été envoyé à 2 heures du matin, heure du Texas. Minuit en Californie. Je me demande s'il était ivre.

« *Pourquoi ????* »

J'éclate de rire en appuyant sur la touche « Envoyer ».

Qu'est-ce qui l'a enfin poussé à bout ? Peut-être l'épisode relatant mon infidélité, s'il l'a écouté. Il pouvait peut-être excuser le meurtre, en revanche, il n'a pas supporté que j'aie trompé mon mari.

Il n'est que 6 heures du matin à Los Angeles, je ne m'attends donc pas à une réponse immédiate. À supposer qu'elle arrive un jour.

La salle de sport de ma mère a accepté que j'utilise son abonnement pendant que je suis en ville. Je m'échine donc sur le tapis de course, jusqu'à ce que *courir, courir, courir* tourne en boucle dans mon cerveau et annihile toute pensée.

Nathan ne m'a toujours pas laissé de message quand je rentre à la maison pour me doucher, mais Matt, si.

Je me crispe de la tête aux pieds lorsque je découvre son nom à l'écran.

« *Salut. Retrouve-moi pour le déjeuner. S'il te plaît ?* »

J'ai envie de l'ignorer, comme je l'ai fait pour tous les autres textos qu'il m'a envoyés au fil des années.

Puis je repense à la requête de Ben. À celle de ma grand-mère. À Savvy.

Je n'ai jamais été douée pour convaincre Matt de faire quoi que ce soit, mais peut-être les choses sont-elles différentes maintenant. Peut-être suis-je différente.

Peut-être suis-je encore plus idiote qu'avant. Alors je réponds :

« *D'accord.* »

Matt m'attend dans un box du restaurant mexicain, occupé à *scroller* sur son téléphone. Il lève les yeux et sourit lorsqu'il m'aperçoit.

Une serveuse passe devant moi, tenant un plateau de fajitas grésillantes. Bon sang ! Ces plaques brûlantes pourraient causer tellement de dégâts, enfoncées dans le crâne d'un humain. Il faudrait que je fasse attention à ne pas me brûler dans le processus, cela dit.

« *Tuons…* »

Non. Non. Je n'ai pas l'énergie pour la voix en ce moment. Concentre-toi, petit cerveau.

Matt se lève pour me serrer dans ses bras avant que je ne puisse réagir. Je reconnais son odeur : la note de cèdre dans son après-rasage et celle de la menthe parce qu'il suce toujours des Tic Tac.

J'évite de le regarder quand il relâche son étreinte, parce que dans ma tête, je suis de nouveau en train de lui écraser une assiette de fajitas en pleine figure.

Je me glisse sur le skaï rouge, notant qu'il a une margarita devant lui et qu'il en a commandé une pour moi aussi. Boire de l'alcool en pleine journée n'est pas vraiment mon truc, et je n'aime pas spécialement que mon verre soit givré. Il le savait, à une époque. Mais je ne suis pas sûre qu'il s'en soit soucié à ce moment-là non plus.

Mon téléphone vibre : en le sortant de mon sac, je me rends compte que Nathan a répondu à mon dernier message.

« *On prend simplement des directions différentes.* »

Le constat me semble juste. Je vais peut-être aller en prison, et lui retourner sur les sites de rencontres pour se trouver une nouvelle copine.

Un autre texto s'affiche.

« *Je suis désolé. Je vais mettre tes affaires dans des cartons. Dis-moi quand tu veux venir les chercher.* »

Je fourre mon téléphone dans mon sac et lève les yeux vers Matt. Mon ex-mari est devant moi, mon ex-petit ami m'envoie un texto pour me demander de venir récupérer mes affaires. C'est chaud !

— Merci d'être venue.

Matt croise les doigts et les fait glisser vers le milieu de la table. À l'évidence, il se souvient que j'aime ses mains.

— De rien.

Je bois une petite gorgée de ma margarita, car j'espère vraiment que cela m'aidera à me détendre, et puis il fera des commentaires si je ne bois pas. Je suis douée pour éviter de mettre Matt en rogne.

La plupart du temps.

Je repose mon verre avec précaution. La table est faite de carreaux mexicains colorés : il est facile de renverser sa boisson en la posant sur le bord d'un des carreaux. Matt a toujours détesté que je renverse quoi que ce soit.

— Comment tu vas ? Ça doit être dur de revenir ici.

Il fronce les sourcils, l'air inquiet.

— Ça va.

— Tu écoutes le podcast ?

— Oui. Je suis en contact avec lui, en fait. Ce Ben.

Il arrête son geste, sa margarita presque aux lèvres.

— Quoi ?

— Je l'ai croisé au restaurant. Il a sollicité mon aide.

— Ton… aide ?

Il a prononcé le mot comme si c'était la chose la plus bizarre qu'il ait jamais entendue de sa vie.

— Oui, il veut une interview. Et je me suis dit : pourquoi pas ?

— Tu es sérieuse ?

Il repose son verre, qui vacille sur les carreaux inégaux.

— Oui.

— Lucy, ce n'est pas une bonne idée.

— Pourquoi ?

Il écarquille légèrement les yeux, comme si je devais déjà connaître la réponse à cette question.

Parce que tu l'as assassinée, Lucy.

— Il n'est pas de ton côté, lâche-t-il finalement.

— Non. En effet.

— Et donc… ?

Il est exaspéré. Cette réaction, c'est du Matt tout craché.

— Personne n'est de mon côté. Mais il n'a pas l'air d'être du côté de qui que ce soit, et je peux difficilement demander plus.

Il pousse un long soupir puis boit une autre gorgée de sa margarita. Je dois encore m'habituer à ses cheveux plus courts. Si courts que je vois son cuir chevelu. Cela lui donne un air hostile. Son cuir chevelu est en colère.

— Il a dit que tu ne lui avais pas accordé d'interview.

— Bien sûr que non.

— Je me fiche que tu en donnes une ou pas. Sauf si c'est à cause de moi que tu as refusé.

— Bon sang, Lucy, bien sûr que c'est à cause de toi que j'ai refusé.

Son exaspération va croissant. « Tu pourrais faire preuve d'un peu de gratitude, mince ! » m'avait-il crié pendant que je fourrais mes vêtements dans des sacs-poubelle. Je ne sais toujours pas de quoi je suis censée lui être reconnaissante. J'imagine qu'il voulait qu'on reste mariés, même s'il pensait que j'avais assassiné mon amie la plus proche ?

Aujourd'hui encore, je n'arrive pas à lui en être reconnaissante.

« *J'ai une idée !* » crie la voix.

— Je pense que tu devrais le faire, dis-je en trempant une chips dans la *salsa* pour la porter ensuite à ma bouche.

— Comment peut-on imaginer une idée plus désastreuse ?

— Je donne une interview. Kyle a déjà dit au monde entier que tu me trompais. Tu ne veux pas partager ta version des événements ?

— Je ne te trompais pas.

« *J'AI UNE IDÉE !* »

Je réussis à ne pas ricaner, ce qui relève de l'exploit.

— Dans ce cas, tu devrais vraiment donner cette interview et le dire à Ben.

Il s'adosse à la banquette en contractant les mâchoires d'une manière qui me rendait nerveuse autrefois. Je retire la serviette de sous mes couverts en m'imaginant lui planter le couteau dans l'œil.

— Tu sais quoi ? Très bien.

Il m'a eue, là. Il a employé son ton « Je m'en vais lui montrer ce que j'ai dans le ventre ».

— Dis à Ben de me rappeler. Je la ferai, son interview.

Mens-moi à l'oreille

Un podcast de Ben Owens

Épisode 4 – « L'excuse de l'amnésie »

Lorsque la nouvelle de la mort de Savannah a éclaté, on a d'abord cru qu'une tierce personne avait tué Savannah et blessé Lucy. Mais la police n'a pas réussi à trouver la preuve d'une autre présence sur les lieux, et Lucy a continué d'affirmer qu'elle ne conservait aucun souvenir de cette nuit-là : le récit des événements a commencé à changer.

Vous vous souvenez de Joanna Clarkson ? L'une des voisines de Matt et Lucy dans le quartier du Block ? Elle m'a reparlé de la façon dont les soupçons ont commencé à se porter sur Lucy.

Joanna : *Les griffures et les bleus sur les bras de Savvy étaient préoccupants, c'est sûr. Mais je suis restée sceptique jusqu'à ce que j'apprenne qu'elles s'étaient disputées au mariage. Et puis, juste après les faits, Matt a chassé Lucy de chez eux : c'était on ne peut plus suspect.*

Ben : *Il l'a chassée de chez eux ? Vous en êtes sûre ?*

Joanna : *Oui, il lui a demandé de partir.*

Ben : *Et ça s'est produit immédiatement après sa sortie de l'hôpital, c'est bien ça ?*

Joanna : *Oui. Le timing était bizarre. Vous ne mettez pas à la porte votre conjointe alors qu'elle vient de subir un traumatisme pareil, à moins de la penser coupable de ce dont on l'accuse. Je suis désolée, je connais Matt, et c'est la seule explication possible. La seule.*

Ben : *À ce moment-là, la plupart des gens que vous connaissiez pensaient-ils que Lucy avait assassiné Savannah ?*

Joanna : *Tous ceux que je connaissais étaient de cet avis.*

Ben : *Mais la police ne l'a jamais arrêtée, je me trompe ?*

Joanna : *Non. À ce qu'il paraît, il manquait l'arme du crime, ou le dossier n'était pas assez solide. Je n'en sais rien. Je pense qu'ils étaient dépassés par la situation. Sans vouloir offenser la police de Plumpton, ils ont l'habitude d'alpaguer des touristes ivres, pas d'enquêter sur des meurtres.*

Ben : *Mais cela n'a pas fait réfléchir les gens ? L'absence de preuves suffisantes pour incriminer Lucy ?*

Joanna : *Bien sûr, j'y ai pensé. Notre système judiciaire a besoin de preuves, de témoins. Mais ce n'est pas parce que quelqu'un ne va pas en prison qu'il n'est pas coupable.*

Ben : *Et la légitime défense ? Lucy a été gravement blessée. S'est-on demandé si elle avait pu simplement vouloir se protéger ?*

Joanna : *Contre Savannah ? C'est tout simplement absurde. Cette fille était un amour. Moi, tout ce que je sais, c'est que l'une des deux est morte, et l'autre a immédiatement filé en Californie en proclamant qu'elle souffrait d'amnésie, ce qui était bien* *commode. Je suis du côté de celle qui est morte, d'accord ? Je suis de son côté.*

Mais qu'en est-il du mobile ? Pourquoi Lucy aurait-elle soudain tué sa meilleure amie ? Pourquoi Savannah et elle se sont-elles disputées le soir du mariage ?

Nina a semblé insinuer qu'il se passait peut-être quelque chose entre Savannah et Matt. La jalousie aurait-elle pu pousser Lucy au meurtre ?

J'ai soumis cette théorie à Kyle Porter.

Kyle : *Lucy m'a dit qu'elle était presque sûre que Matt la trompait aussi. J'ai hésité à en parler avant, parce que je me disais que c'était peut-être un moyen qu'elle avait trouvé pour justifier notre liaison à ses propres yeux. Mais elle m'a dit une fois qu'elle pensait que Matt avait probablement trouvé chaussure à son pied dans le quartier.*

Ben : *C'est-à-dire qu'il couchait avec des femmes qui vivaient près de chez eux ?*

Kyle : *Oui. Je ne sais vraiment pas si elle essayait juste de se déculpabiliser… peut-être. Mais j'ai aussi entendu dire que le second mariage de Matt s'était terminé assez rapidement, et j'ai commencé à m'en vouloir de ne pas avoir cru Lucy.*

J'ai resongé dernièrement à certaines choses qu'elle m'avait confiées sur Matt. Par exemple, un jour, il lui a envoyé un texto pendant qu'on était ensemble et elle a fait une drôle de tête. Quand je lui ai demandé ce qui se passait, elle m'a répondu : « C'est juste mon mari qui me traite d'idiote. » Une autre fois, elle a sorti un truc qui revenait à dire : « Matt préfère que je ne parle pas quand on sort avec des amis. » J'ai balayé ces remarques d'un revers de main, en me disant qu'elle exagérait, mais je pense que ce type était un peu con. D'ailleurs, Savvy m'a lâché un truc, une fois.

Ben : *À propos de Matt ?*

Kyle : *Oui. Elle savait pour Lucy et moi, et elle m'a sorti : « Tu peux probablement la faire quitter Matt, si tu veux. Ce serait mieux pour elle. »*

Ben : *Vous avez suivi son conseil ? Vous lui avez suggéré de quitter Matt ?*

Kyle : *Non. Je ne cherchais vraiment pas une relation sérieuse, surtout pas avec une jeune femme de vingt-deux ans ou quel qu'ait été son âge à l'époque. En fait, j'ai mis fin à notre relation peu de temps après. J'avais l'impression que les choses se compliquaient.*

Ben : *Comment Lucy l'a-t-elle pris ?*

Kyle : *Elle n'a pas semblé bouleversée le moins du monde. J'ai presque été... [Rire.] J'ai presque été vexé par son indifférence. Elle s'est contentée de hausser les épaules et de me répondre : « Si c'est ce que tu veux. » Lucy n'a jamais manifesté beaucoup d'émotions. Je pense que c'est la raison pour laquelle j'ai occulté toutes ces infos à propos de Matt. Parce que ça n'a jamais eu vraiment l'air de la bouleverser.*

Ben : *Les avez-vous revues, elle ou Savannah ?*

Kyle : *Lucy, non, mais j'ai revu Savvy une fois, environ un mois plus tard. Elle était dans la rue, en train de parler à Matt.*

Ben : *Savez-vous de quoi ils parlaient ?*

Kyle : *Non, mais je me rappelle avoir pensé qu'ils paraissaient intimes. Il avait une main sur son bras et elle se tenait tout près de lui. J'ai pensé : « C'est logique. Savvy m'a suggéré de convaincre Lucy de quitter Matt parce qu'elle couche avec lui. » Mais ce n'étaient que des spéculations.*

Cela dit, je suis prêt à le jurer, ça y ressemblait. D'autant que d'après Lucy, Matt couchait avec quelqu'un du quartier... Elle avait peut-être appris qu'il se passait quelque chose entre Matt et Savvy.

Le mobile de la jalousie a laissé la plupart des personnes à qui j'en ai parlé sceptiques, mais aucune ne l'a plus été qu'Emmett Chapman.

Emmett : *Jalouse ? De quoi ?*

Ben : *Certaines personnes ont pensé que Savannah et Matt avaient une liaison.*

Emmett : *Pfff, c'est ridicule.*

Ben : *Pourquoi ?*

Emmett : *Je n'en ai jamais eu la moindre preuve. Mais, même si ça avait été le cas, ça n'aurait jamais été un mobile suffisant pour que Lucy assassine Savvy ! Je ne crois même pas que Lucy aimait Matt tant que ça.*

Ben : *Vous pensez que Lucy n'aimait pas son propre mari ?*

Emmett : *Euh... merde, je n'aurais peut-être pas dû le formuler comme ça. Je voulais juste dire que leur relation était en train de devenir un peu houleuse.*

Ben : *Vous ne pensez pas que Lucy aurait pu être fâchée qu'une amie proche couche avec Matt ?*

Emmett : *Je ne sais pas. Peut-être. Mais elle aurait été en colère contre Matt aussi, non ? Or, lui, il est toujours en vie.*

18

Lucy

Emmett Chapman est l'un de ces types dont on se dit : « Il était juste planté là comme un crétin. » Le genre de gars qu'on ne remarque pas avant d'être trop vieille et trop abîmée pour l'apprécier. Jusqu'à ce qu'on assassine des gens dans notre tête (et peut-être dans la vraie vie, qui sait ?) et qu'on décide que, pour notre sécurité et notre santé mentale, il vaudrait probablement mieux le tenir très, très loin de nous.

C'est la raison pour laquelle je ne lui ai pas téléphoné ou ne lui ai pas envoyé de messages après la mort de Savvy.

C'est aussi la raison pour laquelle je n'ai pas couché avec lui quand j'ai remarqué qu'il était peut-être intéressé. Bon, à l'époque, ma justification, c'était que j'étais mariée et que je venais juste d'arrêter de tromper Matt avec Kyle, mais ça revient un peu au même. Utiliser mon meilleur ami de lycée comme excuse pour quitter mon mari, en bousillant probablement Emmett au passage, c'était pousser le bouchon un peu trop loin, même pour moi.

Arrivée dans le centre-ville, je me gare dans la rue et contemple la devanture du magasin d'art pendant plusieurs minutes. « *La créativité est bonne pour l'âme !* » proclament de grosses lettres dodues, toutes guillerettes, dans la vitrine. De petites fleurs et des cœurs sont peints tout autour.

Probablement l'œuvre d'Emmett. Il griffonnait sans cesse quand on était adolescents : dans ses cahiers pendant les cours, sur les trottoirs avec des craies, sur sa propre peau quand il s'ennuyait. Il venait souvent traîner avec moi au bar où travaillait Savvy et dessinait sur des serviettes en papier pendant que j'écrivais.

Il dessinait quelque chose pour chacune de nous, puis faisait glisser une serviette sur le bar vers Savvy, et une autre vers moi. Parfois, il s'agissait d'un croquis de moi penchée sur mon ordinateur portable, ou d'une version joyeuse de mon visage, façon dessin animé, ou encore de ce qui lui passait par la tête ce jour-là.

— Tu devrais vraiment essayer de vivre de ton art, lui ai-je conseillé un jour, comme il m'avait soumis un dessin montrant un dragon en train de soulever une voiture.

— Ouais, c'est vraiment de la qualité, là, a-t-il répondu en ricanant.

— Mais si ! Tu ne veux plus déménager à New York et essayer de travailler sur des romans graphiques ?

— Ben, on peut rater ce genre de carrière en vivant n'importe où.

— Ça semble quand même plus sympa d'échouer à New York.

Il a ri aux éclats et m'a gratifiée d'un petit coup d'épaule.

— On aurait dû partir ensemble, après l'université. Comme on parlait de le faire.

J'ai détourné le regard, parce que je ne voulais pas penser à ce qu'aurait été ma vie si j'étais partie pour New York avec Emmett après l'université au lieu d'épouser Matt. J'ai reporté mon attention sur le dragon.

Je crois que j'ai conservé ces serviettes, empilées soigneusement dans une boîte quelque part au fin fond de l'appartement de Nathan.

Je contemple la devanture.

Je ne sais même pas si Emmett travaille aujourd'hui. Je vais devoir sortir de la voiture pour vérifier.

Incessamment sous peu.

Encore quelques profondes inspirations, et je sors enfin pour me retrouver dans l'air moite.

Je regrette aussitôt ma décision.

J'étais tellement concentrée sur le magasin que je n'ai pas regardé par-dessus mon épaule, à quelques portes de là.

Un groupe d'hommes se tient sous un auvent vert et blanc devant un restaurant. Leurs rires s'entendent de l'autre côté de la rue. L'un d'entre eux regarde dans ma direction et son sourire s'efface lentement.

Keaton Harper. Le frère aîné de Savvy.

Il s'est fait pousser la barbe et il a pris du ventre, mais je reconnaîtrais ce regard menaçant entre mille. L'un des hommes remarque l'attitude de Keaton et laisse échapper un « Oh merde ! » en me voyant.

Je me détourne rapidement. Emmett, planté derrière la vitrine du magasin, agite timidement la main dans ma direction.

Je retournerais bien à ma voiture, mais trop tard : me voilà repérée de tous les côtés.

Emmett me désigne la porte où est affiché, je m'en rends compte maintenant, le panonceau « *Fermé* ». J'acquiesce tout en m'approchant. Derrière moi, la colère gronde.

Emmett sourit en m'ouvrant la porte. Je me surprends parfois à penser au gamin que j'ai connu dans mon enfance : maigrichon et maladroit, avec une touffe de cheveux blonds et bouclés.

Grand, robuste, il n'a plus rien à voir avec tout cela désormais. Ses cheveux autrefois bouclés et désordonnés sont à présent ondulés, coupés et coiffés pour donner une image décontractée qui ne doit sûrement rien au hasard. Je devine une barbe naissante.

Comme je l'ai dit : « Il était juste planté là comme un crétin. »

Je pénètre dans la boutique. Elle n'est pas petite, mais elle est tellement remplie d'objets qu'il y a de quoi se sentir claustrophobe. Chaque centimètre carré de mur est recouvert d'affiches aux couleurs vives ou de panneaux de bois tarabiscotés, peints à la main. Je regarde sur la gauche l'immense mur où se succèdent des panneaux marqués « *Bienvenue* » et je me dis que l'on pourrait probablement causer de sacrés dégâts en écrasant ça sur la tête de quelqu'un.

Je chasse cette vision d'un battement de paupières et reporte mon attention sur Emmett.

— Bonjour.

— Bonjour.

Il a l'air plus intrigué qu'heureux de me voir. On ne peut pas lui en vouloir.

Il se racle la gorge et un plus grand sourire se dessine soudain sur ses lèvres.

— Désolé. Je savais que tu étais en ville, mais je suis encore un peu sidéré de te voir.

— C'est moi qui suis désolée de passer à l'improviste.

— Je suis content que tu sois venue.

C'est un soulagement (et plus que je ne veux bien l'admettre) quand il sourit de nouveau. Je fais tout mon possible pour ignorer chaque habitant de cette ville qui voit en moi une sorcière sanguinaire, mais je mentirais en affirmant ne pas être soulagée d'entendre qu'Emmett au moins paraît un peu de mon côté.

— Tu es en ville pour une réunion de famille ? demande-t-il.

— Oui, je suis venue gâcher la fête d'anniversaire de ma grand-mère.

En le voyant pencher la tête comme il le fait, je sens mon cœur se serrer un peu. C'est sa façon de signifier : « Lucy dit n'importe quoi, encore une fois, mais ça m'amuse. »

Il désigne les allées encombrées de matériel de peinture.

— Euh… tu as besoin de deux, trois choses pour la fête ?

— Non. En fait, c'est toi que je suis venue voir.

Il a l'air étonné, mais aussi un peu ravi.

— Je suis désolée de ne pas avoir répondu à tes appels ou autre à l'époque. J'étais juste…

— Traumatisée ? suggère-t-il.

J'éclate de rire.

— Oui.

— Ce n'est pas grave. Je…

Un coup dans la vitrine me fait sursauter. Je me retourne : les deux mains plaquées sur le carreau, Keaton nous observe, le visage tordu par la colère.

— Emmett, c'est quoi ce bordel ?

Le voilà qui cogne de nouveau ses poings contre la vitre, la tête juste en dessous d'un groupe de petits cœurs peints, si bien qu'ils semblent lui sortir du crâne. L'image devrait être drôle, mais je n'arrive pas à m'amuser de la situation pour l'instant.

— Je suis désolée. J'aurais dû appeler.

Je me dirige vers la porte, vers Keaton... Quelqu'un va-t-il me venir en aide s'il me saute dessus ? Emmett pourrait appeler la police, au moins.

Je suis sûre que les flics prendraient leur temps pour arriver. Et qu'ils ne seraient pas de mon côté une fois sur place.

Emmett tend la main vers moi, comme s'il s'apprêtait à m'arrêter, mais ses doigts ne font qu'effleurer mon bras.

— Non. C'est bon. Tu peux rester.

Quand Keaton s'éloigne à pas lourds, je relâche un souffle prudent.

— Je crois que je ferais mieux de partir avant qu'il ne revienne.

Emmett a l'air déçu, cependant il se dirige vers la vitre et regarde dehors.

— Tu peux y aller si tu veux, mais il va au restaurant avec ses potes...

J'ouvre la porte et franchis le seuil. Emmett me suit, jetant rapidement un coup d'œil dans la rue, à l'endroit où Keaton s'est tenu. La voie est toujours libre.

— Nina a l'intention de t'appeler et de t'inviter à dîner, dit-il. On pourrait faire ça bientôt ? J'aimerais beaucoup rattraper le temps perdu.

Je me retourne, déboussolée.

— Nina et toi, vous...

— Oui, répond-il avec un sourire. On sort ensemble. Depuis quelques mois maintenant.

Bien sûr.

Je m'oblige à afficher une mine ravie.

— Oui. Un dîner, ce serait génial.

S'il remarque que je suis déçue, il n'en laisse rien paraître.

— C'était chouette de te revoir, Lucy.

Je me détourne avant de risquer de me ridiculiser davantage.

— Pareil pour moi, Emmett.

Mens-moi à l'oreille

Un podcast de Ben Owens

Épisode 4 – « L'excuse de l'amnésie »

Lucy est allée vivre chez ses parents après avoir quitté – ou avoir été expulsée de – la maison qu'elle partageait avec Matt. Joanna me fait revivre les quelques jours qui ont suivi le meurtre, car je ne comprends toujours pas pourquoi tout le monde s'est empressé de penser que c'était Lucy qui avait tué son amie.

Ben : *Si je comprends bien, les gens se sont convaincus que Lucy était la meurtrière de Savannah parce que Matt l'a jetée dehors ?*

Joanna : *C'est comme ça que ça a commencé, oui. Mais c'est les trucs avec ses parents qui ont vraiment été déterminants pour la plupart d'entre nous.*

Ben : *Quels trucs ?*

Joanna : *Je ne veux pas en dire trop, parce que j'adore Kathleen et Don. Ce sont des gens bien. Mais bon. Juste après la découverte du corps, Kathleen répétait à qui voulait l'entendre que Lucy ne ferait jamais de mal à personne, et puis, quelques jours plus tard, elle a complètement changé de discours.*

Ben : *Comment cela ?*

Joanna : *Elle a commencé à devenir bizarre et à faire des mystères. Puis elle a arrêté de défendre sa fille. Paraît-il qu'elle aurait dit des choses très étranges à la famille de Savannah. Et Don a refusé de parler de l'affaire à qui que ce soit. C'est toujours le cas, d'ailleurs.*

Ben : *Il ne dira pas un mot sur Lucy ?*

Joanna : *Non.*

Après avoir entendu le même récit dans plusieurs bouches, j'ai commencé à me renseigner sur les Chase.

William : *Oui, un Starbucks a ouvert il y a quelques années, ce qui est très bien. Mais n'y allez que pour leur café. N'achetez pas leurs muffins ou leur pain rassis ou quoi que ce soit d'autre. Allez à la boulangerie de Daisy Street pour tout ça.*

Voici William, l'un des serveurs du bar que Norma m'a recommandé. C'est une soirée tranquille et William, qui a passé chacune de ses cinquante-trois années d'existence à Plumpton, ne demande pas mieux que de me parler. Grand et large d'épaules, avec une barbe grise de plusieurs centimètres, il serait intimidant si son sourire n'était pas amical.

Il me parle de la famille de Lucy. Sa grand-mère, Beverly Moore, est née à Plumpton et y a passé toute sa vie. Elle a eu trois enfants : Keith, Kathleen et Karen. Keith et Karen vivent tous deux à Houston, mais Kathleen est revenue à Plumpton après avoir terminé ses études. Son fiancé, Don Chase, l'accompagnait. Ils se sont mariés, Lucy est née, et puis ils ont ouvert une boulangerie, la Daisy Street Bakery, à laquelle de nombreux habitants ont fait allusion.

William : *Vous leur avez déjà parlé ? À Kathleen et Don ?*

Ben : *Pas encore, non.*

William : *Vous devriez. Don ne parle à personne de Lucy, mais Kathleen n'y verra aucun inconvénient. Elle en sera plus qu'heureuse.*

Ben : *Vous croyez ?*

William : *Oh oui ! Kathleen est très bavarde. Elle n'a rien à cacher.*

Ben : *Et Don ?*

William : *Quoi, Don ?*

Ben : *Il a quelque chose à cacher ?*

William : *Eh bien... Écoutez, ce ne sont que des ragots, mais vous essayez d'aller au fond des choses, et je respecte ça.*

Beaucoup de gens disent que Don en sait plus qu'il ne l'a laissé entendre. Il était évasif à l'époque, je vous prie de me croire. Et je ne vais pas le lui reprocher. S'il s'était agi de ma fille, je l'aurais protégée coûte que coûte.

Ben : *Vous pensez que Lucy s'est souvenue de quelque chose et le lui a dit ?*

William : *Déjà, je ne crois pas une minute à cette excuse de l'amnésie. Mais oui. Elle a parlé à son père, et il a fait ce qu'il avait à faire. Voilà ce que je pense. Et je ne suis pas le seul. Et puis, il y a eu ce truc entre Kathleen et Ivy, la mère de Savvy.*

Ben : *Quel truc ?*

William : *Je ferais probablement mieux de me taire, mais il faut bien que quelqu'un s'y colle. Apparemment, Kathleen aurait dit à Ivy qu'elle savait que c'était bien Lucy qui avait tué Savvy.*

19

Lucy

« Agitation hostile » : je ne trouve pas d'autres mots pour décrire l'ambiance qui règne à la maison ce soir.

Je sais exactement à quel moment Maman commence à écouter l'épisode quatre, parce qu'elle se met soudain à appeler tous les habitants de la ville. Je ne distingue que quelques mots – « irresponsable » et « scandaleux » – en passant furtivement devant la porte de sa chambre et en descendant l'escalier, dont chaque grincement m'arrache une grimace, mais le flot constant de son bavardage ne tarit pas.

— Je ne sais pas !

La voix de Maman est maintenant très forte.

— Il était si gentil quand je lui ai parlé et, maintenant, il se comporte comme si Don et moi savions tout. J'ai accepté de me faire interviewer il y a des mois, je lui ai dit tout ce qu'il voulait savoir, et il n'en a pas diffusé un mot !

J'attrape mon sac à main sur le comptoir et je m'éclipse. Il faut que je fiche le camp, juste au cas où elle comprendrait qui est véritablement responsable de tout ce pataquès (moi).

Papa remonte l'allée de devant. Le col de sa chemise blanche est flétri par la sueur. Je manque de le percuter de plein fouet.

— Tu m'as l'air bien pressée.

Il paraît... amusé, ce qui est inattendu, vu l'humeur de Maman. Même s'il n'écoute pas le podcast, il est impossible qu'elle ne lui ait pas envoyé un texto dès le début de l'épisode du jour.

Je l'esquive en lançant :

— Désolée. Je vais voir Grand-mère.

Pourtant, je n'ai même pas encore décidé de l'endroit où je vais me rendre. Mais c'était ainsi que je procédais toujours, quand j'étais gamine. Je m'enfuyais avant que les cris ne deviennent trop virulents pour être ignorés.

— Lucy.

Son appel m'arrête dans mon élan et je me retourne.

— Si tu te souviens de quelque chose et que tu veux parler à quelqu'un, sache que je suis là.

Je fais mine de vouloir parler, mais rien ne sort. Je ne sais pas trop à quoi je m'attendais, mais certainement pas à ça.

— Je...

Il soupire et glisse les mains dans ses poches. Il a l'air triste, et je ne l'ai pas vu ainsi depuis longtemps. J'ai oublié à quoi il ressemble sans son air un peu effrayé.

— Peut-être que je n'ai pas bien géré les choses. Je n'en sais rien. En tout cas, je pensais ce que j'ai dit à l'époque. Ce n'est pas grave.

« Ce n'est pas grave. » Je revois mon père, il y a cinq ans, les larmes aux yeux, tandis qu'il me prenait par les épaules. « Si tu te souviens de quelque chose, dis-le-moi, d'accord ? De quoi qu'il s'agisse, ce n'est pas grave. Je te le promets. Mais tu ne le dis qu'à moi. Tu comprends ? »

Je me rappelle l'avoir regardé, la dureté de sa bouche, le désespoir sauvage dans ses yeux, et avoir compris qu'il me pensait coupable du meurtre de Savvy. Il en était même sûr et certain.

Cinq ans n'ont pas suffi à restaurer sa foi en moi, j'imagine. Et qui peut lui en vouloir, honnêtement ?

« *Tu t'es déjà imaginée en train de cogner le cerveau de tes parents ? Ça m'est arrivé une fois ou deux. C'est normal, non ?* »

— Tu seras le premier vers qui je me tournerai, promis.

Et je me dirige vers ma voiture.

Mens-moi à l'oreille

Un podcast de Ben Owens

Épisode 4 – « L'excuse de l'amnésie »

Lors de notre première entrevue, Ivy Harper, la mère de Savannah, n'a pas mentionné que Kathleen Chase lui avait avoué la culpabilité de Lucy. Je suis donc retourné lui parler. Je l'ai interrogée sur les jours qui ont suivi le meurtre.

Ben : *Merci d'avoir accepté de me rencontrer de nouveau.*

Ivy : *De rien.*

Ben : *J'essaie de comprendre pourquoi Lucy a commencé à être suspectée du meurtre de Savannah. Pouvez-vous m'aider ?*

Ivy : *Je peux essayer.*

Ben : *Avez-vous revu Lucy après la mort de Savannah ?*

Ivy : *Oh oui, bien sûr.*

Ben : *Quand ?*

Ivy : *Nous sommes arrivés à l'hôpital dans les dix minutes qui ont suivi son admission. Nous voulions savoir ce qui était arrivé à Savvy. On ne nous a pas* *laissés entrer, cependant. Pas ce jour-là. Nous avons dû attendre le lendemain.*

Ben : *Que s'est-il passé quand vous êtes allés la voir ?*

Ivy : *J'ai supplié Lucy de me raconter ce qui s'était passé, mais elle n'arrêtait pas de répéter qu'elle ne se souvenait de rien. Elle pleurait et pleurait… Je me sentais mal pour elle à ce moment-là, mais j'étais aussi incroyablement frustrée. C'était la seule personne au monde qui pouvait me dire ce qui était arrivé à Savvy, et elle ne faisait que chialer.*

Ben : *Je… OK. Donc… L'avez-vous revue après ?*

Ivy : *Plusieurs fois.*

Ben : *Plusieurs fois ?*

Ivy : *Je me suis dit que continuer d'aller là-bas, d'insister et de la laisser voir ma peine était le mieux à faire.*

Ben : *Vous pensiez déjà que c'était elle la coupable à ce moment-là ?*

Ivy : *J'avais des soupçons. Il y avait les griffures sur le bras de Savvy et les bleus que Lucy ne pouvait pas expliquer. Puis des gens ont commencé à raconter qu'elles s'étaient disputées au mariage. Et chaque fois que je suis allée parler à Lucy, elle était juste… bizarre.*

Ben : *Bizarre ?*

Ivy : *Hystérique. Elle pleurait, elle tremblait. C'était étrange, d'autant plus que c'est plutôt quelqu'un de stoïque d'ordinaire.*

Ben : *Avez-vous eu l'impression qu'elle avait des séquelles liées à son traumatisme crânien ?*

Ivy : *De quel type ?*

Ben : *En cas de lésions cérébrales traumatiques, les gens ont souvent du mal à se créer des souvenirs. Surtout des souvenirs à court terme. Cela peut durer longtemps après la blessure.*

Ivy : *Je n'en sais rien.*

Ben : *Lucy semblait-elle confuse ? Continuait-elle à oublier des choses ? En dehors de l'incident, je veux dire.*

Ivy : *Hmm… oui, en fait. J'allais là-bas et elle commençait à me répéter la même chose que la fois précédente. Je pensais qu'elle voulait juste que je sache.*

Ben : *Mais à l'époque, vous n'avez pas pensé que sa blessure pouvait expliquer l'étrangeté de son comportement ?*

Ivy : *Peut-être. Je ne m'en souviens pas exactement. Cependant, honnêtement, ça n'a pas d'importance. C'est après avoir vu la façon dont Don et Kathleen se conduisaient que j'ai su.*

Ben : *Comment se conduisaient-ils ?*

Ivy : *Ils étaient méfiants. Don me surveillait pendant que je posais des questions à Lucy. Kathleen nous laissait seules, oui, mais Don se comportait très bizarrement chaque fois que j'allais là-bas. Il était même carrément hostile au début.*

Ben : *Hostile ?*

Ivy : *Il m'a dit que je bouleversais Lucy, qu'elle avait été blessée elle aussi et que je devais attendre pour lui parler. Kathleen l'a convaincu de me laisser faire, mais il s'attardait dans l'embrasure de la porte et écoutait tout. Il ne nous laissait jamais en tête à tête. J'en ai même parlé à la police.*

Ben : *Du fait qu'il restait pour écouter vos conversations ?*

Ivy : *Oui. Je le voyais comme… quelqu'un qui cherchait à s'assurer que sa fille n'allait pas laisser échapper quelque chose qu'il ne fallait pas. Il la traitait comme si elle était redevenue une enfant. J'ai commencé à penser que Lucy lui avait avoué quelque chose et qu'il voulait la protéger en s'assurant qu'elle ne le répète à personne d'autre. Et puis,* *je pense que la culpabilité a fini par avoir raison de Kathleen, et elle m'a dit quelque chose.*

Ben : *Qu'a-t-elle dit ?*

Ivy : [Long soupir.] *Écoutez, j'ai gardé ça pour moi, parce que je n'en veux pas à Kathleen et Don. Vraiment pas. Mais une fois où j'étais chez eux, Kathleen m'a suivie dehors quand j'ai eu fini de parler à Lucy. Elle m'a serrée très fort dans ses bras et, quand on s'est écartées l'une de l'autre, elle pleurait et elle m'a dit : « Attends encore un peu, d'accord ? Je vais arranger ça. »*

20
Lucy

— Vous insinuez que je suis folle ?

Ben est à sa place habituelle au *diner*, adossé avec désinvolture à la paroi du box. Son ordinateur portable est fermé devant lui, ses cahiers soigneusement empilés sur le dessus. Soit il a fini sa journée, ou prend une pause, soit il a tout rangé en me voyant arriver.

Il louche dans ma direction.

— Pardon ?

Je me glisse dans le box, pour m'asseoir en face de lui. Le rouquin derrière le comptoir me regarde fixement. Quelqu'un a dû le mettre au parfum.

— Ces questions que vous avez posées à Ivy. Où vouliez-vous en venir ?

— À votre avis ?

Un côté de sa bouche se tord en un sourire exaspérant.

— Démontrer que je suis folle. Qu'un coup à la tête et le stress d'être accusée de meurtre ont eu raison de moi et m'ont rendue complètement cinglée.

— Non, ce n'était pas le but.

— C'était quoi, alors ?

— J'essaie de me faire une idée précise de ce qui s'est passé juste après le meurtre. L'attention semblait se concentrer sur la recherche du meurtrier de Savvy. Combien de jours avez-vous eus pour récupérer avant que sa mère ne vienne vous poser des questions ?

Zéro. Je vois encore Mme Harper plantée sur le seuil de ma chambre d'hôpital, le visage ruisselant de larmes. Elle me suppliait en me serrant les mains.

« S'il te plaît, Lucy, s'il te plaît. Nous avons besoin de savoir quelque chose. N'importe quoi. »

Ben hausse un sourcil.

— C'est quand même étrange que votre mère ait laissé Mme Harper venir vous voir tout de suite et sans aucune limite.

— C'est moi qui ai dit que j'étais d'accord. À l'époque. J'étais en mesure de prendre mes propres décisions.

— Je n'ai jamais prétendu le contraire.

Je marque une pause, puis je lâche :

— C'était très important pour moi aussi de découvrir qui avait assassiné Savvy. Et je n'ai jamais dit à mes parents que c'était moi qui avais fait le coup.

Pas que je m'en souvienne, en tout cas. Les jours qui ont suivi le meurtre demeurent très flous.

« *Écoute, quand l'envie de tuer quelqu'un te prend, il faut parfois faire avec.* »

La voix est si forte et si nette que je sursaute légèrement et regarde autour de moi, presque sûre de découvrir quelqu'un à mes côtés.

Il penche la tête.

— Je sais.

— C'est pour cela que je ne voyais aucun problème à ce qu'Ivy vienne me poser des questions. Je voulais me rendre utile.

— Je n'en doute pas.

— Qu'est-ce que c'est censé vouloir dire ?

— Oh, mon Dieu, Lucy, ça veut dire que je n'en doute pas.

Il est amusé maintenant et je suis estomaquée de me rendre compte que je tiens vraiment à savoir s'il me pense ou non coupable du meurtre de Savvy. C'est sacrément énervant !

— Vous pensez toujours que les gens ont des intentions malveillantes, ou ça ne concerne que moi ?

J'opte pour le mensonge.

— Vous uniquement.

— Je dis simplement que s'il s'agissait de mon enfant et qu'il venait de subir un traumatisme majeur et une blessure grave susceptible de mettre sa vie en danger, je ne laisserais personne l'approcher. Je lui construirais un château fort avec des oreillers et je garderais la porte de sa chambre. Même si cet enfant était une femme de vingt-quatre ans prétendant que tout va bien. Mais cela n'engage que moi, conclut-il en arquant un sourcil.

Je ne sais pas quoi répondre, alors je regarde l'adolescent qui tape frénétiquement sur son téléphone en tirant un petit bout de langue.

— Vous saviez que Beverly m'a invité à sa fête d'anniversaire ?

Ben a réussi à réattirer mon attention. J'ébauche un sourire amusé.

— Elle a omis de le mentionner.

— Ça ne vous dérange pas si je viens ?

— C'est sa fête. Vous n'avez pas besoin de ma permission.

— J'ai l'impression que si.

Il rejette les cheveux tombés sur ses yeux d'un geste mi-sexy, mi-décontracté qui me met mal à l'aise.

— Pourquoi ? Ça contrevient à l'éthique d'aller à une fête d'anniversaire dans la famille de la femme soupçonnée d'avoir assassiné le sujet de votre podcast ? Ça existe seulement, l'éthique du podcasteur ?

— Je ne..., commence-t-il avant de pencher la tête, comme pour réfléchir. Ce n'est pas contraire aux règles. J'ai toujours considéré que l'éthique des podcasteurs était la même que celle des journalistes.

— Bien sûr.

— Je n'irai pas si ça vous met mal à l'aise.

— C'est vous qui serez mal à l'aise.

— Ah bon ?

— Ma mère n'a pas apprécié l'épisode quatre, car vous y avez vaguement sous-entendu qu'elle était une mauvaise mère pour avoir laissé Ivy me parler et aussi qu'elle était peut-être impliquée d'une manière ou d'une autre.

— J'ai un seuil élevé de résistance au malaise.

Et voilà ses satanés cheveux de nouveau dans ses yeux.

Mon sourire s'élargit.

— Je n'ai aucun mal à vous croire.

— Ça veut dire que je devrais venir ?

— Vous devriez absolument venir. Je pense que Grand-mère serait très déçue dans le cas contraire.

— Vous croyez ?

Il a l'air flatté.

— Absolument.

— D'accord. Je serai donc là demain.

— Je meurs d'impatience.

— Et nous ferons notre premier entretien lundi ?

— Notre *premier* entretien ? Nous avons déjà parlé plusieurs fois.

— C'est la première fois que nous entrerons vraiment dans le vif du sujet. Votre grand-mère a dit que vous resteriez en ville jusqu'à la semaine prochaine.

Je pousse un long soupir.

— Ah bon ?

— C'est faux ?

— Non. Elle a raison.

Elle m'a acheté un aller simple, ce qui aurait dû me mettre la puce à l'oreille : elle avait prévu que je resterais plus longtemps qu'elle ne le laissait entendre. Je pourrais réserver mon propre billet et filer d'ici, mais je me suis engagée maintenant. Je n'arrête pas de penser à ce que Grand-mère a dit : Ben va vraiment démêler cette affaire.

J'ai l'impression que je dois à Savvy de rester jusqu'à ce qu'il y parvienne.

Sans parler du fait que je n'ai rien à retrouver. Je suis toujours licenciée, mon petit ami est maintenant mon ex, et je n'ai pas encore signé de bail pour un nouvel appartement. Autant être ici, même si cet endroit me donne envie de me battre.

— Bien, dit-il. Je commence un nouveau truc la semaine prochaine, en changeant le format du podcast. Au lieu de faire deux épisodes par semaine, je publierai une série de plusieurs mini-épisodes, ce qui nous permettra de diffuser des informations en temps réel. Je pense que les gens vont vraiment apprécier.

— Génial, commenté-je sèchement.

Il hausse un sourcil.

— Bien. Peu importe. Lundi, récapitulé-je, premier entretien. Je serai prête.

« *Je suis toujours prête,* chante la voix. *Bousillons donc quelqu'un !* »

Mens-moi à l'oreille

Un podcast de Ben Owens

Épisode bonus 1

Bonjour à tous. Je sais que vous n'attendiez pas de nouvel épisode avant demain, mais il faut que je vous tienne au courant de ce qui se passe dans l'émission. Tout d'abord, je suis actuellement de retour à Plumpton, au Texas. Et deuxièmement, je suis en contact avec Lucy Chase.

Je sais que beaucoup d'entre vous le savent déjà, parce que vous avez vu la photo de nous ensemble au *diner*. Pour répondre à la question qu'environ dix mille d'entre vous ont posée sur Twitter : oui, Lucy a accepté de me donner une interview.

Histoire d'être parfaitement transparent, je voulais vous informer que j'ai toujours compté décrocher une interview de Lucy. Sa grand-mère m'avait assuré pouvoir me l'obtenir, et elle n'a pas menti. Selon Beverly, il n'a même pas été nécessaire de la convaincre. Jusqu'à présent, Lucy a été directe avec moi.

Et, pour être tout à fait franc avec vous, j'ai dû supprimer ou repenser en totalité certains des épisodes que j'avais prévus pour le reste de la saison. Le retour de Lucy en ville a complètement changé la donne, et il y a eu du neuf récemment.

Vous voulez savoir quoi ? Écoutez l'interview de Matt Gardner demain.

Oui, il s'agit bien du fameux Matt Gardner. L'ex-mari de Lucy, qui donne sa première interview.

Et gardez un œil sur votre application, car je publierai de brefs épisodes bonus, comme celui-ci, pour vous tenir au courant de tout ce qui se passe ici.

Pour l'heure, je vous laisse avec cette interview de Nina Garcia.

Nina : *Oui, bien sûr, je connais Mme Chase. Ou Kathleen. Je l'appelais toujours Mme Chase, à l'époque du lycée, quand j'allais chez Lucy. Une habitude difficile à perdre.*

Ben : *Vous êtes amies ?*

Nina : *Eh bien, je lui dis bonjour quand je la vois, mais nous ne sommes pas amies ou quoi que ce soit.*

Ben : *Vous souvenez-vous de l'avoir vue au mariage ?*

Nina : *Bien sûr, vaguement.*

Ben : *Durant la cérémonie ? Plus tard dans la nuit ?*

Nina : *Je ne pourrais pas dire. Cela fait trop longtemps.*

Ben : *Et Colin Dunn ? Vous connaissez Colin ?*

Nina : *Un peu, oui, à l'époque où il vivait ici. Pourquoi ?*

Ben : *Dans un épisode récent, Colin a affirmé avoir couché dans une voiture avec une femme mariée, après le mariage. Vous l'avez entendu ?*

Nina : *Oui.*

Ben : *Selon plusieurs sources, Kathleen et Colin auraient eu une liaison.*

Nina : *... Quoi ?*

Ben : *Le saviez-vous ?*

Nina : *Quoi ? Qui a dit ça ?*

Ben : *Ces personnes ont demandé à rester anonymes. Mais j'ai pu le vérifier.*

Nina : *Colin ? Colin Dunn ?*

Ben : *Oui.*

Nina : *Elle a, genre, trente ans de plus que lui.*

Ben : *Trente-deux ans, oui.*

Nina : *Je...*

Ben : *On m'a dit que c'était un peu un secret de Polichinelle ici, à Plumpton.*

Nina : *Sérieusement ? Je n'étais pas au courant. Mais je suppose que...*

Ben : *Quoi ?*

Nina : *Maintenant que vous le dites, je me souviens de l'avoir entendu dire qu'il aimait les femmes plus âgées. Je pensais qu'il parlait de Savvy, parce qu'elle avait quatre ou cinq ans de plus que lui. Je suppose qu'il entendait par là...* vraiment *plus âgées.*

Ben : *C'est un peu bizarre, non ?*

Nina : *Coucher avec une femme de trente ans votre aînée ? Je ne sais pas, il en faut pour tous les goûts, j'imagine.*

Ben : *Non, pas ça. Je voulais parler du fait que tout le monde était au courant de la liaison de Kathleen avec le petit ami de Savannah, et que personne n'ait jugé bon de le mentionner.*

Nina : *Ce n'était pas pendant qu'il était avec Savvy, si ?*

Ben : *Si, d'après mes recherches, les deux histoires se sont chevauchées. En plus, comme je l'ai dit, une mystérieuse femme mariée dans une voiture...*

Nina : *... Oh. Alors, oui. C'est plutôt bizarre.*

21

Lucy

Je m'attends à ce que Maman annule la fête.

J'ai écouté le mini-épisode de Ben avec incrédulité la première fois, et avec un peu (beaucoup) d'amusement la seconde.

Je n'aurais jamais cru Maman capable de ça.

Je devrais peut-être m'en offusquer un peu, au nom de Savvy, mais celle-ci n'a jamais pris très au sérieux sa relation avec Colin, et je pense honnêtement qu'elle aurait également été amusée de l'apprendre.

Stressée, j'attends que Maman explose.

Mais non. Le lendemain matin, quand je descends, je la trouve en train de coudre joyeusement de la dentelle sur une couverture pour bébé qu'elle a confectionnée pour l'une des filles de l'église.

Le déni lui a toujours réussi.

Donc, je ne dis rien, j'envoie à Ben un SMS qui dit juste : « *Purée, mec* », et je fais comme si de rien n'était.

Maman insiste pour que nous arrivions au restaurant une heure avant les autres afin de pouvoir surveiller au plus près les employés chargés de l'organisation de la fête. Ils n'ont pas l'air particulièrement perturbés, comme s'ils étaient habitués à ce que des femmes en robe à fleurs s'inquiètent bruyamment du positionnement exact de bougies dans leurs bocaux de verre.

Maman a raté sa vocation d'organisatrice de mariages. Elle aurait été extrêmement douée pour projeter une image heureuse l'espace d'une journée.

Nous sommes dans une grande salle réservée aux festivités, à l'arrière du restaurant. On a installé là une longue table de pique-nique, avec les fameuses bougies et des compositions florales au milieu.

Maman ne dit rien en voyant les gerberas. Probablement parce qu'ils sont splendides. Ou alors, elle a complètement oublié que c'était censé être des roses roses.

Grand-mère arrive à l'heure, escortée par Ashley et Brian (mes cousins, le côté crétin de ses petits-enfants). Ils sont tous les deux plus jeunes que moi – dans le début de la vingtaine – et aucun d'eux n'a l'air particulièrement heureux d'être là. Brian lève à peine les yeux de son téléphone pour dire bonjour.

Leurs parents, Keith et Janice, les suivent à l'intérieur. Ma tante Karen, la jeune sœur de ma mère, arrive dans leur sillage en affichant son expression aigrie habituelle. Elle est accompagnée d'un inconnu, vêtu d'un costume mal ajusté.

Je ne sais pas quand ils sont arrivés en ville. Maman ayant mystérieusement disparu plusieurs fois au cours des deux derniers jours, je suppose qu'ils sont ici depuis un certain temps. Personne n'a manifesté la moindre envie de me voir plus tôt, apparemment.

Ils me jettent tous un coup d'œil puis s'éloignent rapidement. À part Ashley, qui me toise de la tête aux pieds et plisse les yeux d'un air désapprobateur.

Je regarde ma robe. Noire, autrement dit en décalage avec le reste des invités et leurs tenues aux couleurs vives. Elle a aussi un décolleté plongeant, qui serait plus excitant sur quelqu'un doté de seins plus gros. Pourtant, le serveur qui fait le tour de la salle en proposant des amuse-gueule semble apprécier. Je fais ce que je peux.

Grand-mère se précipite vers moi dans un froufrou de paillettes violettes. Sa robe d'anniversaire fait très délurée, clin d'œil aux *showgirls* de Las Vegas.

Elle me serre le bras.

— Ça m'a l'air splendide.

— C'est Maman qui a fait le plus gros du travail, tu sais.

Mon oncle Keith et ma tante Janice apparaissent derrière elle pour me gratifier d'une étreinte molle et d'un sourire crispé.

— C'est un plaisir de te voir, Lucy, fait Oncle Keith en se passant une main dans la barbe.

— Je suis surprise que tu ne te sois pas remariée, ajoute Tante Janice en fronçant les sourcils.

— Eh bien, ce n'était pas vraiment génial la première fois.

Je m'esclaffe.

Pas elle.

— Waouh ! s'exclame Ashley.

Ses cheveux, châtain clair la dernière fois que je l'ai vue, sont d'une très belle couleur auburn, et j'aurais pu la complimenter si elle ne me regardait pas comme une extraterrestre.

— Bonjour, Lucy.

Brian lève les yeux de son téléphone, assez longtemps pour jeter un coup d'œil à mes seins.

— Brian, ce que tu es beau !

Voilà que Maman se met à mentir éhontément, on dirait. Elle repousse les cheveux bruns hirsutes tombés sur les yeux de mon cousin, et celui-ci recule comme si c'était ce qui lui était arrivé de pire en vingt et un ans.

Le sourire de Maman laisse place à une expression horrifiée quand, bouche bée, elle aperçoit quelque chose derrière moi.

Je me retourne. C'est Ben, qui tient un cadeau orné d'un énorme nœud rose, emballé beaucoup trop joliment pour que ce soit son œuvre. Il porte une chemise bleue, dont il a retroussé les manches jusqu'aux coudes, et je remarque qu'Ashley ne désapprouve rien de ce qu'elle voit.

Honnêtement, je la comprends.

— Ben ! s'exclame Grand-mère.

Au même moment, Maman s'écrie :

— Qu'est-ce que vous fichez là ?

Ben lève une main pour saluer l'assemblée. S'il est surpris que Maman n'ait rien su de sa venue, il ne le montre pas.

Je ne peux m'empêcher de penser qu'il aurait pu garder le mini-épisode pour demain. Il l'a posté avant la fête en sachant pertinemment qu'il la verrait après sa publication.

Je suis à la fois impressionnée et un peu effrayée.

— Kathleen, ne sois pas impolie, proteste Grand-mère tout en faisant un signe de la main à Maman. C'est moi qui l'ai invité.

— Tu l'as invité ?!

Maman a presque crié, puis elle me regarde, comme si je devrais moi aussi être horrifiée par cette initiative.

Je lui souris, puis je me dirige vers Ben, à qui j'arrache le cadeau des mains.

— Ben. Aussi arrogant que d'habitude.

Il laisse échapper un petit rire étonné.

— Merci ?

Maman reste bouche bée en me voyant déposer le présent sur la table avec les autres. Keith, Janice et leur progéniture ont l'air désorientés.

— Écoutez, tout le monde, voici Ben Owens, lance Grand-mère d'une voix sonore. C'est l'animateur du fameux podcast. Vous savez, LE podcast.

La mâchoire d'Ashley se décroche. Brian commence à texter avec frénésie. Keith et Janice semblent attendre une réplique bien sentie.

Je jette un coup d'œil à Papa, qui me lance un regard noir depuis le coin où il se trouve. Karen se précipite vers Maman pour lui chuchoter quelque chose à l'oreille.

Un groupe de dames âgées aux permanentes bouffantes assorties apparaît à la porte. Maman se joint à Grand-mère qui s'avance pour les accueillir en évitant soigneusement de regarder Ben.

Comme tout le monde le reluque, je m'approche discrètement. D'habitude, c'est moi que tout le monde lorgne. En me plantant à côté de lui, je leur facilite la tâche.

Nous restons tous deux silencieux pendant un moment, puis j'indique le petit bar installé le long du mur du fond.

— Un verre ?

— Oh mon Dieu, oui.

Une heure plus tard, je suis assise au centre de la table avec Grand-mère d'un côté et Ben de l'autre, sur l'insistance de la reine de la fête (« C'est mon anniversaire, c'est moi qui décide qui s'assoit où ! » a-t-elle déclaré avec joie, ignorant au passage les protestations de Maman).

J'en suis à mon deuxième verre de vin et la pièce est agréablement floue aux entournures.

Le personnel a casé le plus de chaises possible autour de cette table, et mon bras ne cesse de frôler celui de Ben. Il n'est pas flou, lui. En fait, il est trop net, et je fais de mon mieux pour ne pas le regarder du tout.

Je me rappelle soudain que cela fait au moins un mois que je n'ai pas couché avec qui que ce soit, depuis notre passage à vide, à Nathan et à moi, avant les révélations du podcast. Et pour ce qui est d'une partie de jambes en l'air satisfaisante, cela fait encore beaucoup plus longtemps (merci, Nathan).

Le serveur s'arrête derrière moi et remplit mon verre de vin presque vide.

OK, ça ne va pas m'aider à arrêter de penser au sexe.

J'attrape le verre, puis me ravise et le repousse de quelques centimètres.

Ben m'observe. Nos regards se croisent lorsque je me redresse sur ma chaise, et je m'empresse de détourner les yeux.

En face de nous, Betsy – c'est l'amie de Maman qui a apporté ces excellents brownies à 285 calories pour accompagner leur thé/vin – observe Ben sans se cacher. Il fait mine de ne pas le remarquer.

— Bruce…, attaque Betsy.

Je corrige tout en attrapant un verre d'eau :

— Ben.

— Ben. Vous connaissez l'expression « avoir un physique de radio » ?

J'éclate de rire la gorge à moitié pleine, si bien que je manque de m'étouffer.

— Betsy ! s'exclame Maman.

— Quoi ? On en parlait justement l'autre jour !

— Oui, il m'est arrivé de l'entendre, répond Ben, l'air amusé.

— Eh bien, ce n'est pas votre cas. En fait, je dirais même que c'est une honte que vous ayez décidé de travailler pour la radio.

Des rires s'élèvent autour de la table. Même Papa s'esclaffe.

— Merci.

Ben rougit comme s'il n'avait pas l'habitude d'être complimenté sur son physique. Comme s'il n'avait pas consulté r/Podcasts sur Reddit et vu les posts concernant son physique.

— Comment vous vous êtes retrouvé là-dedans ? demande Keith. À faire des podcasts ?

— J'adorais en écouter. J'étais obnubilé, en fait. Surtout par ceux consacrés aux *true crimes*. Donc j'ai décidé de m'y essayer moi-même.

— Comme ça ? demande Karen. Vous n'étiez même pas chroniqueur judiciaire avant, si ?

Je vois bien qu'elle n'a pas besoin de lui pour répondre à cette question. Elle a fait une recherche approfondie à son sujet, sur Internet. Elle est probablement allée jusqu'à la cinquième page proposée par Google.

— Non, en tant que journaliste, j'ai surtout fait de l'art de vivre et du divertissement. Le *true crime*, c'est plutôt un… de mes passe-temps. En fait, au fil des ans, je me suis penché sur un certain nombre d'affaires, en participant à ces sites en ligne où des détectives amateurs tentent de traiter des cas non résolus. Lorsque j'ai décidé de me lancer dans ma première enquête, j'ai choisi celle sur laquelle j'avais le plus d'informations, juste pour essayer de me faciliter la tâche.

— Vous l'avez résolue ? demande Keith.

— Bien sûr que oui, répond Janice en lui tapotant le bras. Je t'en ai parlé.

Keith fronce les sourcils comme s'il n'avait aucun souvenir de cette conversation, à moins que cela ne concerne la plupart des choses que sa femme lui dit.

— Oui, confirme Ben.

— Tu te souviens ? insiste Janice auprès de son mari. L'adolescente qui a été tuée pendant un bal de promo, en Caroline du Sud. On a retrouvé son corps dans le coffre de la voiture d'un professeur, mais le gars jurait haut et fort qu'il n'avait rien fait ? En plus, il n'avait pas de mobile, et il avait un alibi.

Keith secoue la tête, il n'a toujours pas retrouvé le fil.

— C'était lui, le coupable ?

— Non, répond Ben. C'était le petit ami de la fille. Il l'avait mise dans le coffre parce qu'il pensait qu'elle flirtait avec le professeur et qu'il se passait peut-être quelque chose entre eux. Or, il n'y a jamais rien eu, pour autant que je sache.

— Ce n'était pas bien compliqué à résoudre, intervient Ashley, qui hausse les sourcils de manière aguicheuse. C'est toujours le petit ami ou le mari.

Elle me jette un regard en coin, avant de détourner les yeux rapidement.

Toujours le petit ami, sauf quand c'est la meilleure amie.

« J'ai une idée ! »

Pas maintenant.

— J'ai eu un pressentiment, quand je me suis lancé dans cette affaire, admet Ben.

— Et cette fois-ci ? demandé-je. Vous pensez pouvoir la résoudre aussi ?

— Oh, le dîner est servi ! clame Maman.

Deux serveurs entrent dans la salle, des assiettes à la main.

Je croise le regard de Ben. Ses lèvres se retroussent, mais il ne dit rien.

Je m'empresse de manger, car l'alcool commence vraiment à me monter à la tête. Un serveur me tourne autour, prêt à remplir de nouveau mon verre au moindre signe de ma part.

Le vin coule à flots, en fait, et je tiens mon verre sans pour autant le boire, tout en balayant la table du regard. Keith a les joues rouges. Ashley rit bruyamment.

On est censés s'amuser, me dis-je. *Ou peut-être qu'on s'amuse vraiment. Que tous les autres s'amusent vraiment.* Ils pourraient prendre une photo et la mettre sur Instagram – #dînerdanniversaire #tropmarrant #jaimemavie – et ce ne serait pas un mensonge.

— Tu comptes écrire un livre, Ben ? demande Grand-mère, poursuivant apparemment une conversation à laquelle je n'ai pas prêté attention.

— Un livre ? Non, répond-il avant de me regarder. Un jour, peut-être, mais je n'ai rien de prévu pour l'instant.

— Les gens disent que tu vas en publier un.

— Qui ça ?

— Tu sais, fait-elle avec un signe de la main. Sur Twitter.

— Grand-mère, tu es sur Twitter ?!

Brian a l'air tellement sidéré que je me demande soudain quel genre de conneries il a bien pu poster sur ce réseau. Quelque chose qu'il préfère cacher à sa grand-mère, c'est certain.

— Vous écrivez bien, déclare Janice. J'ai lu certains de vos articles dans *The Atlantic* et *Vanity Fair*.

— Merci, dit-il.

— Lucy, tu ne voulais pas être écrivain autrefois ? Que s'est-il passé ?

Keith me regarde comme si je l'avais déçu, lui, cet oncle que je connais à peine.

Je n'étais pas aussi douée que je le pensais, faut croire. C'est ce que je devrais répondre. Les gens adorent ce genre de merde : humilité et honnêteté combinées, pour que tout le monde se sente plus à l'aise après une question déplacée.

Je souris.

— Bah, tu sais, personne ne veut lire le livre d'une meurtrière.

Keith s'empourpre. Papa lève les yeux au ciel.

— Lucy, me rabroue Maman d'un ton las.

— Pourquoi tu n'as jamais écrit tes Mémoires ? demande Ashley, qui attend manifestement depuis le début de la soirée de poser cette question.

— Il est difficile d'écrire des Mémoires sur quelque chose dont on ne se souvient pas.

— Tu pourrais écrire sur tout le reste.

Je hausse les épaules.

« *Tuons...* »

— Tu ne racontes jamais ta version des faits, insiste Ashley.

Je l'ai fait un nombre incalculable de fois. Personne ne m'a crue.

— Je la raconte à Ben.

Et je bois une gorgée de vin.

Papa relève la tête. Ses yeux étincellent d'un mélange de colère et d'interrogation.

— Tu la racontes à Ben ? répète Maman très lentement.

Peut-être le reste de la tablée y voit-il le signe d'une réaction calme.

Peut-être est-ce vraiment le cas. Je jette un coup d'œil autour de moi : personne d'autre ne me paraît nerveux.

Je ne devrais pas l'être, moi non plus. Je suis une adulte, libre de donner des interviews à n'importe quel podcasteur arrogant de mon choix.

« *J'ai une idée. Tuons…* »

Je serre le poing et chasse la voix.

— Oui. Ben va bientôt m'interviewer.

— Nous avons déjà parlé de certaines choses, ajoute-t-il.

— C'est une décision intéressante, Lucy, intervient Papa.

Ashley ricane, puis étouffe son rire d'une main sur la bouche. D'autres gloussent aussi nerveusement.

— Tout le monde attend beaucoup de Ben. Je veux juste aider comme je peux.

J'essaie d'avoir l'air décontractée.

— J'apprécie, renchérit l'intéressé, qui cherche aussi à afficher un air décontracté.

Je suis meilleure que lui en la matière.

Mon père ouvre la bouche comme s'il avait d'autres questions à poser, puis paraît se raviser.

— Je pense que c'est Lucy qui devrait elle-même raconter sa propre version, et non moi, non ? ajoute Ben.

— C'est vrai, convient Ashley, les yeux écarquillés de sincérité.

« *Quelle connerie !* »

La voix dans ma tête est si forte que j'ai du mal à m'empêcher de sursauter.

« *Tuons-la.* »

Je regarde mon couteau, mais je suis trop éméchée pour tuer Ashley. Pour de vrai ou autrement.

« *Ou lui ?* »

Je gigote sur ma chaise. Ils discutent comme si je n'étais pas là et Maman me regarde fixement.

— Vraiment ? me demande-t-elle.

— Quoi ?

« J'ai une idée ! »

— La vérité, répond Maman. C'est tout ce que nous avons toujours voulu. Connaître la vérité.

— Oui, opiné-je. La vérité.

Je bois une longue gorgée de vin, ce qui n'est pas une bonne idée, mais je veux fermer son clapet à la voix. L'astuce fonctionne.

— Et la vérité implique de fouiller dans la vie privée des gens ?

Keith s'est encore empourpré. La colère et l'alcool joignent leurs forces pour lui donner un visage rouge écarlate.

— Keith, murmure Janice en lui posant une main sur le bras.

Il se dégage d'un geste brusque.

— Je suis désolé, mais pourquoi on fait tous comme si cet homme était le bienvenu ici ? Il...

— Vous êtes le bienvenu, Ben, l'interrompt Grand-mère en lui tapotant le bras.

Il la regarde, amusé.

— Maman ! s'écrie Keith en levant les mains. Pour l'amour de Dieu ! Il a enregistré ce podcast et il a dit que...

— Keith ! s'emporte ma mère.

— ... Kathleen avait couché avec un jeune de vingt ans dans une voiture !

— Waouh ! s'exclame Ashley.

— Mince alors !

Brian en abandonne son téléphone.

— Bon sang, Keith, grommelle Papa.

— Quoi ? C'est même pas vrai ! s'emporte mon oncle en pointant un doigt furieux vers Ben. Vous venez débiter des *fake news* sur votre petit podcast, et vous colportez des accusations venant de « sources anonymes ».

Il encadre son « sources anonymes » de guillemets imaginaires.

— C'est peut-être l'heure du gâteau ? suggère Maman.

Keith l'ignore, focalisé sur Ben.

— C'est qui, ces sources ?

— Je suis désolé, je ne peux pas les révéler.

— Ou l'heure des cadeaux ? s'obstine Maman.

— Comme par hasard ! Parce qu'elles n'existent pas !

— Ou l'heure de se resservir en vin ? propose Grand-mère en brandissant son verre.

Un serveur se précipite pour le remplir.

Betsy se penche en travers de la table.

— Je devrais peut-être y aller, murmure-t-elle.

— Tu te moques de moi ? On commence juste à s'amuser ! s'exclame ma grand-mère, toute joyeuse.

Keith a les mains sur la table, prêt à se battre.

— Et vous avez insinué qu'elle et ce…

— Colin, soufflé-je.

— Waouh ! répète Ashley.

— … et ce Colin ont tué Savannah ! Or, nous savons tous qui l'a fait…

Je lève la main. Betsy en reste interloquée.

Grand-mère m'oblige à baisser le bras.

— Ce n'est pas le bon public pour ce genre de blague, ma chérie.

— Sans vouloir t'offenser, Lucy, lâche Keith.

— Vraiment, Papa ? fait Brian.

— Mais nous savons tous qui a fait le coup, et vous racontez des bobards en balançant aux gens que c'est Kathleen la meurtrière !

— J'essaie juste de comprendre les alibis de chacun.

Ben affiche une impassibilité remarquable.

En fait, ses lèvres tressaillent. Il y a moyen que ce connard arrogant trouve cette scène amusante.

— Ce n'est pas...

— Oh, mais merde ! hurle Maman dans une exclamation qui fige tout le monde. Oui, je me suis tapé Colin dans ma voiture le soir du mariage ! Vous êtes content, Ben ? Vous m'avez démasquée ! J'ai couché avec ce jeune homme de vingt ans et, pour être honnête, j'ai aimé ça.

— Waouh.

— C'est donc là que j'étais quand Savvy a été assassinée, conclut calmement Maman. Le voilà, mon alibi.

Elle passe une main dans ses cheveux parfaitement coiffés, qui bougent à peine.

Mon oncle Keith regarde sa sœur, bouche bée, comme s'il venait de se rendre compte qu'elle savait s'envoyer en l'air. Papa laisse échapper un soupir de martyr.

— Oh, arrête un peu, Don, dit Maman. Comme si tu n'avais pas fait pareil.

Je m'efforce tant bien que mal de ne pas rire, mais un ricanement s'échappe de mes lèvres.

Aucun de mes parents n'a jamais été très discret concernant ses petites affaires. Papa laissait son ordinateur portable ouvert sur la table de la cuisine et s'en éloignait alors qu'il ne cessait d'y recevoir des messages, jusqu'à ce que Maman lui crie de venir répondre à sa petite amie. Je suis presque sûre que ma mère n'a commencé à coucher à droite et à gauche que pour se venger de Papa, mais on dirait qu'elle s'amuse comme une folle maintenant. Tant mieux pour elle, j'imagine.

Je ne comprendrai jamais pourquoi ils sont toujours mariés. J'étais persuadée qu'ils attendaient mon déménagement pour se séparer, mais cela fait plus de dix ans que je suis partie à l'université. Il faut croire que, de leur point de vue, se faire souffrir mutuellement pendant le restant de leurs jours est préférable au divorce.

Grand-mère pose son verre de vin et tend la main à Maman à travers la table.

— Kathleen, je tiens à ce que tu le saches, car je suis sincère : je suis très fière de toi.

Nous mangeons le gâteau en silence. Les amies de Grand-mère tentent d'égayer la soirée pendant qu'elle ouvre les cadeaux, mais nous restons tous bloqués sur : « Je me suis tapé Colin dans ma voiture. »

Tout le monde se carapate dès que possible, et j'aide Grand-mère à monter dans l'élégante voiture noire qui s'est présentée pour la ramener. Un autre homme mystérieux, de dix ans son cadet au bas mot. Sa voiture de luxe empeste l'eau de toilette, mais c'est avec un sourire amical qu'il me salue de la tête.

Grand-mère me tapote les joues avant de s'installer sur le siège avant.

— Je t'avais dit que je gâcherais ton anniversaire.

— Ma chérie, tu as fait de cet anniversaire le meilleur de ma vie.

Je secoue la tête, amusée, et referme la portière. Elle agite la main tandis qu'ils s'éloignent.

Je regagne péniblement le restaurant, désormais presque vide. Les serveurs, regroupés autour de la réception, s'arrêtent brusquement de parler quand je passe devant eux.

Je me dirige vers l'arrière-salle pour récupérer les bougies de Maman et le reste du gâteau. Mais des murmures me font ralentir quand j'arrive à la porte.

Les bras croisés, Papa se tient à une extrémité de la table avec Ben. La fumée d'une bougie tout juste éteinte s'élève en volute à côté d'eux. Je reste en retrait, à l'abri des regards. Espionner leur conversation ne me pose aucun problème.

— Je sais que vous vous en fichez, mais je vous supplie de penser à ce qui est le mieux pour Lucy, dit Papa.

— Comment ça ?

Ben a bu beaucoup moins que nous tous. Sa voix est bien plus claire que celle de Papa.

— Elle a déjà raconté sa version plusieurs fois. Il n'est pas nécessaire qu'elle la répète.

Mon père est déjà contrarié.

— Elle n'a jamais raconté sa version.

— Bien sûr que si.

— Pas directement. Les informations ont toujours été filtrées par la police, ou par sa mère et vous, ou par son avocat, ou par les médias. Personne ne l'a jamais entendue de sa bouche.

— Et pourquoi, à votre avis ?

— Parce que vous la protégiez ?

— Oui !

— Et c'est ce que vous faites encore maintenant ? demande Ben.

Je me demande si Papa décèle le scepticisme dans sa voix.

— Bien sûr.

— Je serais ravi de vous interviewer, si vous souhaitez entrer dans les détails.

— Je ne donne pas d'interview, s'emporte Papa.

Voyant qu'il s'apprête à tourner les talons, je recule rapidement de quelques pas. J'attends qu'il sorte de la salle pour m'engager dans le couloir. Il fronce les sourcils quand il me passe devant.

Ben est en train de taper un message sur son téléphone. J'attrape un carton et me dirige vers la table où se trouvent les bocaux des bougies. Il lève les yeux, puis s'approche pour m'aider à les rassembler. Nos regards se croisent alors qu'il les range.

Mon histoire continue d'être filtrée, par lui cette fois. Je me demande s'il s'en rend compte. L'histoire de Savvy aussi est filtrée par lui. Par tous ceux qu'il a interviewés et qui ont poncé les aspérités de la fille qu'elle était pour présenter au monde une victime parfaite.

— On se voit lundi, dit-il doucement.

Il se dirige vers la porte, mais s'arrête afin de me jeter un coup d'œil par-dessus son épaule.

— Vous comprenez que ce qui m'intéresse, c'est de découvrir la vérité, n'est-ce pas ? Pour Savannah.

— Je sais.

Il acquiesce et recommence à s'éloigner.

— Ben, attendez.

Il se retourne.

— C'est ce que je veux, moi aussi. La vérité.

Dans ma tête, la voix ricane.

— Pour comprendre ce qui lui est arrivé, ajouté-je. Je vais vous aider à la découvrir, quoi qu'en disent ces abrutis.

D'un geste vague, je désigne la table où les abrutis (ma famille) étaient assis quelques minutes plus tôt.

Ben sourit.

— Je suis heureux de l'entendre. Nous découvrirons la vérité ensemble, Lucy.

J'ai la gorge nouée par la nervosité lorsqu'il agite la main pour prendre congé, puis se détourne et s'en va. J'écoute ses pas s'éloigner.

La vérité.

« *La vérité n'a pas d'importance.* » La voix – celle de Savvy – est très claire maintenant, plus claire qu'elle ne l'a jamais été pendant ces années.

C'est toujours Savvy qui me parle. Dès les premiers jours qui ont suivi sa mort, quand ses cris étaient si forts que j'ai cru ma tête sur le point d'exploser, jusqu'à maintenant, où elle s'est calmée pour devenir une compagnie criminelle de tous les instants.

Jusqu'à maintenant, où elle en a apparemment assez que je l'ignore.

« *Tuons...* »

Je ferme les yeux afin de chasser le souvenir, mais il refuse de s'estomper. Cela fait des jours qu'elle se tient là, au seuil de chacune de mes pensées, à me crier de lui prêter attention.

Le souvenir se forme, lumineux et clair, comme s'il s'était aiguisé au fil des ans au lieu de s'estomper.

Lucy

Cinq ans plus tôt

— Je sais que la vérité n'a pas d'importance, ai-je dit.

J'étais assise au bar. Les rires du personnel nous parvenaient des lointaines cuisines. Le restaurant venait d'ouvrir ses portes et la salle à manger était encore déserte. Il n'y avait que Savvy et moi.

Elle se tenait de l'autre côté du bar, les avant-bras appuyés sur le comptoir. Son débardeur laissait voir ses tatouages : des fleurs sur un bras, Harley Quinn sur l'autre. Elle avait un faible pour les super-méchants. Personne n'en parle jamais. Peut-être pense-t-on que ça ne compte pas.

Elle était belle – de grands yeux boudeurs et des cheveux blond foncé attachés en un chignon désordonné. Le maquillage qu'elle s'appliquait sur les paupières coulait presque inévitablement. J'étais presque sûre qu'elle oubliait souvent de l'enlever le soir. Elle se contentait de le retoucher le lendemain, et *basta*.

Un jour, un gars lui a dit : « Tu me fais l'effet d'être un joyeux bordel. » La remarque était grossière, mais pas fausse.

Moi, en revanche, j'étais un bordel pas joyeux pour deux sous.

J'avais un bleu sur la joue. Petit. J'aurais pu facilement le masquer avec du maquillage, mais je voulais que Matt le voie et culpabilise. Mais ça ne lui faisait ni chaud ni froid. Au contraire, il m'avait montré l'endroit où je l'avais griffé.

Savvy avait raison. Ça n'aurait pas d'importance si j'expliquais que je l'avais griffé en me défendant. Que c'était lui qui avait commencé.

Parce que, bien sûr, il contesterait. Matt dirait que c'était moi qui avais commencé en lui criant encore une fois dessus. « N'amorce pas un truc que tu n'es pas capable de finir », disait-il toujours.

— Si je décide de retourner chez mes parents, il va leur raconter que je l'ai poussé dans l'escalier, ai-je ajouté.

— Sauf que c'est faux, a répliqué Savvy.

En effet, mais j'étais presque certaine que Matt en était convaincu. Il avait tellement répété ce mensonge qu'il avait fini par y croire lui-même.

Bon sang, moi aussi je me mettais à y croire. Le (faux ?) souvenir de moi en train de le pousser violemment côtoie maintenant le (vrai ?) souvenir de moi agitant les bras de colère et de lui trébuchant parce qu'il était ivre, une fois de plus.

— Mais la vérité n'a pas d'importance, a-t-elle répété.

— J'aurais dû contrôler ma colère, ai-je murmuré.

J'aurais dû me contenter de pleurer. D'encaisser les coups et de m'éloigner en rampant pour montrer mes cicatrices. J'aurais dû être une meilleure victime. La vérité n'a pas d'importance si tu te défends.

Savvy s'est rapprochée un peu de moi. Elle a croisé mon regard, la bouche pincée, ses iris couleur d'acier empreints du plus grand sérieux.

— J'ai une idée. Tuons ton mari.

22
Lucy

Nina m'appelle le lendemain de la fête de Grand-mère.

— Tu as sérieusement invité Ben à cet anniversaire ? lance-t-elle en guise de salut.

Je m'étire sur mon lit. Déjà haut dans le ciel, le soleil filtre à travers les persiennes. Je me cache de mes parents dans ma chambre comme une adolescente.

— C'est ma grand-mère qui l'a invité. Attends, comment tu es au courant ?

— Trois personnes différentes m'ont téléphoné pour me raconter qu'il s'était pointé et avait provoqué une scène.

— Il n'a pas « provoqué une scène » : il s'est contenté de rester assis et de profiter du chaos que sa présence a déclenché.

— Oh, mon Dieu !

— Honnêtement, je regrette de ne pas avoir filmé.

J'aurais aimé me repasser le petit sourire arrogant de Ben. Ce n'était pas un sourire de super-héros. Plutôt celui d'un homme qui aime regarder le monde partir en cacahouète.

— Tu vas vraiment lui accorder une interview ?

— Oui. Je l'aide à combler certaines lacunes.

— Je n'arrive pas à décider si c'est génial ou stupide, Lucy.

— Pareil pour moi.

Elle s'esclaffe.

— Tu veux venir dîner ce soir ? Emmett aimerait se joindre à nous, et il ne travaille pas le dimanche.

— Bien sûr.

J'ai besoin d'une excuse pour ficher le camp de la maison.

— Génial. Je t'envoie l'adresse par texto.

Nina Garcia habite dans ce que j'ai toujours considéré comme le quartier le plus monotone de Plumpton. Un entrepreneur a érigé à la va-vite, au nord-ouest de la ville, un pâté de maisons qui se ressemblent toutes vaguement. Quand on traverse ce quartier en voiture, on a l'impression de se trouver au début d'un film d'horreur. L'endroit est trop parfait pour être honnête.

Je gare ma voiture dans la rue et je sors.

Je crois que j'avais tort à propos de Nina : elle était vraiment sérieuse quand elle m'a proposé de venir voir ses enfants. Elle a toujours été un peu trop gentille pour son bien.

J'ai à peine frappé qu'un petit garçon brun m'ouvre, la bouche barbouillée de bleu.

— Bonjour, dis-je.

Pour toute réponse, il se contente de me dévisager. J'ai toujours admiré la capacité des enfants à vous observer ouvertement. Ils se moquent de savoir si cela vous met mal à l'aise, car ils n'en ont rien à foutre de vos sentiments.

— *Mijo,* va chercher ton frère, ordonne Nina, qui apparaît pour faire partir l'enfant qui glousse. Désolée. Il adore ouvrir aux visiteurs. C'est une obsession, ces derniers temps. Mais entre donc, ajoute-t-elle en s'effaçant pour me laisser passer, les bras largement ouverts.

Je remarque son visage encadré de boucles légères et sa robe verte décontractée. Je n'avais jamais repéré que Nina et Emmett s'intéressaient l'un à l'autre, lorsque nous étions plus jeunes, mais je comprends pourquoi ils ont commencé à se fréquenter maintenant. Ils sont tous les deux très avenants.

Je ne peux m'empêcher de penser que Nina est là pour me torturer. Elle est l'incarnation vivante de ce que j'aurais pu être si j'avais eu une taille de guêpe, des hanches généreuses et un peu plus de bon sens.

Je découvre un salon étonnamment soigné. Tous les jouets sont bien empilés dans les bacs qui occupent un coin de la pièce.

Un enfant pousse un cri strident à l'arrière de la maison. Je sursaute, mais Nina ne paraît pas perturbée.

Emmett arrive, un garçonnet accroché à chaque bras – celui qui a ouvert la porte, la tête en bas, hilare. Emmett me sourit. Ses cheveux blond foncé sont ébouriffés, ce qui laisse supposer qu'il vient de se bagarrer pour rire avec les gamins. Le genre de cheveux qui semblent réclamer qu'on les touche. Voire qu'on les tire un peu.

Bon sang ! Je suis vraiment une idiote.

« C'est moi, ou il est devenu vraiment sexy ? » La voix de Savvy résonne soudain dans ma tête. Maintenant que je l'ai laissée revenir, elle ne me laisse plus de répit.

Le souvenir d'une journée au restaurant prend forme, presque malgré moi.

— J'ai toujours trouvé Emmett mignon, ai-je déclaré en jetant un coup d'œil à l'endroit où il se tenait, près de la porte d'entrée.

— Oui, mais maintenant, il est du genre torride à te plaquer contre un mur et à te baiser là, a-t-elle répliqué, avant d'éclater de rire en voyant ma tête. Tu es ridicule, tu le sais ?

— Je n'ai rien dit.

— Tu rougis comme une écolière chaque fois que je parle de sexe. J'aurais aimé qu'on traîne ensemble au lycée. Je me serais fait un plaisir de te dévergonder.

Elle a traversé le bar pour me tapoter la main.

— Mais je suis contente d'en avoir l'occasion maintenant. Mieux vaut tard que jamais.

— Qu'est-ce qui vaut mieux tard que jamais ? a demandé Emmett en s'installant sur le tabouret voisin du mien.

— Que je corrompe cet ange, a répondu Savvy avec douceur.

Emmett a explosé de rire tandis que mon amie se dirigeait vers l'autre extrémité du bar pour servir un groupe de gars.

— Savvy Harper et toi vous êtes copines maintenant ? a demandé Emmett avec un air profondément amusé.

— Oui, j'en suis d'ailleurs la première surprise.

— C'est ce qui arrive quand on revient dans sa ville natale. On finit par devenir ami avec l'ancienne pom-pom girl reine du bal de fin de lycée.

— J'ai tout entendu ! s'est exclamée Savvy en attrapant un verre. Et j'ai été la reine du bal des anciens élèves, pas du bal de fin de lycée. On n'a pas élu de reine cette année-là.

— Tu te souviens même de ça…, a lâché Emmett avec incrédulité.

— Certains d'entre nous n'ont pas fait semblant d'être trop cool pour tout ce tralala.

Elle nous a jeté un regard significatif.

— Hé !

J'ai passé un bras autour des épaules d'Emmett.
— On ne faisait pas semblant. On l'était vraiment.
— Non, c'est faux, a chuchoté Emmett.
Je lui ai décoché un sourire.
— Tu as raison, c'est faux.
Savvy m'a lancé un clin d'œil.
— C'est une bonne chose que tu traînes avec moi maintenant.

Emmett me dévisage. J'essaie de donner l'apparence d'une personne saine d'esprit qui n'est pas bombardée par les souvenirs du passé. Je ne pense pas que ce soit une grande réussite.

Nina attrape l'enfant à la bouche-bleue-tête-en-bas et le repose sur le sol. Emmett fait de même avec le plus grand.

— Voici John et Chris, annonce Nina en désignant le benjamin, puis l'aîné.

J'ai déjà rencontré ce dernier, mais elle suppose, à juste titre, qu'aucun de nous ne s'en souvient très bien.

— Voici Lucy, ajoute-t-elle pour finir les présentations.

Je les salue maladroitement. N'ayant jamais eu l'occasion d'être entourée d'enfants, je ne sais pas comment me comporter avec eux.

— Lucy est une vieille amie, leur explique Nina.

Ni l'un ni l'autre n'ont l'air d'en avoir quelque chose à faire. Le plus petit – j'ai déjà oublié son nom – me dévisage encore.

C'est alors que la sonnette retentit et l'aîné pousse une exclamation.

— *Abuela !*

— Venez, lance Emmett aux gamins, tout en me décochant un regard amusé.

Il pousse les garçons vers la sortie.

— J'ai demandé à ma mère de les garder ce soir, pour qu'on puisse parler entre adultes, explique Nina.

— Ils sont mignons, dis-je hypocritement (tous les enfants se ressemblent à mes yeux).

— Oh, merci, fait-elle en souriant. Ils ne sont pas de tout repos.

Quand Emmett revient, il passe un bras autour de la taille de Nina. Elle s'appuie contre lui avec naturel. En couple depuis un certain temps, ils n'ont pourtant pas oublié les démonstrations d'affection spontanées.

Quand nous étions au lycée, Emmett parlait souvent de quitter Plumpton. De nous trois, c'était lui qui semblait le plus désireux d'explorer le monde.

Je me demande s'il est déçu de ne pas être parti. Ou s'il est jaloux de moi, parce que j'ai déménagé à Los Angeles.

Cela dit, je ne suis pas vraiment partie. Je n'étais pas là physiquement, mais d'une certaine manière ça fait cinq ans que je suis coincée ici. D'autres personnes ont continué leur vie. Comme Nina et Emmett.

Car on me résume encore à tout ce qui m'est arrivé dans ma ville natale. À mon premier mari et à la vie que j'ai menée autour de l'âge de vingt ans. Je suis semblable au joueur de foot qui ne se remettra jamais d'avoir atteint son apogée au lycée – sauf que j'en suis la version « meurtre tragique ».

Putain, c'est déprimant !

Emmett me lance un regard inquiet, comme s'il pouvait lire tout ça sur mon visage, et je détourne rapidement le regard pour faire semblant d'être fascinée par les photos de famille accrochées au mur.

— Je te sers un verre ? demande Nina. (Elle se dirige vers le réfrigérateur, couvert de gribouillages et de cartes de Noël montrant des enfants souriants, alors que nous sommes au mois d'août.) Emmett et moi ne buvons pas beaucoup d'alcool, mais je peux t'offrir un Topo Chico.

— Volontiers, merci.

Je n'ai pas besoin d'alcool après le festival d'hier. J'ai encore un peu mal à la tête.

Elle ouvre la bouteille d'eau minérale et me la tend.

— Je suis vraiment contente que tu sois venue.

— Eh bien, ce n'est pas exactement comme si je croulais sous les invitations, tu sais.

Emmett s'appuie au bar et croise les bras.

— Les gens sont-ils plus gentils que lorsque tu es partie ?

— Peut-être. Moins hostiles, en tout cas.

Il m'offre une ébauche de sourire.

— Ils ont eu le temps de réfléchir.

— Et ils sont parvenus à quelle conclusion ?

Emmett et Nina échangent un regard. Je sais exactement à quelle conclusion les gens sont parvenus. Celle à laquelle ils arrivent toujours.

— À mon avis, certains se rendent compte qu'ils ont été trop rapides dans leur verdict, dit Nina. Que le procureur t'aurait mise en examen s'il avait eu assez de preuves.

Je refoule un sourire en buvant un verre d'eau. Nina semble essayer de se convaincre elle-même. Je l'imagine restée éveillée la nuit, à fixer le plafond, pendant qu'elle cherche des raisons logiques pour étayer la thèse de mon innocence.

— On a toujours eu des doutes sur ta culpabilité, murmure Emmett.

— C'est gentil.

Ils restent tous les deux silencieux pendant un moment, échangeant un regard que je n'arrive pas à interpréter. Nina attrape un torchon sur le comptoir et le fait tourner nerveusement dans ses mains.

— Je ne me souviens toujours pas de quoi que ce soit, si c'est ce que vous voulez savoir, dis-je pour montrer ma bonne volonté.

Nina tortille le torchon, si fort que je crains de le voir se déchirer en deux, puis elle se détourne pour entrouvrir le four.

— J'espère que tu aimes les lasagnes !

Et soudain, Savvy se tient à côté de Nina, souriante, avec des coulures d'eyeliner, son chignon blond foncé en désordre.

Je me fige. L'hallucination est aussi horrible que parfaite. Tout ce que j'ai enfoui dans les profondeurs de mon esprit pendant cinq ans reprend vie pour me hanter.

Je veux la forcer à repartir. Elle ne devrait pas être en train de me chuchoter à l'oreille, et encore moins se tenir ici avec ce sourire moqueur aux lèvres. Rien de bon n'en sortira.

Bien sûr, ça ne m'a menée nulle part de la repousser désespérément pendant cinq ans. Ma première thérapeute, celle que j'ai consultée juste après avoir déménagé à Los Angeles, ravalerait à peine un « Je vous l'avais bien dit » si elle était là. Elle n'a cessé de me répéter qu'ignorer la voix de Savvy n'était pas la solution. « Elle reviendra, m'a-t-elle dit. On ne peut pas ignorer éternellement le passé. »

La thérapeute avait raison, j'avais tort. Quoi de neuf ?

« Lucy n'aime pas les lasagnes, lâche obligeamment Savvy. *Cette nana est toujours aussi affreuse, Luce. Ce n'est pas une surprise. »*

Je grimace. Emmett a de nouveau l'air préoccupé.

Savvy s'approche de lui en sautillant. « *Lui, il est toujours super sexy, cela dit.* »

— Ça va ? demande Emmett à voix basse.

À côté de lui, Savvy enfonce la langue dans sa joue comme si elle lui taillait une pipe. Elle n'a rien en commun avec la description que les gens font d'elle aujourd'hui. Sur le podcast, ils en parlent comme d'un ange blond. Glissant à travers la vie avec une auréole scintillante autour de la tête.

La Savvy en face de moi est la version authentique. Ses mèches ont poussé, son maquillage est à moitié défait, une bretelle de soutien-gorge rouge effilochée dépasse de son débardeur.

Je m'éclaircis la voix et je m'oblige à sourire à Emmett.

— Oui, tout va bien. Super !

Mais je ne vais pas bien. En m'autorisant à repenser à Savvy, je l'ai ramenée à la vie, et je ne pense pas qu'elle partira tant que je n'aurai pas compris ce qui lui est arrivé. Je serai hantée par mon amie et ses rêveries criminelles pour le restant de mes jours, à moins que je ne me reprenne en main.

Savvy pousse un long soupir déçu. « *On va tuer un mec ou quoi ?* »

— Pourquoi tu ne t'assiérais pas ? suggère Emmett en me désignant la table.

— Oui, asseyez-vous, s'il vous plaît ! renchérit Nina. Le dîner est presque prêt.

Je m'oblige à sourire en me glissant sur une chaise, et je m'arme de courage alors que le souvenir de cette journée avec Savvy se reforme, plus clair que jamais.

Lucy

Cinq ans plus tôt

— Oui, bonne idée, tuons mon mari, me suis-je esclaffée. Comment on s'y prend ? On le poignarde pendant qu'il dort ? On le pousse sous une voiture ? Attends, je sais. On verse du poison dans une bouteille d'alcool. Matt les descend tellement vite qu'il sera mort avant de se rendre compte que le goût a changé.

J'ai ri une nouvelle fois, mais pas Savvy. Elle a haussé un sourcil. Mon sourire s'est lentement effacé.

— Savvy…

Je me suis mise à gigoter sur mon tabouret quand j'ai compris que j'étais la seule à plaisanter.

— Je ne peux pas le tuer. Je ne peux pas tuer qui que ce soit.

— Pourquoi pas ? Il le mérite.

J'ai ouvert la bouche pour protester, mais elle a posé sa main toute chaude sur mon bras.

— Ne t'avise pas de prétendre le contraire. Je t'ai vue avec des tas de bleus, et je sais que tu ne me dis pas le pire.

Elle avait raison. Le pire était trop difficile à raconter. Ce n'était même pas à cause de l'humiliation que j'éprouvais ; je n'arrivais tout simplement pas à trouver les mots pour expliquer comment il m'avait étranglée jusqu'à ce que je perde connaissance. Ou comment les choses étaient « devenues incontrôlables » (comme il aimait le dire) et qu'il m'avait traînée par les cheveux de la cuisine jusqu'au salon, puis m'avait cogné la tête à plusieurs reprises sur le parquet jusqu'à ce que je voie des étoiles.

— Il le mérite, ai-je confirmé à voix basse. Mais même si je voulais le tuer...

— « Nous », m'a interrompue Savvy. Même si *nous* voulions le tuer. Je ne te laisserais pas faire ça toute seule.

Je me suis mise à rire.

— Bon sang, Savvy, je savais que tu étais du genre « ça passe ou ça casse », mais là c'est du haut niveau.

Elle a rejeté ses cheveux en arrière et souri.

— Je suis la meilleure amie du monde, tu peux le dire. Et en tant que meilleure amie du monde, je serais ravie de t'aider à te débarrasser de ton connard de mari.

Je l'ai regardée intensément, toujours convaincue qu'elle plaisantait.

Elle a haussé un sourcil.

— Qu'est-ce que tu en dis ? On va tuer ton mec, oui ou non ?

Mens-moi à l'oreille

Un podcast de Ben Owens

Épisode 5 – « Une femme mystérieuse »

Aujourd'hui, pour la première fois, vous allez entendre l'ex-mari de Lucy, Matt Gardner. Matt a toujours refusé de parler à la presse depuis la mort de Savannah et n'a accepté de me parler que parce que Lucy le lui a demandé.

Nous nous rencontrons tôt le matin, dans ma chambre d'hôtel de Plumpton. Il fait plus vieux que sur les photos que j'ai vues de lui, et plus fatigué. Je lui demande s'il a accepté cette interview à cause de Lucy.

Matt : *Oui, elle m'a dit que je devais vous parler.*

Ben : *Pourquoi ?*

Matt : *Je ne sais pas, je suppose qu'elle vous aime bien. Ou alors… elle veut savoir qui a tué Savvy.*

Ben : *Parlons de votre relation avec Lucy. Vous êtes restés en contact après votre divorce ?*

Matt : *Non. Je ne lui avais pas reparlé depuis qu'elle a quitté la ville, il y a cinq ans. Mais elle est passée près de chez moi il y a quelques jours, et nous avons déjeuné ensemble récemment.*

Ben : *Elle vous a donc contacté ?*

Matt : *Disons qu'elle s'est juste pointée sans prévenir.*

Ben : *Comment décririez-vous votre relation lorsque vous étiez mariés ?*

Matt : *Hmm... passionnée. Nous étions vraiment amoureux, mais nous nous disputions aussi beaucoup. Nous nous sommes probablement mariés trop jeunes. N'empêche que j'étais fou d'elle. Dès que je l'ai rencontrée, j'ai eu le coup de foudre.*

Ben : *À propos de quoi vous disputiez-vous ?*

Matt : *Des trucs banals dans un couple. L'argent, la belle-famille, le travail. On aurait probablement dû suivre une thérapie. Je me rends compte aujourd'hui qu'on ne communiquait pas très bien. J'en assume en partie la responsabilité. J'aurais aimé qu'on y travaille au lieu d'abandonner.*

Ben : *Vous regrettez de ne pas être resté marié ?*

Matt : *Ce n'est pas exactement ce que je veux dire... Il est difficile de savoir comment les choses auraient tourné. Mais avec le recul, je peux imaginer un monde où on prend tous les deux sur nous et où on cherche à voir ce qu'il y a de bien chez l'autre.*

Ben : *Lorsque Lucy est sortie de l'hôpital, elle est retournée tout de suite chez ses parents au lieu de rentrer chez vous. Plusieurs personnes à qui j'ai parlé m'ont dit que vous lui aviez demandé de partir. C'est vrai ?*

Matt : *Oui.*

Ben : *Pourquoi ?*

Matt : *Ça faisait beaucoup à gérer à ce moment-là. Savvy – notre amie, pas seulement la sienne – était morte, et la police posait déjà des questions qui... Ça faisait beaucoup.*

Ben : *La police posait des questions qui vous ont amené à soupçonner votre femme du meurtre de son amie ?*

Matt : *Eh bien... je ne sais pas. Leurs questions me mettaient mal à l'aise. Je n'aurais pas dû lui dire de partir. Je le regrette maintenant.*

Ben : *Vous êtes allé la voir quand elle était chez ses parents ?*

Matt : *Une fois, oui.*

Ben : *Comment se portait Lucy à l'époque ?*

Matt : *Je... pense qu'elle était à peu près égale à elle-même. Triste. Désorientée.*

Ben : *Qu'avez-vous fait pendant que Lucy était chez ses parents ?*

Matt : *Qu'est-ce que vous voulez dire ?*

Ben : *Je parle de façon générale. Cela a dû être étrange de ne plus avoir votre femme chez vous, non ? Qu'est-ce que vous avez fait ?*

Matt : *Les trucs habituels. J'ai travaillé. Beaucoup travaillé, en fait. Les médias du coin venaient parfois chez moi, alors je restais souvent enfermé.*

Ben : *Avez-vous été hébergé par des amis ?*

Matt : *Je crois que j'ai dormi sur le canapé d'un pote une fois ou deux, oui.*

Ben : *Et les femmes ? Il vous est arrivé de passer la nuit chez une femme ? Ou d'en accueillir chez vous ?*

Matt : *Écoutez... ça fait cinq ans. Comme je l'ai dit, j'ai dormi sur quelques canapés. Peut-être que certains appartenaient à des femmes.*

Ben : *Deux personnes affirment vous avoir vu entrer et sortir régulièrement de la maison d'une femme que je préfère ne pas nommer ici, par égard pour elle.*

Matt : *Encore une fois, je suis resté chez des amis de temps en temps. Je voulais mettre de la distance avec les médias.*

Ben : *On affirme que vous couchiez avec cette femme avant même la mort de Savannah.*

Matt : *Je ne sais pas qui sont ces anonymes, et je ne sais pas pourquoi ils s'imaginent savoir ce que je fabrique dans l'intimité.*

Ben : *Ils ont également dit que la femme en question a commencé à passer la nuit chez vous très peu de temps après le départ de Lucy.*

Matt : *Au risque de me répéter : je ne sais pas pourquoi ces gens s'imaginent connaître ma vie.*

Ben : *Donc ils ont tort ? Ou ils mentent ?*

Matt : *Oui, ils ont tort. Et quelle importance ? En quoi c'est pertinent pour cette histoire ?*

Ben : *Vous marquez un point. Continuons. Comment êtes-vous rentré du mariage ?*

Matt : *En voiture.*

Ben : *Vous avez conduit, même si vous étiez, d'après vos propres dires, plutôt ivre ?*

Matt : *Écoutez, ce n'est pas ce que j'ai fait de mieux. Mais oui. Et j'avais un peu dessoûlé quand je suis parti.*

Ben : *À quel moment s'est situé votre départ ?*

Matt : *Peu de temps après celui de Lucy et Savvy.*

Ben : *Mais vous ne les avez pas vues ?*

Matt : *Non, elles ont pris la route secondaire. Et moi la principale, comme on nous l'avait conseillé.*

Ben : *Et vous êtes rentré directement chez vous ?*

Matt : *Oui.*

Ben : *Et vous êtes resté seul tout le reste de la nuit ? Personne n'est venu vous chercher, plus tard dans la soirée ?*

Matt : *Vous savez quoi, je crois qu'on va arrêter là. C'était une mauvaise idée.*

Ben : *Un voisin a confirmé à la police qu'il vous avait vu rentrer chez vous.*

Matt : [Bruits étouffés.] *J'arrête.*

Ben : *Ce voisin a depuis pris contact avec nous pour avouer avoir menti et exprimer ses regrets. Il* *vous a vu, mais une autre voiture est arrivée peu de temps après. Une femme, à l'en croire, et vous vous seriez disputés dans votre allée.*

Matt : [Bruits étouffés, coups.]

Ben : *Il ne savait pas qui était cette femme mystérieuse, mais apparemment vous lui avez crié dessus, puis elle est partie. Après quoi vous seriez remonté dans votre voiture et vous auriez fiché le camp, vous aussi. Vous avez donc déclaré à la police que vous aviez passé la nuit chez vous, alors qu'en fait vous étiez dehors au moment où Savvy a été assassinée.*

Ainsi s'achève l'interview. Matt s'en est allé à ce moment-là et je n'ai pas réussi à le recontacter depuis.

23

Lucy

J'accepte d'accompagner Ben dans les bois, à l'endroit où Savvy a été retrouvée. Ce n'est pas ce à quoi je m'attendais pour notre premier entretien, mais je n'ai pas de vraie raison de refuser.

Et pourtant, j'ai vraiment essayé d'en trouver une.

Je me dirige donc vers l'hôtel de Ben, pour conduire ce podcasteur arrogant et menteur sur la scène de crime.

— Bonjour.

Ben m'accueille en souriant à la porte de sa chambre.

— Bonjour, trouduc.

Derrière Ben, Paige laisse échapper un ricanement. Elle est assise sur le canapé, ses pieds nus nonchalamment posés sur la table basse. Je me demande s'ils couchent ensemble.

J'espère que non, et je me déteste d'y avoir pensé.

Le sourire de Ben s'élargit, comme s'il appréciait d'être insulté.

— C'est un plaisir pour moi aussi de vous revoir, Lucy.

— Quand alliez-vous me dire que Matt était parti avec une mystérieuse personne, la nuit où Savvy est morte ?

J'ai téléphoné et écrit plusieurs fois à Matt depuis que j'ai écouté l'épisode d'hier soir. Chose étonnante, il semble m'éviter.

« *Tuons-le avant qu'il ne te tue,* me dit Savvy à l'oreille. *Je ne t'ai pas expliqué que j'étais très douée pour ça ? Je sais amener un homme à regretter d'avoir posé les yeux sur moi, sans parler de ses mains.* »

Le tuer la nuit du mariage n'était pas dans nos plans. Nous en étions encore à élaborer un stratagème.

Nos projets avaient-ils changé ? Sommes-nous tombées sur Matt cette nuit-là ?

Je repense à lui, planté près de la porte d'entrée, une peur authentique au fond des yeux. C'était le même homme qui m'avait un jour ri au nez en me jetant : « Tu appelles ça un coup de poing ? Frappe-moi encore. FRAPPE-MOI ENCORE ! »

— Vous l'aviez découvert, non ? réplique Ben qui me ramène ainsi au présent.

— Je pensais qu'on travaillait ensemble sur cette affaire. Vous ne me tuyautez pas ?

— Non, répond Ben.

— Non, répète Paige en écho.

— Je n'ai pas vraiment l'impression que la confiance règne ici, Ben.

Il éclate de rire.

— Vous me faites confiance, de votre côté ?

Pas même un tout petit peu.

— Vous marquez un point.

Il s'empare de son sac et sort de la chambre en tirant la porte derrière lui.

— J'allumerai le micro une fois qu'on sera dans la voiture, d'accord ?

— D'accord.

Je tourne la tête, pour ne pas trahir ma nervosité.

Je suis Ben jusqu'à sa voiture.

— Il y a d'autres interviews surprises à venir ?

— Bien sûr, répond-il en ouvrant la portière tout en me souriant par-dessus le toit. Prête ?

— Êtes-vous revenue ici depuis que c'est arrivé ?

Quinze minutes plus tard, Ben est inquiet. Il fronce les sourcils en prononçant ces mots et quitte la route des yeux pendant si longtemps que je lui désigne le pare-brise pour lui rappeler qu'il conduit. Il reconcentre son attention.

Nous sommes sur la route en direction de Byrd Estate. Deux voies mènent au site : la principale, bien pavée et moins dangereuse, et celle-ci, étroite et pleine d'ornières, bordée d'un épais taillis. Ce dernier itinéraire est beaucoup plus rapide pour rejoindre l'autoroute, et c'est là qu'on a trouvé la voiture de Savvy, abandonnée.

— Oui.

Je me rencogne dans mon siège. Mon cœur bat trop vite, et j'essaie de me persuader que c'est uniquement dû à l'apport massif en sucre des biscuits que j'ai mangés avant de quitter la maison. L'air froid qui sort des conduits d'aération commence enfin à rafraîchir la voiture, et je me concentre sur la sensation au niveau de mon visage.

Je n'ai pas revu Savvy, mais sa voix est constamment dans ma tête maintenant. Un flot ininterrompu de « *Tuons ton mari !* ».

— Quand ?

Il me regarde de nouveau, mais brièvement cette fois.

— Ma mère m'a emmenée ici après que la police a rouvert la zone. On s'est promenées dans le coin en espérant que cela déclencherait un souvenir.

Mon débit est assez lent, car je réfléchis à mes mots avant de les prononcer. Je suis la Lucy du podcast, maintenant.

Je ne suis pas la Lucy qui avait l'intention de tuer son mari avec sa meilleure amie. Celle-ci doit rester enfouie au plus profond de moi.

— Ça n'a pas marché.

Ce n'est pas une question.

« Lève-toi, Lucy. LÈVE-TOI ! » Un rugissement me revient en mémoire. C'est Maman qui me crie dessus, alors que je me suis effondrée, les doigts crispés dans la terre. Je tente de repousser ce souvenir.

« Ce n'est pas comme ça que se comportent les innocents. Tu le sais, non ? » m'a-t-elle dit alors que nous repartions. Je sanglotais sur le siège passager.

Je n'en avais aucune idée. Comment une personne innocente était-elle censée se comporter ? J'aurais voulu le lui demander.

— Lucy.

Ben est de nouveau inquiet pour moi.

— Non, ça n'a pas marché.

Il se gare sur le bas-côté en terre. Les stridulations des grillons s'amplifient lorsque j'ouvre ma portière.

Il tient son enregistreur numérique alors que nous commençons à marcher sous les arbres. Ils offrent beaucoup d'ombre, mais cela ne sert pas à grand-chose. À 18 heures passées, le soleil est encore brûlant et l'air, chargé d'humidité. La sueur ruisselle déjà dans mon dos, alors que nous ne sommes sortis de voiture que depuis deux minutes.

Je pensais que le micro me dérangerait davantage. Que retourner sur les lieux du crime après toutes ces années me dérangerait moins. Tout est toujours sens dessus dessous et je suis déstabilisée. Je regrette de ne pas avoir refusé. Non, Ben, interviewez-moi dans un endroit climatisé, comme n'importe qui.

Nous suivons un étroit sentier sur lequel je me concentre. J'essaie de respirer.

— La police a bouclé cette zone pendant quoi, une semaine ? demande Ben.

— Oui, je crois.

— Et au bout de combien de temps y êtes-vous revenue ?

— Je ne m'en souviens pas exactement. Quelques jours, peut-être.

— Qu'est-ce que cela vous a fait ? De revenir sur les lieux, je veux dire.

Je retiens la réponse qui me vient spontanément : « C'était l'éclate, Ben, à votre avis ? » Mais je suis la Lucy du podcast, maintenant. Les personnes innocentes ne lâchent pas de commentaires sarcastiques.

« *Les innocentes ne complotent pas pour tuer leur mari.* » Ce n'était pas Savvy. Elle n'a jamais dit ça. Pourtant, j'entends quand même les mots prononcés avec sa voix.

— C'était dur, dis-je sobrement.

Il acquiesce et reste silencieux quelques instants.

— Et avant ? Vous êtes adepte du jogging, si je ne me trompe pas ? Vous étiez déjà venue ici pour un footing ? Le sentier est tout près.

Je ne sais pas comment il est au courant de ma pratique de la course à pied, mais il est tout à fait possible que Ben en sache plus sur moi que je n'en sais moi-même, à ce stade.

— J'ai commencé le footing il y a quelques années seulement. Et je déteste le pratiquer en extérieur, donc la réponse est non. Je ne viendrais jamais courir ici. Surtout pas par cette chaleur.

Un insecte me fonce dessus. Je me retiens de jurer *in extremis*. Je passe ma main devant mon visage, un peu trop vigoureusement. J'ai l'air aussi folle que je le suis.

— Mais vous connaissiez l'existence de ce sentier, n'est-ce pas ?

— Oui, bien sûr. Plumpton n'est pas une grande ville, et le panneau qui l'indique est juste à côté de la route. Je l'ai vu un million de fois.

Alors que nous marchons toujours, je me rends compte que je ne sais pas à quel endroit exactement on a retrouvé le corps de Savvy. Tout se ressemble ici. Juste un chemin de terre qui fait une boucle entre des arbres identiques.

Une innocente s'en serait-elle souvenue ? Peut-être qu'une innocente se serait rendue sur place tous les jours dans l'espoir désespéré de retrouver la mémoire. Je suis venue à deux reprises seulement, pour piquer une crise d'hystérie chaque fois.

Je comprends mieux le point de vue de Maman, maintenant que j'y pense.

Je surprends Ben en train de m'observer de nouveau, les sourcils froncés. Il doit savoir où le corps de Savvy a été retrouvé. Il a sans doute tout planifié – l'itinéraire, les questions. Peut-être même qu'il s'est entraîné à afficher la mine inquiète qu'il ne cesse de tourner vers moi.

Il tend un doigt.

— C'est juste là.

A-t-il déchiffré l'expression de mon visage ? Cette idée me met mal à l'aise. Je me détourne de lui.

Mon cœur bat trop fort dans mes oreilles, la sueur ruisselle dans mon dos. Il ne fait même pas si chaud aujourd'hui, pour la région. Je me sens un peu étourdie.

J'avise des fleurs dans un petit vase rose au pied d'un arbre et je m'arrête. Des roses jaunes. Les préférées de Savvy.

— Sa mère vient régulièrement ici, explique Ben en remarquant mon regard.

J'acquiesce sans mot dire.

Il n'y a aucune trace concrète de l'endroit où Savvy a été trouvée, bien sûr – cela fait trop longtemps –, mais je m'en souviens maintenant. La police m'a montré des photos du corps, à moitié recouvert de terre, sa robe déchirée en plusieurs endroits.

J'ai regardé la bretelle déchirée de son bustier, qui ne tenait plus qu'à un fil. Je savais comment c'était arrivé. Je le savais, pourtant je n'arrivais pas à me le rappeler.

Ou bien je voulais tellement me le rappeler que j'ai essayé de créer un souvenir. Difficile à dire maintenant.

— Ça va ? demande Ben.

— Oui.

— Est-ce que votre retour sur ces lieux suscite des sensations particulières en vous ?

Je le dévisage. Sidérée par la stupidité de cette question.

— Vous n'avez pas l'air dans votre assiette depuis que nous sommes sortis de la voiture. Est-il difficile pour vous d'être ici, à l'endroit où elle est morte ?

— Bien... bien sûr que c'est difficile.

J'inspire profondément, mais ça ne sert à rien.

Savvy apparaît derrière lui. Elle est vêtue d'une robe courte de couleur noire qu'elle portait souvent : en coton, décontractée, collant à son corps d'une manière qui incitait tout le monde à la regarder à deux fois. Elle sourit en mimant un étranglement autour du cou de Ben. Je cligne des yeux. Elle a disparu.

Il faut que je décampe d'ici. Mon esprit part à la dérive, et je ne peux pas être la Lucy du podcast quand je n'ai pas les idées claires. Je risquerais de lâcher quelque chose d'horrible ou de stupide ou…

« Ce n'est pas comme ça que se comportent les innocents. »

— Pouvez-vous me dire pourquoi il vous est si pénible de vous trouver ici ? Simplement parce que c'est le lieu où Savvy est morte, ou l'endroit vous rappelle-t-il autre chose ?

Une perle de sueur roule sur ma tempe. Il fait trop chaud pour respirer. L'air est affreusement étouffant.

Les bords de mon champ de vision deviennent noirs. Mes jambes s'engourdissent. Un bourdonnement envahit mon oreille. La faute à tous ces foutus insectes ou à mon cerveau qui a capitulé. Je ne reprocherais pas à mes cellules grises de chercher la paix. Je suis même surprise qu'elles aient tenu aussi longtemps.

— Oh, merde.

La voix de Ben semble lointaine, pourtant, quand je bascule, c'est lui que je percute au lieu du sol.

Il ralentit ma chute, mais nous finissons tous les deux au sol. Je ne pense pas qu'il ait rattrapé beaucoup de femmes en pâmoison. Il n'est pas très doué.

Je ne veux pas rester ici, si près de l'endroit où s'est trouvée Savvy, mais tout ce dont je suis capable, c'est m'asseoir, les fesses dans la terre.

— Ohé ! Lucy ! Regardez-moi.

Ben est à genoux à mes côtés, une main dans mon dos et l'autre sur mon bras, comme s'il avait peur que je m'effondre.

Bon, ce n'est pas bien étonnant.

— Ça va ?

Il aligne les questions stupides aujourd'hui.

— Pouvez-vous... Je ne sais pas quoi faire. Est-ce que je dois appeler une ambulance ?

Il a déjà sorti son téléphone. J'aperçois son micro, par terre, non loin de là.

Je secoue la tête.

— Vous voulez un peu d'eau ?

Je secoue de nouveau la tête.

— Mince, Lucy. Je suis désolé.

Il parle doucement, et sa main se fait un peu plus ferme sur mon bras.

— Je suis vraiment désolé, répète-t-il.

Je cligne deux fois des yeux. Une petite brise ébouriffe ses cheveux et me soulage brièvement de la chaleur.

— De quoi ? demandé-je.

Il a l'air surpris.

— De vous avoir emmenée ici. De vous avoir pressée avec mes questions.

Son expression est aussi douce que s'il avait trouvé un chiot blessé à soigner, et je n'aime pas ça. Je retire mon bras et me relève lentement. Il tend la main pour s'assurer que je ne vacille pas, mais sans me toucher cette fois.

Je fais demi-tour.

— Je retourne à la voiture.

24

Lucy

Ben ne me ramène pas à l'hôtel.

Je ne comprends où nous sommes qu'au moment où, après un virage, j'aperçois la *tiny house* devant nous. Grand-mère sort, les mains sur les hanches.

— Qu'est-ce qu'on fait ici ?

Il déboucle sa ceinture de sécurité.

— Je ne voulais pas vous laisser seule après ce qui vient de se passer, et vos parents sont des connards.

— Waouh, ne m'épargnez surtout rien, Ben !

Il me lance un regard qui signifie « Vous savez bien que c'est vrai » et je suis à deux doigts d'éclater de rire. Je déteste être ravie qu'il considère mes parents comme des connards.

J'ai besoin d'un verre. Au moins, nous sommes au bon endroit pour ça.

— J'ai envoyé un texto à Beverly et elle m'a dit de venir.

Il sort de la voiture.

Je lui emboîte le pas, non sans me demander à quelle fréquence il envoie des SMS à ma grand-mère et combien de fois il est venu ici. Il sait que mes parents sont des connards, et il est copain avec ma grand-mère. Il en sait déjà beaucoup plus que je ne l'aurais voulu.

« *Assassiner ton mari peut être notre secret,* murmure Savvy. *Mais alors tu seras coincée avec moi pour la vie. On ne se débarrasse pas d'une amie, une fois qu'on a commis un crime avec elle.* »

Grand-mère fait signe à Ben d'approcher.

— Je te l'avais bien dit.

Il lève les deux mains en signe de reddition.

— Je sais.

Je me dirige vers elle d'un pas lourd.

— Qu'est-ce que tu lui as dit ?

— Que tu n'es pas aussi solide que tu le prétends.

Aujourd'hui, elle porte une robe blanche décorée de marguerites jaunes, avec une petite tache brun-rouge sur un sein. Probablement du vin, mais ma première pensée est « *du sang* ». Savvy ricane dans ma tête.

— Oh !

Je cherche à avoir l'air insultée, mais je dois plutôt sembler fatiguée.

— As-tu mangé autre chose que du sucre aujourd'hui ? me demande ma grand-mère, comme si j'avais encore dix ans.

Je réfléchis un instant.

— Pas vraiment.

— Alors, viens. Qu'est-ce que tu aimes sur ta pizza, Ben ?

Une heure plus tard, maintenant que je suis rassasiée de pizza à la saucisse et aux champignons, le monde a retrouvé sa stabilité. Grand-mère m'a préparé une vodka tonic. L'agréable bourdonnement que la boisson fait naître dans mes veines est la seule chose qui m'empêche de ressentir dans toute son intensité la gêne de m'être évanouie dans les bras de Ben.

Nous sommes assis sous le porche, sur des chaises en plastique branlantes. Un ventilateur brasse de l'air chaud autour de nous pendant que le soleil se couche. Grand-mère sort de la maison avec deux verres. Elle en tend un à Ben.

— Tu as réussi à écrire avec tout ça ?

Elle s'assied et pose ses pieds sur l'ottomane en osier crasseux tout en prenant une gorgée de son verre.

— Pas vraiment. Je n'ai pas très envie de peindre des gens heureux et amoureux.

— Mais tu es très douée ! Tu ne trouves pas, Ben ? demande-t-elle en lui tapotant l'épaule.

— Si, vraiment.

Il me regarde avec un demi-sourire. Il en est à son deuxième verre (et Grand-mère ne lésine pas sur les doses), les jambes étendues devant lui. Il a laissé son élégant micro dans la voiture. Je ne l'ai jamais vu aussi détendu. Ce qui m'amène à me redemander combien de fois il est venu ici.

— J'ai fait l'idiote quand Ben m'a parlé de tes livres, entre nous soit dit, précise Grand-mère. Mais il a affirmé que vous en aviez discuté.

— Je sais, dis-je en soupirant. Ce n'est qu'une question de temps avant que l'info sorte.

— Ben a juré qu'il n'en parlerait pas !

— Promis, s'empresse-t-il de confirmer.

— Oui, mais s'il a compris, d'autres y arriveront. D'autant que tout le monde a le regard de nouveau braqué sur moi.

Je jette à Ben un regard agacé, qu'il ignore.

— Peut-être pas, dit-elle avant de marquer une pause. Mais en tout cas, j'espère que, quand ils ont vingt ans, les gens s'envoient vraiment en l'air comme dans tes livres.

Ben s'esclaffe en plein milieu d'une gorgée de vodka, puis plaque le dos de sa main sur sa bouche pour étouffer sa toux.

— Nous autres de ma génération étions toutes tellement coincées quand nous avions vingt ans, poursuit Grand-mère. Nous étions obsédées par le fait d'épouser le premier imbécile qui nous le demanderait.

— Grand-père est le premier à avoir demandé ta main ?

— Oui.

— Ah.

Je me souviens à peine de lui – il est mort quand j'étais enfant –, mais j'ai deviné, vu qu'elle n'en parle jamais, qu'il ne lui manque pas particulièrement.

— À l'époque, le monde semblait très dangereux aux femmes, dit-elle.

— Nous sommes assises ici en compagnie d'un homme qui enquête sur des meurtres de femmes, donc je ne dirais pas que le monde est particulièrement sûr maintenant.

Grand-mère fait un signe dédaigneux de la main.

— Bien sûr. Mais tu vois ce que je veux dire. Je n'aurais jamais pu quitter mon mari et déménager à Los Angeles toute seule, comme tu l'as fait. J'étais censée me marier et le rester, pour que mon mari puisse me protéger. Il fallait que je passe directement de mon père à mon mari, sans quoi il risquait de m'arriver quelque chose de terrible.

Elle boit une longue gorgée.

— Pourtant, ma vie s'est nettement améliorée une fois que ces deux hommes-là ont disparu du paysage. Les hommes ne nous protègent pas, pas vraiment. Ils ne se protègent qu'eux-mêmes, ou entre eux. La seule chose dont les hommes m'aient jamais protégée, c'est du bonheur.

— Oh merde, murmure Ben dans sa barbe.

— C'est un peu trop direct pour vous, Ben ? lui demandé-je.

— Je n'en attendais pas moins de vous, Beverly.

Il lui sourit avec une affection sincère.

— Je n'irais pas jusqu'à dire que tu fais partie des bons, mais tu n'es pas si mal, réplique-t-elle.

Ben éclate de rire. Le son se réverbère sous le porche silencieux.

— J'accepte le compliment, merci.

Je renverse la tête en arrière en soupirant. Grand-mère a raison. Elle a toujours raison. Elle avait raison pour mon retour, pour sa fête, pour Ben. J'ai été en colère contre ce dernier parce qu'il a déterré le passé, mais il le fallait bel et bien.

Personne n'a protégé Savvy à l'époque. Le moins que je puisse faire, c'est de trouver des réponses pour elle, maintenant.

— Tu n'es pas si mal, répété-je doucement, passant au tutoiement, l'alcool aidant.

Un côté de la bouche de Ben se retrousse et, quand nos regards se croisent, je dois détourner le mien.

Grand-mère plisse les yeux et je suis son regard : un homme aux cheveux gris marche sur la route dans notre direction. Il balance une canne comme le ferait un gentleman élégant, tout droit sorti des années 1920.

— Oh, attendez !

Elle se lève et se précipite vers lui, son verre à la main.

Je la regarde saluer l'homme d'un baiser. Le bourdonnement induit par la vodka s'intensifie et je me sens un peu jalouse. Combien de temps s'est écoulé depuis ma dernière relation sexuelle satisfaisante ?

— Ce n'est pas le même homme qui est venu quand je l'ai interrogée, dit Ben en riant sous cape.

Il reste silencieux pendant quelques secondes.

— Tu es d'accord avec elle concernant Matt ?

Je le regarde, surprise.

— Qu'est-ce qu'elle a dit ?

— Tu as écouté l'épisode cinq jusqu'au bout ?

— Non, je n'étais arrivée qu'à la moitié quand je t'ai retrouvé.

— Ah.

Il observe ma grand-mère et son prétendant. Elle rit à quelque plaisanterie de sa part.

— Tu devrais finir l'épisode.

— Pourquoi ? Qu'est-ce qu'elle a dit ?

Il boit une longue gorgée.

— Elle pense que c'est Matt qui l'a tuée.

Mens-moi à l'oreille

Un podcast de Ben Owens

Épisode 5 – « Une femme mystérieuse »

Pour être honnête, Beverly Moore est à l'origine de la saison deux de ce podcast.

Je l'ai contactée l'année dernière. Alors que je ne m'attendais même pas à recevoir une réponse à mon e-mail, elle m'a appelé quelques heures après l'avoir reçu. Elle m'a dit qu'elle serait heureuse de me parler de Lucy.

Ben : *Madame Moore, j'apprécie vraiment que vous ayez accepté de m'accorder de votre temps.*

Beverly : *Oh, mon cher, tu peux m'appeler Beverly.*

Ben : *D'accord. Beverly. Pouvez-vous me parler de votre petite-fille ? Comment était Lucy lorsqu'elle était plus jeune ?*

Beverly : *C'était une fille réfléchie. Elle n'avait pas de temps pour les bêtises, tu vois ? J'ai toujours admiré ça chez elle. Au même âge, je me préoccupais bien trop de savoir si tout le monde m'aimait ou non. Et les gens détestent ce trait de caractère chez une jeune femme, n'est-ce pas ? Ils ne savent pas quoi faire* *d'une fille qui n'a que faire de leur approbation. Ils ont l'impression qu'ils doivent la remettre à sa place.*

Ben : *Vous connaissiez Savannah, n'est-ce pas ?*

Beverly : *Bien sûr. Une fille adorable, et je ne dis pas cela uniquement parce qu'elle est morte. Certains jeunes ne veulent pas nous parler, à nous, les vieux, mais Savvy était un amour avec tout le monde. Je donnais un coup de main à la boulangerie et elle venait plusieurs fois par semaine. Souvent, elle restait discuter un moment.*

Ben : *Racontez-moi comment vous avez rencontré Matt.*

Beverly : *Lucy l'a ramené à la maison… L'été avant sa dernière année d'université, je crois. Ils sortaient déjà ensemble depuis un certain temps.*

Ben : *Qu'en avez-vous pensé ?*

Beverly : *Eh bien, Lucy en était follement amoureuse, ça sautait aux yeux. Alors je voulais l'apprécier, pour faire plaisir à ma petite-fille, mais… je ne l'aimais pas vraiment. Il était absolument charmant, mais d'une manière qui m'a toujours semblé suspecte.*

Ben : *Pouvez-vous nous en dire plus ?*

Beverly : *Certains hommes se donnent en spectacle lorsqu'ils sont en présence de femmes. Faute de savoir comment nous parler, ils font dans la galanterie exagérée. « Si je tire une chaise pour elle et si je chante les louanges des mères – qui sont des héroïnes – et des femmes – qui sont en fait le sexe fort –, elles ne remarqueront pas que je n'ai aucune envie d'écouter un traître mot qui sort de leur bouche. » Matt était ce genre de type.*

Ben : *Avez-vous fait part de vos inquiétudes à Lucy ?*

Beverly : *Pas à cette époque, non. Elle avait vingt ans. Personne à cet âge n'a envie d'entendre sa grand-mère* *donner son avis sur son petit ami. À n'importe quel âge, honnêtement. Je me suis donc tue jusqu'à ce qu'ils se fiancent.*

Ben : *Vous avez dit quelque chose à ce moment-là ?*

Beverly : *Oui. Lucy m'a appelée, tout excitée, pour me dire que Matt lui avait fait sa demande, et j'ai dit : « Ma chérie, pourquoi tu n'attends pas un peu ? Tu es très jeune. Pars en Europe. Achète-toi une vieille camionnette et parcours le continent. Ne te marie pas. Tu as toute la vie pour ça. »*

Elle n'a pas apprécié, bien sûr. Et quand elle m'a demandé si je n'aimais pas Matt, je lui ai répondu honnêtement. Je lui ai dit que j'avais un mauvais pressentiment à son sujet et que s'il l'aimait vraiment, il comprendrait qu'elle veuille attendre quelques années avant de se marier. De toute façon, quel genre de garçon de vingt-deux ans veut se marier de nos jours ? On n'est pas des mormons, bon sang !

Ben : *Quelle a été sa réponse ?*

Beverly : *Elle est restée polie, mais il était évident qu'elle n'allait pas suivre mon conseil. Je ne peux pas lui en vouloir. J'étais pareille à son âge. Des étoiles dans les yeux. Je pensais à ma jolie robe blanche et aux petits bébés joufflus qui me regarderaient avec adoration. En fin de compte, la vie se résume à des pantalons de survêtement et à des enfants qui vous en veulent, à vous et à vos choix. Mais personne n'a envie d'entendre ça.*

Ben : *Et après leur mariage ? Vous vous êtes mieux entendue avec Matt ?*

Beverly : *Mon Dieu, non. Je l'ai détesté encore plus, et je me moque bien de savoir qui est au courant. Il n'a pas tardé à cesser sa comédie, et je l'ai surpris en train de dénigrer Lucy. Je le voyais lever les yeux au ciel quand elle disait quelque chose. Puis, après quelques années, il s'est mis à déraper, à dire le* *véritable fond de sa pensée. Les hommes ne peuvent pas le cacher longtemps, vous savez ?*

Ben : *Cacher quoi ?*

Beverly : *Qui ils sont vraiment. La véritable personnalité de cet horrible Matt est apparue au bout de quelques années.*

Ben : *Quel genre de choses a-t-il dites ?*

Beverly : *Bon, laissez-moi vous confier la plus importante. Je suis peut-être vieille, mais je m'en souviens mot pour mot. Nous allions manger au restaurant où Savvy travaillait. Nous l'avons aperçue au bar en entrant. Don s'est alors penché et a dit quelque chose à Matt. Je ne sais pas quoi. Mais Matt a répliqué : « Cette petite salope me déteste. »*

Ben : *Il a dit « petite salope » devant vous ?*

Beverly : *Tout à fait. Il l'a marmonné dans sa barbe, et il a eu l'air un peu gêné, après, comme si ça lui avait échappé. Don a eu un petit rire, mais il était visiblement embarrassé lui aussi, et je ne pense pas qu'ils se soient rendu compte que j'avais entendu.*

Ben : *Vous l'avez répété à Lucy ?*

Beverly : *Non. J'y ai songé, mais je n'en voyais pas l'intérêt. N'empêche, à ce moment-là, j'ai vraiment commencé à m'inquiéter. Si c'était quelque chose qu'il sortait au père de sa femme, qu'est-ce qui devait lui passer par la tête ? Que devait-il balancer à Lucy ?*

25

Lucy

— Maman, tu aurais au moins dû m'en parler avant.

Voilà comment ma mère accueille la sienne. Appuyée au comptoir de la cuisine, je vois Grand-mère révéler une expression ennuyée quand elle retire ses lunettes de soleil. Je fourre un autre beignet dans ma bouche.

Grand-mère entre en agitant la main à l'intention de sa fille.

— Je n'ai pas besoin de ta permission pour faire part de ce que je pense aux gens.

— Ben n'est pas « les gens », il est…

Elle s'arrête devant la porte d'entrée à moitié fermée et se sert du bout de sa béquille pour l'ouvrir.

— À qui appartient ce pick-up ?

— À un ami.

Grand-mère se laisse tomber à la table de la cuisine.

— Quel ami ? s'enquiert Maman, qui referme la porte et s'approche en clopinant.

— Juste un ami.

— Combien d'amis tu as en ce moment ?

— Je ne sais pas, Kathleen, quelques-uns, lance Grand-mère, exaspérée. Je suis quelqu'un d'aimable.

— Je ne sais pas trop ce que ça fait d'être aimable, dis-je malicieusement.

Elle pose une main douce sur la mienne.

— Mieux vaut être intéressante qu'aimable, à mon avis.

Maman fronce le nez comme si elle n'était pas d'accord.

— Tu veux du café ? demandé-je à Grand-mère. Je viens d'en faire.

— Oui, ma chérie. Volontiers.

Je lui verse une tasse et dépose la boîte de beignets au milieu de la table. Grand-mère en saisit un recouvert de sucre en poudre.

— Ben n'est pas « les gens » ! s'exclame Maman, qui reprend sa plainte là où elle l'avait laissée. Il a diffusé cette interview à des millions de personnes.

— Je dirais plutôt des milliers de personnes, nuancé-je. Inutile de gonfler l'ego déjà surdimensionné de cet homme.

— Tu ne pourrais pas être sérieuse une minute, Lucy ? Ta grand-mère risque d'être attaquée en justice.

— Pour quoi ? Pour avoir dit que Matt est un trouduc ? C'est la vérité. On ne peut pas attaquer les gens pour avoir dit la vérité.

Je ne suis pas sûre que ce soit vrai, mais ça sonne bien.

— Elle a laissé entendre qu'il avait tué Savvy. Il peut la poursuivre pour ça.

Maman commence à tripoter le porte-serviettes au centre de la table, alignant toutes les serviettes violettes pour qu'elles soient parfaitement droites.

— Non, il ne peut pas, réplique Grand-mère en agitant la main d'un air dédaigneux. Je ne l'ai pas « accusé » de quoi que ce soit. J'ai juste raconté les choses horribles qu'il a dites. S'il ne voulait pas que ça se sache, il n'avait qu'à se taire.

— Les hommes disent des conneries, rétorque Maman.

Ce gros mot dans sa bouche me fait tressaillir de surprise. Nous exerçons une mauvaise influence sur elle.

— Ils parlent et parlent, et parfois, c'est horrible, mais ils sont comme ça. Ça ne veut rien dire.

— Bien sûr que si, réplique Grand-mère. Ils ne diraient rien si ça n'avait aucun sens. Et j'en ai assez que toute cette ville se comporte comme si le soleil brillait du cul de Matt. Je savais qu'ils iraient tous chanter ses louanges sur ce podcast, et c'est exactement ce qui s'est passé. Quelqu'un devait bien dire la vérité.

« *La vérité n'a pas d'importance* », murmure Savvy à mon oreille.

— Je devine que Lucy dira aussi la vérité sur lui lors de son interview.

Grand-mère me regarde avec des yeux emplis d'espoir. Non, pas d'espoir. Il y brille une lueur de défi.

— Oui. Bien sûr.

Grand-mère sourit comme si ce mensonge la contentait.

— Je pense que tu devrais être... sélective dans ta vérité, me conseille lentement Maman.

Je hausse les sourcils.

— Sérieusement ? Après toutes ces années où tu m'as harcelée pour que je dise la vérité sur ce qui s'est passé cette nuit-là ? Voilà que maintenant...

— Je ne t'ai pas « harcelée ». Et bien sûr, tu devrais être franche sur tout ce qui concerne Savvy. Je dis juste que ce podcast déraille un peu et que son animateur est franchement obsédé par le sexe.

— Obsédé par le sexe ! s'esclaffe Grand-mère.

— On avait besoin de connaître la liaison de Lucy ? Ou celle de Matt ? Ou la mienne ? Pourquoi il en parle sans cesse ? s'insurge Maman en reniflant.

— Tu as raison, il aurait aussi dû mentionner toutes les aventures de Don s'il voulait parler de la tienne, concède Grand-mère.

— Je cherchais à dire exactement le contraire, Maman. Lucy, s'il te plaît, ne parle pas du défilé des petites amies de ton père.

Cette simple allusion me fait gémir.

— Oh, mon Dieu ! dis-je en rejetant la tête en arrière. J'ai des flash-back du lycée.

Grand-mère me tapote de nouveau la main.

— Ça te dérange vraiment si j'évoque les coucheries de Papa ?

Je lui pose la question alors même que je n'ai jamais eu l'intention de le faire.

— Ce n'est pas pertinent.

Je croise les bras tandis qu'elle évite résolument mon regard. Elle ne veut pas que j'évoque les aventures de Papa, ni que Grand-mère dise de Matt que c'est un connard. Maman est, comme toujours, déterminée à protéger par-dessus tout les hommes de sa vie. Je ne suis pas sûre qu'elle s'en rende compte. C'est devenu une seconde nature chez elle.

— En parlant de vérité…, commencé-je, incapable de résister à l'envie de mettre Maman encore plus mal à l'aise.

Grand-mère et Maman se figent, comme si j'étais sur le point de révéler quelque chose d'important.

— On pourrait parler de Colin Dunn une minute ?

Maman pousse un long soupir de martyre et pince une serviette pour en faire une petite corne dans la pile.

— Ne change pas de sujet.

— Oh si, changeons de sujet, rétorque Grand-mère en époussetant le sucre en poudre sur son chemisier.

— Pas question que je dise quoi que ce soit sur Colin, grommelle Maman, avant de marquer une pause.

Puis :

— Parce qu'il n'y a rien à dire.

— Raconte-moi au moins comment ça s'est passé, insisté-je. Ben a dit que ce n'était pas une simple passade.

— Je ne sais pas ce qui peut faire penser à Ben qu'il connaît mon intimité.

— Il a raison ?

Grand-mère affiche un sourire carnassier.

Maman prend un beignet et le fragmente en plusieurs morceaux. Elle en met une minuscule portion sur sa langue, puis laisse tomber le reste sur la serviette.

— Non. Ça a juste été l'affaire de cette nuit-là.

— Dommage, commente Grand-mère, désolée. Il était très mignon, pour un jeune homme de vingt ans.

Maman lève les yeux au ciel, mais ses lèvres frémissent.

— Donc au mariage, c'était la première fois ? insisté-je.

La voilà qui fronce de nouveau les sourcils.

— Oui. Il m'a dit que Savvy et lui n'étaient pas exclusifs.

— C'était vrai.

— Alors pourquoi tu me regardes comme ça ?

— Je ne te regarde d'aucune façon ! C'est juste mon visage normal !

Elle se renfrogne et détache un autre petit morceau de beignet.

— Ça s'est passé il y a des années, et une seule fois, et...

— C'était bien ? l'interrompt Grand-mère.

— Maman !

— Quoi ? Les jeunes hommes n'étaient pas très doués pour le sexe quand j'étais...

— S'il te plaît, n'achève pas ta phrase, la coupe Maman, le visage crispé comme si elle souffrait.

— Je dis juste que... certaines choses s'améliorent avec l'âge.

Je lâche un son à mi-chemin entre le rire et le grognement. Maman croise les bras et secoue la tête.

Je me penche vers Grand-mère.

— Savvy ne s'en plaignait pas, murmuré-je.

Elle glousse. Les joues de Maman rosissent tandis qu'elle se fourre le reste du beignet dans la bouche.

26

Lucy

Cet après-midi-là, assise sur mon lit, mon ordinateur posé sur les genoux, j'envoie un message à Ben pour lui demander quand aura lieu notre prochain entretien. Le grand. Celui où je suis censée tout déballer sur Matt.

Je dois encore décider ce que sera ce « tout ».

Je n'ai pas vraiment envie d'étaler toute mon histoire dans l'univers des podcasts. Je n'ai jamais eu envie de la raconter à qui que ce soit, sauf à Savvy.

Elle me comprenait. Elle ne m'a pas pris la main pour me suggérer gentiment d'aller au poste de police. Elle n'a pas demandé : « Mais pourquoi tu ne pars pas ? »

Elle a dit :

— C'est généralement à ce moment-là que les hommes tuent les femmes. Quand elles essaient de partir.

Et j'ai répondu :

— En fait, je ne pense pas que Matt irait jusque-là.

— C'est vraiment un risque que tu veux courir ?

Non. Clairement pas.

Et elle a compris. Sur-le-champ, elle a compris que je ne voulais pas partir.

Je voulais me venger, putain.

— On va se la régler façon *Thelma et Louise*, cette merde, a-t-elle conclu.

Et j'ai ri.

Je ne peux pas raconter mon histoire de femme battue à tout le monde à partir du moment où l'idée d'assassiner mon mari m'a fait éclater de rire. C'est problématique.

Mon ordinateur portable tinte : la réponse de Ben.

« Ça te dit de boire un verre ce soir ? »

« Et de faire l'interview par la même occasion ? »

« Non. L'interview, on la fera demain, si tu veux bien. »

Je soupire et commence à taper : « *Est-ce qu'on pourrait en finir ?* » J'efface rapidement. Ce n'est pas la réaction d'une personne innocente.

En bas, j'entends Maman rire aussi fort que si elle était dans ma tête. Ben m'épargne d'avoir à taper quoi que ce soit.

« Rendez-vous dans une heure à la Bluebonnet Tavern ? »

Je devine que c'est une mauvaise idée quand je jette un œil à mon armoire pour décider quelle robe je vais porter. Je suis soulagée d'avoir à ma disposition une heure pour me coiffer et me maquiller. Danger ! Je devrais refuser. *Non, Ben, on se verra pour l'interview. Envoie-moi un texto à ce moment-là.* Voilà ce que je devrais lui répondre. Mais dans les faits, j'envoie :

« Bien sûr, à dans une heure. »

Je suis à la Bluebonnet Tavern une heure plus tard. J'ai choisi la robe violette, me disant, en guise de raisonnement rationnel, qu'il m'avait déjà vue dedans. Je la portais le jour de notre rencontre, au *diner*. C'est du coton tout simple. Pas une robe pour un rendez-vous. Juste une robe « il fait trop chaud pour un pantalon ».

La Bluebonnet Tavern est un endroit vaste et lumineux. Les rayons du soleil couchant entrent à flots par les grandes fenêtres de devant. Le sol et les murs en bois sont couverts de décorations texanes, histoire qu'on n'oublie pas dans quel État on se trouve. Il y a un drapeau du Texas, un panneau « *On plaisante pas avec le Texas* » et un tableau d'affichage annonçant diverses excursions dans les vignobles du Hill Country. Un panneau lumineux « *Bière artisanale* » clignote lorsque je passe à côté.

Ben est déjà assis au bar ; il porte une chemise bleue aux manches retroussées jusqu'au niveau des coudes. Une chemise pour un rendez-vous. Une chemise trop chaude pour la température ambiante. J'essaie de ne pas y accorder trop de signification.

Il sourit en m'apercevant. Je me glisse sur le tabouret à côté de lui.

— Salut, lâche-t-il. Merci d'être venue.

Je jette un coup d'œil à son verre, dont le contenu est tout rose.

— Tu as pris un cosmo ?

— Pourquoi tu dis ça sur ce ton ? C'est délicieux, les cosmos. Et c'est la boisson spéciale *happy hour*.

— Je ne l'ai pas dit sur un ton spécial.

La barmaid, une jolie femme aux cheveux noirs coupés en brosse, s'approche et me regarde, interrogative.

— La même chose, lui dis-je en montrant le verre de Ben.

Je ne bois pas souvent d'alcool fort et j'ignore la voix au fond de ma tête qui me dit que je devrais aller changer cette robe violette.

— Ça marche.

Elle s'éloigne pour aller préparer ma commande.

Tout à coup, Savvy se tient de l'autre côté du bar, à sa place. Je veux détourner le regard, mais elle a l'air tout à fait réelle. Je dois me rappeler qu'elle est le fruit de mon cerveau tordu et accidenté.

Elle se penche plus près de moi. Même dans mon hallucination, elle sent un peu la cigarette. Elle ne fumait que lorsqu'elle buvait, mais bon, elle buvait beaucoup.

« *Tu sais ce que je ferais* », dit-elle en souriant.

Je me déplace sur mon tabouret.

« *Je le laisserais me baiser dans les toilettes.* » Elle a un air mélancolique. « *Et puis probablement dehors, derrière le bar aussi. Tu te souviens de la fois où tu m'as trouvée sur le parking du Charles ? Ce type m'avait penchée sur le capot de sa voiture, j'avais le cul à l'air, et tu t'es précipitée parce que tu pensais qu'il était en train de me violer. Et j'ai dû faire, genre : "Oh non, ma puce, c'était mon idée."* »

Ben boit une gorgée.

— Pourquoi se moque-t-on des hommes qui commandent des boissons roses ? C'est bizarre d'assigner un genre aux boissons.

— Je n'ai rien dit.

« *Tu ne portes pas de soutien-gorge sous cette robe, n'est-ce pas ?* demande Savvy. *Parfait.* » Elle me lance un clin d'œil et disparaît. J'expire longuement.

— Les hommes mentent quand ils disent qu'ils n'aiment pas les boissons fruitées. Ce type, là-bas, avec sa bière, il préférerait mon cosmo.

Son visage s'éclaire quand je me mets à glousser. La barmaid revient avec mon verre. La boisson est corsée, Dieu merci.

Un éclat de rire retentit derrière moi. Un groupe de femmes occupe un box d'angle, plusieurs verres à margarita vides devant elles. Un serveur leur apporte de nouveaux cocktails. Une femme brune est en train de vider le fond de sa margarita. Elle prend à peine le temps de respirer avant d'attraper un verre plein et d'en boire une longue gorgée. C'est Nina.

Elle descend la moitié de la margarita en deux goulées, ses compagnes éclatent de nouveau de rire.

— Vous feriez mieux de rapporter une nouvelle tournée, lance-t-elle au serveur qui acquiesce en riant.

Pour quelqu'un qui, soi-disant, ne boit pas beaucoup, je trouve qu'elle les assèche bien avidement, ces margaritas.

Nos regards se croisent lorsqu'elle pose le verre, et elle s'empresse de détourner les yeux, comme si elle espérait que je ne l'aie pas remarquée. Elle se reprend rapidement, pivote et m'adresse un petit signe de la main.

Puis elle se lève et se dirige vers nous. Elle porte un jean moulant qui épouse ses courbes, et pas moins de trois hommes reluquent ses fesses quand elle passe devant eux. Je leur lance des regards désapprobateurs qu'aucun d'entre eux ne remarque.

— Salut, Lucy.

Ben se retourne alors, et Nina recule d'un pas, stupéfaite. Elle cligne des yeux à deux reprises et, je le jure, elle est à deux doigts de prendre ses jambes à son cou. Je vois vraiment l'idée lui traverser l'esprit.

Si Ben s'en aperçoit, il n'en montre rien, et lance avec un sourire :

— Bonjour, Nina.

— Bonjour ?

C'est en fait une question qui m'est adressée.

— Est-ce que… tout va bien ?

— Oui. Et toi ?

Elle me regarde fixement, décontenancée.

— Euh…

Elle a les joues roses et je peux presque voir l'énorme gorgée de margarita qu'elle vient de boire la frapper de plein fouet.

— Bien. Oui. Ça va, fait-elle en secouant la tête. Je suis désolée. Tu traînes sérieusement avec ce type ?

Ben éclate de rire.

— Dites-nous le fond de votre pensée, Nina.

Elle lui décoche un regard irrité. Elle avait l'air sympathique dans le podcast, mais ses yeux expriment un tout autre sentiment. Il s'est passé quelque chose entre ses interviews et maintenant.

— Si je ne peux pas être amie avec le podcasteur qui essaie de prouver que j'ai tué ma meilleure amie, avec qui alors ?

J'ai sorti ça pour détendre l'atmosphère, mais Ben et Nina me regardent comme s'il m'était poussé une deuxième tête. *Merde*. Ce n'est pas un propos que tiendrait une innocente.

— Je vais retourner avec mes amies. Ravie de vous avoir vus.

Nina tourne les talons sans un regard de plus en ma direction. Je ne pense pas qu'elle ait été sincère dans sa dernière phrase. Je l'observe regagner sa table et ses amies nous dévisagent maintenant avec étonnement. Je leur adresse un petit signe de la main. Qu'aucune ne semble apprécier. Je pivote donc vers le bar.

— Je n'essaie pas de prouver que tu as tué Savannah, proteste Ben. J'essaie de découvrir qui l'a tuée.

— C'est la même chose pour beaucoup de gens.

— Pas pour moi.

Il jette un œil par-dessus son épaule, et je suis son regard pour voir Nina qui nous observe en fronçant les sourcils.

— Vous vous êtes pris le bec ou quelque chose comme ça ?

— Pas que je sache. Mais j'offense beaucoup de gens, donc va savoir.

Je ris et Nina se renfrogne encore. Je pose une main sur le bras de Ben. (Non, le geste n'est pas nécessaire. Oui, je le fais quand même.)

— Retourne-toi. Elle va croire qu'on parle d'elle.

Il sourit en pivotant de nouveau vers moi. Et quand je lâche son bras, il attrape mes doigts, juste un instant.

— On parle bel et bien d'elle.

— On est censés se montrer subtils. À la manière texane.

— Si tu veux savoir la vérité, je les aime bien, Emmett et elle.

Il se penche plus près de moi, si près que nos épaules se touchent.

— Ça me fend le cœur de te dire ça, mais je ne pense pas que ce soit réciproque.

Je devrais m'éloigner. Mais non.

— Ce n'est pas grave. Ça ne me dérange pas que mon affection soit à sens unique.

— Et qu'est-ce que tu trouves de si attachant, chez eux ?

— Ils sont de ton côté.

Je hausse un sourcil.

— Je veux dire que le podcast serait vite devenu ennuyeux si toutes les personnes que j'ai interviewées avaient répété la même chose. Heureusement qu'ils introduisent un peu de variété !

Je souris. Le regard de Ben se pose sur mes lèvres.

Je m'écarte un tantinet, pour que nos épaules ne se touchent plus, et je bois une gorgée, histoire de me donner une contenance.

— Tu as parlé à Matt depuis la diffusion du dernier épisode ? s'enquiert Ben.

Attendait-il de poser cette question depuis que je suis entrée ?

— Non. Il a ignoré mes messages. Je pourrais repasser chez lui.

Il me regarde. Détourne les yeux. Prend une gorgée de sa boisson rose.

— Est-ce que c'est... sans danger ?

Eh ben, merde ! Je me demande qui le lui a dit. Je me demande même qui est au courant. J'ai toujours pensé que quelques femmes du quartier avaient des soupçons, mais je suis surprise qu'elles lui aient craché le morceau.

— Est-ce qu'il est prudent de confronter un homme à sa connerie ?

— Non, admet-il, comme s'il avait de l'expérience en la matière, ce qui n'est guère étonnant.

Je reste deux heures au bar avec Ben. Il me parle de sa famille et de ses amis, déclare que l'est de L.A. est le meilleur côté de la ville. Je suis d'accord. Il s'avère que nous ne vivons qu'à quinze minutes l'un de l'autre, ce qui me met un peu mal à l'aise.

Mon expulsion de l'appartement de Nathan a au moins un côté positif.

Je ne finis pas mon deuxième cosmo, parce que je suis presque pompette. Peut-être presque ivre. Ou même déjà ivre.

Je sors mon téléphone alors que nous quittons le bar. Il me regarde avec curiosité.

— J'appelle un Uber.

Il tend le doigt.

— Ce n'est pas ta voiture ?

— Je suis trop ivre pour conduire.

— Sérieusement ? Après deux verres ?

— Je suis une petite nature.

— Il faut croire que oui.

— Il n'y aurait probablement pas de problème, mais le jeu n'en vaut pas la chandelle. Je ne veux pas être la fille qui a assassiné son amie ET qui s'est fait arrêter pour conduite en état d'ivresse. Ce serait vraiment embarrassant.

Il rit et sort ses clés de sa poche.

— Allez, viens. Je te ramène chez toi.

Je glisse mon téléphone dans mon sac.

— Merci.

— Est-ce que ça existe au moins, Uber, dans cette ville ?

— Il y en a un. Apparemment, il met une éternité à se pointer.

— Il n'a pas vraiment de raison de se presser s'il est le seul de son espèce en ville.

— Hé, abruti !

Cette voix qui braille, je la connais bien. Je serre instinctivement les poings et pivote sur moi-même.

C'est Matt, qui traverse le parking à toute allure comme s'il avait le feu aux fesses. Son visage est tordu par la fureur, et la tension qui l'habite est perceptible à ses muscles qui ondulent le long de ses bras.

Mais sa colère n'est pas dirigée contre moi, ce qui est une expérience inédite. Il fonce sur Ben.

En voyant celui-ci plonger dans sa voiture, je pense qu'il va déguerpir, mais il en ressort un instant plus tard en jetant quelque chose de petit et de noir sur le capot. Son enregistreur numérique.

— Salut, Matt, fait cet idiot arrogant.

— Fils de pute, je devrais te démolir.

Pourtant, Matt s'arrête devant Ben et ne le démolit pas.

Il lui flanque « juste » un coup de poing en pleine figure.

Ben trébuche, mais ne tombe pas ; son dos percute la voiture. Matt l'attrape par le col de sa chemise. Il est plus petit que Ben de quelques centimètres, mais sa rage compense la différence.

— Je vais te poursuivre en justice et te prendre jusqu'à ton dernier centime, crache Matt, les dents serrées.

Ben tente de se dégager de son emprise.

— Je vais vous donner le numéro de mon avocat. Pouvez-vous me lâcher, s'il vous plaît ?

Matt réagit en agrippant plus fort la chemise de Ben et en le cognant contre la voiture.

— Matt !

J'ai beau ne pas être surprise, j'ai l'air effarée.

Il tourne la tête vers moi, puis vers un point derrière mon épaule. Je suis son regard. La moitié du bar est dehors maintenant, à regarder la scène.

— Beverly est une putain d'alcoolique, et celle-là une putain de menteuse.

Matt relâche la chemise de Ben pour me pointer du doigt, juste histoire qu'il n'y ait pas de confusion possible sur l'identité de la « putain de menteuse ».

Matt respire fort, et ses yeux sont toujours aussi fous quand il perd les pédales.

La chemise de Ben, étirée au niveau du col, pend mollement autour de son cou, mais il a l'air remarquablement bien par ailleurs.

— Je serais heureux d'ajouter votre réponse au podcast, si vous souhaitez en donner une.

Sa voix tremble, cependant, un petit peu.

— Va te faire voir, connard. Tu l'as, ma réponse.

Sur quoi, Matt s'éloigne d'un pas lourd.

Ben soulève et abaisse les épaules, comme pour s'assurer qu'elles n'ont rien. Puis il se dirige vers le capot de la voiture, où il récupère son enregistreur.

Il m'adresse un sourire satisfait, qui devrait être plus agaçant qu'il ne l'est.

— Ça te dit de venir boire un verre à mon hôtel ?

27

Lucy

Personne ne sera surpris d'apprendre, j'imagine, que j'ai fait un choix stupide et accepté l'offre de Ben.

Il fait froid dans sa suite, où la climatisation tourne à fond. Comme je frissonne, il s'arrête devant le thermostat en allant à la cuisine.

— Assieds-toi, dit-il en désignant le canapé.

Son ordinateur portable et ses cahiers forment une pile bien nette sur la table basse. Il n'y a là rien à regarder. Je ne sais pas si j'en aurais eu envie de toute façon.

— Whisky ? propose-t-il.

Mauvaise idée.

— Oui.

Il remplit deux verres, puis se touche précautionneusement la joue.

— Matt est vraiment doué pour donner un coup de poing.

Oui. Eh bien, il faut dire qu'il s'est un peu entraîné.

Il s'approche de moi, un whisky dans une main, et m'en tend un autre. La gorgée que j'avale brûle en descendant, mais je porte le verre à mes lèvres une deuxième fois parce qu'en fait je préférerais vraiment être ivre. Je jette un coup d'œil à l'enregistreur numérique qu'il a laissé sur le comptoir de la cuisine. La lumière est éteinte. Il n'est pas en marche. Ben remarque mon regard.

— Tu as enregistré ça ? Matt qui te hurle dessus ?

— Oui, je l'ai allumé juste à temps, répond-il en s'asseyant à l'autre bout du canapé.

— C'est légal ?

— Au Texas, il est possible d'enregistrer des choses à l'insu des personnes, si elles ne se trouvent pas dans un contexte où l'on pourrait raisonnablement s'attendre au respect de leur vie privée. Donc, pas dans un restaurant, un bar, ou...

— Si elles vocifèrent dans un parking.

— Oui.

— Tu nous as enregistrés dans le bar ?

— Non.

Je ne sais pas si je le crois, mais peu importe. Je ne lui ai rien dit qui ne puisse être diffusé à des milliers d'amateurs de *true crimes*.

— Tu aurais juste pu ficher le camp en voiture, objecté-je. Tu avais le temps de t'enfuir.

Il esquisse un sourire narquois.

— Où aurait été le plaisir là-dedans ?

Je pose mes pieds nus sur la table basse et tiens le whisky serré contre moi.

— Tu vas passer la scène dans le podcast, alors ?

— Oui. Ne me demande pas d'y renoncer.

Je le regarde prendre une longue gorgée d'alcool.

— Je n'en avais pas l'intention. Tout le monde pense que tu le désignes comme le meurtrier de Savvy, tu sais ?

— Je n'ai pas été très subtil, tu veux dire ?

— Tu en es vraiment persuadé ?

Il me regarde en haussant les sourcils.

— Il ne t'est jamais venu à l'esprit que Matt ait pu la tuer ?

— Bon sang, Ben, je ne suis pas idiote. Bien sûr que si.

Ses joues rosissent un peu.

— Bien sûr. Désolé.

— J'ai juste...

Je n'ai rien à ajouter, en fait.

De même que je n'avais rien à dire à la police. Qu'aurais-je pu raconter ? « Non, monsieur l'agent, je n'aurais jamais tué Savvy, parce qu'en fait on avait prévu d'assassiner mon mari ensemble » ? Ce n'est pas vraiment une défense, ça.

J'aurais pu avouer ce plan, et mon hypothèse selon laquelle, peut-être, pour une raison que je ne me rappelle plus, nous aurions décidé de nous en prendre à Matt précisément cette nuit-là, et Matt aurait tué Savvy en état de légitime défense. Après quoi, il aurait laissé croire à tout le monde que je l'avais fait, en guise de « va te faire foutre » géant à mon encontre.

Je ne pourrais pas lui jeter la pierre, honnêtement.

Mais la peur. Son regard quand il m'a demandé de partir chez mes parents. S'il avait éprouvé cette peur parce qu'il pensait que j'allais essayer de le tuer (encore une fois ?), il aurait dit la vérité à la police. Je ne vois pas pourquoi Matt ne serait pas allé trouver les flics si nous avions essayé de nous en prendre à lui cette nuit-là. La vérité aurait compté, pour lui.

Ben me regarde, les yeux pleins d'espoir.

— Je ne me concentrerais pas trop sur Matt, à ta place, finis-je par dire.

— Sérieusement ?

— Je ne pense pas qu'il ait fait le coup.

— Sérieusement ?

C'est l'exclamation déconcertée de quelqu'un qui pense que je devrais me montrer plus avisée. Du genre : « Sérieusement, Lucy ? Il t'a quand même frappée ! » Il montre sa joue, cramoisie désormais.

— C'est ton podcast, mec, je te dis juste ce que je pense.

Il pousse un long soupir.

— Si tu veux tout savoir, je n'arrive pas à lui trouver un mobile. À mon avis, quand Kyle suggère que Matt et Savvy auraient couché ensemble, c'est des conneries.

— Des conneries pures et simples.

Il se touche la joue et grimace.

— N'empêche que Matt reste un connard.

— Tu devrais mettre de la glace là-dessus.

— Mouais.

Je m'approche du congélateur d'où je sors de la glace pilée. Je l'enveloppe dans une serviette en papier avant de revenir la lui tendre.

— Je pense que ça va aller, dit-il.

Je m'assieds à côté de lui pour appliquer la glace sur son visage.

— Aïe.

— Juste quelques minutes. Ou tu souhaites que ça gonfle, histoire de prendre une photo et de la poster sur Twitter ?

Un sourire se dessine sur ses lèvres, et il m'est impossible de refouler celui qui s'esquisse aussi sur les miennes.

Il me prend la glace pour la presser sur sa joue. Nous restons assis sans rien dire pendant quelques secondes pas tout à fait confortables.

Puis il jette la glace sur la table basse, se penche sur moi et m'embrasse.

En un clin d'œil, me voilà sur ses genoux, avec ses mains sous ma robe et sur mes cuisses. Je ne me souviens plus pourquoi j'ai pensé que c'était une mauvaise idée. C'est une excellente idée. La meilleure que j'aie eue depuis mon arrivée dans cette ville maudite. Il baisse le corsage de ma robe autour de ma taille, ses mains se posent sur mes seins. Je déboutonne son pantalon. J'aimerais blâmer la vodka pour cette décision.

Et j'aimerais blâmer le whisky quand je le laisse enlever mes sous-vêtements afin que nous puissions nous ébattre sur le canapé.

Mais ce serait un mensonge.

28
Lucy

Je me réveille de bonne heure, avant le lever du soleil. Ben est endormi à côté de moi, sur le ventre, ses cheveux ébouriffés lui tombent sur les yeux. J'ai mal à la tête.

Je me redresse lentement. Je suis dans son lit, nue : après avoir fait l'amour sur le canapé, il m'a entraînée dans sa chambre et nous avons recommencé ici.

Une image de moi en train de l'étouffer à l'aide d'un oreiller passe devant moi. Il n'est pas rare pour moi de me réveiller à côté d'un homme. Tuer un homme endormi n'aurait absolument rien de sorcier.

« *Je continue de voter pour l'étrangler, celui-là* », murmure Savvy. Je chasse sa voix.

Ma robe est par terre et je retrouve mes sous-vêtements dans le salon. Déchirés. Je les jette à la poubelle en sortant.

Une fois dehors, je me rappelle que ma voiture est toujours au bar. J'envisage d'appeler le seul chauffeur Uber de la ville, mais il dort probablement, et j'ai à peine un kilomètre à parcourir. Je commence donc à marcher, espérant qu'une forte brise ne viendra pas soulever ma robe et n'exposera pas mes fesses au monde entier.

Le jour a beau ne pas encore être levé, il fait déjà très chaud, et la sueur coule dans mon dos.

Je n'étais pas assez ivre hier soir pour imputer mes choix à l'alcool, ce qui était honnêtement une mauvaise stratégie de ma part. J'aurais dû me soûler. Au moins, j'aurais eu une excuse.

Mais là, je n'en ai aucune. Nous n'avons même pas utilisé de préservatif, ce qui est la cerise sur le gâteau. J'utilise un stérilet depuis des années, donc il n'y aura pas de bébé arrogant dans un futur proche, mais qui sait où Ben a fourré son machin. Il baise tout ce qui bouge.

Un petit souvenir du podcast. Je devrais me faire faire un T-shirt : « *J'ai été le sujet d'un podcast de* true crime *et tout ce que j'y ai gagné, c'est ce T-shirt et la chaude-pisse*. »

Ma voiture est encore sur le parking, Dieu merci, et je regagne une maison sombre et silencieuse.

Je me rends à l'étage, referme ma porte sans bruit et me change avant de me mettre au lit. Le soleil matinal filtre à travers les persiennes. Ben m'a laissé un texto, que j'ignore pour fermer enfin les yeux.

Lorsque je me réveille pour la seconde fois, mon mal de tête a disparu, et je meurs de faim. Je descends péniblement l'escalier. Aucun signe de Maman, à mon grand soulagement. Je n'ai pas besoin d'ajouter ça à ma gueule de bois. J'étale du fromage frais sur un bagel, puis je me dépêche de remonter.

J'ai reçu d'autres textos de Ben.

« *Salut. Tu es bien rentrée ?* »

« *Tu aurais dû me réveiller.* »

« Sérieusement, envoie-moi un message, que je sache que tu n'es pas morte. »

Je m'assieds sur le bord de mon lit et, après avoir avalé une bouchée, je lui réponds.

« Je ne suis pas morte. Bien rentrée chez moi. »

Mon téléphone sonne immédiatement. Drôle de façon de se la jouer cool, Ben.

Je glisse le doigt sur l'écran pour répondre.

— Salut.

— C'est impoli de laisser un homme au lit, tu sais.

— Tiens donc.

— À mon avis, oui.

— C'est une habitude de coucher avec la suspecte du meurtre de ton podcast ?

— Le suspect de la première saison était un homme.

— Donc ça veut dire non ?

— Ça veut dire non.

Il paraît amusé.

— Tu as l'habitude d'oublier le préservatif ?

— Non. Euh, je suis désolé, je ne...

— C'est bon, c'est aussi ma faute. J'ai un moyen de contraception, j'espère juste que tu ne t'es pas tapé tout Los Angeles sans protection.

Il laisse échapper un petit ricanement surpris.

— Je ne me suis pas tapé tout Los Angeles. Ni toutes les habitantes d'aucune autre ville, d'ailleurs. Et normalement, je n'oublie pas les capotes.

J'ai eu droit à un traitement de faveur, en somme. Je ne sais pas si je me sens privilégiée ou insultée.

— J'ai l'impression que ton éthique de podcasteur est vraiment partie en sucette, Ben.

J'entendais ma remarque comme une critique, mais il rit.

— Eh bien, personne ne m'a jamais accusé de prendre de bonnes décisions.

« Éthique discutable, disait un article, mais les résultats sont incontestables ! » Les mots que j'ai lus il y a quelques semaines à propos de Ben me reviennent à l'esprit, et je m'oblige à ne pas rire. Personne ne pourra dire que je n'ai pas été prévenue.

À vrai dire, personne ne m'a jamais accusée de prendre de bonnes décisions non plus.

— Ça te dirait qu'on petit-déjeune ensemble ? propose-t-il. J'ai besoin de te parler de quelque chose.

— Il faut que j'écrive. Dis-moi ce qui te tracasse.

Il marque une pause, puis se racle la gorge.

— Bon, OK. Je prépare un épisode bonus pour demain, à partir de ce que j'ai enregistré avec Matt hier. Je voudrais te l'envoyer d'abord et te laisser exercer un droit de veto dessus.

Un droit de veto ? J'ai couché deux fois avec cet homme et, maintenant, je suis responsable du podcast ? J'hésite entre me sentir fière ou scandalisée. Difficile à dire.

— Pourquoi tu me demandes ça ?

— Parce que l'épisode comprend une interview qui me met mal à l'aise. Je la couperai si tu me le demandes.

— Une interview de qui ?

— Maya Harper.

Mon ventre se noue comme chaque fois que quelqu'un mentionne Maya. La petite sœur de Savvy.

— Envoie-la-moi.

Mens-moi à l'oreille

Un podcast de Ben Owens

Interview de Maya – Segment non édité

Bonjour, les amis. Je suis de retour plus tôt que prévu, parce qu'il s'est passé quelque chose hier soir. J'ai rencontré Lucy dans un bar local – vous le savez tous déjà, puisque vous avez vu les photos sur Twitter. Oui, nous avons pris un verre, et non, ce n'est pas aussi scandaleux que vous semblez tous le penser.

Alors que nous quittions le bar, Matt s'est garé sur le parking et il est sorti de sa voiture. Voici ce qui s'est passé.

[Bruits de frottement.]

— *Salut, Matt.*

— *Fils de pute, je devrais te démolir.*

[Frottements, grognements.]

Le bruit que vous entendez ? C'est Matt qui m'envoie un coup de poing en plein visage.

— *Je vais te poursuivre en justice et te prendre jusqu'à ton dernier centime.*

— *Je vais vous donner le numéro de mon avocat. Pouvez-vous me lâcher, s'il vous plaît ?*

[Bruit de coup.]

Là, Matt me plaque contre la voiture.

— *Matt !*

C'est Lucy. Elle se tient tout près pendant l'altercation.

— *Beverly est une* [inaudible], *et celle-là une putain de menteuse !*

« Celle-là » fait référence à Lucy, qu'il désigne du doigt.

C'est l'avis général, n'est-ce pas ? Lucy ment. Lucy cache quelque chose.

Nous avons déjà établi que Matt mentait lui aussi : il n'était pas chez lui la nuit où Savannah est morte, même s'il a prétendu le contraire à la police.

Et Kyle Porter a suggéré dans ce podcast qu'il y avait peut-être eu quelque chose entre la victime et Matt. Maya Harper, la sœur cadette de Savannah, m'a fait part de ses réflexions à ce sujet.

Maya : *Savvy n'a jamais couché avec Matt. C'est une connerie que Kyle a inventée, et c'est une connerie de l'avoir mis dans votre podcast.*

Ben : *D'accord. Pouvez-vous m'en dire plus à ce sujet ?*

Maya : *Sur le fait que vous êtes un salopard ?*

Ben : *Pourquoi pensez-vous que c'est une connerie de dire que Savvy couchait avec Matt ?*

Maya : *Elle détestait Matt. La première fois qu'elle m'a parlé de Lucy, elle m'a dit des tas de trucs gentils sur elle, et elle a ajouté : « Par contre, elle est mariée à un gros connard qui n'arrêtait pas de mater mes seins pendant que je parlais. »*

Ben : *Et son opinion sur Matt n'a pas changé au cours des deux années suivantes ?*

Maya : *Non. Et même dans ce cas-là, elle n'aurait jamais couché avec le mari de son amie. Elle n'était* *pas comme ça. Savvy adorait Lucy, elle ne lui aurait jamais fait de mal.*

Ben : *Qu'est-ce qui vous fait penser que Savvy ne s'est jamais rapprochée de Matt ? Elle vous a parlé de lui ?*

Maya : *Elle a dit des trucs du genre : « Elle n'a pas pu se débarrasser de Matt, donc j'ai dû dîner avec lui aussi. » Ce style de remarques. Et elle... Enfin, c'est juste mon interprétation, mais je crois que pour Savvy, il y avait quelque chose qui clochait entre Lucy et Matt.*

Ben : *« Quelque chose qui clochait » ?*

Maya : *Comme... quelque chose de violent ? Je sais pas. Peut-être que j'ai mal compris. Mais peu de temps avant sa mort, on a regardé une émission ensemble, qui parlait des violences conjugales. À un moment donné, je l'ai regardée et elle levait les yeux au ciel. « Quoi ? » je lui ai demandé. Elle m'a dit qu'ils dépeignaient ce type comme un monstre total, alors que ces types-là n'étaient pas comme ça.*

Je me suis inquiétée : « Comment tu sais de quoi ils ont l'air, ces types ? » Et elle a fait : « Oh, pas moi, pas moi. Mais je connais quelqu'un. Et ce type-là... y a des tas de gens qui l'apprécient. »

Je n'ai pas demandé si elle parlait de Lucy. Mais c'était forcément elle. Savvy n'avait pas d'autre amie proche à ce moment-là. Et elle a dit « je connais », pas « je connaissais ». Je m'étais toujours demandé pourquoi Savvy détestait Matt à ce point, alors que tout le monde semblait l'adorer. Ça a fait sens tout à coup.

29
Lucy

J'envoie un message à Ben quand j'ai fini d'écouter.

« *Tu pourrais couper tout ce qu'elle dit après "Savvy adorait Lucy, elle ne lui aurait jamais fait de mal"* ? »

Je descends jeter le reste de mon bagel à la poubelle en attendant nerveusement sa réponse. Elle arrive pendant que je retourne à l'étage.

« *Oui. Pas de problème.* »

Je laisse échapper un souffle. J'ai les mains qui tremblent un peu.

« *Par curiosité, tu veux que je coupe ce passage parce qu'il n'est pas vrai ou parce qu'il l'est* ? »

Je réfléchis à la question un long moment avant de taper une réponse.

« *La vérité n'a pas d'importance.* »

Maya Harper ne vit pas à Plumpton, et j'aimerais avoir mieux à faire que de me taper cinq heures de route aller-retour jusqu'à Austin pour aller voir la sœur de Savvy, mais malheureusement ce n'est pas le cas. Donc j'y vais.

Je ne la préviens pas de ma venue, car elle me déteste et appellerait probablement les flics. La prendre au dépourvu pour disposer d'au moins quinze minutes avant l'arrivée de la police me semble la meilleure option. J'ignore où elle habite et impossible de me résoudre à interroger Ben à ce sujet, même s'il est sans doute au courant. Il ne doit pas savoir que je vais la voir. Il en sait déjà trop.

Mais je connais l'adresse du cabinet comptable où Maya est assistante, et les heures d'ouverture sont indiquées sur le site Internet. Il se trouve dans un centre commercial à moitié désert, entre une agence pour l'emploi et une vitrine vide et crasseuse affichant un panneau « *À louer* ». Je gare ma voiture au fond du petit parking à 16 h 30 et j'attends.

« *Il le méritait, putain* », fredonne Savvy à mon oreille.

Je ferme les yeux, le cœur battant. Je ne veux pas y penser, pas quand je suis assise là, à attendre la seule autre personne au monde qui connaît le secret le plus sombre de Savvy.

« *J'ai tué…* »

Savvy apparaît à mes côtés, les deux pieds sur le tableau de bord, exhibant le vernis bleu écaillé de ses orteils. Elle me décoche un sourire narquois.

« *Tu veux que je te dise un secret ?* »

J'acquiesce.

« *J'ai tué un mec et je ne le regrette pas. Il le méritait, putain.* »

Lucy

Cinq ans plus tôt

Savvy me regardait toujours avec impatience, attendant que j'accepte son offre de tuer mon mari.

— Même si on voulait le tuer, ai-je commencé lentement, je pense qu'on serait dépassées par les événements. Vu qu'aucune de nous n'a jamais assassiné personne.

— Parle pour toi.

J'ai encore une fois explosé de rire, mais elle n'a pas souri. Son attitude a changé, un éclair sombre et grave a traversé ses yeux.

— Attends, tu...

Et je me suis tue, incapable de prononcer un mot de plus.

Elle a détourné le regard et acquiescé de la tête.

Je l'ai dévisagée, le cœur serré.

— Sérieux ?

— Oui, a-t-elle murmuré.

Puis elle s'est redressée, secouant la tête comme pour la débarrasser de ses pensées déplaisantes.

— Oui, sérieux, a-t-elle confirmé sur un ton plus dur. J'ai tué un mec et je ne le regrette pas. Il le méritait, putain.

— Savvy.

Je lui ai pris la main. Il m'était difficile de croire qu'elle ne le regrettait pas.

À moins que je ne me sois trompée. Apparemment, je ne savais pas tout sur Savvy.

— C'est bon. Ça ne m'a pas traumatisée.

Elle a haussé les épaules d'une manière censée exprimer sa désinvolture, mais qui m'a semblé forcée.

— Qui c'était ? Qu'est-ce qu'il t'avait fait ?

— Troy. Un connard que j'avais rencontré dans un bar et qui croyait pouvoir poser les mains sur moi. Il s'est gouré.

Elle m'a lancé un sourire ironique.

— Mince, Savvy...

— Ça va.

— Tu es allée à la police ? C'était de la légitime défense, non ?

— La police, ricane-t-elle. Non. Je pense que l'argument de la légitime défense n'aurait pas tenu longtemps, vu le nombre de fois où je l'ai poignardé.

— Com... combien de fois tu l'as poignardé ?

Ma voix était à peine plus forte qu'un murmure.

— Peut-être quelques coups de plus que le strict nécessaire. Plus quelques autres pour faire bonne mesure.

Impossible de dire si j'étais horrifiée ou impressionnée.

— Je pensais que le sang me dérangerait plus que ça, honnêtement, a ajouté Savvy en haussant les épaules. Mais c'était une vraie pagaille, ce qui était embêtant. Un type m'a vue sortir des toilettes avec du sang plein les mains, j'ai paniqué pendant une demi-seconde, puis j'ai lancé : « Purée, mes règles, c'est les chutes du Niagara aujourd'hui ! » Tu aurais dû voir sa gueule.

Je l'ai dévisagée, bouche bée.

— Donc, bref, je l'ai chargé dans ma voiture, je suis allée jusqu'au marais et je l'ai jeté là-dedans. Je me disais qu'on finirait par trouver le corps, mais je n'en ai plus jamais entendu parler. Peut-être que les alligators l'ont bouffé.

Impressionnée. J'étais impressionnée.

— Tu l'as chargé dans ta voiture ? Un cadavre ? Comment tu t'y es prise ?

— Hé, a-t-elle répliqué en gonflant ses biceps. Je suis costaude.

— Assez pour soulever un cadavre ?

— Ce n'était pas un malabar.

Je lui ai jeté un regard sceptique.

— Ça m'a pris une putain d'éternité, a-t-elle marmonné. Dieu merci, j'avais une voiture à hayon. Je n'ai eu qu'à traîner le corps à l'intérieur et à le recouvrir d'une couverture.

J'ai éclaté de rire, avant de me plaquer rapidement la main sur la bouche.

— Je suis désolée. Ce n'est pas drôle.

— C'est *hilarant*.

Elle a versé un shot de tequila dans un verre et l'a poussé vers moi avant de s'en servir un, qu'elle a avalé cul sec.

J'ai levé le mien à mon tour, mais j'ai hésité en la regardant remplir de nouveau son godet.

— C'est pour ça que tu as quitté l'université, ai-je murmuré. Ta mère répétait à qui voulait l'entendre que la maison te manquait, mais ce n'était pas ça.

Elle a levé les yeux au ciel et vidé le deuxième verre.

— À qui Plumpton pourrait bien manquer ? Non. Je n'ai pas aimé l'université. Je suis censée souscrire des dizaines de milliers de dollars de prêt étudiant juste pour m'asseoir dans un amphithéâtre pendant qu'un professeur qui s'ennuie ânonne tout ce que je viens de lire dans un manuel hors de prix ? Non, merci.

Je l'ai regardée descendre un autre shot. Quand elle a reposé le verre sur le bar, j'ai attrapé sa main pour entremêler nos doigts.

— Je suis désolée de ce qui t'est arrivé.

Elle a haussé les épaules.

— Sérieusement, Savvy, ai-je insisté doucement. Tu n'as pas à prétendre que ce n'était pas grave, pas avec moi.

Elle a repoussé son verre du bout du doigt et m'a jeté un bref coup d'œil. Si son haussement d'épaules semblait signifier que ce n'était pas grand-chose, ses yeux me racontaient une tout autre histoire. Elle a serré ma main très fort.

— Il le méritait, a-t-elle chuchoté. Et Matt aussi le mérite.

30

Lucy

Maya sort du bureau après 17 heures. Il ne reste que deux autres voitures sur le parking, et je suppose que la sienne est le break violet. Je viens me placer juste à côté.

Elle s'arrête net en me voyant. Sa clé de voiture dépasse d'entre ses doigts, comme on nous l'apprend pour nous prémunir des violeurs potentiels.

— Lucy.

C'est un petit cri, comme un cri d'effroi.

Rien d'étonnant, quand on y songe.

Je lève les deux mains en signe d'apaisement.

— Je souhaiterais juste te parler.

Elle me dévisage, méfiante. La dernière fois que je l'ai vue, c'était une adolescente de dix-huit ans, tout juste sortie du lycée et prête à partir pour l'université.

— Je n'aurais pas dû le lui dire.

Je vois encore Savvy assise sur le lit de son petit appartement mansardé.

— Putain. C'est encore une ado, mais…

— Tu en étais une toi-même quand tu l'as tué, ce type ? ai-je deviné.

Et elle a hoché la tête, visiblement soulagée que j'aie compris.

Maya me regarde fixement. Savvy et elle ne se sont jamais beaucoup ressemblé. Les cheveux de Maya sont plus clairs, le genre de blond que l'on n'obtient généralement que par teinture. Ses traits sont plus anguleux que ceux de Savvy : elle a un long nez et un menton pointu, différents de ceux de sa sœur. Elle porte une ample jupe corail et un chemisier blanc au col arrondi. Une tenue mignonne. Savvy, elle, ne faisait pas dans la mignonnerie.

Leurs yeux, en revanche, sont les mêmes. Bleus, rageurs. Des gouttes de sueur ruissellent dans mon dos.

— On peut aller quelque part ? demandé-je. Il fait trop chaud ici.

— Je n'ai rien à te dire.

Elle appuie sur la télécommande pour déverrouiller sa voiture.

— S'il te plaît, Maya…

Je fais un pas en avant, mais je m'arrête, car je ne sais pas comment entamer une conversation à ce sujet.

Elle me lance un regard noir.

— Écoute, je sais que tout le monde a décidé que tu étais innocente tout à coup, mais je ne veux toujours pas te parler.

Tout le monde a décidé que j'étais innocente ? Première nouvelle.

— Ce n'est pas ça, dis-je.

Elle ouvre sa portière et jette son sac à l'intérieur. Je prononce les mots suivants à toute allure :

— Je suis au courant pour Troy.

Elle se glisse sur le siège conducteur et remonte sa jupe afin que le tissu ne se prenne pas dans la portière.

— Je ne sais pas qui c'est.

J'attrape la portière avant qu'elle ne puisse la refermer.

— L'homme que Savvy a tué.

Elle tourne la tête vers moi : son visage a perdu toutes ses couleurs. Elle me fixe pendant une minute.

— Monte.

Maya se met à conduire, puis semble renoncer à m'emmener là où elle avait l'intention de le faire. Elle s'arrête sur le parking d'un restaurant à l'abandon depuis longtemps et se gare sous des arbres.

— C'était son nom ? demande-t-elle. Troy ?

— Oui. Elle ne te l'a pas dit ?

Je détache ma ceinture de sécurité pour lui faire face. Je ne peux m'empêcher de remarquer que son chemisier blanc est encore impeccable, alors que sa journée de travail est terminée. J'aurais déjà renversé mon café et mon déjeuner dessus, pour ma part.

Elle se mord la lèvre et secoue la tête.

— Et je n'ai pas demandé. Je pense que je ne voulais pas savoir.

J'avais voulu savoir, moi. Son nom, à quoi il ressemblait et quelle est l'odeur du sang quand il y en a autant.

Maya me jette un regard fugitif.

— Tu connais son nom de famille ? Je me suis toujours demandé si quelqu'un n'avait pas appris que c'était Savvy qui avait fait le coup et voulu...

Elle s'interrompt quand je secoue la tête.

— Troy Henderson. Je me suis renseignée il y a des années. J'ai engagé un détective privé, en fait.

Je n'avais pas l'argent pour ça à l'époque, mais c'était ma seule piste solide, et il était hors de question que je parle de lui à la police. Je ne voulais pas trahir Savvy de cette manière.

— Et ça n'a rien donné ?

Elle a déjà l'air effondrée.

— Rien, je suis désolée. Son corps n'a jamais été retrouvé. D'après les infos glanées par le détective, il était connu pour être souvent soûl et bagarreur. L'affaire n'est pas classée, mais je ne pense pas qu'on se donne beaucoup de peine pour retrouver le gars. Lorsque le détective privé a parlé à sa sœur, elle ne s'était même pas rendu compte qu'il avait disparu. Elle pensait qu'il avait déménagé et ne l'avait pas appelée.

— Oh.

— Je suis désolée. J'aurais dû te le dire plus tôt, mais...

Mais elle était jeune et entamait sa première année d'université après avoir perdu sa sœur. Je n'allais pas surgir genre : « Salut ! Tu te souviens que ta grande sœur morte assassinée a elle-même tué quelqu'un ? »

— De toute façon, je n'aurais pas voulu entendre parler de toi à l'époque.

— Tu es d'accord pour entendre parler de moi maintenant ?

Elle hausse un sourcil blond, presque amusée.

— Tu marques un point, là.

— Je peux t'envoyer ce que le détective privé a trouvé, si tu veux.

Elle s'adosse à son siège et lâche un long soupir.

— Tu ne te souviens vraiment pas de cette nuit-là, n'est-ce pas ?

— Non.

— Ma mère ne t'a jamais crue, mais cela n'aurait pas eu beaucoup de sens d'engager un détective privé pour enquêter sur une piste si c'était toi qui l'avais tuée.

Elle se tourne afin de soutenir mon regard.

— Sans parler du fait que tu n'as pas dit un mot là-dessus. C'était pourtant la meilleure défense que tu aurais eue. Le meurtre de Troy.

— Je sais.

— Tu en aurais parlé si on t'avait arrêtée et inculpée pour le meurtre de Savvy ?

Je regarde par la fenêtre.

— Peut-être.

J'aimerais penser que non, mais la perspective de plusieurs décennies derrière les barreaux, je dois bien l'avouer, aurait pu mettre à mal ma loyauté envers Savvy.

Je me racle la gorge et regarde Maya, qui reprend la parole :

— À ma connaissance, Savvy ne l'a jamais dit à personne d'autre que nous deux, n'est-ce pas ?

— Elle m'a dit que tu étais la seule à savoir, quand elle me l'a avoué. De mon côté, je ne le dirai pas à Ben, déclaré-je. Juste pour que tu saches. Quoi qu'il arrive, je ne lui dirai rien.

— Tu adresses vraiment la parole à ce podcasteur ? Tu lui donnes une interview ?

— Oui. On a déjà commencé.

Elle garde le regard fixé sur le pare-brise.

— Waouh ! Je lui ai révélé quelques trucs sur Matt, mais il m'a dit qu'il les avait coupés au montage.

— Je sais.

— Tu sais ?

— Il m'a interrogée là-dessus. Comme je n'ai pas voulu confirmer, il l'a coupé. Pour des raisons juridiques, je pense.

Je ne sais pas si c'est vrai, mais c'est possible.

— Matt a déjà menacé de le poursuivre en justice.

— Je suis désolée. Je n'aurais pas dû en parler. J'ai regretté dès qu'on a raccroché.

Je hausse les épaules. J'aurais préféré qu'elle s'abstienne, mais je ne peux me résoudre à lui en vouloir.

— Je suis contente que tu aies parlé de Savvy et de Matt. Tu as raison quand tu affirmes qu'elle n'aurait jamais couché avec lui.

Elle frissonne, on dirait que le simple fait d'y penser la dégoûte.

— Je voulais juste m'assurer qu'on était sur la même longueur d'onde, ajouté-je. Pour ne jamais évoquer Troy, avec qui que ce soit. Jamais.

— On est sur la même longueur d'onde.

Elle tend la main vers le levier de vitesse, puis s'immobilise, retire sa main et croise de nouveau mon regard.

— J'aurais aimé qu'elle me dise que tu le savais aussi.

— Pourquoi ?

— Parce que je pensais que tu ne la connaissais pas vraiment. La plupart des gens ignorent qui elle était.

— En effet.

— J'aurais dû m'en douter, cela dit. Tu étais différente de ses autres amis. Elle a cessé de détester Plumpton après ton retour. Elle était plus heureuse.

Je sens ma gorge se nouer. Je le savais, mais c'est différent de l'entendre de la bouche de Maya. Comme si c'était vrai, et pas seulement un espoir fou. Je dois fermer les yeux et prendre une profonde inspiration car, pendant un instant, Savvy me manque tellement que ça me fait physiquement mal.

— J'étais plus heureuse moi aussi, murmuré-je.

Je lève les yeux vers Maya, tandis qu'elle essuie ses larmes sans ménagement. Nous échangeons un sourire navré.

Elle se racle la gorge et enclenche la marche arrière.

— Promets-moi que tu feras tout ce que tu peux pour attraper le connard qui a fait ça, d'accord ? Savvy le mérite.

— Je te le promets.

31

Lucy

Le lendemain matin, j'envoie un texto à Ben en montant dans ma voiture. J'ai à peine tourné la clé dans le contact qu'une bouffée d'air chaud me souffle en plein visage.

« *Je vais chez Matt. Si je suis retrouvée morte, fais un podcast sur mon meurtre.* »

Il n'a pas encore répondu lorsque je m'arrête devant mon ancienne maison.

Je bondis dans l'allée avant de pouvoir changer d'avis. C'est probablement une idée très stupide, mais Matt ne répond pas à mes appels, et si je ne me confronte pas à lui rapidement, je vais exploser.

« *Tuons ton mari.* »

Chut, Savvy ! Nous n'assassinerons personne aujourd'hui.

La porte s'ouvre avant que je ne l'atteigne. Je m'arrête net.

Une femme sort, traînant deux grosses valises. Elle est toute petite, un mètre cinquante peut-être, et elle se débat avec ces bagages probablement plus lourds qu'elle. Elle pousse un juron quand l'une des valises se renverse sur le côté.

— Vous voulez de l'aide ?

Elle relève la tête. Ses yeux bleus sont injectés de sang. Les boucles rousses qu'elle a glissées dans son chignon se sont détachées et pendent sur une épaule. Elle a beau être en vrac, elle est sublime.

Elle me regarde fixement.

— Épouse numéro deux ? deviné-je.

— Julia, dit-elle.

— Lucy.

— Je sais.

Elle n'a pas répondu à mon offre de l'aider, mais j'empoigne quand même la valise couchée sur le flanc. Nous traînons les bagages jusqu'à la Lexus dans l'allée et je l'aide à les charger dans le coffre. Elle se tourne vers moi une fois qu'elle a refermé celui-ci.

— Qu'est-ce que vous faites ici ? demande-t-elle.

— Je dois parler à Matt.

— À propos de quoi ?

Question *a priori* indiscrète, étant donné que nous venons de nous rencontrer, mais je suppose qu'elle est toujours légalement mariée à cet homme.

— Du meurtre.

Elle fond en larmes.

Mon téléphone sonne. Comme je ne sais pas quoi faire face à cette remplaçante en sanglots, j'ouvre mon sac à main et je jette un coup d'œil à l'écran. Il y a deux textos de Ben.

« *CE N'EST PAS DRÔLE.* »

« *Tu es vraiment chez Matt, là ???* »

Je reporte mon attention sur Julia en l'entendant renifler. Et voilà qu'elle m'attrape les mains. Les siennes sont très froides, ce qui est surprenant par ce temps.

— N'entre pas là-dedans, dit-elle sur un ton soudain familier. Il est de mauvais poil.

Le contraire m'aurait étonnée. Mon téléphone vibre de nouveau.

— Laisse-moi t'aider, poursuit-elle.

J'incline la tête, sans comprendre.

— M'aider ?

— Tu connais ce podcasteur, non ? Je veux lui parler.

Nous rejoignons Paige et Ben dans la chambre d'hôtel de ce dernier. Je veux partir, mais Julia garde ses yeux larmoyants fixés sur moi, comme si nous étions dans la même galère.

J'évite le regard de Ben lorsque nous entrons dans la pièce et que Paige les présente. Peut-être parce que j'ai peur que Paige et Julia devinent immédiatement que nous couchons ensemble, sinon.

Peut-être que je suis juste vraiment, vraiment ennuyée que l'homme avec qui je couche détienne autant d'informations sur ma vie, et qu'il s'apprête désormais à en connaître un rayon sur mon mariage. Le regard glacé et distant que Nathan affichait quand je parlais me manque.

Ben apporte une tasse de café à Julia. Je m'installe à côté d'elle sur le canapé pendant qu'elle réchauffe ses mains glacées. Le micro de Ben, sur la table devant nous, est éteint.

— Je veux faire une interview, annonce-t-elle. Pour parler de Matt.

Ben sourit d'une manière douce et gentille qui, je pense, se veut rassurante. Il ne m'a jamais souri comme ça, Dieu merci.

— D'accord. Et qu'est-ce que vous voulez me dire sur Matt ?

— Des choses à propos de... notre mariage. Et certaines déclarations qu'il a faites sur Lucy.

Elle me regarde avec un air d'excuses.

— Connaissiez-vous Savannah ? demande Ben, même si je suis presque certaine qu'il sait la réponse.

Julia secoue la tête. Recoiffée, elle est bien plus soignée maintenant. Elle fait partie de ces femmes qui réussissent un chignon désordonné sans effort, et ça m'énerve.

— Non, je ne l'ai jamais rencontrée. Je ne sais rien d'elle ou…

Elle me regarde de nouveau, et je demande, pleine d'espoir :

— Vous voulez que je vous laisse ? Il sera sans doute plus facile de parler si je ne suis pas présente.

— Non.

Elle me saisit la main et enroule ses doigts glacés autour des miens.

— Lucy pourra sortir quand vous commencerez l'entretien, suggère Paige.

J'essaie de ne pas trop manifester mon soulagement. Je retire délicatement ma main de la poigne de Julia.

— Je veux parler de l'homme qu'est Matt en réalité. De ce qu'est notre mariage. Parce que toutes les choses que les femmes de notre quartier ont déclarées à son sujet…

Elle s'arrête pour boire une longue gorgée de café.

— Je ne peux pas les laisser dire. Je pensais être capable de les ignorer, mais si je me tais, je ne pourrai plus jamais me regarder dans une glace.

Les yeux de Paige se plantent dans les miens. Ce rapide regard m'indique que Ben ne lui a pas communiqué la fin de l'entretien avec Maya. Elle est prise au dépourvu.

« *Déballer la vérité ne t'apportera que dalle, ma puce* », murmure Savvy.

Je me mets debout, car je n'en peux plus. Julia lève les yeux vers moi, surprise.

— Je dois y aller. Si les gens savaient que j'étais là quand elle te l'a dit...

Je contourne la table basse et me dirige vers la porte.

— Il ne faut pas que je sois là à ce moment-là.

Julia semble s'apprêter à protester, mais Paige acquiesce :

— Elle a raison. À plus tard, Lucy.

J'ouvre la porte et sors presque en courant.

Mens-moi à l'oreille

Un podcast de Ben Owens

Épisode bonus 2

Julia Gardner s'est présentée un jour à l'improviste sur le pas de ma porte. On m'a informé qu'elle voulait me parler et j'ai accepté, même si je ne savais pas trop ce qu'elle avait à dire sur cette affaire. La femme de Matt Gardner n'a jamais rencontré Savannah et, d'après ce que m'ont dit les voisins, ils forment un couple parfaitement heureux. Matt a touché le jackpot avec sa deuxième femme, aux dires de l'un d'eux.

Il s'avère que Matt et Julia sont séparés depuis quelques mois.

Ben : *Vous avez déménagé aujourd'hui ?*

Julia : *Oui. En fait, j'ai partiellement déménagé il y a deux mois. Je suis revenue chercher d'autres affaires aujourd'hui, parce qu'il avait affirmé ne pas être en ville. Ce n'était pas vrai, mais j'aurais dû m'y attendre.*

Ben : *Revenons un peu en arrière. Matt et vous êtes mariés depuis… ?*

Julia : *Trois ans.*

Ben : *Comment vous êtes-vous rencontrés ?*

Julia : *Je participais à une conférence à Houston, et il était là, en visite chez des amis. Nous nous sommes rencontrés au bar de l'hôtel et nous avons sympathisé. Nous avons eu une relation à distance pendant un certain temps, puis j'ai emménagé à Plumpton pour vivre avec lui. Nous nous sommes mariés peu de temps après.*

Ben : *Parlez-moi de Matt.*

Julia : *Il était vraiment... Non, j'allais dire qu'il était charmant, mais ce n'est pas le mot adéquat. Il n'est pas exactement ce qu'on pourrait appeler « charmant ». Il est surtout très facile d'accès. Il fait partie de ces gens qui, lorsque vous les rencontrez, vous donnent l'impression d'être des amis de longue date. Il est doué pour mettre les gens à l'aise. Pour ma part, je ne le suis pas, quand il s'agit de parler à des inconnus, j'ai donc tout de suite remarqué cette qualité chez lui. Je n'ai pas eu l'impression qu'il me draguait dans le bar de l'hôtel, juste qu'il se montrait amical. Ce n'est pas très courant chez les hommes.*

Au début, c'était très agréable. Il parlait très ouvertement de son passé, de Lucy, et j'ai eu l'impression d'avoir affaire à un homme honnête. C'était ce que je recherchais dans une relation. Mais les choses sont allées très vite, et il a insisté pour que je vienne vivre à Plumpton. J'ai juste pensé qu'il n'avait pas peur de s'engager.

Une fois que j'ai emménagé, les choses ont un peu changé. Mais j'ai fait en sorte de ne pas m'en formaliser, la plupart du temps. Il était d'humeur plus maussade, se montrait plus enclin à me parler sèchement, mais c'est ce qui arrive, n'est-ce pas ? Quand on se sent à l'aise dans une relation, on devient moins courtois.

Puis il s'est mis à crier davantage, et je me suis rendu compte qu'il buvait beaucoup. Il cachait les bouteilles au fond de la poubelle de dehors pour que je ne les voie pas. Il m'évitait le soir, se réfugiait dans son bureau... J'ai alors compris qu'il s'enfermait pour boire.

J'ai essayé d'aborder le sujet avec lui – gentiment – et il s'est mis en colère : je devais arrêter d'être aussi prude. Il m'a dit qu'il aimait se détendre en buvant un verre le soir et que je ne devrais pas me plaindre puisqu'il prenait la peine de sortir les poubelles. Est-ce que je préférais qu'il me laisse tout faire ?

J'ai vu clair dans ses excuses, mais je ne voulais pas non plus le harceler sur sa consommation d'alcool s'il n'était pas prêt à en parler. On ne peut pas forcer les gens à accepter qu'ils ont un problème, voyez-vous ? Ils doivent y venir d'eux-mêmes.

Malheureusement, je suppose qu'il a pris mon attitude comme un feu vert pour boire devant moi. Et il n'était pas gentil quand il buvait. Nous venions à peine de nous marier lorsqu'il a commencé à se lâcher – c'est même probablement pour cela qu'il s'est lâché, à bien y penser – et j'étais perplexe au sujet de tout cela. J'avais l'impression d'avoir été un peu idiote. Je savais qu'il avait un problème lorsque nous nous sommes mariés. Je me suis engagée en toute conscience.

Puis il a commencé à devenir violent.

Au début, il jetait des verres contre les murs et passait sa colère sur des objets de la maison. Ensuite, il l'a fait sur moi. Il me giflait, me tirait les cheveux et me poussait contre les murs. Il me criait toujours que je l'avais frappé, moi aussi, que c'était ma faute autant que la sienne, et moi, je ne faisais que lui répondre : « Qu'est-ce que tu racontes ? Je ne t'ai pas touché. »

Ben : *Pour être clair, il vous frappait – vous maltraitait –, mais disait que c'était vous qui le frappiez ?*

Julia : *Oui. Constamment. Le lendemain matin, je lui disais : « Si tu me frappes encore comme ça, je te quitte », et il me répondait : « Tu m'as frappé en retour, tu n'as rien à dire. » Alors que ce n'est jamais arrivé.*

Ben : *Quelle était sa réaction lorsque vous teniez ce genre de propos ?*

Julia : *Parfois, il avait l'air complètement perdu. Comme s'il était honnête en affirmant que nous nous étions vraiment affrontés alors qu'en réalité il était le seul responsable de nos bagarres… tout le temps. Je me suis demandé si l'alcool ne brouillait pas complètement ses souvenirs et s'il ne lançait pas ses accusations au hasard.*

Ben : *Vous êtes-vous sentie assez en sécurité pour en parler à quelqu'un ?*

Julia : *À ma mère. J'arrondissais un peu les angles, j'essayais de faire en sorte que ça n'ait pas l'air aussi grave parce que je ne voulais pas qu'elle s'inquiète. Mais il était absolument hors de question que je me confie à qui que ce soit à Plumpton. Ils portaient tous Matt aux nues. Et j'avais peur qu'il aille leur raconter que je le frappais, moi aussi, même si ce n'était pas vrai.*

Le truc, c'est que… C'est probablement très bizarre, mais la personne à qui j'avais envie d'en parler était Lucy Chase.

Ben : *Même si vous ne l'aviez jamais rencontrée ?*

Julia : *Oui. C'est bizarre, n'est-ce pas ? Aucune seconde épouse ne veut parler à la première. Surtout quand celle-ci a été accusée de meurtre. Mais j'étais curieuse de savoir si leur mariage avait été semblable au nôtre, parce que Matt parlait d'elle si… gentiment.*

Ben : *Pardon, vous avez bien dit « gentiment » ?*

Julia : *Oui. C'est l'une des choses que j'ai appréciées chez lui au début, en fait. Je n'ai jamais aimé les hommes qui médisent de leurs ex. Cela me semble souvent un peu misogyne.*

Matt paraissait un peu triste quand il parlait de Lucy. Il disait qu'elle était douce et agréable, et qu'il culpabilisait qu'elle ait été obligée de quitter une ville qu'elle aimait. Il m'a déclaré ouvertement qu'il l'aimait toujours, mais qu'ils ne pouvaient plus être ensemble. À l'en croire, il espérait qu'elle était heureuse.

Ben : *Lui avez-vous demandé pourquoi ils avaient divorcé, puisqu'il l'aimait toujours ?*

Julia : *Oui, et il m'a répondu qu'elle l'avait quitté, ce qui est vrai, je pense. Il m'a expliqué que c'était trop dur pour elle de vivre à Plumpton après le meurtre de Savvy. Mais, bien sûr, plus tard, je me suis demandé si ce n'était pas aussi lié au fait qu'il la frappait.*

Et je me suis demandé naturellement si c'était juste moi. Peut-être qu'il était tellement dévasté par ce divorce qu'il avait commencé à boire et puis changé. C'est pourquoi je voulais parler à Lucy. Mais je n'ai pas cherché à entrer en contact avec elle, bien sûr. Cela aurait été trop bizarre.

Ben : *Vous l'avez rencontrée aujourd'hui même, n'est-ce pas ?*

Julia : *Oui, par hasard. Sans l'avoir cherché. Je voulais le faire, mais je n'aurais pas été à ma place. J'ai vu qu'elle n'avait pas… Bon, elle avait déjà assez de problèmes. Elle n'avait pas besoin des miens.*

Ben : *Combien de temps Matt vous a-t-il maltraitée avant que vous ne partiez ?*

Julia : *Environ six mois. La montée en puissance s'est faite très lentement, donc il n'y a eu que six* *mois pendant lesquels je me suis demandé si je vivais vraiment ça : est-ce que c'était ça, ma vie ? Comment j'avais pu me retrouver dans cette existence de femme battue ? Cela semblait presque irréel. Je pense que j'aurais pu partir plus tôt si je n'avais pas été aussi perplexe quant à la façon dont je m'étais retrouvée dans cette situation.*

Ben : *Ça s'est bien passé ? Votre départ ?*

Julia : *Ma mère est venue. Elle est restée dans la maison pendant que je faisais mes valises, ce qui a obligé Matt à bien se comporter. Il a beaucoup crié aujourd'hui – parce que j'étais seule –, mais ça allait. Je lui ai dit que ma mère et mes amis savaient que je venais à Plumpton, juste au cas où.*

Ben : *Juste au cas où il vous arriverait quelque chose ? C'est ça ? Je tiens juste à vérifier que je vous ai bien comprise : vous avez éprouvé le besoin d'informer quelqu'un que vous alliez voir Matt, parce que vous aviez peur qu'il vous arrive quelque chose à cette occasion ?*

Julia : *Eh bien, cela semble assez dramatique quand on le formule comme ça. Mais... oui.*

Je m'apprête à mettre fin à l'entretien, quand Julia revient tout à coup à la charge, l'air troublée.

Julia : *Non, j'ai juste... Je peux dire encore une chose ? Je dois vous dire quelque chose.*

Ben : *Bien sûr.*

Julia : *C'est quelque chose que Matt a dit à propos de Lucy une fois. Quand il était ivre. Très ivre, en fait. Il partait parfois dans des délires. Je pense que c'était pour me saper le moral. Il racontait que Lucy était merveilleuse. Mais ça ne m'a jamais vraiment sapé le moral. Ou du moins, pas de la façon dont il l'imaginait. Je me mettais en colère contre lui, mais j'étais encore plus intriguée par Lucy.*

Bref. Il jacassait et jacassait, et il m'a sorti : « J'aurais dû mieux la protéger. » Alors moi, j'ai fait : « Tu veux dire, après le meurtre ? » parce que je savais qu'il l'avait renvoyée chez ses parents et qu'il se sentait coupable de sa réaction.

Et il m'a répondu : « Non, cette nuit-là. J'aurais dû mieux la protéger. »

Alors moi : « Qu'est-ce que tu veux dire ? Tu n'étais pas là, si ? Tu veux dire que tu aurais dû quitter le mariage avec elle ? » J'allais à la pêche aux informations, car Matt ne parlait jamais de cette nuit-là.

À ce moment-là, il a eu un éclair de lucidité : il s'est rendu compte de ce qu'il avait dit, et son visage est devenu rouge vif. Alors il a marmonné un truc, comme quoi, oui, c'était ce qu'il voulait dire, mais... je ne pense pas que ce soit vrai.

Je pense qu'il était là, avec Lucy, quand Savvy est morte.

32

Lucy

Ben diffuse l'épisode avec Julia tôt le lundi matin. Je l'écoute pendant que je m'active sur le tapis de course, et apparemment, je ne suis pas la seule à l'écouter dès mon réveil, parce que j'ai un tas d'appels manqués et plusieurs SMS sur mon téléphone quand je termine ma séance. Je les lis en traversant le parking jusqu'à ma voiture, le dos ruisselant de sueur.

Grand-mère : « Ma chérie, tu peux m'appeler ? Ou passer. À n'importe quel moment. »

Papa : « Tu es déjà partie ? Ta mère et moi voulons te parler. »

Nathan : « Coucou, tout va bien là-bas ? Ce n'est pas parce qu'on a rompu qu'on ne peut plus être amis. Si tu veux parler de quoi que ce soit. »

Emmett : « Ça te dirait qu'on déjeune ensemble bientôt ? »

Bon sang, ce que je suis populaire, tout à coup. On découvre que ton premier mari a giflé sa seconde femme et tout le monde échafaude des hypothèses.

Assise dans ma voiture, avec la climatisation qui me souffle en pleine figure, je reste à réfléchir à ce qu'il me faut faire de ces suppositions.

D'un côté, ils ont raison.

De l'autre, ils peuvent tous aller se faire foutre.

Je n'apprécie pas qu'ils fassent de moi la victime de cette histoire. La victime, c'est Savvy. On a gommé toutes ses aspérités après sa mort et on en a fait la victime parfaite que je ne pourrai jamais être. Restons-en là.

Un autre texto s'affiche sur mon téléphone.

« *Salut, c'est Julia. Ben m'a donné ton numéro.* »

Je lui ai dit qu'il pouvait le faire. Aujourd'hui, je le regrette.

« *J'espère que tu vas bien. Je serais ravie de parler quand tu seras prête.* »

Je me demande si c'est vrai qu'elle ne s'est jamais défendue. Matt nous a-t-il inversées dans ses souvenirs, ou a-t-elle craqué comme moi et décidé de répliquer sous les coups ?

J'espère que la dernière supposition est la bonne. Elle est si petite et si mignonne, personne ne croira jamais qu'elle l'a frappé. J'espère qu'elle lui a bien botté le cul.

Je relis ses textos. Je ne lui donnerai jamais ce dont elle a besoin. Je ne suis pas une épaule sur laquelle on peut s'appuyer.

Je m'empresse de taper une réponse.

« *Merci. Bonne chance pour tout.* »

« *Si tu le poignardes dans le cou, ce sera rapide,* me souffle Savvy à l'oreille. *Tu veux que ce soit rapide ?* »

Julia est définitivement mieux sans moi.

Mon téléphone sonne – Grand-mère –, mais je ne décroche pas. Je dois faire un choix. Si je dis la vérité et si j'admets que Matt m'a frappée, il racontera à tout le monde que je l'ai rudoyé aussi. Même si j'ai mis des mois avant de craquer. Même si, pendant d'innombrables nuits, j'ai subi ses insultes, reçu des gifles cinglantes de sa part et été projetée contre les murs avec toute sa brutalité – un miracle si mon crâne est resté intact !

J'ai fini par craquer, et ce ne sera qu'une preuve supplémentaire du caractère démoniaque et violent de mon cœur.

« Bien sûr qu'elle a tué Savvy ! Au lieu de quitter son mari violent, elle l'a frappé à son tour ! Qui se comporte comme ça ? »

Si je mens, j'abandonne Julia à son sort. Je devrais m'en soucier. Solidarité féminine oblige.

Mais il n'y a aucune raison pour que les gens ne la croient pas. Julia n'est pas moi. Elle est toujours aimable. C'est une victime convenable.

Mes options sont merdiques, mais je sais ce que je vais faire.

De toute façon, personne ne s'attend à ce que je dise la vérité.

— Il était colérique quand il buvait, mais mon expérience avec Matt n'a pas été exactement la même que celle de Julia.

Je prononce les mots comme je les ai répétés. Je les ai déjà dits à Ben, cet après-midi, lors d'un long entretien. Paige et lui ont paru penser que je les baratinais, cependant.

Ma mère, elle, a eu l'air soulagée. Elle se tient dans la cuisine, appuyée sur une béquille. Papa se trouve derrière elle, une spatule à la main comme s'il avait l'intention de menacer quelqu'un avec. Grand-mère est assise à table. Ils attendaient tous que je rentre à la maison. J'ai passé la journée à les éviter.

— Qu'est-ce que ça veut dire : « pas exactement la même chose » ? s'enquiert Grand-mère, l'air suspicieux.

— Ce que je viens de dire. Il se mettait en colère. Il jetait des verres contre le mur, tapait du pied.

— Mais il ne t'a pas frappée ? demande Papa nerveusement.

— Bien sûr que non ! s'exclame Maman. Elle vivait à huit kilomètres d'ici. On l'aurait su.

Je hausse un sourcil. J'avais prévu d'être un peu plus directe quand je répondrais par la négative, mais Maman me complique la tâche. Mon instinct de conservation est en train de lutter contre le désir de lui prouver qu'elle a tort.

— Je ne pense pas qu'on puisse savoir ce qui se passe dans un mariage, objecté-je. Même si ce couple vit tout près de chez soi.

Tout le monde se fige.

Papa tient toujours la spatule devant lui comme une arme. Il a un regard que je connais bien, que je voyais souvent quand j'étais enfant. Il redoute que je dise quelque chose qu'il devra gérer, alors que c'est la dernière chose dont il a envie.

— Mais je ne ferai pas de confessions larmoyantes dans ce podcast, si c'est ce qui vous inquiète, me hâté-je d'ajouter.

Maman laisse échapper un soupir, à croire que c'était exactement ce qui la préoccupait. Papa pose la spatule sur le comptoir, soulagé de n'avoir pas à se battre pour moi aujourd'hui.

— On s'inquiète pour toi ! s'écrie Grand-mère.

— Eh bien, je suis une célibataire heureuse en ce moment, donc ça n'a plus vraiment d'importance de toute façon. Qu'est-ce qu'on mange ?

Je cherche à clore le sujet et souris.

— Des gnocchis ! répond Maman avec un enthousiaste excessif.

Elle désigne Papa qui se bat avec le paquet.

Grand-mère lève les mains.

— C'est quoi, ce bordel ? Est-ce qu'on va parler du fait que c'est probablement Matt qui a tué Savvy ou quoi ?

Papa renverse les gnocchis par terre.

33

Lucy

Matt : « Je suis dehors. Tu peux descendre ? »

Le texte s'affiche sur mon téléphone après 22 heures. La maison est silencieuse, Papa et Maman dorment déjà.

Je sors du lit et me glisse à travers la pièce jusqu'à la fenêtre pour découvrir la voiture de Matt garée devant la maison. Une silhouette sombre y est adossée.

Je devrais probablement ignorer son SMS, faire semblant de dormir. Mais j'ai toujours désespérément envie de me confronter à lui, et je n'ai pas eu l'occasion de le faire avec le cirque de ma remplaçante.

Je lui réponds que j'arrive dans une minute, j'enfile un short, j'attache mes cheveux et je descends. Une paire de tongs aux pieds, je me glisse dans l'air humide.

Il se redresse en me voyant arriver et sort les mains de ses poches. Derrière lui, le réverbère éclaire la chaussée, ce qui me permet de le voir clairement. Les jointures de sa main droite sont meurtries. La faute à un visage ou à un mur ?

— J'ai rencontré ta femme, dis-je en guise de salut.

— Je sais, elle me l'a dit.

— Elle a l'air sympa, ajouté-je en haussant un sourcil. Plus que moi.

Il crispe les mâchoires et son regard se perd dans le vide. J'espère qu'elle le lui a annoncé au téléphone et pas en personne, car je sens la fureur émaner de lui par vagues.

— Tu n'as pas répondu à mes messages, dis-je.

Il se pince l'arête du nez.

— C'est un sacré merdier.

— Tu viens juste de t'en apercevoir ?

Il rit, d'abord brièvement, puis de nouveau, d'un rire plus fort qui fait naître un sourire sur son visage.

— Mince, tu me manques.

« *Le poison serait moins salissant, mais aussi moins satisfaisant, à mon avis* », murmure Savvy.

— Oui, c'est ce que ta femme a raconté dans le podcast.

Je m'appuie à la voiture, juste à côté de lui.

— Elle a toujours été trop gentille pour moi.

Tu parles d'une sacrée connerie !

— J'aurais dû savoir que j'allais la bousiller. J'ai juste pensé qu'une gentille fille comme elle…

— Pourrait te sauver ?

— Oui.

— Tu ne mérites pas d'être sauvé, Matt.

Il fronce les sourcils, mais ne discute pas.

— J'ai entendu dire que tu ne racontais pas la même chose. De moi. À propos de… Tu as dit que les choses avaient été différentes pour toi, achève-t-il après s'être éclairci la voix.

— Tu as « entendu dire » ?

— Oui.

Je me demande s'il l'a appris directement de la bouche de Maman, ou si elle l'a raconté à tant de gens que ma déclaration lui est arrivée aux oreilles.

— J'ai dit que mon expérience avait été différente de celle de Julia, ce qui est vrai. Je n'ai pas vraiment envie de ressasser le passé.

Il se tourne vers moi, le visage empreint d'une véritable gratitude.

— Merci.

— Crois-moi, je ne l'ai pas fait le moins du monde pour toi.

« Tu ne peux pas parler de nous aux gens, Lucy. » Le visage du Matt d'il y a cinq ans apparaît devant mes yeux. Le jour où il m'a mise à la porte en m'ordonnant de retourner chez mes parents.

— *Savvy est morte, Matt, me suis-je étranglée. Notre merde n'a pas d'importance pour l'instant.*

— *Cela aura de l'importance pour la police. Ne m'oblige pas à leur détailler ce qu'on s'est fait l'un à l'autre, d'accord ? Ne m'oblige pas à leur parler.*

J'avais compris ce qu'il sous-entendait : si la police cherchait des preuves d'un passif violent chez moi, Matt pourrait certainement les lui fournir. Je pourrais essayer de nier, d'expliquer que c'était lui qui était violent, mais tout était embrouillé.

On ne croit pas les femmes qui se défendent. Lorsqu'un homme s'emporte, on dit qu'il a perdu le contrôle sous le coup de la colère ou qu'il a commis une terrible erreur. Quand c'est une femme, on considère que c'est une psychopathe.

Matt s'avance brusquement, me ramenant au présent. Il me pousse contre la voiture, presse son corps contre le mien, puis sa bouche sur la mienne.

Il a un goût de menthe, pas d'alcool, ce qui me rappelle nos premières années. Vers la fin, il avait toujours un goût d'alcool. Ou l'odeur de l'alcool. Qui avait fini par suinter de tous ses pores.

C'est ce Matt que j'avais apprécié, celui du début.

« Je crois qu'il va me manquer, avais-je dit à Savvy. C'est con, non ? Qu'il puisse me manquer ? »

Je me crispe et j'ai envie de reculer, mais je lui rends son baiser. C'est en partie par habitude. En partie par instinct. Il est toujours plus facile de supporter et de ne pas l'énerver.

« *Il ne te mérite pas.* »

Je lui mords la lèvre, durement.

Il s'éloigne, une lueur amusée au fond des yeux : on dirait qu'il interprète mon geste comme une manœuvre de séduction plutôt que comme une tentative ratée de faire couler son sang.

— Je suis désolé. C'est difficile de ne pas t'embrasser parfois, tu sais ?

— Fais un effort.

— Viens à la maison avec moi.

— Non.

Il me reste une petite parcelle de bon sens, et j'en suis fière.

Il soupire, mais n'insiste pas.

— Julia a raison ? demandé-je. Tu étais là quand Savvy est morte ?

Il secoue la tête.

— Non.

— Après, alors ?

— Non, répond-il en se tournant vers moi. Je suis désolé de t'avoir lâchée après. C'est ce que je sous-entendais. J'aurais dû te soutenir. Ne pas te renvoyer chez tes putains de parents qui ont laissé Ivy t'interroger.

Je ne sais pas s'il ment. Matt est un menteur patenté.

— Qui était la femme avec laquelle tu t'es disputé dans notre allée, cette nuit-là ?

— Je ne pense vraiment pas qu'il soit juste de l'entraîner là-dedans.

— Pourquoi pas ?

Il tend les deux mains, comme s'il cherchait à m'apaiser. J'envisage de sauter dans ma voiture et de le renverser. Puis de lui reculer dessus, histoire de m'assurer qu'il est bien mort.

— Écoute, elle n'est pas impliquée dans la mort de Savvy, d'accord ? Je te promets qu'elle ne lui a jamais fait de mal.

— Comme c'est chouette que tu aies une telle confiance en elle, répliqué-je sèchement.

— J'ai mérité cette pique, j'avoue.

La sueur dégouline dans mon dos. Je laisse le silence s'étirer longtemps avant de reprendre la parole.

— Tu sais que tout le monde commence à penser que c'est toi.

Il acquiesce, les yeux baissés.

— Les gens n'ont peut-être pas tort, insisté-je.

Il relève la tête, le désarroi se lit sur son visage.

— Tu penses que c'est moi qui ai tué Savvy ?

— Alors, ça fait quel effet, connard ?

Il ferme les yeux un instant.

— C'est... c'est juste. Mais je...

Il ferme de nouveau les yeux, brièvement.

— Lucy, s'il te plaît, laisse tomber.

— Tu veux que je laisse tomber ? Tu as menti et...

— S'il te plaît.

Il m'attrape les mains. J'essaie de les dégager, mais il tient bon, le regard suppliant.

— Retourne à Los Angeles, Lucy. Arrête d'aider ce podcasteur. Fais-moi confiance, d'accord ?

— Tu me demandes de te faire confiance ? répété-je avec incrédulité.

— Je sais que les apparences sont contre moi, mais j'ai toujours voulu te protéger. Je te protège encore.

Il m'étreint les mains, les yeux brillants.

Mon cœur se serre. Je m'arrache enfin à son étreinte pour reculer d'un pas chancelant. Le monde vacille.

— Matt, est-ce qu'on s'est vus après que Savvy t'a déposé cette nuit-là ?

— Non.

Il répète immédiatement sa réponse, comme un automatisme bien assimilé. Je ne le crois pas.

Je repousse la panique qui m'envahit.

— Dis-moi juste qui c'était, d'accord ? Qui est venu te voir cette nuit-là ? À une heure du matin ?

— Lucy, arrête, d'accord ?

— Dis-le-moi, Matt. Tu me le dois.

Il soupire et se passe une main sur le visage.

— C'était Nina. Nina Garcia.

34
Lucy

« C'était Nina. »

Je préviens Ben le lendemain. Installée dans le bureau de Maman avec mon ordinateur portable, j'ignore le conseil de Matt, à savoir d'arrêter d'aider Ben. J'emmerde Matt. Si c'est moi qui l'ai fait, eh bien, que Ben le découvre. Ce salopard arrogant le mérite, après tout son dur labeur. J'ajoute :

« C'est avec elle que Matt s'est disputé dans notre allée après le mariage. »

Il me répond aussitôt :

« Il va falloir que tu me racontes ça au micro. Tu viens ? Tu me donnes une interview ? Et tu restes ? »

Je suis tentée d'accourir.

Une interview et je reste ? Est-ce que c'est la version podcast de « Netflix and chill » ?

« Peut-être. Je dois écrire quelques heures. Je peux venir plus tard ».

« D'accord. Nina sait que tu sais ? »

« Non. Sauf si Matt a cafté. »

« Fais-moi une faveur. Motus pour l'instant. »

Je devrais être plus protectrice envers ma meilleure amie de lycée, mais je sais exactement pourquoi Nina est passée voir Matt au milieu de la nuit, même s'il ne veut pas l'admettre.

« Pas de problème. »

Ben m'accueille avec un grand sourire à la porte de sa chambre. Il est pieds nus, vêtu d'un jean et d'un T-shirt délavé. C'est mignon, d'une manière que je déteste et que j'aime à la fois.

— Allons-y, dit-il en se dirigeant vers la petite table dans le coin où sont installés les micros. Je me suis dit qu'on pourrait commander à manger, non ?

J'acquiesce. Il allume les micros.

— Vous avez vu Matt récemment ? demande-t-il, repassant au vouvoiement le temps de l'interview.

— Oui, il est venu chez moi hier soir. Il voulait parler de...

Je laisse délibérément la phrase en suspens.

— Il voulait juste parler. Et moi, je tenais à savoir avec qui il s'était disputé, cette fameuse nuit, après être rentré à la maison. Alors je suis sortie le retrouver. Cela faisait des jours que j'essayais de le contacter, sans obtenir de réponse.

— Il vous a dit de qui il s'agissait ?

— Oui. Il m'a dit que c'était Nina Garcia.

« Je t'avais prévenue que c'était une garce », crache Savvy. Je fais de mon mieux pour l'ignorer.

— A-t-il dit pourquoi elle était passée en plein milieu de la nuit ? Et pourquoi il avait menti à ce sujet ?

— Non, évidemment. Mais... vous avez entendu ce que les gens ont dit sur notre mariage. Je doute qu'elle soit venue pour jouer aux dames avec lui.

La bouche de Ben se tord comme s'il essayait de s'empêcher de rire. Il m'amène à rapporter toute la conversation, ce qui signifie que je dois soigneusement contourner nos propos sur Julia et le moment où je l'ai laissé m'embrasser.

Ce n'est pas ainsi que se comportent les personnes innocentes.

— OK, terminé, lâche Ben en éteignant le micro une fois que j'arrive au bout de mon histoire. On sait maintenant pourquoi Nina ne m'aime pas, j'ai l'impression.

— À moins que ce ne soit juste un effet de ta personnalité.

Il me lance un clin d'œil.

Je me réveille dans son lit, seule. L'horloge sur la table de nuit indique 3 h 38. Je me retourne, mais la porte de la salle de bains ouverte m'indique que la pièce est plongée dans l'obscurité. De la lumière filtre sous la porte du salon.

Je me glisse hors du lit, récupère mes sous-vêtements et mon débardeur sur le sol et les enfile. Je pousse le battant.

Ben est assis par terre à côté de la porte coulissante en verre, vêtu d'un T-shirt et d'un caleçon. Il souffle la fumée d'un joint par la porte entrouverte. Un verre à moitié vide est posé sur le sol à côté de lui.

Il se retourne en m'entendant sortir de la chambre.

— Coucou.

— Tu n'arrives pas à dormir ?

Il secoue la tête, puis me tend le joint.

— Non, merci.

Je traverse la pièce et m'assieds en face de lui.

— Matt t'a envoyé un texto.

Il me désigne mon téléphone, sur la table basse.

Je me penche pour l'attraper.

— Tu ne prétends même pas que tu n'as pas regardé mon téléphone ?

Il esquisse un demi-sourire.

— Non. Pour ma défense, l'écran s'est illuminé il y a une demi-heure et j'ai juste aperçu son nom.

Je déverrouille l'appareil pour lire le message. Envoyé à 3 heures du matin. Il doit être ivre.

« Je suis désolé. On peut parler ? »

— Il veut parler.

Je repose le téléphone sur la table.

— Tu vas lui répondre ?

— Non. Il est juste bourré.

Il me regarde en tirant sur son joint.

— Tu veux en parler ?

— De mon ex-mari alcoolo ?

— De tout... et notamment de lui.

— Non.

— Il y a une raison pour laquelle tu ne veux jamais parler de lui ?

— Je parle de... Attends, hors micro ?

— Oui. On est en sous-vêtements.

— Le fait d'être en sous-vêtements signifie que tu n'enregistres pas ?

— Oui, je pense que ça devrait.

J'allonge mes jambes, croise une cheville sur l'autre. Ben pose une main sur mon mollet.

— Je parle de lui. Mais je n'ai pas envie de raconter la triste histoire de mon mariage pour les auditeurs de ton podcast.

— La triste histoire de ton mariage est probablement pertinente.

Il ne se doute pas à quel point. Je hausse les épaules.

Ben souffle lentement de la fumée.

— C'était déjà un gros connard quand tu l'as épousé ?

Je lui lance un regard amusé.

— Non. Ou oui. Je ne sais pas. C'était un connard plus aimable. Ou alors, j'étais plus tolérante envers les trouducs à l'époque. Probablement un peu des deux.

— Je ne reconnais pas vraiment la version de toi dont parlent les gens.

Ben termine son joint et le laisse tomber dans un verre vide sur la table basse.

— La Lucy de vingt-deux ans qui l'a épousé semble être une personne complètement différente, d'après la façon dont ils te décrivent.

— Je l'étais, d'une certaine manière. J'étais Lucy de Plumpton. La fille du lycée.

J'attrape son verre et j'en bois une gorgée. C'est du whisky pur, qui brûle à mesure qu'il me descend dans le gosier.

— J'ai toujours admiré ça chez Savvy. Elle était tellement différente de ce qu'elle était au lycée. Elle n'avait pas peur de...

« Je pensais que le sang me dérangerait plus que ça », murmure-t-elle à mon oreille.

Ben me regarde, curieux.

— ... du changement, achevé-je.

— Je n'ai pas l'impression que tu aies été teigne à ce point, au lycée, dit-il. Tu étais le genre de fille qui allait tarter les trous du cul. Je pense qu'on se serait bien entendus.

— À moins que je ne te tarte, toi aussi.

Il rit, les yeux légèrement injectés de sang. Il est décontracté, défoncé.

— J'étais un gros geek au lycée.

— Je veux te voir en geek. Montre-moi une photo.

— Non, répond-il sans grande conviction.

— Allez. Tu passes tes journées à ressasser les moindres détails de mon passé. Tu as probablement vu toutes les photos de moi prises quand j'étais dans le début de la vingtaine.

Il plisse les yeux. Soupire en attrapant son téléphone.

— Tu marques un très bon point, en fait. Alors d'accord.

Il navigue pendant une minute avant de tourner le téléphone pour que je puisse voir l'écran. Je lui prends l'appareil des mains.

C'est une photo de bal de fin d'année. Il se tient à côté d'une jolie brune vêtue d'une robe verte. Sa cravate est assortie. Il a les cheveux trop courts et un énorme bouton sur le front. On dirait qu'il a eu sa poussée de croissance tardivement, parce qu'il est à peu près de la même taille que sa cavalière, qui porte pourtant des chaussures plates. Ou peut-être qu'elle mesurait un mètre quatre-vingts.

— Menteur.

Je lui repasse le téléphone.

Il a l'air stupéfait.

— Quoi ?

— Les filles devaient faire la queue pour t'avoir. Tu étais mignon et tu le sais.

— J'étais un geek ! Un geek empoté. Je n'arrêtais pas de parler d'*Iron Man*.

— Oh oui, parler de l'univers cinématographique de Marvel, qui vaut des milliards de dollars et que tout le monde adore, ça a dû te rendre tout sauf cool.

— Oh, c'était un peu moins cool à l'époque.

— Mon Dieu, tu es tellement arrogant. Ta cavalière du bal de fin d'année était une bombe et tu as gagné des prix de journalisme étudiant. Tu as résolu des crimes tout seul et tu t'arranges pour coucher avec des femmes suspectées de meurtre.

— Paige serait très ennuyée d'apprendre que quelqu'un pense que je résous ces crimes tout seul.

Et comment tu sais que j'ai gagné des prix de journalisme ? Tu as fait des recherches sur moi ?

— Tu as engagé un détective privé pour enquêter sur moi, donc je ne pense pas que tu puisses condamner mes petites recherches vite fait sur Google.

— Je ne condamnais pas, j'étais flatté.

— Il n'y a vraiment pas de quoi.

Il rit, déplace ses doigts sur mon mollet. Je m'avance un peu et sa main glisse jusqu'à ma cuisse.

— C'était quoi, la chose que tu étais « le plus susceptible de faire » ? demandé-je. Tu sais, dans l'annuaire de promotion, au lycée ? Du genre, moi, j'étais « la plus susceptible de tuer sa meilleure amie ».

— Tu étais « la plus susceptible d'être PDG à trente ans ».

— Merci, monsieur le *stalker*.

— On ne faisait pas ce genre de truc. Je croyais qu'on ne voyait ça que dans les films, en fait. Mais il faut en conclure que ça se voit dans les films *et* dans les petites villes, apparemment.

— Qu'est-ce que tu aurais été ? Le plus susceptible de gagner un Pulitzer ?

Il s'esclaffe.

— J'en doute. Le plus susceptible d'être obsédé par les meurtres non résolus ? J'étais déjà connu pour ça à l'époque.

— Je sais.

— Tu sais ?

— C'est dans l'un des fils de discussion Reddit à propos de ton podcast. Certaines personnes avec qui tu étais au lycée y ont participé.

— Mince, tu ne devrais pas regarder les fils de discussion Reddit à propos de moi ou de toi.

— Pourquoi ? Parce qu'ils me traitent de meurtrière cinglée mais disent qu'ils me baiseraient bien quand même ?

— Oui ! Exactement pour ça.

— Rien de nouveau sous le soleil, donc.

Je me rapproche encore de lui, écartant les jambes pour les lui enrouler autour de la taille et m'asseoir sur ses genoux. Il m'enlace.

Je me penche pour l'embrasser.

— En tant qu'homme qui baiserait bien une meurtrière cinglée, je ne pense pas que tu aies le droit d'avoir l'air aussi scandalisé.

Ses lèvres effleurent les miennes tandis qu'il parle.

— Je préfère ne pas utiliser le mot « cinglée », proteste-t-il. Pas dans ce contexte, en tout cas.

— C'est intéressant de voir que c'est le mot « cinglée » qui te dérange et non celui de « meurtrière ».

— Je n'ai pas dit que ce mot ne me dérangeait pas aussi.

Je l'embrasse, passe les bras autour de son cou et je me frotte contre lui jusqu'à ce qu'il soit préoccupé par tout autre chose.

— Retournons dans la chambre.

35

Lucy

Je me réveille une deuxième fois en entendant une porte s'ouvrir. C'est le matin, la lumière entre par les stores. Ben est à plat ventre à côté de moi, toujours endormi.

— Ben !

C'est une voix familière qui s'élève du salon : Paige.

— Tu es là ? Tu sais que j'ai peur que quelqu'un t'ait assassiné quand tu ne réponds pas à mes textos.

Il s'agite, gémit en se passant la main sur le visage. L'horloge indique qu'il est plus de 10 heures. Nous sommes restés éveillés tard.

Il sort du lit et enfile son caleçon. En se dirigeant vers le salon, il tend la main. Cela doit signifier qu'il veut que je reste là. Il entrouvre la porte.

— Salut.

— Salut… Mec, non. Je ne veux pas te voir en sous-vêtements.

— Dans ce cas, ne débarque pas dans ma chambre d'hôtel à l'aube.

— *Primo*, c'est presque l'heure du déjeuner. *Secundo*, tu m'as donné une clé, donc je ne sais pas trop ce que tu attends de moi.

— Je dois prendre une douche. Je te retrouve dans ta chambre dans une heure.

— Ça va te prendre une heure pour te doucher ?

— J'ai des choses à faire. Des sites Web à parcourir. Des nouvelles politiques qui me tracassent. Donne-moi un peu de temps, tu veux ?

S'ensuit un long silence.

— S'il te plaît, dis-moi que tu n'as pas fait ça.

— Donne-moi juste...

— Je reconnais ce sac à main, espèce d'enfoiré.

Ben recule en chancelant lorsque Paige fait irruption dans la pièce. Je me redresse, le drap tiré contre ma poitrine. Paige n'a pas l'air surprise, plutôt démoralisée.

— Salut, Paige.

Elle se plaque une main sur le front.

— Ben, je jure devant Dieu...

— Est-ce que ça vous aide si je vous dis que ce n'est pas la première fois ? demandé-je.

Ben me lance un regard profondément exaspéré.

Paige pointe le doigt sur lui.

— Espèce d'imbécile d'enculé, répète-t-elle, histoire de bien enfoncer le clou.

Ben prend Paige par les épaules et la pousse doucement hors de la pièce. Il ferme la porte derrière eux.

— Ben, qu'est-ce que tu fous ? chuchote Paige.

Je glisse du lit et j'attrape mes sous-vêtements, tout en me rapprochant de la porte pour mieux les entendre.

— On pourrait...

— Je ne sais pas si je dois être impressionnée ou horrifiée par le fait que tu aies trouvé un moyen de foutre en l'air ton propre podcast.

— C'est...

— Je t'ai dit que je ne travaillerais sur cette affaire avec toi que si tu gardais la tête froide, et ce n'est pas le cas. C'est même tout le contraire.

— Depuis quand te préoccupes-tu de savoir avec qui je couche ?

— Depuis qu'il s'agit de la femme sur laquelle nous sommes en train de faire un reportage ! Tu sais ce que les gens penseraient si ça se savait, non ? Tu comprends qu'elle pourrait détruire toute la saison juste en racontant aux gens que vous couchez ensemble ? Personne ne te ferait plus confiance.

— Je comprends, mais d'un, elle ne ferait pas ça. Et de deux, pourquoi voudrait-elle seulement le faire ? Ce podcast donne la meilleure image d'elle depuis des années.

J'ai l'impression que je devrais me sentir insultée, mais il n'a pas tort.

— Et si tu dis quelque chose qui ne lui plaît pas ? Pourquoi tu ferais confiance à cette femme, merde ? Elle…

— On pourrait en parler plus tard ? l'interrompt Ben.

Ils se taisent quelques instants. Je m'éloigne de la porte et j'enfile mes vêtements.

— On ne va pas pour autant vous prévenir de ce qui va être diffusé sur le podcast ! me lance soudain Paige.

— Pigé !

Mieux vaut ne pas lui dire que Ben m'a demandé la permission avant de poster son échange avec Maya.

Mens-moi à l'oreille

Un podcast de Ben Owens

Épisode 6 – « Nina »

Après ce que Lucy vient de révéler à propos de Nina et Matt, j'ai réécouté quelques-unes de mes anciennes interviews où les gens parlaient d'elle. J'ai trouvé quelque chose de très intéressant. Voici de nouveau Colin Dunn, dans notre toute première interview.

Colin : *De tous les amis de Savvy ?*

Ben : *Oui. Quels sont ceux que vous connaissiez bien ?*

Colin : *Pas grand monde. Ils sont tous plus âgés que moi, donc on n'était pas à l'école ensemble... Oh ! Nina. Quel est son nom de famille ? Branson ?*

Ben : *Garcia. Elle a repris son nom de jeune fille après son divorce.*

Colin : *Oh merde, elle a été mariée ?*

Ben : *À une époque, oui. Elle est divorcée maintenant.*

Colin : *Oh, d'accord. Pas de problème.*

Ben : *Mais vous la connaissiez ?*

Colin : *Un peu, oui.*

Ben : *Mais pas assez pour savoir qu'elle avait été mariée et qu'elle avait des enfants ?*

Colin : *Oh merde, elle a aussi des enfants ?*

Ben : *Deux.*

Colin : *Bon sang. D'accord. Tant mieux pour elle. Oh non, attendez. Je crois qu'elle a parlé d'un enfant une fois. Hmm.*

Ben : *Comment avez-vous connu Nina ?*

Colin : *On a traîné ensemble quelquefois. Juste, vous savez, comme des potes.*

Je n'ai pas réussi à reprendre contact avec Colin pour confirmer un soupçon que j'avais – qui n'est que pure spéculation de ma part, soit dit en passant – et je me suis donc adressé à Joanna Clarkson pour obtenir le scoop.

Joanna : *Nina et Colin ? Une liaison ?*

Ben : *Oui. Avez-vous déjà entendu parler de ça ?*

Joanna : *Hmm... Ce gars couche pas mal à droite à gauche, non ?*

Ben : *Il a l'air populaire.*

Joanna : *Écoutez, mon chou, je ne pense pas que ce soit à moi de confirmer des rumeurs.*

Ben : *Mais il y avait des rumeurs ? À propos de Nina et Colin ?*

Joanna : *Il y avait des tas de rumeurs au sujet de Colin. Qui peut dire lesquelles sont vraies ?*

Ben : *Colin m'a dit qu'il connaissait Nina.*

Joanna : *Hmm. Eh bien... faites-en ce qui vous chante.*

36

Lucy

« *Tu serais libre pour un verre ?* »

Le message d'Emmett arrive alors que je suis en train de terminer ma journée de travail dans le bureau de Maman, et il fait courir un éclair de culpabilité le long de ma colonne vertébrale. Je n'ai jamais répondu à son dernier message, et maintenant Ben a sorti un épisode où je sous-entends que sa copine a couché avec mon mari. Après quoi, Ben a laissé entendre qu'elle couchait aussi avec le petit ami de Savvy. Des années avant Emmett, mais n'empêche. Il ne passe probablement pas une bonne journée.

Je réponds que j'en serais ravie et, une heure plus tard, je suis assise en face de lui dans un bar un peu louche au bord de l'autoroute. Je ne suis jamais entrée ici, même si l'endroit existe depuis des années. Je suis toujours partie du principe qu'il était rempli de camionneurs qui allaient mater mon cul.

Il s'avère que j'avais raison. De grands types coiffés de chapeaux de cow-boy me reluquent sans se gêner. Les haut-parleurs diffusent une vieille chanson country. Le Texas dans toute sa splendeur.

Emmett est attablé au fond, une bière devant lui. Il en boit une gorgée et fait la grimace.

Je ne peux pas m'empêcher de rire. Il est vraiment mignon parfois, on dirait un petit garçon. Je l'avais oublié. Ça le rendait un peu ridicule quand nous étions ados – pas le genre de gars avec qui je voulais sortir –, mais c'est attachant maintenant.

Il lève les yeux et un sourire se dessine sur ses lèvres.

— Salut, Lucy.

— J'ai l'impression que la bière laisse à désirer ?

Je me glisse sur le siège à côté de lui.

— En fait, je ne bois pas beaucoup. Je ne suis pas fan du goût. Mais j'ai pensé que c'était tout indiqué aujourd'hui.

Il avale une autre gorgée et grimace de nouveau. Je me retiens de rire cette fois, car il a l'air malheureux.

Je hausse des sourcils interrogateurs et fais signe au barman que je prendrai la même chose que lui.

— C'est ma faute ? demandé-je.

— Non. Enfin, pas exactement.

— Le podcast ?

Il soupire.

— Je déteste ce putain de podcast.

Le barman apporte ma bière. J'en bois une gorgée. Emmett me regarde avec espoir, comme si j'allais abonder dans son sens, mais je ne déteste pas ce podcast, moi. Je marche sur des œufs.

— Elle est contrariée ?

Je ne sais pas vraiment ce qui attriste Emmett. Que Nina ait trompé son mari ? Ou qu'elle ait couché avec le mari de son ex-meilleure amie ?

C'est un joli foutoir, mais rien qui ne le concerne vraiment, lui.

Il laisse échapper un petit rire sans humour.

— Ça, pour être contrariée, elle l'est.

Il boit une longue gorgée de bière. Pas de grimace cette fois. Il s'aguerrit.

— Elle couche toujours avec Matt.

Mon verre levé s'immobilise en route.

— Quoi ?!

— Pas tout le temps, mais oui. J'ai décelé, à certains signes, qu'elle me trompait. Je ne voulais pas y croire, sauf que quand cet épisode est sorti, elle a en quelque sorte craqué et l'a avoué.

Le bon côté des choses, c'est que je n'aurai jamais à être jalouse de Nina. Ses choix sont aussi stupides que les miens.

— Comme quoi ils auraient une « connexion »…

Il lève les yeux au ciel et se redresse sur sa chaise.

— Leur connexion, c'est l'alcool. Ce sont tous les deux des poivrots.

L'image de Nina buvant sa margarita flotte dans ma mémoire.

— Elle s'en sortait très bien pendant sa convalescence, et elle m'a dit que mon peu de goût pour l'alcool l'aidait bien. Elle n'était pas tentée, tu vois ? Mais Matt…

Il secoue la tête et boit encore une gorgée.

— Je déteste Matt. Je le déteste depuis notre première rencontre.

Je hausse les sourcils.

— Sérieux ?

— Oui. J'ai essayé d'être gentil, parce que c'était ton mari, mais c'est un connard tellement prétentieux. Et maintenant, après ce qu'il a fait à Julia et à...

Il s'interrompt brusquement, des rougeurs lui grimpent dans le cou.

Je ne viens pas à son secours.

Il détourne le regard.

— Je le déteste vraiment. En fait, j'envisageais d'aller lui casser la gueule, mais j'ai pensé qu'il existait sûrement une solution plus positive.

Il fait un geste vers moi.

Je souris.

— C'est toujours un plaisir de pouvoir discuter avec quelqu'un de la nullité de Matt.

Il se penche en avant, le menton sur une main. J'imagine la sensation de sa barbe sous mes doigts ; j'esquisse presque le geste de toucher l'autre côté de son visage.

Je regarde plutôt ma bière.

— C'était une idée stupide de sortir avec Nina.

Il enroule les doigts autour de son verre. Il a de belles mains, mais je le savais déjà.

— Elle n'est plus comme au lycée, et j'étais au courant. Je connaissais ses problèmes. C'est juste qu'il n'y a pas beaucoup d'options ici.

— Pourquoi tu es resté ? demandé-je.

— Je ne sais pas. C'était censé être temporaire, après l'université. Mais ensuite, te voilà avec un appartement et un travail, et cela semble tellement intimidant de déménager dans une autre ville. Je n'ai pas cessé de repousser l'échéance, et maintenant que j'ai presque trente ans, il faut croire que c'est ici ma vie.

— Il n'est pas trop tard. Regarde-moi. J'ai fait mes bagages et je suis partie.

Il lève les yeux vers moi.

— Je t'ai toujours admirée pour ça.

— Ah oui ? Je pense que la plupart des gens ont trouvé ça stupide.

— Non, c'était courageux. Et intelligent. Personne ne t'apprécie par ici.

Je laisse échapper un rire surpris.

— Waouh, Emmett, ne te gêne surtout pas !

— Tu sais que c'est vrai.

Il sourit, et un silence pas très agréable s'installe entre nous. C'est électrique.

Beaucoup de moments entre nous deux ont été électriques, en particulier quand mon mariage a commencé à s'effondrer. Un épisode en particulier me revient en mémoire et me fait battre le cœur.

— Tu peux me parler, tu sais.

Emmett m'avait coincée dans le couloir de l'étage. En bas, j'entendais Matt rire avec nos amis.

— Je sais, ai-je murmuré.

— De tout ce que tu veux.

Il a désigné le salon.

— Y compris de lui.

J'ai pris une petite inspiration et tenté de garder une expression neutre. J'ai essayé de sourire de façon rassurante, mais c'était difficile avec le regard d'Emmett intensément braqué sur moi. Il n'avait pas l'habitude de me regarder de cette manière. On aurait dit qu'il aurait bien aimé que je le pousse dans la chambre.

Il a posé une main sur le mur derrière moi, soudain si près que je sentais l'odeur de son gel douche. Je me suis dressée sur la pointe des pieds, et c'était toute l'invitation dont il avait besoin. Sa bouche s'est plaquée sur la mienne, son corps contre le mien.

J'ai failli le pousser dans cette chambre. Nous aurions pu le faire rapidement, pendant que Matt était en bas. J'adorais cette idée. Peut-être même que j'aurais oublié de remettre mes sous-vêtements, histoire qu'il se demande plus tard, lorsqu'il les aurait trouvés, s'il s'était passé quelque chose.

J'ai grimacé et je me suis rapidement éloignée d'Emmett.

— Je suis désolée, je ne peux pas.

Sur quoi, je me suis enfuie sans le regarder. J'avais atteint un nouveau degré de bassesse en envisageant d'utiliser l'un de mes meilleurs amis pour mettre mon mari en rogne. L'ami dont je connaissais les sentiments pour moi, probablement depuis le lycée.

J'attrape la main d'Emmett. Je suis un peu surprise qu'il ne la retire pas.

— J'aurais aimé partir avec toi cette nuit-là, chuchoté-je.

Il penche la tête, intrigué.

— La nuit où on s'est embrassés. J'aurais dû quitter Matt et te suivre chez toi.

— Oh, s'esclaffe-t-il. J'aurais adoré. Et honnêtement, j'aurais adoré voir sa tête à ce moment-là.

Je ris aussi. Il exerce une petite pression sur ma main.

— Tu devrais venir à Los Angeles. Fais tes valises et viens. On pourrait…

Sortir ensemble ? Recommencer ? Je ne sais pas comment finir la phrase.

Il entremêle ses doigts aux miens.

— Ne dis pas ça si tu ne le penses pas.

Je suis à deux doigts d'ajouter : « Sauf s'il s'avère que j'ai vraiment tué Savvy. » J'ai failli en faire une blague et me comporter en connasse, comme d'habitude.

Au lieu de cela, je souris.

— Je le pense vraiment.

Les yeux d'Emmett tombent sur quelque chose derrière moi et son sourire s'estompe. Il relâche lentement ma main.

Je me retourne. Keaton Harper traverse la salle – d'un pas chancelant, pour tout dire – droit vers moi.

37

Lucy

— Calme-toi, je veux juste parler.

Keaton me lance ces mots avant que j'aie le temps de réagir à son approche. Je me retiens de répliquer que je suis tout à fait calme. Je préfère ne pas me faire assassiner par le frère de Savvy aujourd'hui, devant Emmett qui plus est.

Keaton s'installe sur une chaise et pose lourdement sa bière, éclaboussant un peu la table.

Il ressemble à Savvy. Depuis toujours, mais cela me coupe le souffle un instant lorsqu'il lève la tête pour croiser mon regard. Mêmes yeux bleus, même nez, même façon de tordre les lèvres sous l'effet de la nervosité.

Son regard clair est accroché au mien. Il est manifestement éméché, mais pas complètement torché. Il boit une gorgée de bière comme pour tenter d'y remédier.

— Pourquoi tu ne finirais pas ton verre et je te ramène chez toi ? propose Emmett.

— T'inquiète, fait-il en secouant la tête vers le bar. J'ai un chauffeur.

Puis il se tait. Emmett et moi échangeons un regard.

— Alors, comment ça va ? demandé-je enfin.

Peut-être que c'est à la meurtrière présumée d'entamer la conversation dans ce genre de situation.

Il hausse les épaules.

— Très bien. Je me suis marié. J'ai eu un enfant.

Comme il n'a pas l'air ravi de ces deux décisions, je ne sais pas trop comment réagir.

— Je veux te parler de Savvy.

Il vide sa bière, essuie les gouttes qui perlent sur sa barbe et fait signe au barman pour qu'il lui en serve une autre.

— J'avais en quelque sorte deviné.

— Ce podcasteur et toi, vous êtes potes maintenant, c'est ça ? Il est de ton côté ?

Un flash de la nuit dernière, la tête de Ben entre mes cuisses, me revient en mémoire. Je ne pense pas que le mot « potes » soit adéquat.

— Ben n'est jamais que du côté de Ben.

— Quand je lui ai parlé, il m'a semblé plein de compassion à ton égard.

Je hausse les épaules. La serveuse pose une nouvelle bière devant lui.

— Il pense que c'est toi qui as fait le coup ?

— Je ne sais pas, pourquoi ne pas le lui demander ?

Il s'affaisse dans son fauteuil avec un long soupir.

— Tu es toujours aussi chiante, tu le sais ?

— Oh, hé..., intervient Emmett.

— Oui, je confirme.

— Mais dans le bon sens du terme, nuance Emmett, toujours prêt à aider.

J'éclate de rire.

Keaton lève les yeux au ciel.

— Écoute, j'ai réfléchi.

— Un dangereux passe-temps, dis-je avec un brin d'ironie.

— Ouais... Attends, qu'est-ce que tu dis ?

Il agite la main comme si je l'agaçais. On ne peut pas lui en vouloir, vu que je fais des blagues tirées de *La Belle et la Bête* alors qu'on parle du meurtre de sa sœur.

— Je ne savais pas. Pour Matt.

Je joue les idiotes.

— Pour Matt et Julia ? Personne ne savait, d'après ce que j'ai entendu.

Keaton marque une pause. Emmett boit une gorgée de bière et grimace.

— J'ignorais que c'était un salaud.

Emmett ricane.

— Qu'est-ce que c'est censé vouloir dire ? fait Keaton.

— Rien.

Emmett boit. Grimace.

Keaton le regarde bizarrement.

— Bref, je ne savais pas qu'il était... tu sais. Violent.

— Oui, une véritable horreur, dis-je dans un élan de sincérité.

Emmett et Keaton s'immobilisent, puis échangent un regard.

— Je n'étais pas au courant, poursuit Keaton. Et je ne savais pas qu'il était reparti après être rentré chez lui ce soir-là. Et que Nina était là-bas. Je ne...

Il prend une inspiration et serre le poing. Je recule instinctivement sur mon siège afin de m'écarter de lui, juste un tout petit peu.

Il me regarde avec une compassion non feinte qui me met mal à l'aise. J'aimerais mieux qu'il se remette à me regarder avec l'air de vouloir m'assassiner.

— Tu ne te souviens vraiment pas de cette nuit-là, c'est ça ?

« *Toutes les nuits, je pense à la façon dont le couteau s'est enfoncé dans sa gorge,* me chuchote la voix à l'oreille. *C'est ma berceuse à moi, en quelque sorte.* »

— Non, dis-je.

— Tu pensais que Lucy mentait ? s'enquiert Emmett avec une curiosité non feinte.

— Bien sûr ! Comme tout le monde.

— Pas moi.

Emmett a parlé d'un ton posé, et je suis peut-être idiote, mais je le crois.

— Eh bien, tant mieux pour toi, rayon de soleil, mais le reste d'entre nous était sceptique. Sauf que maintenant…

Il secoue la tête et boit une gorgée de bière.

Je me penche en avant, les bras croisés sur la table humide et poisseuse de bière.

— Keaton, tu essaies de t'excuser auprès de moi, là ?

Il se passe la main sur la bouche.

— Non. Putain, je ne sais pas. Mais tu sais quoi ? Je connais bien Matt et Nina, et ni l'un ni l'autre ne m'ont laissé entendre qu'ils étaient ressortis ce soir-là. Ils n'ont rien dit à personne. Et ça, ce n'est pas clair.

38

Lucy

Ben veut qu'on se retrouve chez Grand-mère et, quand j'arrive devant la petite maison rose, il m'attend déjà sous le porche. Il se dirige vers moi dès que je sors de voiture, tout en rejetant les cheveux tombés sur ses yeux d'une manière qui lui semble coutumière. Comme s'il s'était entraîné à être sexy devant un miroir.

— Pourquoi es-tu toujours là ? lui demandé-je.

— Je ne suis pas toujours là.

— Tu ne nous baises quand même pas toutes les deux, ma grand-mère et moi ? Ça me ferait vraiment chier.

— Je ne baise pas ta grand-mère. Honnêtement, je ne pense pas que Beverly puisse me trouver une place dans le défilé de ses hommes. Il y en a beaucoup qui gravitent autour d'elle.

Le ton est taquin, mais je m'écarte de lui lorsqu'il esquisse un mouvement pour se pencher vers moi. Je préfère que ma grand-mère ne soit pas au courant de ce choix de vie particulièrement tordu.

— Viens, dis-je en me dirigeant vers la maison. Il fait noir comme dans le trou du cul de Satan ici.

Il me suit à l'intérieur, où il a déjà disposé son matériel de podcast sur la table. Grand-mère est sur le canapé, en train de scroller sur son téléphone. Elle porte un vieux T-shirt délavé glissé dans une ample jupe rouge. Je suis sidérée, comme toujours, de constater que ma grand-mère est plus cool que moi.

— Donc c'est là, dorénavant, notre lieu d'interview consacré ?

Je me laisse tomber sur l'une des chaises.

— C'est calme. Et Beverly n'y voit pas d'inconvénient.

Il lui sourit. Je ne plaisantais qu'à moitié quand j'ai demandé s'ils couchaient ensemble.

— Ce qu'il apprécie, ici, c'est que tu es plus détendue, lâche ma grand-mère sans lever les yeux de son téléphone.

Ben semble surpris, à croire que c'est une déduction qu'elle a effectuée toute seule.

Je retire ce que j'ai dit. Ma grand-mère est trop intelligente pour coucher avec Ben Owens. Dommage que le bon sens ne soit pas génétique.

— Je me disais qu'on pourrait creuser ta relation avec Nina aujourd'hui.

Ben se glisse à côté de moi.

Avec un soupir, je regarde au-delà de sa tête, par la fenêtre, vers le champ vide derrière la maison. Une brise souffle sur les hautes herbes. Ben regarde par-dessus son épaule, puis revient à moi.

Je ne lui ai pas parlé de ma conversation avec Keaton et Emmett. Il ne sait pas que Matt et Nina couchent toujours ensemble.

Je ne lui ai pas raconté grand-chose à propos de Nina.

« *Elle m'a crié dessus pendant que je tenais un couteau,* me souffle Savvy à l'oreille. *Elle n'aurait probablement pas fait ça si elle avait su toutes les choses amusantes que j'ai faites avec des couteaux.* »

J'ai ri quand elle m'a sorti ça. Je ne me souviens même plus exactement des raisons pour lesquelles Nina et Savvy ne s'appréciaient pas. Je ne suis même pas sûre que quelqu'un d'autre que moi connaisse l'ampleur du mépris qu'elles avaient l'une pour l'autre.

— Lucy ? dit Ben.

Nina n'aimait pas Savvy. Et alors ? Il y a beaucoup de gens que je n'aime pas. Cela n'a jamais rien eu à voir avec cela.

C'est probablement toujours le cas. Et en le disant, je fais à Nina ce qu'ils m'ont tous fait, je lance des accusations qui la hanteront à jamais. Je devrais mentir, ou danser délicatement autour de la vérité, comme l'ont fait les autres personnes que Ben a interrogées.

Parce qu'elle ne peut pas être coupable. Mon cerveau ne laisse pas ce scénario prendre forme dans ma tête. J'ai imaginé tuer des tas de gens et, pourtant, je ne peux pas fourrer un objet dans la main de Nina et la regarder l'écraser sur la tête de Savvy.

— Ma puce ?

Grand-mère me touche le bras. Ben et elle s'approchent, visiblement inquiets.

— Je ne veux pas, dis-je doucement.

Ma grand-mère me considère attentivement, ce qui accentue les ridules autour de ses yeux.

— Tu ne veux pas quoi ?

— Je ne veux pas parler de Nina.

— Mais elle..., commence Ben.

Je le coupe en passant une main dans mes cheveux.

— Tu peux m'accorder une journée ? Tu as sûrement d'autres questions à me poser aujourd'hui.

Un SMS s'affiche sur mon téléphone. Je tourne l'écran pour pouvoir le lire. J'ai la nausée.

— Putain !

— Qu'est-ce qu'il y a ? demande Grand-mère.

— Internet a compris que je suis Eva Knightley.

Mens-moi à l'oreille

Un podcast de Ben Owens

Épisode 6 – « Nina »

Lorsque je l'ai contactée pour la première fois, Nina Garcia a hésité à me parler.

Nina : *Je sais pas. Ça fait bizarre.*

Ben : *Bizarre ?*

Nina : *Oui, vous savez... Cette affaire a déjà fait couler beaucoup d'encre. Tout le monde sait que Lucy...*

Ben : *Tout le monde sait que Lucy... ?*

Nina : *Hmm. Tout le monde pense que c'est Lucy la coupable. Mais j'en ai parlé à Emmett... Vous connaissez Emmett, n'est-ce pas ? Lucy, lui et moi, on était inséparables au lycée.*

Ben : *Oui, nous en avons parlé.*

Nina : *Il pensait que je devais le faire. Simplement, je me sens mal parce que je... Je ne connaissais même pas Savvy.*

Ben : *Vous êtes allées au lycée ensemble. Dans une petite ville.*

Nina : *Bien sûr, mais on n'avait pas pour habitude de... de traîner ensemble.*

Ben : *OK. Mais vous connaissiez bien Lucy. Ce podcast parle autant d'elle que de Savannah. Et j'ai entendu dire que vous connaissiez assez bien Matt ?*

Nina : *Un peu, je suppose. On a des relations amicales.*

Ben : *Pourquoi ne pas commencer par le début ? Comment était Lucy...*

Nina : *Je suis désolée, on pourrait s'arrêter une minute ?*

Ben : *Pourquoi ?*

Nina : *J'ai juste... J'ai besoin d'une minute.*

Nina était souvent nerveuse lors de nos entretiens, ce qui n'est pas inhabituel. Parler du meurtre d'une personne que l'on connaissait, même seulement de vue, est difficile. Je le sais parfaitement.

Mais lorsque j'ai commencé à réécouter ses interviews, j'ai trouvé quelques incohérences. Voici de nouveau Stephanie Gantz.

Ben : *J'ai trouvé cette photo de l'album de promotion. Ce sont Nina et Savannah ?*

Stephanie : *Oh oui, c'était en première, je crois ?*

Ben : *Elles siégeaient ensemble au conseil des élèves ?*

Stephanie : *Oui.*

Ben : *J'ai entendu dire qu'elles ne se connaissaient pas vraiment.*

Stephanie : *Je ne dirais pas ça. Elles n'étaient pas amies. Je crois qu'elles se sont disputées pour un garçon une fois, en seconde, il me semble ? Beurk. Je déteste ça, mais on était jeunes. Les effets du féminisme n'étaient pas encore aussi forts.*

Ben : *En effet. Et donc, elles ne s'aimaient pas ?*

Stephanie : *Ce n'était pas dramatique jusque-là, mais non, pas vraiment.*

Ben : *Jusque-là ?*

Stephanie : *Il y a eu tout un drame en première année de lycée.*

Ben : *Quel genre de drame ?*

Stephanie : *Juste... Comme je l'ai dit, il y avait un garçon. Je pense que Savvy... Je pense qu'elle a un peu fait sa garce avec Nina. Ça s'est calmé, et Savvy n'a plus du tout été comme ça ensuite, mais, vous savez, on avait quatorze ans.*

Ben : *Lucy était-elle au courant de cette histoire entre Nina et Savannah ?*

Stephanie : *Probablement. Nina était sa meilleure amie à l'époque.*

Ben : *Avez-vous trouvé bizarre que Lucy soit devenue aussi proche de Savannah par la suite ?*

Stephanie : *Non, nous étions toutes adultes à ce moment-là. Si vous gardez de la rancune pour des choses qui datent de votre adolescence, vous allez passer toute votre vie en colère, vous ne croyez pas ?*

Ben : *Savez-vous ce que Nina a ressenti ?*

Stephanie *: Euh... elle a peut-être dit quelque chose de malveillant à ce sujet.*

Ben *: Donc Nina gardait de la rancune pour des événements remontant à son adolescence ?*

Stéphanie *: Peut-être. Oui.*

39

Lucy

Il suffit de quelques heures pour que les recensions de mes trois livres soient inondées de commentaires qui me traitent de meurtrière. Maintenant, quand on fait défiler la page pour lire ce que les gens pensent de mes comédies romantiques légères, pleines de faux rendez-vous, la première chose qu'on lit, c'est : « Écrit par Lucy Chase, la femme qui a assassiné sa meilleure amie. »

Eh bien, voilà qui est regrettable.

Ben me jette un regard inquiet lorsque je quitte la maison de ma grand-mère après l'interview, mais je n'ai pas l'énergie de m'occuper de ce qu'il ressent pour l'instant. Car en fait, tout est sa faute.

Je m'imagine plusieurs fois en train de le faucher avec ma voiture. J'ai l'impression de mériter une récompense pour ne pas l'avoir fait.

Je me rends directement chez Nina. Je débarque à l'improviste, ce qui est un vrai coup de garce, d'autant plus qu'elle a des enfants, mais je n'en ai plus rien à foutre. Vraiment plus rien.

Elle ouvre la porte d'un air légitimement agacé. Voilà sa récompense pour m'avoir invitée. Il y a de vrais avantages à ne pas dire aux gens où vous vivez.

Elle est en survêtement, ses cheveux sont relevés en une queue-de-cheval désordonnée, dont s'échappe une énorme mèche. Elle appuie sa tête contre le chambranle de la porte, comme si le simple fait de se tenir debout exigeait trop d'efforts de sa part.

— J'ai eu une journée vraiment merdique, Lucy, lâche-t-elle.

« *Je sais que vous étiez les meilleures amies du monde au lycée, mais je te jure que cette femme est une vraie pétasse* », déclare Savvy dans ma tête. J'avais un peu essayé de défendre Nina, pour le coup. J'avais dit à Savvy que Nina pouvait se montrer distante, mais qu'elle était en fait très gentille.

— Eh bien, j'ai eu cinq années de merde, alors pourquoi ne pas m'accorder dix minutes ?

Elle soupire et jette un coup d'œil par-dessus son épaule, en direction de la télévision qui diffuse un dessin animé que regardent ses enfants. Elle sort sur le pas de la porte et referme derrière elle.

— Je ne donnerai pas d'autre interview à Ben, lâche-t-elle. Je lui ai dit non par texto il y a quelques heures.

— Un choix judicieux.

Elle me regarde.

— Qu'est-ce que c'est censé vouloir dire ?

— Ça veut dire que tu es sur le point de prendre ma place en tant que pute infidèle et menteuse soupçonnée de meurtre, donc rien de bon ne peut sortir d'une autre interview.

Elle pâlit et bégaie avant de pouvoir prononcer un mot.

— Tu ne penses quand même pas que j'ai tué Savvy ?

Non, mais je me contente de hausser les épaules.

— Le truc entre Matt et moi…

— Je m'en fiche.

— Je ne l'ai pas fait intentionnellement. C'est juste qu'il était toujours là et que mon ex et moi, on n'arrêtait pas de se disputer.

— Sérieusement, je m'en fiche. À l'époque, ça m'aurait blessée, mais je n'ai vraiment pas l'énergie nécessaire en ce moment. Je te conseillerais juste d'arrêter, compte tenu de ce qu'on vient d'entendre de la bouche de Julia.

Elle s'appuie contre le mur de la maison, l'air épuisée.

— Je ne savais pas. Ça n'a jamais été plus que du sexe entre Matt et moi, donc on ne se disputait jamais…, lâche-t-elle, la gorge nouée. Je suis une idiote.

— Bah, tu sais, moi, je suis allée jusqu'à l'épouser.

Elle ancre son regard dans le mien, puis détourne rapidement la tête. Elle veut répondre quelque chose à cela, mais se ravise manifestement.

Je me demande ce qu'elle a bien pu cacher d'autre.

— Tu as couché avec Colin ?

— Il y a une femme dans cette ville qui n'a pas couché avec Colin Dunn ? Même ta mère se l'est tapé.

— Mais il s'est passé quelque chose entre vous pendant qu'il sortait avec Savvy ?

— Non, avant, mais on sait toutes les deux que Colin et Savvy n'étaient pas exclusifs, nuance-t-elle en haussant un sourcil. Savvy allait voir ailleurs aussi, si je me souviens bien. C'est marrant de voir que le podcast oublie ça, comme par hasard.

Savvy apparaît sous le porche, la bouche ouverte pour simuler la colère, comme si elle se sentait insultée. « *Excuse-moi, tu cherches à insinuer que j'étais une catin ? Je t'ai dit que je n'ai jamais aimé cette salope.* » Mais j'ignore son intervention.

— Pourquoi es-tu allée voir Matt, le soir du mariage ?

— J'étais ivre. C'était stupide.

J'attends, mais elle ne développe pas.

« *Je n'aurais jamais couché avec ton mari, je précise,* intervient Savvy. *Parce que je suis une bonne amie, mais aussi parce que tu as des goûts horribles en matière d'hommes.* »

— Oh, tu peux parler !

Et je me rends compte, un peu tard, que j'ai protesté à haute voix.

Nina se fige, avant de regarder lentement par-dessus son épaule, vers le point où se tient mon amie imaginaire.

— Est-ce que… ça va ? demande-t-elle avec hésitation.

Je rougis.

— Parfaitement bien. Qu'est-ce que ton stupide cerveau ivre voulait à Matt cette nuit-là ?

Elle se passe une main dans les cheveux et soupire.

— Je… je savais que vous étiez tous les deux au mariage, ce soir-là, et j'ai décidé d'aller vous faire une scène, histoire que tu saches qu'on couchait ensemble, Matt et moi. Il parlait beaucoup de te quitter, et je voulais lui forcer la main. Donc je suis allée près de chez vous et j'ai attendu.

— Qu'est-ce qui s'est passé quand il est arrivé ?

— Je lui ai demandé où tu étais, et il s'est mis à me crier dessus, en me disant de rentrer chez moi. Il m'a à peine laissée en placer une.

— Donc il était bouleversé ? Ou en colère ?

— Oui. Je me suis dit qu'il avait compris mon intention, à me voir attendre devant sa maison comme ça. J'ai commencé à m'excuser et je suis partie.

— Est-ce qu'il était… je ne sais pas, débraillé ? Sale ?

Elle recule d'un pas, la main posée sur la poignée de la porte, prête à couper court à la conversation.

— Matt n'a pas tué Savvy. Je le connais. Il ne l'a pas tuée.

Je hausse un sourcil.

— Tu le connais si bien que tu ne t'es pas rendu compte qu'il battait sa femme ?

Son visage se durcit. Elle ne répond rien. J'insiste.

— Pourquoi tout le monde s'empresse de prendre la défense de Matt, alors que la ville entière m'a immédiatement jugée coupable de meurtre ?

— *Primo,* Matt n'était pas couvert du sang de Savvy. Et *secundo,* je t'ai défendue, sur ce podcast.

— Je sais. Et je pensais que c'était parce qu'on avait été amies, mais je pense maintenant que c'est plutôt parce que tu te sentais coupable de coucher avec Matt. Je me trompe ?

— Va te faire foutre, Lucy.

Elle rentre chez elle en claquant la porte.

40

Lucy

Que Paige nous ait découverts au lit ensemble ne semble pas avoir eu d'effet sur Ben, car il m'a de nouveau invitée ce soir, et j'ai cessé de faire semblant concernant la pertinence de mes choix. Je cherche son assistante du regard en arrivant dans sa chambre d'hôtel. Nous sommes seuls.

— J'ai repris la clé que j'avais donnée à Paige, m'annonce-t-il en entrant dans la cuisine.

Deux tasses avec des glaçons attendent sur le comptoir qu'il nous serve un verre.

— Comme ça, elle est sûre qu'on couche toujours ensemble, tu en es bien conscient ?

— Je suis au courant. Paige n'a pas voix au chapitre concernant ma vie amoureuse.

— Ben, je ne pense pas qu'« amoureuse » soit le mot qui convienne.

Il s'immobilise, la bouteille de whisky en suspens au-dessus d'un verre, un sourcil levé à mon intention.

— Le problème est réglé avec les livres ? Tes livres, j'entends ?

— Soit ça va booster les ventes, soit ce sera la fin définitive de ma carrière. Je suis tellement impatiente de le découvrir !

Il grimace, mais ne s'excuse pas.

Si j'avais un peu de respect envers moi-même, je partirais. Je ne coucherais pas avec l'homme qui utilise ma vie et le meurtre de mon amie pour se faire de l'argent avec la publicité sur son podcast.

Je manque apparemment d'amour-propre, car je gagne le salon et m'assieds sur le canapé. Il y a des papiers et un ordinateur portable sur la table.

Mon propre nom attire mon attention et je me penche pour tourner la feuille afin de réussir à lire. C'est la structure d'un épisode. Le nom de ma mère y figure, ainsi que celui de Nina. Ben a écrit quelques lignes sur ce qu'il a l'intention de dire, d'une écriture claire et soignée. L'une d'entre elles attire mon regard.

« Lucy n'avait probablement pas l'intention de tuer Savvy et, d'après moi, le choc de ce qu'elle a fait a provoqué une dépression nerveuse qui a complètement effacé le souvenir. »

Je lève les yeux. Ben se tient debout au-dessus de moi, me tendant le verre de whisky.

— Tu penses que je l'ai fait.

Ce n'était pas une question.

Son regard va et vient entre la feuille et moi. Je n'arrive pas à déterminer s'il voulait que je la voie. D'habitude, il ne laisse rien traîner quand je suis là.

— Ce n'est qu'une fin possible parmi d'autres, dit-il.

Le verre est lourd. Ça ne le tuerait pas si je le lui écrasais sur la tête, mais ça lui ferait un mal de chien.

J'écarte le papier, pour voir ceux qui se trouvent dessous. Il a dit la vérité : ce n'est qu'une des fins possibles. Il a écrit des notes préparatoires, dans lesquelles c'est Matt qui l'a tuée, et une où il n'y a pas de résolution claire. Mais seule la mienne est détaillée. Pour les autres, il n'y a que deux ou trois lignes. La version de l'histoire où je suis coupable s'étend sur une page entière.

— Tu penses que c'est moi la coupable, répété-je. Je ne sais pas pourquoi je suis déçue. Je n'ai pourtant jamais pensé qu'il était de mon côté.

Ou peut-être est-ce un mensonge.

Il s'assied dans le fauteuil en face de la table et se penche pour poser son verre.

— Je n'ai pas tiré de conclusions définitives.

— Ben…

— J'y travaille encore, dit-il avant de s'interrompre brièvement.

Puis :

— C'était la fin que je prévoyais au départ, avant que tu viennes et que tu acceptes de me parler.

Je bois une longue gorgée. Le whisky m'enflamme la gorge. Je repose mon verre sur la table avec trop de force, si bien qu'un peu de liquide éclabousse le futur que me concocte le podcast, maculant ses lettres parfaites.

— Et tu as changé d'avis maintenant ?

Il hésite.

— Je n'avais pas d'idée précise avant. C'est encore plus confus maintenant.

C'est sans doute vraiment tout ce que je peux espérer à ce stade.

— Tu ne me dis pas la vérité sur tout, réplique-t-il en haussant un sourcil. On le sait tous les deux.

Je le dévisage car il n'a pas tort. Peut-être que je ne lui reproche pas de douter de moi.

— Et pas seulement à propos de ton mariage avec Matt, ajoute-t-il. Il y a d'autres zones d'ombre. Ton interview est diffusée demain. Je ne veux pas te croire coupable, Lucy, mais j'ai encore des questions auxquelles tu sembles ne pas vouloir ou ne pas pouvoir répondre.

J'incline la tête pour le regarder boire une gorgée. Le silence se prolonge entre nous et prouve le bien-fondé de son opinion : oui, je refuse de répondre à ses questions. Une personne moins coupable s'empresserait de clarifier les choses.

— S'il y a, selon toi, une chance que je l'aie fait, tu n'as pas peur que je te tue aussi ?

Une étincelle pétille dans ses yeux.

— Pas vraiment, non.

— Pas vraiment ?

Je vide mon verre, ce qui est une très mauvaise idée. Aucun de nous deux n'a besoin d'être ivre en ce moment. Et certainement pas moi.

— Ça ne fait pas partie du podcast, ça ? Tu vas le terminer en racontant à tout le monde qu'on a couché ensemble ?

— Mon Dieu, non, ça me ferait passer pour quelqu'un d'affreux.

— Oh, ça te ferait passer, *toi*, pour quelqu'un d'affreux.

Je pars dans un petit rire dénué d'humour.

— Et je ne te ferais jamais une chose pareille, ajoute-t-il avec un accent de sincérité.

Pourtant, je ne suis toujours pas sûre de le croire.

Il y a un couteau sur le comptoir, avec lequel il a tranché des citrons verts. Je m'imagine l'attraper et le lui planter en pleine poitrine. *Paf et repaf*.

« *Putain,* L'Exorciste *tout craché !* » jubile Savvy.

La lampe dans le coin est assez lourde pour lui endommager le crâne. Le stylo qui se trouve près de mes doigts pourrait probablement lui transpercer la gorge, si j'y mettais un peu de force.

Ou je pourrais simplement lui coller un oreiller sur la tête pendant qu'il dort ce soir.

« *La barbe* », chantonne Savvy.

— Lucy, fait Ben qui se penche pour m'examiner. À quoi tu penses quand tu fais ça ?

Je ne tourne pas autour du pot.

— Je m'imagine en train de te tuer, asséné-je.

Mens-moi à l'oreille

Un podcast de Ben Owens

Épisode 7 – « La vérité sur Lucy »

La première fois que j'ai rencontré Lucy Chase, c'était au *diner* de Plumpton. Je l'attendais. Elle était manifestement surprise de me voir.

C'était sa grand-mère qui avait organisé cette rencontre. J'avais proposé d'aller chez elle, de laisser Lucy nous y rejoindre, mais elle a affirmé que le *diner* serait préférable.

Beverly : *Ne lui tendons pas d'embuscade chez moi. Le* diner *est un lieu public, elle aura la possibilité de vous envoyer balader et de retourner dans sa voiture, si elle le souhaite.*

Elle ne l'a pas fait. En fait, elle s'est approchée, s'est assise et a été… eh bien, je ne dirais pas tout à fait « amicale », mais elle n'a pas été hostile, contrairement à ce à quoi je m'attendais.

J'étais nerveux je pense qu'elle l'a compris. Je ne pensais pas que ce serait le cas, mais quand elle est entrée dans le restaurant, elle n'était tout simplement pas la femme que j'avais imaginée.

Elle n'a pratiquement pas changé par rapport aux photos. Ses traits sont un peu plus marqués maintenant, et elle sourit plus que ne le laissent supposer toutes les images qui circulent en ligne, mais je l'ai facilement reconnue.

Ce que je n'avais pas prévu, c'est sa présence. Elle est grande, et elle sait que tout le monde la regarde quand elle entre dans une pièce. C'est ainsi qu'elle s'est avancée dans le restaurant. Comme si elle devinait que les gens allaient la dévisager et qu'elle s'en moquait.

Je ne sais pas si elle se soucie vraiment du fait que les gens la dévisagent. J'imagine que ça a toujours été le cas, compte tenu de son physique, mais c'est certainement différent aujourd'hui.

Il est difficile de savoir ce que Lucy en pense – et c'est vrai sur tous les sujets, d'ailleurs –, parce qu'elle est extrêmement sur ses gardes. Elle met souvent quelques secondes à répondre aux questions, comme si elle répétait d'abord ce qu'elle va dire dans sa tête.

Elle n'a jamais donné la moindre interview. Elle n'a pas parlé à la presse aussitôt après la mort de Savannah, et encore moins après que les habitants de Plumpton ont commencé à lui imputer le meurtre. Je sais de source sûre que de nombreux journalistes l'ont contactée au cours des cinq dernières années, dans l'espoir de faire un article sur Savannah et elle, et sa réponse a toujours été non. Ou bien tout simplement le silence. Je l'ai contactée à plusieurs reprises, pendant des mois, sans rien obtenir.

Je ne sais pas pourquoi elle a changé d'avis. Beverly considère que c'est simplement parce qu'elle le lui a demandé.

Mais nous y voilà. La version des faits selon Lucy Chase, pour la première fois.

Ben : *Vous avez l'air très méfiante.*

Lucy : *Je pense que mon visage ne fait que montrer ce que vous m'inspirez, Ben.*

Je tiens à préciser ici que Lucy est extrêmement sarcastique et semble parfois vous envoyer paître, même lorsqu'il s'agit de sujets sérieux.

Mais ce qu'elle vient de dire est vrai : elle s'est toujours méfiée de moi.

De tout le monde, je pense, mais surtout de moi.

Ben : *Vous êtes de retour à Plumpton depuis quoi ? Une semaine ?*

Lucy : *Oui.*

Ben : *Comment cela se passe-t-il ?*

Lucy : *C'est un cauchemar.*

Ben : *Pourquoi ?*

Lucy : *Il fait chaud. Et tout le monde ici pense que j'ai tué mon amie. En fait, je crois que tout le monde, partout, pense que j'ai tué Savvy maintenant, mais ici les gens me reconnaissent dans la rue.*

Ben : *Pouvez-vous nous parler de cette fameuse journée ? De tout ce que vous vous rappelez ?*

Lucy : *OK. C'était un samedi, et je me suis réveillée tôt parce que Matt était de mauvaise humeur. Il tapait du pied et faisait un boucan d'enfer.*

Ben : *Vous souvenez-vous de ce qui l'avait mis en colère ?*

Lucy : *Non. Probablement quelque chose d'anodin. Matt était toujours en colère contre quelque chose.*

Ben : *Vous êtes-vous disputés ?*

Lucy : *Pas vraiment, non. Matt et moi ne nous entendions plus trop à ce moment-là, si bien qu'il y avait toujours une hostilité latente entre nous. Mais nous ne nous sommes pas crié dessus ce jour-là.*

Quoi qu'il en soit, je n'ai pas fait grand-chose avant le mariage. J'ai juste traîné, regardé la télé, rangé un peu la maison. Et puis nous sommes partis pour la fête vers 17 heures. Et c'est tout. Ce sont les seuls souvenirs qui me restent de ce soir-là.

Ben : *D'après Colin, vous avez d'abord affirmé avoir un souvenir de votre arrivée et de votre entrée dans la salle de réception, mais vous vous seriez ensuite rendu compte que c'était faux.*

Lucy : *J'ai créé un souvenir à partir d'informations que d'autres personnes m'ont communiquées.*

Ben : *Cela s'est-il reproduit depuis ?*

Lucy : *Non. C'est justement la raison pour laquelle j'ai arrêté d'essayer de me rappeler.*

Ben : *Vous avez arrêté ?*

Lucy : *Oui. Je ne peux pas faire confiance à ma mémoire, apparemment.*

Ben : *Quel est le premier souvenir qui vous revient, après être partie pour le mariage avec Matt ?*

Lucy : *Je marchais sur le bord de la route. Un gars dans un pick-up me demandait si j'allais bien.*

Ben : *Où alliez-vous ? Vous le savez ?*

Lucy : *Je pensais que j'allais retrouver Savvy près de sa voiture, il me semble. Je me souviens d'avoir regardé le type et de m'être dit : « De quoi il parle ? Je vais juste à la voiture de Savvy. »*

Ben : *Étiez-vous consciente d'avoir du sang sur vous ?*

Lucy : *Je croyais que c'était de la terre. Je n'arrêtais pas de m'examiner et de me demander pourquoi j'étais aussi sale.*

Ben : *Quelle a été votre réaction quand on vous a dit que c'était le sang de Savannah ?*

Lucy : *Je suis devenue hystérique. On a dû m'endormir.*

Ben : *Saviez-vous qu'elle était morte à ce moment-là ?*

Lucy : *Je crois qu'on me l'a dit, mais ça ne collait pas. Je ne les croyais pas.*

Ben : *À cause du traumatisme crânien ou...*

Lucy : *Ça n'avait pas de sens. Pour moi, je venais juste de quitter la maison avec Matt. J'avais l'impression que ça faisait cinq minutes, pas douze heures.*

Ben : *La police est venue vous interroger tout de suite ?*

Lucy : *Il s'est écoulé quelques heures. En fait, ils ont voulu me poser des questions sur la route, mais ce que je disais n'avait aucun sens. Je n'arrêtais pas de répéter : « Où est Savvy ? Où est Savvy ? » Ce qui, je l'ai toujours pensé...*

Ben : *Vous avez toujours pensé que... ?*

Lucy : *Eh bien, à ce moment-là, je n'étais pas encore tout à fait consciente de l'endroit où je me trouvais ni de ce que je faisais, à cause du coup que j'avais reçu à la tête. Si je l'avais tuée, pourquoi j'aurais demandé où elle se trouvait ? Je n'aurais pas plutôt dit quelque chose comme « Je l'ai blessée » ou « Je suis désolée » ? Puisque je n'étais pas totalement consciente ? Quelque chose qui indique ce que j'avais fait ? Je ne sais pas. Peut-être que c'est juste un truc que je me répète pour me sentir mieux.*

Ben : *Pour vous sentir mieux, c'est-à-dire pour vous convaincre que vous ne l'avez pas tuée ?*

Lucy : *Oui.*

Ben : *Parce que vous n'en êtes pas sûre ?*

Lucy : *Je ne peux pas en être sûre. Je ne me souviens pas de cette nuit-là. Je sais que j'aimais Savvy et je ne peux pas m'imaginer lui faire du mal, mais tout le monde est tellement convaincu que c'est moi qui l'ai fait... Il est difficile de ne pas en venir à se dire : « Et si j'avais pété un plomb ? Et si j'avais eu une crise psychotique ? » Est-ce que les gens s'en rendent compte quand ils ont une crise psychotique ?*

Ben : *Je… ne sais pas.*

Lucy : *C'était une question rhétorique, Ben.*

[Rires.]

Ben : *Comment expliquez-vous les griffures sur votre bras et votre peau sous les ongles de Savannah ? Les bleus chez elle qui correspondent à la forme de vos doigts ?*

Lucy : *J'en suis incapable. Je ne me rappelle pas.*

Ben : *Aviez-vous déjà eu une altercation violente auparavant, toutes les deux ?*

Lucy : *Bien sûr que non.*

Ben : *Mais vous en aviez déjà eu une. Avec Ross. Cela vous était-il déjà arrivé avec quelqu'un d'autre ?*

Lucy : *Non, juste avec lui. Et je continue à maintenir qu'il l'avait mérité.*

Ben : *Et Savannah ? Savez-vous si elle s'était déjà battue ou si elle avait déjà eu une altercation d'une sorte ou d'une autre ?*

Lucy : *Pas que je sache. Je ne peux pas vraiment l'imaginer, honnêtement. Savvy était quelqu'un de très gentil et réfléchi. Je veux dire, vous l'avez entendu de la bouche de beaucoup de gens dans ce podcast. Tout le monde l'aimait. Elle n'aurait jamais pu faire de mal à qui que ce soit.*

41
Lucy

Ben n'a pas l'air particulièrement inquiet à l'idée que je le tue.

Ni surpris, en fait.

Il penche la tête, son visage ne trahit rien.

— Tu t'imagines en train de me tuer.

C'est moins une question qu'une répétition tranquille de ce que je viens de dire.

— Je fais ça en permanence.

Je ne sais pas pourquoi j'ai décidé de confier tous mes secrets à la pire personne pour ça, mais allons-y. Il a dit qu'il voulait entendre la vérité de ma bouche. En voilà une.

— Avec tout le monde. Je m'imagine en train de tuer des tas de gens.

— Comme…

Il se décale, puis s'arrête, et je vois son regard se porter brièvement sur le sac près de la porte, où se trouve le microphone. Il va me demander s'il peut enregistrer.

Mais non. Il est suffisamment malin pour deviner quand la réponse sera négative.

— Comme des pensées intrusives, dis-je. Je ne peux pas les étouffer. Je choisis une arme et je m'imagine en train de tuer des gens.

— Tu choisis une arme, répète-t-il lentement.

— Ce qui se trouve à proximité de la personne. Je suis assez créative.

Ses lèvres frémissent. Amusement ou peur ? Je ne sais pas lequel des deux je préfère lui inspirer.

— Quelle arme tu as choisie ici ?

— Le verre, pour commencer, dis-je en le désignant. Mais ça ne te tuerait pas. Ensuite, le couteau, ajouté-je en touchant ma propre gorge. Puis la lampe.

— La lampe ?

— Je te frapperais à la tête avec.

— Je pense qu'elle est trop lourde pour que tu aies assez d'élan.

— Je ne suis pas toujours réaliste.

— En effet.

— Et je me vois en train de t'étouffer avec un oreiller. Plus tard. Quand tu seras endormi.

Son expression neutre se fissure à ce moment-là. Il inspire lentement.

— Ça, c'est réaliste, fait-il d'une voix tendue.

— Peut-être pas. Tu pourrais te réveiller et te débattre.

Il hausse un sourcil.

— Peut-être.

— Cela dépend du temps qu'il te faudrait pour te réveiller, dis-je.

— Et de ta force.

Il me fixe d'un regard que je n'arrive pas à identifier, jusqu'à ce qu'il se déplace légèrement sur sa chaise, et je le vois. Il est excité.

Je me lève et me dirige vers lui. Remontant ma robe, je m'installe sur ses genoux, à califourchon. Les deux mains autour de son cou.

— Ou je pourrais t'étrangler tout de suite.

Il croise mon regard, le souffle court.

Je retire une main de son cou pour ouvrir son pantalon. J'écarte mes sous-vêtements sur le côté. Il aspire une bouffée d'air lorsque je soulève mes hanches, puis les abaisse pour qu'il se glisse en moi.

Je passe de nouveau les deux mains autour de son cou, en serrant plus fort cette fois.

Je me rapproche, pour poser les lèvres sur son oreille.

— Vu que tu as repris sa clé à Paige, combien de temps il faudrait pour qu'on découvre ton corps, à ton avis ?

Il émet un bruit étranglé. Je m'agrippe plus fort, frottant mes hanches contre les siennes.

— Ce serait une bonne fin, tu ne penses pas ? Le podcasteur se fait assassiner par la femme que tout le monde pensait sur le point d'être disculpée par son émission ? Tu resterais dans les mémoires pour toujours. Le gars qui a résolu l'affaire, mais qui s'est fait tuer pendant qu'il baisait la meurtrière.

Je m'incline en arrière pour le regarder. Il a le menton relevé, le visage rouge.

« *Serre plus fort, plus fort !* » m'encourage Savvy.

Le corps de Ben tressaute, un autre bruit étranglé s'échappe de sa gorge. Il ne bouge plus.

Je lâche lentement mon étreinte.

Il laisse échapper un souffle. Son regard ne quitte pas le plafond pendant plusieurs secondes au cours desquelles il respire bruyamment.

Il croise enfin mon regard, le visage encore écarlate.

Je me penche vers lui pour ajouter, mes lèvres frôlant les siennes :

— Peut-être que je te tuerai plus tard dans la soirée.

Il sourit.

42
Lucy

Maman est assise à la table de la cuisine quand je descends le lendemain soir. Sa béquille est appuyée contre le mur, à côté d'elle. Le soleil filtre par la porte de derrière, mais elle n'a pas allumé de lumière, il fait donc sombre dans la cuisine, éclairée seulement par l'écran de son téléphone. Elle a le regard baissé et la voix de Ben s'échappe de l'appareil, atténuée.

Elle lève les yeux vers moi et met rapidement le podcast en pause. J'attrape mon sac à main sur le crochet de la porte.

— Où tu vas tous les soirs ? demande-t-elle.

— Tu n'as pas envie de le savoir.

Elle pince les lèvres et réfléchit un instant. Puis acquiesce.

— Tu as vraiment publié trois livres sans me le dire ? demande-t-elle.

— Tu n'as jamais été douée pour garder les secrets.

Elle laisse échapper un petit rire bruyant, censé signifier qu'elle n'est pas d'accord, je pense.

— Tu ne les aimerais pas de toute façon.

— Pourquoi ?

— Tu es snob, sur le plan littéraire. Mes romans, ça n'est pas de la grande littérature.

Elle renifle.

— Je ne lis presque plus, mais quand j'en trouve le temps je préfère la bonne littérature. Il n'y a rien de mal à cela.

— Je n'ai jamais dit le contraire.

J'en brûle d'envie pourtant. Elle me considère d'un air suspicieux, comme si elle s'en doutait.

— Tu l'as écouté, l'épisode sur Nina ? demande-t-elle.

— Oui.

— Tu ne peux pas lui faire ça, la pauvre.

Sa voix s'éraille un peu.

— Je ne lui fais rien, perso. Ben ne me consulte pas sur ce qu'il met dans son podcast.

C'est un mensonge, mais effectivement il ne me consulte pas concernant Nina.

— Il insinue que c'est elle qui a fait le coup.

— Il a laissé entendre que beaucoup de gens l'avaient fait. C'est irresponsable, mais le cas de Nina n'a rien de spécial.

— Matt le méritait.

La dureté du ton de Maman me touche un peu, en fait. Je ne m'étais pas rendu compte qu'elle se préoccupait de mon sort.

— Ton père et moi... on l'a peut-être mérité aussi. Et Colin est trop débile pour s'en soucier.

— Je suis bien d'accord.

— Mais Nina ne mérite pas que sa vie soit mise en péril. Même si elle n'aimait pas Savvy. La fille dont ils parlent dans ce podcast ne ressemble pas du tout à celle de la réalité. Dans les faits, elle n'était pas si gentille.

Je ne réplique rien, parce que c'est vrai. Savvy était souvent gentille, mais pas toujours. Et certainement pas au lycée.

— Nina a deux enfants. Un petit ami qui est nettement mieux que son ex-mari, parce que celui-là, c'était un vrai trou du cul, si tu veux mon avis. Elle ne mérite pas ça.

— Moi, si, en revanche ?

Son regard se porte sur le mien. Elle n'a pas besoin de répondre à cette question.

— Je ne peux pas empêcher Ben de dire toutes les conneries qui lui passent par la tête dans son podcast. Mais attends un épisode ou deux. Il va probablement finir par dire qu'il pense que c'est moi la coupable.

Elle hausse les sourcils.

— Quoi ?

— Il a rédigé toute une fin résumant sa théorie sur la façon dont je l'ai tuée. C'est juste une... Je ne sais pas. Il explore l'histoire selon tous les angles. Ou il essaie juste de soutirer le plus d'argent possible aux annonceurs.

— Mais là, il désigne Nina quand même ?

Elle a l'air furieuse.

— C'est une joie pour moi de constater que c'est la partie qui te dérange, répliqué-je sèchement.

— Oh, Lucy, arrête un peu ! s'exclame-t-elle, ce qui me fait tiquer. Il a des preuves tangibles ?

Mon cœur se serre pendant que j'envisage cette éventualité. Est-ce qu'il me l'aurait dit, si c'était le cas ? J'en doute.

— Je n'ai pas... Je n'en ai aucune idée. Je ne vois pas comment il pourrait.

Elle relâche sa respiration.

— D'accord. Bien. C'est tout ce qui compte. Ils ne peuvent pas t'inculper à moins qu'il ne découvre quelque chose de nouveau.

J'ouvre la bouche pour lui demander pourquoi elle a toujours été convaincue que c'était moi. Je n'ai pas posé la question depuis des années, et quand je l'ai fait c'était dans un cri plein d'amertume, alors peut-être que ça ne compte pas. Je ne m'attendais pas vraiment à une réponse à l'époque.

Mais je me tais. Je n'en veux pas davantage maintenant. Je ne veux pas savoir si elle a juste une mauvaise opinion de moi ou si elle sait vraiment quelque chose. Rien que d'y penser, j'ai envie de vomir.

Je me détourne et quitte précipitamment la maison.

Mens-moi à l'oreille

Un podcast de Ben Owens

Épisode 7 – « La vérité sur Lucy »

Ben : *Matt et Mme Harper ont déclaré que votre père était extrêmement protecteur à votre égard, juste après la mort de Savannah. Il ne laissait personne vous parler sans être présent à vos côtés. Est-ce exact ?*

Lucy : *Oui. Il ne voulait pas quitter la pièce, même si je le lui demandais.*

Ben : *Savez-vous pourquoi ?*

Lucy : *Oui. Il pensait que j'avais tué Savvy. Il essayait de me protéger, je suppose.*

Ben : *Il vous l'a dit ouvertement ? Qu'il vous pensait coupable du meurtre de Savvy ?*

Lucy : *Pas en ces termes, mais il était évident que c'était son opinion. Il a dit… Laissez-moi me rappeler ses propos exacts. Il a dit : « Je n'ai pas besoin de savoir ce qui s'est passé, sache simplement que je suis de ton côté. » Et il a dit aussi : « Si tu te souviens soudain de quelque chose, ne dis rien à personne avant de m'en avoir parlé. »*

Ben : *Quelle a été votre réaction ?*

Lucy : *J'étais perdue et, honnêtement, un peu dévastée. Je ne comprenais pas pourquoi il me pensait capable de tuer quelqu'un, et encore moins Savvy. D'un côté, c'était chouette que sa première réaction soit de me protéger, mais d'un autre, pourquoi n'était-ce pas l'incrédulité ? Pourquoi ne m'a-t-il pas dit plutôt : « Je sais que tu ne pourrais jamais faire un truc pareil. Je sais que tu n'en es pas capable. » Aucun de mes parents ne m'a tenu ce genre de propos.*

Ben : *Êtes-vous au courant de ce qu'a dit Ivy ? Comme quoi, quelques jours après la mort de Savannah, votre mère s'est comportée comme si elle savait ce qui s'était passé ? À l'en croire, elle aurait affirmé qu'elle allait arranger les choses.*

Lucy : *Je l'ignorais jusqu'à ce que j'écoute son interview.*

Ben : *Donc, vous ne savez pas pourquoi elle a dit ça ?*

Lucy : *Si elle sait quelque chose, elle ne m'en a pas informée.*

Ben : *Et Matt ? Comment s'est-il comporté après votre retour à la maison ?*

Lucy : *Il agissait comme s'il avait peur de moi. Il m'a demandé de retourner chez mes parents.*

Ben : *Vous pouvez préciser ? Comment s'est manifestée sa peur ?*

Lucy : *Il ne voulait pas s'approcher de moi. Je me souviens qu'il s'est planté près de la porte, un air suppliant au fond des yeux. Il avait l'air vraiment effrayé.*

Ben : *Donc, votre mari et vos parents ont immédiatement pensé que vous aviez tué Savannah ?*

Lucy : *Ils ne l'ont jamais dit franchement, mais oui.*

Ben : *Qu'est-ce que cela vous a fait ? Sur le plan émotionnel, je veux dire.*

Lucy : *Cela n'a certainement pas aidé.*

Ben : *Pouvez-vous développer ?*

Lucy : *Qu'est-ce que vous voulez que je vous dise, Ben ? C'était vraiment merdique, comme sensation.*

Ben : *Pensez-vous que cela ait affecté votre mémoire ?*

Lucy : *Comment ça ?*

Ben : *Colin a dit que vous vous êtes refermée quand il est venu vous parler, après que vous aviez créé le faux souvenir et qu'il l'avait corrigé. Vous auriez cessé d'essayer de vous rappeler les événements après cet épisode.*

Lucy : *Je n'ai pas cessé...*

Ben : *Avez-vous suivi une espèce de thérapie de récupération de la mémoire ?*

Lucy : *Non. Ces méthodes sont controversées et peuvent engendrer de faux souvenirs. J'en créais déjà. Je n'avais pas besoin d'en avoir davantage.*

Ben : *Avez-vous cherché activement à vous souvenir de ce qui s'est passé juste après le meurtre ?*

Lucy : *C'est-à-dire ? J'ai suivi une thérapie. J'ai beaucoup parlé de Savvy avec ma thérapeute. Je pense que quelque chose se présenterait si je devais me souvenir.*

Ben : *Pensez-vous possible que votre amnésie persiste en partie parce que vous ne voulez pas vous rappeler ?*

Lucy : *Non, je pense que c'est le traumatisme crânien.*

Ben : *Mais toutes les heures qui ont précédé le traumatisme crânien ? Est-il possible que vous ne vous en souveniez pas à cause du choc causé par vos parents et votre mari, quand vous avez constaté qu'ils vous jugeaient sur-le-champ coupable ?*

Lucy : *Putain, je ne sais pas. Demandez à un thérapeute.*

Ben : *Je l'ai fait. La femme que j'ai interrogée m'a dit que c'était possible.*

Lucy : *Eh bien, voilà. Merci, Matt. Et Maman et Papa.*

Ben : *Vous voulez savoir ?*

Lucy : *Si j'ai tué Savvy ? Bien sûr que oui.*

Ben : *Vous êtes sûre ?*

Lucy : *Oui !*

Ben : *Êtes-vous retournée à l'un des endroits où vous avez vu Savannah ce jour-là ? Votre ancienne maison ? Le lieu du mariage ? Vous et moi sommes allés là où son corps a été découvert, près de Byrd Estate, et cela a été très traumatisant pour vous.*

Lucy : *Non, je ne suis pas retournée ailleurs. Je ne suis pas entrée dans mon ancienne maison, mais il est certain qu'elle a un aspect différent maintenant. Pareil pour le lieu du mariage. Ils le décorent différemment à chaque cérémonie.*

Ben : *Pourtant... vous n'auriez pas dû y aller pour vous rafraîchir la mémoire ?*

Lucy : *Si.*

Ben : *Si ?*

Lucy : *Il est évident que j'aurais dû. Je ne sais pas pourquoi je ne l'ai pas fait.*

Ben : *Pourquoi êtes-vous allée dans les bois où elle a été retrouvée ?*

Lucy : *Ma mère m'y a obligée.*

Ben : *Mais nulle part ailleurs ?*

Lucy : *On a parlé d'aller sur le lieu du mariage, mais... Je crois que j'ai objecté la même chose à l'époque. L'endroit avait dû être aménagé différemment pour un nouveau mariage.*

Ben : *Serait-il exact d'affirmer que vous avez cessé d'essayer de vous remémorer ? Qu'en fait vous n'avez jamais vraiment essayé de vous remémorer ce qui s'est passé cette nuit-là ?*

Lucy : *Non, « jamais » n'est pas le mot exact. J'ai vraiment essayé à fond les deux premiers jours.*

Ben : *Mais après ?*

Lucy : *Je crois que j'ai arrêté d'essayer, oui. Mais pas parce que je ne voulais pas savoir ! Parce que je me disais que si je n'y pensais pas, ça finirait par me revenir tout seul. C'est ce qu'on est censé faire quand on a un trou de mémoire, non ?*

43
Lucy

— Prends ton putain de micro et retrouve-moi dehors.

— Oh, bonjour, Lucy, quel plaisir d'avoir de tes nouvelles ! me répond Ben à l'autre bout de la ligne.

Je mets le téléphone contre mon autre oreille et je ferme la porte de ma chambre derrière moi.

— Prends-le. Je serai là dans dix minutes.

— D'accord. Pourquoi ?

— On va à cette saleté de salle des fêtes.

Ben me rejoint à la sortie de son hôtel et nous nous rendons à Byrd Estate. Je conduis lentement sur le chemin de terre sinueux qui y mène. Des arbres immenses, très vieux, ombragent la route et la maison historique se profile à l'horizon, avec une grande tente blanche dressée à l'arrière. Je n'arrive pas à imaginer quel genre de masochistes organisent un mariage en plein air au mois d'août.

Une femme vêtue d'un tailleur à la blancheur suspecte se précipite hors de la maison lorsque nous sortons de la voiture.

— Eh bien, bonjour ! dit-elle. Vous êtes mon rendez-vous de 17 h 30 ?

— Non.

Son sourire s'estompe, puis elle remarque Ben.

— Ben ! Quel plaisir de vous revoir !

— Bonjour, Trudy.

Il fait pivoter son sac sur son épaule, tenant son micro portable d'une main. La lumière est allumée : il enregistre.

— Pardon de débarquer à l'improviste.

— Oh, pas de problème. Que puis-je faire pour vous ?

— Cela vous dérange si Lucy et moi nous promenons un peu ? Nous voulons voir si un détail ravive sa mémoire.

Elle recule en entendant mon nom.

— Oh. Eh bien... absolument, si vous pensez que cela peut vous aider.

— Je me suis évanouie la dernière fois qu'on a tenté ce genre d'expérience, mais je ferai de mon mieux pour rester debout cette fois-ci.

Je m'efforce de paraître désinvolte, malgré ma voix qui tremble un peu.

Je ne pense pas que Trudy s'en rende compte, car elle se contente de froncer les sourcils.

— Vous faites donc la visite à vos risques et périls.

— Merci, Trudy, lâche Ben.

Elle regagne le bâtiment, non sans lancer un regard désapprobateur par-dessus son épaule.

— Tu peux me dire pourquoi tu tenais tant à venir ici aujourd'hui ? me demande-t-il une fois qu'elle est partie.

— Parce que tu as peut-être raison. Je suis très chagrinée de flatter ton ego déjà follement boursouflé, mais oui. Tu as raison de dire que je n'ai pas vraiment tenté de me souvenir. Alors nous y voilà.

— Je pense que mon ego est de taille moyenne.

— Ben, concentre-toi. Et nous savons tous les deux que ce n'est pas le cas.

Il lève les yeux au ciel.

— D'accord. Alors, qu'est-ce qu'on fait...

Il s'arrête alors qu'un pick-up remonte la route en grondant et se gare de l'autre côté du parking. Mon ex-mari en sort.

— J'ai convié Matt, au fait.

Je l'appelle en agitant la main. Il s'approche de nous à grandes enjambées.

— C'est quoi ce bordel, Lucy ? lance-t-il. Tu ne m'avais pas dit que ce crétin de podcasteur venait.

— Le crétin de podcasteur est en train d'enregistrer, je vous signale, annonce Ben en tendant le micro.

— Sans blague.

Matt s'arrête à côté de moi et m'effleure le bras. Je m'éloigne.

— Si ça peut vous rassurer, elle ne m'a pas non plus prévenu que vous veniez, l'informe Ben.

La remarque ne semble pas aider mon ex-mari à se sentir mieux.

— Il me faut quelqu'un qui était là pour m'indiquer ce qu'on a fait cette nuit-là. Sinon, on va errer sans but.

— Lucy, es-tu sûre... ? commence Matt d'une voix douce, avant de laisser sa phrase en suspens quand il pose les yeux sur le micro.

Il soupire en se passant une main dans les cheveux.

— D'accord, peu importe. Je vais vous guider.

Je suis sincère quand je le remercie.

— Merci, renchérit Ben en lui adressant un doigt d'honneur de sa main libre.

Matt lui rend son geste, puis se retourne pour désigner son pick-up.

— Je me suis garé là-bas. Comme Colin l'a dit, on est arrivés avant Savvy et lui, et on a discuté avec un couple sur le parking. C'étaient les Nelson.

— De quoi vous avez parlé ? demande Ben. Vous vous en souvenez ?

— Seulement parce que je l'ai déclaré à la police à l'époque. De tout et de rien : de la météo, de la chaleur qu'il faisait déjà pour un mois de mai. Juste quelques mots, et puis nous sommes tous partis dans cette direction, ajoute-t-il en tendant le doigt. C'était une réception en intérieur.

Il fait le tour de la bâtisse et nous le suivons jusqu'aux portes latérales, puis à l'intérieur de la pièce.

La salle est déserte, les chaises empilées dans un coin. Il y a un bar au fond. Mes sandales claquent sur le parquet.

— Ça vous rappelle quelque chose ? s'enquiert Ben.

— Seulement parce que j'ai assisté à d'autres mariages ici, avant cette nuit-là. Tu sais comment c'était organisé ? demandé-je à Matt.

— Comme un mariage ? Je ne sais pas. Le DJ était là-bas.

Il désigne l'autre bout de la salle, à l'opposé du bar.

— Je suis presque sûr que les tables étaient disposées sur les côtés... Des tables rondes, il me semble. On était assis...

Il pivote, puis montre le bar.

— Oh ! On était près du bar. Je m'en souviens parce que Colin a commenté le truc. Quelque chose comme : « Cool, ce sera facile d'accès. »

« Chouette ! Juste à côté du bar. Meilleure place de la salle. »

Je me fige. Je vois Colin, debout devant moi, dans son costume froissé, qui me montre le bar en souriant. Savvy, un verre de vin déjà à la main, se hausse sur la pointe des pieds et lui embrasse la joue.

Elle est splendide dans sa robe rose. Les fines bretelles dévoilent tous ses tatouages, et la jupe ondule autour de ses genoux quand elle marche. J'avais oublié à quoi ressemblait cette robe quand elle n'était pas maculée de sang et de terre.

Les photos de la scène de crime défilent dans mon esprit. La robe rose entortillée autour de ses jambes, maculée de crasse. Et puis, ce n'est plus la scène de crime, elle est juste devant moi. Je l'ai sous les yeux.

Mais, non, ce n'est pas possible, parce qu'il fait jour. Je n'ai jamais vu Savvy morte en plein jour.

Je ne pense pas.

— Lucy.

Une main se pose dans mon dos. Levant les yeux, je vois Matt, les sourcils froncés par l'inquiétude. Ben, debout en face de moi, semble prêt à me récupérer une nouvelle fois si je m'évanouis.

Je cligne des yeux et m'éloigne d'eux.

— Quoi d'autre ? On est surtout restés ici ?

— Je suis désolé, mais je n'ai plus qu'un souvenir flou de la plus grande partie de la réception. Toi et moi, on n'était pas vraiment ami-ami, ce jour-là, donc on a passé la majorité de la soirée séparément. Savvy ne m'aimait pas, et elle n'a jamais prétendu le contraire. Je ne peux pas vraiment lui en vouloir, je suppose.

Je le regarde, étonnée, mais son regard est braqué sur l'autre extrémité de la pièce.

— Savvy et toi êtes restées la plupart du temps ensemble, ce soir-là. Pas en permanence, cela dit. À un moment, j'ai regardé autour de moi et j'ai vu Savvy à la table, sans toi, puis j'ai regardé encore une fois, une demi-heure plus tard, et tu brillais toujours par ton absence.

— Je me rappelle que tu as dit ça à la police, dis-je avant de jeter un coup d'œil à Ben. Tu n'as jamais trouvé d'invités pour indiquer où j'étais ?

— Non. Personne ne se souvient de t'avoir vue dans un endroit qui sorte de l'ordinaire. Les toilettes sont par là, non ? demande-t-il en désignant l'autre côté de la salle. Allons y faire un tour.

Mon cœur bat frénétiquement alors que je le suis à travers la salle. Je respire lentement. Il n'y a aucune raison d'être nerveuse. Je marche dans une salle de mariage déserte.

Savvy est dans le couloir, vêtue de sa robe rose, un couteau ensanglanté à la main. Elle sourit et le brandit devant le visage de Matt qui passe à côté d'elle.

« *On utilise toujours ce qu'on a sous la main*, dit-elle. *Toujours prête, comme un scout ! Apporte ta propre arme du crime !* »

Je secoue la tête afin de faire disparaître l'image.

Nous tournons dans un couloir. Je m'arrête. Je regarde sur ma gauche.

Il y a une porte qui donne sur l'extérieur, la lumière du soleil brille par la petite fenêtre carrée, comme si elle nous appelait à elle.

— Je crois que je suis allée par là.

— Dehors ? s'étonne Ben. Pourquoi ? Tu détestes être dehors.

Je ris presque en me dirigeant vers la porte.

— Je sais. Mais je crois que je suis sortie quand même.

Je pousse la porte, et la lumière étincelante du soleil me fait plisser les yeux. Il n'y a pas grand-chose de ce côté-ci du bâtiment. Juste une benne à ordures, à l'autre extrémité, et ce qui ressemble aux restes d'un auvent cassé reposant contre la brique.

— Tu es sûre ? insiste Matt, qui se tient avec Ben dans l'embrasure de la porte. La zone fumeurs se trouve de l'autre côté.

Je fais un pas de plus. Il y a une petite alcôve, pour l'heure remplie de pots de peinture presque vides.

Je sens soudain la brique contre mon dos. J'inhale l'odeur de la peinture fraîche alors que des lèvres se pressent contre les miennes. L'une des bretelles de ma robe a glissé et une main se pose sur mon sein. Je l'embrasse de nouveau. C'est un homme. Je sens encore ses lèvres s'écraser sur les miennes.

— Lucy, dit Ben.

« Lucy », est intervenue Savvy d'un ton sec.

Je sursaute. Je me souviens de l'air sur ma poitrine lorsqu'il a déplacé sa main. J'avais remonté ma bretelle et elle, elle me contemplait avec une expression... de colère ? Était-elle furax ?

J'essaie de voir le gars. Je n'y arrive pas. Je sens son souffle sur mes lèvres. Ses hanches se frotter contre les miennes. Mais il n'y a qu'un espace blanc, un vide, quand j'essaie de voir son visage.

« Allons-y », a aboyé Savvy, avant de tourner les talons.

Et puis, plus rien. Je ne sais pas si j'ai dit au revoir au gars, quel qu'il soit. Je ne sais pas si j'ai suivi Savvy aussitôt qu'elle me l'a demandé. Peut-être que je suis restée et que j'ai couché avec cet homme mystérieux. Vu la façon dont il pressait ses hanches contre les miennes, on était peut-être sur la bonne voie.

Je regarde Matt.

— Quoi ? dit-il. Tu te rappelles pourquoi tu es venue ici ?

Une chose est sûre. Ce type n'était pas Matt.

Et il n'a pas pris la peine d'en informer qui que ce soit.

— Non. Je ne me rappelle pas.

Matt hausse un sourcil.

Il sait que je mens.

44
Lucy

Je raccompagne Ben à son hôtel et lui explique que je ne peux pas rester. J'ai dormi chez lui presque tous les soirs depuis une semaine, mais il ne discute pas quand j'avance que je suis épuisée et que je retourne chez mes parents. De toute façon, il veut probablement monter tout le contenu récupéré pour un épisode. Il avait l'air ravi de la tournure prise par les événements aujourd'hui.

Je traverse la ville jusqu'à mon ancienne maison. Matt ouvre la porte et sort sous le porche dès que je m'arrête devant, comme s'il m'attendait.

Bon sang ! Je déteste être aussi prévisible.

Je remonte l'allée. Matt tend les bras en direction de la maison, comme pour m'inviter à y entrer. Les volets sont ouverts aujourd'hui, la lumière à l'intérieur est chaude et accueillante.

— Tu tombes bien, dit-il. J'étais sur le point de nous commander à dîner.

Une petite partie de moi espérait que Matt avait peut-être tourné la page et arrêté de boire cette semaine, après la diffusion de l'épisode de Julia, mais le chariot de bar rempli est la première chose que je vois en entrant. Il se trouve toujours du même côté du salon, à droite de l'énorme canapé bleu sarcelle.

Canapé bleu sarcelle que j'ai acheté. Chariot de bar que j'ai acheté.

Je m'arrête pour balayer la pièce du regard. Il y a quelques nouveaux tableaux : des œuvres abstraites qui représentent des fleurs, ou des taches aléatoires de peinture bleue et jaune que je n'aime pas particulièrement, mais sinon, presque rien n'a changé. Un beau parquet sombre, de hauts plafonds, une cuisine blanche épurée à ma droite avec un énorme îlot au centre. J'ai toujours pensé que ces îlots de cuisine étaient la meilleure des inventions, et il se trouve que j'avais raison.

Cependant, c'est bizarre comme impression. Si je n'avais pas su que Matt s'était remarié, je ne l'aurais pas deviné en entrant ici. Julia n'a pas laissé beaucoup de traces de son passage. Ni même sur lui, peut-être.

— J'ai besoin d'un verre, déclaré-je, même si je sais que je ne devrais pas boire avec Matt.

Je devrais l'encourager à rester sobre. Ce serait une attitude mature et responsable avec quelqu'un dont on sait qu'il a un problème de boisson. Au lieu de cela, je précise :

— Un remontant bien costaud.

Il rit.

— Moi aussi.

Personne ici n'est mature et responsable.

Sans me demander ce que je veux, il prend d'emblée la vodka et le jus de cranberry : il sait ce que j'aime quand j'ai eu une dure journée.

Je m'assieds sur le canapé – mon canapé – pendant qu'il s'affaire.

— Je suis content que tu sois enfin venue, dit-il en secouant le verre.

Il se prépare un martini.

— Pourquoi rien n'a changé ?

Il verse le liquide.

— Qu'est-ce que tu veux dire ?

— Julia ne voulait pas refaire la décoration ?

— Pourquoi donc ? Tu as très bon goût.

— Ah.

Il traverse le salon, un verre dans chaque main, et m'en passe un.

— Qu'est-ce que ça veut dire, ce « Ah » ?

Il s'assied à côté de moi.

Je bois une gorgée de mon verre et le repose sur la table basse.

— Ça veut dire que je viens de me rendre compte que tu ne l'as pas laissée refaire la décoration.

— Je ne formulerais pas ça comme ça. Je lui ai dit que j'aimais l'aménagement de la maison, et ça n'a pas semblé la déranger.

Cela semble peu probable, mais je ne connais pas Julia. Peut-être déteste-t-elle se soucier de la décoration. Peut-être trouve-t-elle vraiment que j'ai beaucoup de goût.

— Tu vas me le dire ? demande-t-il.

Je hausse un sourcil comme si je ne savais pas de quoi il parle. Alors que si.

— Ce dont tu t'es souvenue quand on était dehors.

Il pose son verre sur la table basse. Il a déjà vidé la moitié de son martini pourtant bien dosé.

Je regarde la photo au-dessus de la cheminée. C'est le jour du mariage de Julia et Matt, elle porte une robe sirène sans manches, avec des épaules qui semblent avoir été parfaitement sculptées par un cours de pilates. Notre photo de mariage était aussi accrochée là, à l'époque.

Je pense d'ailleurs qu'il s'agit du même cadre. Ils ont juste enlevé l'ancien cliché et collé le nouveau.

Mince, c'est bizarre.

— J'ai embrassé quelqu'un là-bas.

Je reporte mon attention sur Matt. Sa mâchoire se crispe, comme toujours lorsqu'il est en colère. Sa bouche se fige en une ligne dure.

— Oh, lâche-moi, protesté-je.

— Je n'ai rien dit !

— Je connais ta tête quand tu es en colère. Et tu n'as pas le droit de me la sortir, cette tête-là. Tu as baisé Nina cette nuit-là.

Il laisse échapper un soupir.

— Pas cette nuit-là, mais tu as raison. Je suis mal placé pour juger.

Je ne peux cacher ma surprise.

— J'essaie de me montrer plus honnête, explique-t-il en remarquant mon regard. Avec toi. À propos de tout. Je me disais : si je fais semblant que notre mariage est heureux, il le sera comme par magie. J'aurais quand même dû être plus honnête avec toi. Je ne pense pas que tu m'aurais trompé si je n'avais pas commencé.

En fait, je ne sais pas si c'est vrai. Il est certain que j'ai couché avec Kyle pour faire enrager Matt, mais j'ai continué parce que j'aimais ça.

Je décide de garder cela pour moi.

— Qui c'était ? demande Matt. Est-ce que ça va me mettre en pétard ?

— En même temps, qu'est-ce qui ne te met pas en pétard ?

La phrase est sortie avant que je ne puisse la retenir. Autrefois, j'adorais le contrarier.

Mais il se contente de sourire, un peu tristement.

— Bien vu.

Bon sang. J'attrape mon verre et j'en bois une longue gorgée.

— Je ne sais pas qui c'était. Je me rappelle être allée là-bas et l'avoir embrassé, mais je ne vois pas son visage. En revanche, je me souviens que Savvy nous a interrompus et qu'elle avait l'air énervée.

Matt hausse les sourcils.

— Énervée ?

— Oui, elle semblait furax, et je pense qu'on a dû partir juste après, parce qu'elle a dit : « Allons-y. »

— Ce devait être Colin, conclut Matt.

— Non, ce n'est pas possible. Je n'appréciais pas Colin et je n'aurais jamais embrassé le petit ami de Savvy.

— Il n'était pas vraiment son petit ami. Ils voyaient d'autres personnes.

— N'empêche, je ne pense pas que j'aurais…

Je m'interromps pour réfléchir et je secoue la tête avec une grimace.

— Il a couché avec ma mère cette nuit-là. Donc tu es en train de suggérer qu'il m'aurait embrassée avant de retourner à l'intérieur pour draguer Maman ?

— Pourquoi pas ? Vous vous ressemblez un peu.

Il s'esclaffe devant mon expression.

— Il y a de fortes probabilités pour qu'il n'ait même pas su que Kathleen était ta mère. Ce type est aussi con qu'une bûche.

Je passe une main sur mon visage.

— C'est vrai. C'est juste que je n'arrive pas à le voir. Même si j'étais ivre. C'est forcément quelqu'un d'autre.

Il remonte ma jupe pour poser la main sur mon genou.

— Ce n'est pas grave, murmure-t-il.

Je repousse sa main d'une tape.

— Bien sûr que si ! C'est la première chose importante qui remonte à ma mémoire depuis des années.

— Cela ne ramènera pas Savvy. Rien ne la ramènera.

Et le voilà qui repose sa main pour serrer mon genou.

— Je sais que toute cette histoire de podcast a été difficile pour toi, mais c'est presque fini. Et ce que dit ce type n'a pas d'importance. Que Ben te pointe du doigt, toi, ou qu'il me désigne moi, ou Colin, ou Nina, ou qui que ce soit d'autre. Il ne fait pas partie de la police.

— Ce qu'il dit n'a pas d'importance, mais ce qui compte pour moi, c'est de savoir qui l'a tuée. Je veux savoir si c'est moi, ou toi, ou Colin, ou Nina, ou ma mère.

— Ta mère ?

— Elle était sortie cette nuit-là ! C'est possible ! Son seul alibi, c'est le petit ami de Savvy.

Il me lance un regard à la fois amusé et un peu compatissant. Je bois une nouvelle gorgée. Est-ce que je dois réagir à cette main passée de mon genou à ma cuisse ?

Je jette un coup d'œil à la photo de mariage au-dessus de la cheminée. Si je plisse les yeux, ce pourrait être celle du nôtre. Si je plisse les yeux, toute cette maison m'appartient de nouveau. Toute cette vie est de nouveau la mienne. Mon pouls s'accélère. Un sentiment de malaise m'envahit.

Matt se penche en avant pour m'embrasser, et je lui rends son baiser, malgré les battements frénétiques de mon cœur. J'ai envie de lui donner un coup de genou dans les couilles, mais je me force à plonger dans ce moment. J'ai besoin d'avoir de nouveau vingt-quatre ans, dans cette maison, de ressentir tout ce que j'ai ressenti la nuit où Savvy est morte. Je ne veux plus lutter. Si j'arrive à me rappeler ce que ça fait d'être de nouveau cette nana de vingt-quatre ans un peu paumée, peut-être que je réussirai à me souvenir de tout.

Il glisse un bras autour de ma taille pour m'attirer à lui. Je me souviens d'avoir toujours éprouvé des émotions conflictuelles lorsque Matt et moi couchions ensemble. D'un côté, j'avais envie de le tuer, putain. D'un autre côté, nos ébats étaient toujours fantastiques.

Il pose ses lèvres dans mon cou.

— Reste ici avec moi, murmure-t-il tout contre ma peau. Ne retourne pas à Los Angeles.

Je ne dis rien, et peut-être qu'il interprète mon silence comme si je réfléchissais à sa proposition, car il s'écarte un peu et me dévisage avec sérieux. Mon sentiment de malaise s'accroît.

— Ou on pourrait aller ailleurs. Recommencer de zéro. Juste nous deux.

Il repousse mes cheveux en arrière, puis laisse sa main sur ma joue.

— Tu m'as manqué. Qu'est-ce qui nous est arrivé ?

« Qu'est-ce qui t'est arrivé ? Lucy, qu'est-ce qui t'est arrivé ? »

Le souvenir me frappe si brusquement que je recule en poussant un petit cri.

Matt se tenait devant moi. Le Matt d'il y a cinq ans, avec des cheveux plus longs et une expression horrifiée sur le visage, ivre, les yeux injectés de sang.

« Merde, c'est ton sang ? »

Qu'est-ce que je lui ai dit ? Je ne me vois pas. Je ne vois que lui, et l'expression dans ses prunelles.

Il n'arrête pas de baisser les yeux vers quelque chose. Qu'est-ce qu'il regarde ?

Quelque chose dans ma main. Je le sens presque. C'est humide, rugueux et…

« Il est à qui, ce sang ? »

— Lucy, non.

La voix de Matt se fait cinglante. Je cligne des yeux et je retrouve le Matt actuel. Il a les deux mains sur mes joues, pour m'obliger à le regarder.

— Arrête.

— Non, je me souviens de quelque chose, je me souviens…

« Oh mon Dieu, Lucy, qu'est-ce que tu as fait ? Oh, bon sang. Elle est morte ? »

— Tuons…, dis-je à voix haute.

J'ai dit ces mots à Matt, à l'époque. La forêt prend forme autour de moi.

« Tuons… » Mon cerveau était en train de se court-circuiter. J'entendais Savvy dans ma tête, en boucle, alors que je me tenais devant mon mari affolé. De grosses gouttes de pluie martelaient mon visage, atterrissant sur mes cils et brouillant les traits de Matt.

— Quoi ?

Matt a écarté les mains de mon visage, choqué.

— Tu as tué quelqu'un ?

— Il l'a mérité, ai-je marmonné. On avait un plan.

— Merde.

Il a reculé d'un pas, l'air de plus en plus horrifié.

— Savvy a essayé de…

— De quoi ? Lucy, qu'est-ce que Savvy a essayé de faire ?

— Je sais.

Matt me secoue doucement pour me ramener à la réalité.

— Lucy, je sais que tu devais le faire.

Ma vision se précise maintenant. Je tenais une branche d'arbre. Énorme, épaisse et couverte de sang.

J'ai hurlé et je l'ai laissée tomber.

Puis j'ai couru.

Je respire trop vite. Mon champ de vision se rétrécit. Matt a toujours ses mains sur mes joues. C'est ce qui me maintient debout, je pense.

— Je ne sais pas ce qui s'est passé entre vous dans les bois, mais je sais que tu as fait ce que tu devais faire, déclare-t-il fermement. Je suis désolé d'être arrivé trop tard et de ne pas avoir pu te protéger.

— Pourquoi tu as...

Les mots restent coincés dans ma gorge. Les larmes ruissellent sur mes joues.

— Pourquoi tu n'as pas appelé la police ? Quand tu m'as vue cette nuit-là ? Pourquoi ils ne m'ont trouvée que le lendemain matin ?

— Je t'ai cherchée. Mais j'ai d'abord ramassé la branche d'arbre que j'ai mise dans le coffre de ma voiture, parce que je savais qu'il serait plus difficile pour eux de te condamner sans l'arme du crime. J'ai suivi la route principale et je l'ai jetée dans une benne à ordures derrière un bar. Quand je suis revenu, il s'était mis à pleuvoir des torrents, la route était inondée et je ne suis pas arrivé à l'endroit où tu étais. Je pensais que tu serais rentrée à la maison, mais quand je suis arrivé... eh bien, tu n'y étais pas.

Je secoue la tête, secouée de sanglots désormais.

— Ça va, murmure-t-il. J'ai essayé de te protéger à l'époque, et j'ai complètement foiré. J'étais bourré et stupide, et j'ai paniqué quand tu es rentrée. C'est ma faute.

Un frisson me parcourt.

Il se plaque une main sur le cœur.

— Sérieusement, c'est ma faute. Les choses avaient dégénéré entre nous à l'époque, et je le savais. J'aurais dû arrêter. Je n'aurais pas dû laisser la situation se prolonger aussi longtemps.

Je cligne des yeux, désorientée.

— Les disputes, dit-il. Nos bagarres, le mal qu'on se faisait. Ça t'a atteinte et changée, et je sais que c'est en partie ma faute. Je ne pense pas que tu aurais pu t'en empêcher, cette nuit-là.

Je respire difficilement. La façon dont il décrit la violence dans notre mariage – une violence qu'il a initiée, lui, une violence qui ne s'est jamais manifestée qu'à l'intérieur de notre couple, qui m'a laissée avec de graves séquelles – ne me semble pas correcte.

— Fais-moi des reproches, poursuit-il. Crie-moi dessus. Je le mérite.

Je me lève et recule en trébuchant pour m'éloigner de lui.

— Non. Je ne l'ai pas tuée. Je n'aurais jamais fait ça... non.

Il se lève à son tour.

— Elle a essayé de te faire du mal. Je ne sais pas pourquoi, en tout cas, tu me l'as dit. J'aurais dû appeler la police dans la seconde et on aurait pu invoquer la légitime défense, mais j'étais ivre et j'ai paniqué. Et...

Il s'interrompt.

Je le regarde avec insistance.

— Et ?

Il hésite.

— Pourquoi tu ne vas pas t'allonger un peu ? Ou prendre un bain ? Tu adorais cette baignoire. Je vais te faire couler de l'eau.

Il tend la main vers moi. Il effleure mon poignet avant que je ne le retire.

Je me précipite vers la porte, redoutant qu'il ne me poursuive. Mais non.

J'ouvre le battant et me retourne vers lui.

— Tu mens.

Il glisse ses deux mains dans ses poches en soupirant.

— Lucy, s'il te plaît, laisse tomber. Tu ne veux pas convoquer davantage de souvenirs. Fais-moi confiance.

Je ne lui fais pas confiance. Ce n'était pas le cas à l'époque, et ça ne l'est toujours pas aujourd'hui.

Je sors en claquant la porte derrière moi.

Lucy

Cinq ans plus tôt

— Lucy.

En me retournant, j'ai vu Matt sortir de la réception. Sur la piste de danse derrière lui, un couple levait les mains au rythme de la musique. Celle-ci s'est évanouie lorsque la porte s'est refermée.

Il a passé un bras autour de ma taille, pour m'attirer à lui. Je l'ai laissé faire. Il n'y avait que nous deux dans le couloir faiblement éclairé, le murmure des voix était lointain.

— Je suis désolé pour tout à l'heure, a-t-il chuchoté.

— Tu es toujours désolé.

Il m'a embrassée. J'aurais dû le repousser. Je l'aurais peut-être giflé si nous avions été à la maison.

Au lieu de quoi, j'ai passé les bras autour de son cou pour lui rendre son baiser. Il avait le goût du whisky.

— Je vais m'améliorer, a-t-il dit en s'écartant pour me regarder.

Je me suis demandé si, par « s'améliorer », il voulait dire « cesser de me frapper » ou « cesser de coucher avec d'autres femmes ».

De toute façon, il n'allait rien cesser du tout, en dépit du nombre de fois où il avait prétendu qu'il essaierait de mieux faire.

Il a glissé les mains sur mes fesses, tout en pressant ses lèvres dans mon cou.

— Tu te souviens qu'on a fait l'amour dans les toilettes lors du dernier mariage auquel on a assisté ici ?

De façon particulièrement vivace. Mon corps s'en souvenait aussi, parce qu'il se cambrait déjà vers lui, prêt à se faire renverser une nouvelle fois sur un lavabo.

Quelqu'un a toussé, et je me suis rapidement éloignée de lui pour voir Savvy se tenir devant la porte des toilettes.

— Je vous dérange ? a-t-elle demandé, le ton dégoulinant de réprobation.

Comment lui en vouloir ?

J'ai senti le rouge me monter aux joues. Je ne savais pas pourquoi je retombais sans cesse dans les bras de Matt, après tout ce qui s'était passé. Il y avait quelque chose qui clochait chez moi. Quelque chose de détraqué qui m'attirait toujours vers lui, comme un bleu douloureux sur lequel je n'arrêtais pas d'appuyer. La seule explication, c'est que, quand c'était bien avec Matt, c'était vraiment bien.

J'étais tellement déboussolée.

Un groupe de femmes est sorti des toilettes à sa suite ; elles riaient quand elles se sont arrêtées dans le couloir. Nina se trouvait parmi elles, elle m'a adressé un signe de tête.

Savvy est passée devant moi et je lui ai pris le bras.

Elle l'a retiré. Mes doigts n'ont fait qu'effleurer sa peau, et j'ai entendu les rires des femmes cesser brusquement.

— Cet enfoiré ne te mérite pas, a-t-elle craché entre ses dents serrées. Tu sais exactement ce qu'il mérite.

Elle s'est éloignée à grands pas, et je l'ai suivie des yeux, la gorge nouée. Malgré toutes mes fanfaronnades, je ne pensais pas être capable de tuer Matt. Je ne pensais pas pouvoir tuer qui que ce soit, mais surtout pas lui. Il m'avait déjà transformée en un monstre de rage que je ne reconnaissais pas. Je n'allais pas le laisser faire de moi une meurtrière par-dessus le marché.

Savvy, en revanche, semblait prête à aller jusqu'au bout. J'étais presque réticente à lui parler de l'annulation du plan.

Je me suis retournée pour voir les femmes regagner la salle de bal en me jetant des coups d'œil au passage.

Matt me souriait toujours, sans prêter attention aux paroles de Savvy.

— On dirait que les toilettes sont libres.

L'expression de Savvy avait renforcé ma détermination.

— Je ne vais pas m'envoyer en l'air avec toi alors qu'il y a quelques heures seulement tu as essayé de me noyer dans la baignoire.

Il a levé les yeux au ciel.

— N'exagère donc pas. Je n'ai pas essayé de te noyer.

Je sentais encore sa main autour de mon cou, qui maintenait ma tête sous l'eau tandis que je me débattais en projetant de l'eau partout. Il avait ri quand j'avais refait surface en crachant, lorsqu'il avait fini par me lâcher. Il avait balayé mes accusations avec une telle facilité qu'une fois de plus j'en étais venue à me demander si sa version des faits n'était pas la bonne.

J'ai eu une envie folle de me marteler la tête de mes poings. Comme si, en me frappant le crâne assez fort, j'arriverais à penser correctement. J'avais juste besoin de mettre mon cerveau en état de marche, et je pourrais alors faire confiance à mes propres souvenirs plutôt qu'à ceux de Matt.

J'ai résisté à l'envie et je me suis éloignée de lui. Il m'a rattrapée par le bras.

— Tu sais que je pourrais trouver quelqu'un d'autre.

Ses lèvres se sont retroussées en un rictus. Il affichait toujours l'expression la plus laide qui soit quand il me rappelait son succès auprès des autres femmes.

— Il y a dix nanas là-dedans qui accepteraient immédiatement mes avances.

J'ai brusquement retiré mon bras.

— Alors, va-t'en en chercher une et fais-le. Je m'en cogne.

Ses yeux ont étincelé de colère.

— Ne me pousse pas à bout.

— Lâche-toi, Matt. Tu baises déjà la moitié de la ville, de toute façon.

Il a cligné des yeux, manifestement sidéré que je sois au courant de ses infidélités (incroyablement peu discrètes).

Je me suis esclaffée en désignant les portes de la réception.

— Il y a bien plus de dix mecs là-dedans qui aimeraient me baiser. Alors peut-être que je vais tenter le coup, moi aussi.

Son visage s'est déformé sous l'effet de la rage. J'aurais eu de gros ennuis si nous avions été à la maison.

Mais la porte s'est ouverte, laissant entrer de la musique et des rires, et il a été obligé de dissimuler sa colère. Baissant la tête, il est passé devant moi, non sans me flanquer un coup brutal dans l'épaule au passage.

— Lucy, ça va ?

Et je me suis retournée au son de cette voix bien connue.

45
Lucy

Matt ment.

Je rentre chez mes parents après l'avoir quitté, et je dors à peine. Savvy hurle dans ma tête, sans que je parvienne à déterminer si c'est un souvenir ou le fruit de mon imagination.

« Savvy a essayé de… »

Quoi ? De me tuer ? Elle m'a frappée à la tête et je l'ai tuée accidentellement en lui rendant la pareille ?

Je me réveille avec cette seule pensée qui me tourbillonne dans la tête. J'attrape la poubelle qui se trouve sous le bureau et je vomis dedans.

Ben m'envoie un texto pour me demander si je veux retourner dans les bois près de Byrd Estate.

Je réserve un vol pour L.A.

Savvy se tient dans un coin de ma chambre, vêtue de sa robe rose maculée de sang, les bras croisés. Son regard est réprobateur.

Je le mérite. J'abandonne. Je ne veux plus savoir. Même si j'ai dit à Ben que je ne pensais pas Matt coupable, je dois admettre qu'une petite partie de moi s'accrochait à l'espoir infime qu'il le soit. Maintenant que je vois clairement dans ma mémoire le choc peint sur son visage, l'horreur absolue quand il me regardait, je ne peux pas conserver cet espoir. Matt ne l'a pas tuée.

C'était moi qui tenais une branche ensanglantée en marmonnant des propos incompréhensibles sur le meurtre. Je disais probablement à Matt qu'il le méritait, mais ça ne change rien. Peut-être que j'ai pété les plombs. Peut-être que j'ai dit à Savvy que je ne voulais pas tuer Matt et qu'elle s'en est prise à lui quand même. Peut-être que je l'en ai empêchée.

Cette idée me rend malade. Je ne peux pas imaginer un monde où j'aurais décidé de tuer Savvy au lieu de la laisser éliminer Matt, mais c'était peut-être un accident.

Et je ne veux pas le savoir. Je préfère vivre dans une incertitude éternelle plutôt que d'avoir la certitude que je l'ai assassinée.

Je décide de ne pas ignorer complètement Ben, car il a déjà décrété que j'étais coupable, et le bannir de mes relations ne ferait qu'empirer les choses.

Je me tire du lit à midi, jette ma poubelle pleine de vomi et prends une douche.

« *J'ai aimé tuer ce type. Pourquoi tu n'as pas eu peur de moi ? Pourquoi c'est si difficile de croire que je vais craquer ? Vu que c'est déjà arrivé.* »

Je ferme les yeux, laissant l'eau couler sur mon visage. La voix de Savvy est trop forte. Ce n'est pas elle. C'est moi qui projette mes peurs sur elle.

La panique déferle dans tout mon être, je coupe l'eau.

« *Je vais te tuer !* » hurle Savvy.

Voilà pourquoi j'ai cessé d'essayer de me souvenir. Je n'arrivais plus à déterminer ce qui était réel de ce qui ne l'était pas.

Je ferme les yeux et tente désespérément de faire abstraction de tout.

— Tu pars ? répète Ben.

Je me tiens près de la porte de sa chambre d'hôtel, espérant m'échapper rapidement. Il recule d'un pas vers la cuisine, comme si, de son côté, il espérait que je le suive. Mais non.

— Après-demain.

J'essaie de garder une expression neutre. Je ne sais plus comment me composer un visage.

— Pourquoi ?

Il porte son T-shirt gris, celui qui a un petit trou au niveau du col. Il m'est arrivé de tirer sur ce col pour pouvoir embrasser son cou. Je passe devant lui.

— Je suis ici depuis deux semaines. Il fait chaud. Je dois retourner à Los Angeles et déménager mes affaires de l'appartement de mon petit ami.

Il tique.

— Tu as un petit ami ?

— Ex-petit ami. Il ne veut pas sortir avec une meurtrière.

— Oh ! Désolé, bredouille-t-il sans avoir l'air de l'être. Je peux t'appeler pour des entretiens complémentaires à L.A. ?

— Ben, j'ai passé des heures à te parler. Annonce donc au monde que je suis coupable et passons à autre chose.

Il s'appuie au comptoir de la cuisine et me regarde fixement.

— Qu'est-ce qui s'est passé ?

— Rien.

— Qu'est-ce que tu t'es rappelé ?

— Que je déteste les podcasts sur les *true crimes*.

— Lucy.

J'attrape la poignée de la porte.

— Dis ce que tu veux sur moi. Je m'en fiche.

Sur quoi j'ouvre la porte et je sors.

46
Lucy

— Papa ?

Il fait un bond d'au moins trois mètres et laisse tomber le couteau qu'il utilisait pour émincer un oignon. La lame s'écrase sur le sol de la cuisine et s'arrête près de mes pieds. C'est un grand couteau, un couteau de chef, que j'observe fixement.

Je ne peux pas me résoudre à m'imaginer en train de le tuer. Pour l'instant, il n'y a que Savvy que je puisse tuer. Encore et encore, en boucle dans ma tête. Une branche s'abattant sur son crâne.

Papa pose une main sur sa poitrine.

— Tu m'as fait peur, Lucy.

— Je vois ça.

Je ramasse le couteau et le repose sur le comptoir.

— Tu as fait tes valises ?

Il ne cache pas sa joie de me voir partir.

— Je ne pars qu'après-demain. Et je dîne avec Grand-mère ce soir.

— Oh, bien, ça va lui faire plaisir.

Il attrape le couteau et ouvre le robinet pour le rincer.

— Est-ce que Matt t'a dit que je l'avais tuée ?

Il coupe l'eau. Quand il lève les yeux vers moi, je n'y lis pas la moindre surprise. Matt l'a manifestement prévenu de l'imminence de cette conversation.

— Oui.

— Quand ?

Il essuie le couteau sur un torchon, plus longtemps que nécessaire.

Une excuse pour ne pas me regarder.

— Il est venu me trouver cette nuit-là.

Je respire un bon coup tandis que l'information s'imprègne en moi. Je fronce les sourcils.

— C'est là qu'il est allé. Après être passé par la maison. Est-ce que Nina est au courant, elle aussi ? Pourquoi elle était chez moi, cette nuit-là ?

— Non. Apparemment, elle était ivre et elle avait prévu de faire une scène pour que tu saches qu'ils étaient ensemble. C'était juste un très mauvais timing. Il l'a envoyée promener.

— Et puis il est venu ici pour vous dire, à Maman et à toi, que j'avais tué Savvy.

— Juste à moi. Je l'ai répété à ta mère quelques jours plus tard. Elle...

Il s'interrompt, écarte le couteau et appuie ses deux mains sur le comptoir.

— Elle voulait tout révéler tout de suite. Ainsi, pour elle, même si ce n'était pas de la légitime défense, tu n'écoperais que d'une peine légère. Mais Matt et moi, on n'était pas d'accord. Tu ne semblais vraiment pas te souvenir de quoi que ce soit, et on pensait tous les deux qu'il valait mieux attendre. Je me suis dit que la mémoire te reviendrait au bout de quelques jours et qu'à ce moment-là tu pourrais nous raconter exactement ce qui s'était passé et qu'on partirait de là.

— Et en voyant que ça ne revenait pas ?

Il détourne le regard, mal à l'aise.

— J'ai considéré que soit tu voulais juste passer à autre chose, soit tu avais vraiment occulté tout ça. Le traumatisme de ce... Je ne peux pas te blâmer, je pense, conclut-il en soupirant.

— Tu penses.

— J'aurais préféré faire face à la situation. Je regrette de ne pas être allé trouver la police. D'après Matt, la mémoire a commencé à te revenir quand Ben t'a poussée à te remémorer. J'ai reproché à ta mère de t'avoir forcée. Je pensais que tu avais besoin d'espace pour faire ce qu'il fallait. Elle avait raison, bien sûr.

— Tu l'as cru, alors ? Matt ?

Mon père lève les yeux, surpris.

— Je n'aurais pas dû ? Je ne savais pas à l'époque que... Enfin, je ne connaissais pas toute l'histoire. Je n'avais aucune raison de mettre sa parole en doute.

— Il était ivre. Il ne m'avait pas vue faire. Il aurait pu y avoir quelqu'un d'autre, il aurait pu y avoir...

Ma voix devient trop aiguë, hystérique, et je me tais brusquement. Je sais de quoi j'ai l'air.

— Il n'a pas mentionné qui que ce soit d'autre, objecte doucement Papa. Il a dit... Il a expliqué ce qu'il avait vu et ce que tu lui avais dit.

— Il aurait très bien pu la tuer, lui.

— Et tu penses qu'il l'a fait ?

Il se fiche de moi.

Je revois le visage hystérique de Matt devant moi. J'ai déjà essayé cent fois de me convaincre qu'il pouvait être paniqué parce qu'il venait de tuer Savvy, mais c'est peu probable. Je le connais trop bien. Je sais comment il se comporte quand il est allé trop loin, quand il a causé plus de douleur qu'il n'en avait l'intention. Il redevient calme. Règle le problème. Se montre gentil. Convainc la victime que c'est en partie sa faute.

Il n'aurait pas été hystérique s'il avait tué Savvy. Même ivre, il n'aurait pas eu cette expression.

— Non. Mais tu n'étais pas là. Tu as juste vu Matt, qui t'a dit que j'avais tué quelqu'un. Tu me pensais capable de ça ?

— Je ne voulais pas. Mais parfois, il faut faire au mieux avec les informations dont on dispose. Et c'est l'information que j'avais. Matt voulait te protéger. Je l'ai vu tout de suite. C'est ce qu'on voulait tous les deux, achève-t-il avec un regard triste.

— Et Maman voulait me livrer aux flics.

— Elle essayait aussi de faire ce qu'elle pensait le mieux.

— Ce n'était pas une critique.

Il a l'air stupéfait. J'aurais peut-être fait la même chose à la place de Maman. Dire la vérité, et advienne que pourra.

Ou peut-être que je n'aurais pas fait la même chose. Je n'ai pas immédiatement couru vers Ben ou chez les flics quand le souvenir de Matt a refait surface.

J'ai réservé un vol pour Los Angeles.

Mon dîner avec Grand-mère est silencieux, plein de gêne. Je ne peux pas lui dire la vérité, à elle qui est le seul membre de la famille à avoir cru en moi. Elle croyait tellement en moi qu'elle a confié tous nos secrets à un podcasteur arrogant.

— Ben pense qu'il s'est passé quelque chose, lâche-t-elle après avoir entamé son deuxième gin tonic.

La télévision est allumée, sans le son, mais je me laisse sans arrêt distraire par une femme à l'écran, qui a de très longs ongles rouges. Elle les tapote en permanence contre son menton. Elle pourrait vous arracher l'œil avec des ongles pareils.

Je ramasse les restes de mon hamburger et me dirige vers la poubelle.

— Il ne s'est rien passé. Je le lui ai dit, d'ailleurs.

— Je ne pense pas qu'il te croie.

Je m'oblige à rire.

— Est-ce qu'il s'est passé quelque chose ? insiste-t-elle.

— J'ai couché avec lui, dis-je, parce que je veux changer de sujet.

— Oh, ma puce, fait-elle avec un sourire vaguement compatissant. Je sais. C'était évident le soir où vous êtes venus dîner tous les deux après être allés sur la scène du crime.

— On n'était pas encore passés à l'acte à ce moment-là.

— La tension sexuelle entre vous était évidente, je veux dire. Je ne te blâme pas. J'aurais fait la même chose. Il ressemble à un Avenger, après tout.

Je ris malgré le poids qui oppresse ma poitrine.

— Merci, Grand-mère.

Mon téléphone sonne et j'y jette un coup d'œil tout en m'affalant sur le canapé à côté d'elle.

C'est un e-mail de mon agent, qui m'informe que je ne dois pas m'inquiéter si mes livres sont épuisés partout : l'éditeur est déjà en train de faire réimprimer cinquante mille exemplaires supplémentaires de chacun d'eux.

« C'est tellement excitant ! »

J'imagine que ça l'est, même si je suis insensible à tout en ce moment.

— Il s'avère que les gens veulent vraiment acheter des romances écrites par une meurtrière présumée, conclus-je en baissant mon téléphone.

— Évidemment, réplique Grand-mère. Comme je te l'ai dit, mieux vaut être intéressante qu'aimable.

Elle éteint la télévision.

— D'après Ben, tu es convaincue qu'il te croit coupable.

Je fronce les sourcils.

— C'est en gros ce qu'il a dit. Il a écrit une fin possible du podcast où il explique comment je m'y suis prise.

— Il affirme que ce n'était qu'un brouillon et que tu n'étais pas censée le voir. Il travaillait juste sur quelques idées. Il avait l'air vraiment frustré, si tu veux tout savoir. Je ne pense pas qu'il connaisse le fin mot de l'histoire.

— Il conclura que je l'ai fait, comme tout le monde.

J'ai la gorge nouée.

— Pas comme tout le monde, nuance doucement Grand-mère en posant une main sur mon épaule.

Je ferme les yeux et j'incline la tête en arrière pour essayer de ne pas éclater en sanglots, mais c'est un échec. Les larmes dévalent mes joues et, soudain, je pleure sur le canapé de ma grand-mère comme si j'avais de nouveau dix ans. Elle se rapproche de moi et passe un bras autour de mes épaules.

— Je crois que je l'ai fait, murmuré-je, les yeux toujours fermés. Je crois que je l'ai tuée.

— Non, c'est faux.

— Tu n'en sais rien.

— Toi non plus ! Tu viens de le dire : tu « crois » l'avoir tuée. Tu ne te rappelles toujours pas, n'est-ce pas ?

J'ouvre les yeux et je les essuie sans ménagement.

— Non.

— Tu ne l'as pas tuée.

Sa bouche ne forme plus qu'une ligne déterminée, les rides autour de ses yeux se creusent sous le froncement de ses sourcils.

— Arrête d'avoir autant confiance en moi.

— Jamais.

— Je ne le mérite pas.

— Conneries.

— Je ne t'ai pas tout dit.

J'ai les mains qui tremblent, si bien qu'elle se penche pour les emprisonner.

Elle soutient mon regard, et ses yeux sombres sont emplis du plus grand sérieux.

— Je n'ai pas besoin que tu me dises tout. Je n'ai pas besoin que tu me dévoiles tous tes secrets et le moindre détail de ton existence pour me faire mon opinion. Je te connais.

Je fonds de nouveau en larmes. Alors elle m'enlace et me tapote le dos.

— N'abandonne pas, ma chérie. N'abandonne surtout pas.

47
Lucy

Je rentre lentement chez moi. Les rues de Plumpton sont désertes. J'ai failli baisser les vitres comme lors d'une nuit paisible à Los Angeles, mais l'humidité est toujours aussi prégnante.

En m'arrêtant à un feu dans le centre-ville, je tourne la tête et vois Emmett qui décore la vitrine de sa boutique d'art.

Une voix coupable à l'arrière de ma tête me rappelle que je n'ai pas répondu à ses deux derniers textos. Je ne lui ai pas non plus annoncé que je retournais en Californie.

Le feu passe au vert. Il m'a vue le regarder et lève une main hésitante.

Merde. J'appuie légèrement sur l'accélérateur et gare la voiture sur le bas-côté. Je sors.

— Salut ! Ravissant, dis-je en montrant le grand tournesol jaune qu'il est en train de peindre.

— Oh, merci. Des gosses ont écrit « vagin » sur le dernier que j'ai dessiné, alors le propriétaire m'a demandé d'en faire un qui soit moins érotique.

J'éclate de rire.

— Ta dernière fleur était érotique ?

Un sourire se dessine sur ses lèvres.

— Eh bien, je ne l'aurais pas cru, mais apparemment certains gamins y ont vu quelque chose que je n'avais pas remarqué.

Je m'appuie au mur de briques qui flanque la boutique d'art.

— Ils auraient au moins pu être plus créatifs. « Vagin », ça n'est pas très malin comme graffiti.

— Je suis d'accord. Faites des efforts, les gosses.

Il se retourne vers la vitrine, le pinceau en l'air.

— Je suis désolée de ne pas avoir répondu à tes messages. Ça a été...

— Chargé ? devine-t-il sans me regarder.

Il étale du jaune sur le verre, pour former un pétale.

— Non. Ce n'est jamais chargé.

Il me décoche un regard amusé, et j'essaie d'être honnête :

— Horrible. Ça a été horrible de revenir, de revivre tout ce qui s'est passé avec Savvy et dans mon couple...

Je prends une profonde inspiration, mortifiée de constater que je suis sur le point de me remettre à pleurer. Je ne pensais pas avoir encore des réserves après mon passage chez Grand-mère. J'essaie de battre assez vite des paupières pour le dissimuler, mais les larmes coulent sur mes joues.

Emmett baisse son pinceau. Les hommes ont souvent l'air terrifiés quand les femmes se mettent à pleurer, mais lui a l'air plus intrigué qu'autre chose.

— Pardon, bredouillé-je en m'essuyant les joues.

Il s'avance et m'embrasse, ce qui est la dernière chose à laquelle je m'attendais. Peut-être qu'il cherche à me réconforter. Je n'aime pas ça.

Je suis toujours contre le mur, et lui presse son corps contre le mien. Ses lèvres sont trop brutales, sa langue, trop avide. Sa salive m'emplit bien trop la bouche. Je n'ai rien demandé de tel.

Je songe à le repousser, mais il me semble plus commode d'attendre que ça passe, de sourire poliment, puis de m'enfuir en m'essuyant discrètement le visage.

Je ne conserve pas un mauvais souvenir de la fois où nous nous sommes embrassés chez moi. En fait, mes souvenirs de ce soir-là sont flous : je devais être plus ivre que je ne le pensais.

Il pose une main sur mon sein par-dessus mon T-shirt. Sérieusement, je ne lui ai rien demandé.

Je plaque une main sur son torse, prête à le repousser. Son autre main est sur ma joue. Je sens l'odeur de la peinture sur ses doigts.

— *Lucy.*

Sa main est celle qui s'est posée sur mon sein il y a cinq ans, je me rappelle. Le bruit des rires et de la musique flottait jusqu'à nous depuis la réception. Il avait baissé l'une de mes bretelles et son pouce dessinait des cercles autour de mon téton. Il avait de la peinture verte sous les ongles.

— *J'avais envie de faire ça depuis tellement longtemps, m'a-t-il dit, ses lèvres dans mon cou.*

Il a attrapé sa fermeture éclair et j'ai compris qu'il avait l'intention de me baiser là, parmi les relents de nourriture pourrie qui s'échappaient de la benne à ordures voisine.

Qu'est-ce que c'est que ce bordel ? *ai-je pensé. J'étais ivre. Pas trop, mais assez pour penser que jouer à la bête à deux dos avec Emmett était un bon moyen de me venger de Matt, sans doute en train de culbuter une femme contre le lavabo des toilettes à ce moment précis.*

— *Lucy !*

Savvy m'a appelée d'une voix tranchante, presque en colère. Je me suis retournée pour la voir plantée à quelques mètres, les mains sur les hanches.

— Allons-y.

Sa voix, son regard désapprobateur m'ont ramenée à la réalité. J'ai rapidement remis mon sein dans ma robe et je me suis précipitée dans son sillage.

— Non, Lucy, attends.

Emmett m'a attrapée par la main, sans ménagement. J'ai crié quand il m'a ramenée à lui.

— Je suis désolée.

De façon déconcertante, je m'excusais auprès de l'homme qui venait de me faire mal.

— Je n'aurais pas dû faire ça.

Je me suis alors élancée à la poursuite de Savvy, et c'est là que le souvenir s'estompe.

Dans le présent, j'embrasse toujours Emmett.

En fait, il serait plus exact de dire que c'est lui qui m'embrasse. Car moi, je n'ai rien à envier à une statue.

Quelqu'un se racle bruyamment la gorge et nous nous retournons tous les deux.

Nina.

Elle se tient près du trottoir, vêtue d'une blouse bleu clair. Elle me décoche un regard glacial tandis qu'Emmett s'éloigne de moi.

— Je peux te parler ? lui demande-t-elle.

Dans un profond soupir, il acquiesce, puis me lance un regard d'excuses. Nina entre dans la boutique, Emmett sur les talons. La cloche tinte quand la porte se referme derrière eux.

Je regagne rapidement ma voiture, et je m'assieds sur le siège conducteur, le souffle court.

Pourquoi Savvy avait-elle l'air fâchée que j'embrasse Emmett au mariage ? Avait-elle des sentiments pour…

Je me fige lorsque le souvenir se précise.

Lucy

Cinq ans plus tôt

Savvy a regagné sa voiture d'un pas lourd et ouvert violemment la portière.

— Attends, t'es vénère ? ai-je demandé en me précipitant derrière elle.

— Monte, a-t-elle répliqué d'un ton sec.

Puis elle a claqué sa portière.

Je me suis glissée sur le siège passager en écartant un vieux sachet de fast-food.

— Tu es vraiment en colère parce que j'embrassais Emmett ? C'est quoi cette expression ?

— Je ne suis pas vénère.

Elle a fermé les yeux un instant, comme si elle rassemblait les forces nécessaires pour me faire face.

— Je suis juste inquiète.

— Arrête tes conneries, me suis-je esclaffée.

Son expression était toujours aussi sérieuse.

— D'abord, je te trouve en train d'embrasser ton connard de mari, alors que tu devrais être en train d'organiser son putain de trépas.

J'ai eu du mal à ravaler ma bile.

— Et ensuite, je te croise les seins à l'air, sur le point de...

— Un sein ! J'avais *un* sein à l'air !

— ... de te faire baiser contre un mur à côté d'une benne à ordures. Tu agis comme moi, et c'est extrêmement inquiétant.

— Pas du tout. Tu aurais eu les *deux* seins à l'air.

— Sévère, mais juste.

Son expression s'est adoucie lorsqu'elle a démarré.

— D'accord, a-t-elle concédé, mais qu'est-ce qui te prend de te laisser tripoter comme ça par Matt ? Il te fait du mal, Lucy.

La honte me serrait la gorge, et Savvy a retiré sa main du levier de vitesse pour se tourner franchement vers moi lorsqu'elle a aperçu ma tête.

— Je suis désolée, a-t-elle murmuré. Je n'avais pas l'intention de te juger.

— Non, tu as raison. Je ne sais pas pourquoi j'ai...

Mais j'ai renoncé à terminer ma phrase, parce que c'était un mensonge. Je savais bien au moins un peu pourquoi je restais avec Matt, pourquoi je ne cessais de retomber dans les mêmes schémas.

— Parfois, j'ai l'impression que nous nous méritons tous les deux, tu vois ?

— Non, a-t-elle répliqué d'une voix ferme.

— Tu ne comprends pas. Les choses que je lui dis, ce que je lui ai crié dessus..., ai-je repris en secouant la tête. Une femme bien ne parlerait pas comme ça. Elle ne riposterait pas. Je pense que nous avons été attirés l'un par l'autre parce que nous sommes tous les deux des ordures.

— Lucy, *non*, a-t-elle protesté en me prenant la main. Absolument pas. C'est lui qui t'a fait ça.

Il t'a conduite au bord de la folie et t'a ensuite reproché de faire ce qu'il fallait pour survivre. Tout est sa faute.

Les yeux rivés à nos mains, j'ai acquiescé, même si je n'étais pas sûre de la croire.

— Et maintenant, je me comporte en vraie connasse en fricotant avec Emmett.

— En quoi cela fait de toi une connasse ?

— Il ne mérite pas d'être utilisé comme ça. Il est adorable.

Elle m'a jeté un regard totalement perplexe.

— Adorable, ce n'est vraiment pas le mot. Il n'est gentil avec toi que parce qu'il est amoureux de toi depuis que vous êtes gamins.

— Il n'est pas amoureux de moi. Il a peut-être eu le béguin à une époque, mais…

— Tu as raison. Il n'est pas amoureux de toi. Il t'a mise sur un piédestal. Il pense que tu es la fille parfaite.

Je n'ai pas contesté, car je savais qu'elle avait raison. C'était l'une des choses que j'avais toujours secrètement appréciées chez Emmett. Il avait des étoiles dans les yeux chaque fois qu'il me regardait.

— Écoute, je ne voulais pas te le dire, mais…

Savvy s'est interrompue, avant de grimacer, puis :

— J'ai couché avec lui il y a quelques mois.

— Oh ! me suis-je exclamée d'une voix trop haut perchée qui trahissait ma jalousie.

Je pensais qu'elle était au courant de mon faible pour Emmett. Personne n'avait le droit d'y toucher.

Mais c'était idiot. J'ai essayé de me raisonner. J'étais mariée à quelqu'un d'autre et je n'avais jamais évoqué mes sentiments pour lui.

— Je suis désolée, je sais que c'est ton ami, a-t-elle poursuivi en se mordant la lèvre. Et je savais qu'il en pinçait pour toi, mais il est resté tard au bar un soir, et j'étais ivre, alors on a juste... Eh bien, sache qu'il est assez rentre-dedans. Parfois, quand un gars prend les choses en main comme ça, on se laisse juste faire, tu vois ?

J'ai pensé à lui en train d'ouvrir la braguette de son pantalon après avoir exposé mes seins.

— Oui.

— Cela ne veut pas dire que je n'en avais pas envie, s'est-elle empressée d'ajouter. J'en avais envie. J'étais partante. Mais c'était juste... pas bon.

J'ai grimacé.

— Non ?

— Non. Je veux dire, le baiser était...

— Bâclé.

— Bon sang, oui. Et puis, la partie de jambes en l'air proprement dite a été plutôt brutale. Ça ne me dérange pas toujours, mais là, c'était aussi juste... pas bon. Zéro souci de ma pomme. Juste un marteau-pilon et adieu, tu vois le truc ?

J'ai fait une nouvelle grimace.

— Et après, il a été indélicat. Il m'a demandé de ne pas t'en parler...

— Il a fait ça ?

— Oui. Je me sentais un peu coupable à cause de cette histoire, de toute façon, alors j'ai préféré me taire, avoue-t-elle, penaude. Mais ensuite, il s'est aussi mal comporté avec moi. Genre, quand il est revenu la semaine suivante, c'était mains baladeuses et compagnie, assez brutal. Alors je lui ai dit que je ne voulais pas, et lui, il s'est mis dans une colère noire : « Je croyais que tu étais toujours prête à passer à la casserole », il m'a fait.

J'ai sursauté.

— Waouh. Grossier, le mec !

— Bref, c'est un connard, et je te suggère vraiment de trouver quelqu'un d'autre, parce que tu peux avoir beaucoup mieux. Qu'est-ce que tu penses du nouveau barman ? Tu devrais t'envoyer en l'air avant qu'on assassine Matt. Ça va faire mauvais genre si tu montres tes seins à toute la ville juste après.

Les faisceaux de deux phares sont passés sur mon visage et j'ai regardé Emmett qui faisait demi-tour avec son pick-up sur la route. Nos regards se sont croisés. Je me suis empressée de détourner le mien.

— J'ai vraiment mauvais goût en matière d'hommes, hein ? ai-je conclu.

— Je ne vais rien dire, parce que je suis vraiment mal placée pour juger.

J'ai ri, puis je me suis radossée à mon siège en poussant un long soupir.

— Je dois le quitter. Matt.

— Oui.

— Et Plumpton. Je ne pourrai pas rester ici après.

Elle a mis la voiture en marche.

— Tu ne veux pas le tuer avant de partir ?

— Je ne suis pas sûre d'avoir jamais voulu faire ça, Savvy.

Mon désir de vengeance s'estompait, lentement remplacé par celui d'une nouvelle vie. Jusqu'à présent, mon existence avait été une série de choix *supposés* bons : j'avais rencontré un homme à l'université, je l'avais épousé, j'étais revenue dans ma ville natale et j'avais emménagé dans une maison de rêve. Et puis, tout était parti en vrille.

Je ne voulais pas tant me venger que découvrir ce qui se passerait si je choisissais autre chose.

J'avais besoin de recommencer de zéro. Je ne voulais pas être la fille coincée dans un mariage par peur de partir, peur de ce que les autres penseraient d'elle si elle ne menait pas une existence brillante et enviable.

Et mon nouveau départ ne pouvait pas s'accompagner d'une éventuelle peine de prison.

— Est-ce que tu avais vraiment l'intention de tuer Matt ? ai-je demandé à Savvy.

— Absolument.

Elle m'a lancé un sourire indéfinissable : impossible de déterminer si elle était sérieuse.

— Non, ai-je murmuré en regardant par la vitre obscure. Je ne peux pas.

Elle s'est engagée sur le chemin de terre.

— On irait où ? Si on quittait la ville ?

— Je ne sais pas. N'importe. Je me dis que je devrais faire mes valises une nuit pendant que Matt dort et disparaître. Mais je ne pense pas être assez courageuse pour ficher le camp toute seule.

Elle m'a souri.

— Tu sais où j'ai toujours voulu aller ?

— Où ça ?

— En Californie. À Los Angeles.

— C'est trop cher, ai-je dit avec regret.

— C'est cher, parce que c'est génial. Allons-y.

Elle a frappé le volant d'une main.

— Sérieux ?

— Oui, dès que possible. J'emmerde les étés texans, je ne veux pas m'en farcir un de plus. On part demain soir.

Mon cœur battait à tout rompre. J'en avais rêvé, et elle me prenait au mot.

— Oui, ai-je répondu avant de pouvoir changer d'avis.

Elle a poussé un petit cri de joie.

— D'accord, mais si Matt vient t'y retrouver, on l'assassine, putain.

— Ça marche.

Son sourire s'est effacé lorsque, les yeux plissés, elle a distingué quelque chose dans l'obscurité.

— Qu'est-ce que c'est que ce bordel ?

48
Lucy

Je ferme les yeux, cherchant à me concentrer sur la fin du souvenir.

Mais il m'échappe. Le rire de Savvy et son sourire commencent à s'éloigner, et tout ce qui me reste, c'est une douleur dans la poitrine.

Nous allions quitter Plumpton, ensemble. Je vois Savvy à L.A. Elle aurait aimé la plage et détesté la circulation. Nous aurions probablement partagé un appartement.

Je n'arrive pas à respirer en pensant à tout ce qui aurait pu se passer.

« *Qu'est-ce que c'est que ce bordel ? Qu'est-ce que c'est que ce bordel ? Qu'est-ce que c'est que ce bordel ?* » Les mots de Savvy tournent en boucle dans ma tête. Elle est devant moi, elle sourit alors que du sang coule sur son visage. Mes efforts sont trop intenses.

À travers la vitrine de la boutique, je vois Nina debout devant Emmett, les bras croisés. Il a le visage écarlate, l'air furieux. Il lui crie dessus. Il a quitté le mariage. Je cligne des yeux à ce souvenir : j'ai clairement vu son visage lorsqu'il a fait demi-tour avec son pick-up sur la route pour repartir.

J'attrape mon téléphone dans mon sac à main. Ben décroche dès la première sonnerie.

— Salut, Lucy.

— Emmett n'a pas dit qu'il était resté au mariage jusqu'à la fin ?

— Quoi ? Euh… si. Attends, attends, je peux enregistrer ?

— Oui, peu importe. Juste…

— Attends. D'accord. Repose-moi la question.

— Emmett a bien dit qu'il était resté jusqu'à la fin du mariage ?

— Oui. Le mariage a duré jusqu'à 3 heures du matin. Des gens l'ont vu. Il a aidé à organiser le retour des convives chez eux.

— Personne ne se souvient de l'avoir vu s'absenter avant de revenir ?

— Non. Il a dit qu'il était resté là tout le temps.

— Je me souviens de l'avoir vu partir. Juste avant Savvy et moi.

S'ensuit un long silence.

— Tu es sûre ?

— Oui. J'étais dans la voiture avec Savvy, et je l'ai clairement vu passer devant nous, sur le chemin de terre qui mène à l'autoroute. Il m'a vue aussi. Nos regards se sont croisés.

— Lucy, tu te souviens de ce qui s'est passé ?

— Ça… ça revient par bribes. Je me rappelle certaines parties du mariage, notamment quand on est montées en voiture avec Savvy. On parlait de ficher le camp d'ici. D'aller à Los Angeles ensemble.

— Vous vous disputiez ou… ?

— Non. Pas du tout. On était joyeuses.

J'ai la gorge nouée.

— Retournons là-bas. Maintenant. Il fait nuit, ça va peut-être nous aider. Où tu es ?

— Devant le magasin d'art.

Je parle d'une voix haletante. À travers la vitrine, Emmett gesticule avec colère.

Je vois Nina tressaillir. Elle replie ses bras sur elle, détourne le visage et ferme les yeux.

J'ai fait ça, moi aussi.

Je connais cette posture.

C'est ce qu'on fait quand on s'apprête à être frappée.

— Lucy ? insiste Ben.

Emmett ne la frappe pas. Il lui attrape les deux poignets.

— Pourquoi tu es devant le magasin d'art ?

— Parce qu'Emmett…

Je m'interromps. Je vois qu'Emmett serre trop fort les poignets de Nina, qui pleure. Elle essaie de se libérer de son emprise.

— Il lui fait du mal, chuchoté-je.

Je devrais bouger. Je devrais intervenir.

— Emmett ? À qui est-ce qu'il fait du mal ?

Nina se libère. Elle se rue hors du magasin et plonge pratiquement dans sa voiture. Par le rétroviseur, je la vois disparaître au coin de la rue.

Un coup à la vitre me fait sursauter. C'est Emmett.

Et maintenant, je me souviens.

Lucy

Cinq ans plus tôt

— Qu'est-ce que c'est que ce bordel ? a lancé Savvy.

Les yeux plissés, elle distinguait quelque chose dans l'obscurité.

Je me suis penchée en avant. Un pick-up était planté au milieu de la route. Une haute silhouette se tenait devant. Les phares de Savvy ont illuminé son visage.

Emmett.

Elle s'est arrêtée et a baissé sa vitre. Elle a tendu la main comme pour demander : « Mais qu'est-ce que c'est que ce bordel ? »

Emmett s'est dirigé vers mon côté de la voiture. J'ai baissé ma vitre à mon tour.

— Je peux te parler ?

Il a prononcé ces mots dans un souffle, comme une supplique. J'avais du mal à concilier l'Emmett que je connaissais depuis mon enfance avec la version dont Savvy m'avait parlé. Les yeux fous, les poings serrés le long du corps, cet Emmett-là me fixait désespérément.

— Mec, maintenant ? a répliqué Savvy, exaspérée. Ça ne peut pas attendre demain ?

Emmett l'a ignorée.

— S'il te plaît ?

J'ai soupiré, la main déjà tendue vers la poignée de la portière.

— D'accord. Savvy, c'est bon, Emmett me raccompagnera chez moi.

J'ai guetté chez lui un signe d'assentiment. Il s'est illuminé avant d'acquiescer.

— Non, a-t-elle déclaré. Je peux attendre, pas de problème.

Son ton était sans réplique. J'ai surpris la mine agacée d'Emmett, qui a levé les yeux au ciel. Je suis sortie de la voiture en refermant la portière derrière moi. Ça sentait la pluie et il faisait un peu frais pour un mois de mai.

Emmett s'est éloigné de la voiture et a fait quelques pas pour s'enfoncer dans l'épais taillis qui bordait la route. J'ai jeté un coup d'œil derrière moi. Je pouvais voir Savvy, assise sur le siège conducteur, qui nous observait.

— Je suis désolé, je sais que c'est bizarre, mais il fallait que je te parle.

Il a plissé les yeux et a mis une main en visière pour ne plus être ébloui.

— Elle ne veut pas les éteindre ?

Il s'est enfoncé encore plus loin sous les arbres, à l'abri des phares de Savvy.

— Je n'aurais probablement pas dû m'enfuir comme ça, ai-je dit en le suivant.

C'était la pleine lune et les feux de Savvy nous éclairaient encore un peu. Je voyais nettement son visage, ses yeux écarquillés, un peu désespérés.

— Non, je n'aurais pas dû...

Il s'est interrompu, secouant la tête.

— Je n'aurais pas dû t'embrasser. Je me suis laissé emporter. Tu dois juste comprendre, Lucy, que je suis fou de toi.

J'avais la gorge nouée. Même sans les révélations de Savvy, je ne pense pas que j'aurais réagi avec enthousiasme à cet aveu. J'avais trop de mal à imaginer quoi que ce soit après Matt.

J'étais assez perdue comme ça, sans avoir besoin des sentiments d'Emmett en plus.

— Ça fait des années que je suis fou de toi, a-t-il poursuivi, sans se douter de ce qui me passait par la tête. Je sais que Matt se comporte comme un connard avec toi et qu'il te trompe. Tu es au courant, non ? Qu'il te trompe ?

— Oui, ai-je répondu.

Il a fait un pas vers moi.

— Quitte-le. Mets-toi avec moi. Je t'aime. Je t'aime depuis qu'on est gosses.

Il m'a enlacée par la taille et m'a embrassée. C'était désagréable : on aurait dit qu'il essayait de me dévorer le visage. Je l'ai repoussé.

— Je ne peux pas, je suis désolée.

J'ai reculé d'un pas.

Il m'a aussitôt rattrapée.

— Mais si, tu peux. Je sais que tu penses mener une vie parfaite dans cette maison, mais je sais aussi que tu es malheureuse. Je sais que tu ne l'aimes pas vraiment. Que tu ne l'as jamais aimé. Tu te sens obligée de rester et de donner l'image de l'épouse modèle, mais tu fais fausse route. Laisse-moi t'aider.

C'était étrange de voir comment, à partir d'une once de vérité, il avait élaboré tout un récit me concernant. Un récit dans lequel il deviendrait mon sauveur. J'étais malheureuse, certes, mais j'avais bel et bien aimé Matt. D'où l'intensité de ma haine désormais. Parce que j'avais été follement amoureuse de lui à un moment donné, et qu'il n'avait pas encore réussi à éteindre mes sentiments par ses coups.

Et je ne pensais pas avoir jamais essayé de donner l'image d'une épouse parfaite. Je m'y prenais hyper mal, honnêtement.

— Je ne peux pas, ai-je répété. Je suis désolée. Tu as raison, quand tu dis que Matt et moi ne sommes pas heureux, mais je ne peux pas m'embarquer dans une autre relation maintenant.

— Je t'attendrai, s'est-il hâté de promettre. Si tu as besoin de temps. S'il te plaît, Lucy, juste…

Au lieu d'achever sa phrase, il m'a embrassée de nouveau. Je ne savais pas trop ce qu'il voulait dire par « Je t'attendrai », puisqu'il se remettait aussitôt à m'embrasser. Je l'ai repoussé une nouvelle fois.

— Emmett, arrête. On ne sera jamais ensemble, d'accord ? Je suis désolée.

Toute trace d'espoir a quitté son visage.

— Quoi ?

— Je ne suis pas… Je ne… je ne ressens pas ce genre de choses pour toi. On est amis depuis toujours, on ne devrait pas…

— Tu ne ressens pas ce genre de choses pour moi ? Pourquoi tu continues à m'embrasser alors ?

— Je suis désolée, je…

— Tu ne continuerais pas à m'embrasser si tu ne ressentais rien !

Sa voix était teintée de colère à présent.

— OK, c'est l'heure d'y aller ! a crié Savvy.

J'ai entendu sa portière claquer et, un instant plus tard, elle est apparue entre les arbres.

J'ai ressenti une bouffée de gratitude envers elle pour avoir refusé de m'écouter quand je lui avais indiqué qu'Emmett me ramènerait.

— Merde, Savvy, tu veux bien arrêter de mettre ton nez dans nos affaires ? s'est emporté Emmett. On est en train d'avoir une conversation importante.

— On aurait plutôt dit que tu lui criais dessus.

— Je ne lui criais pas dessus, j'essayais juste…

— C'est bon, l'ai-je interrompu. On peut continuer ça demain, Emmett ? Il est tard et j'ai beaucoup bu.

— Tu n'as pas besoin de continuer quoi que ce soit, a répliqué Savvy. Elle a dit non, mec. Accepte-le.

Les narines d'Emmett se sont dilatées.

— Personne ne t'a sonnée, toi. Laisse-nous, Lucy et moi…

— Enfonce-toi bien ça dans ton crâne de débile, connard : elle t'a dit non. Y a rien à ajouter.

Elle a passé son bras sous le mien pour m'entraîner doucement.

— Non. On n'a pas fini.

Emmett a saisi mon autre main, pour m'arracher à Savvy. Il emprisonnait mon bras si fort que j'ai grimacé.

— Comment tu oses faire ça !

Savvy a plaqué ses mains sur la poitrine d'Emmett et l'a repoussé, très vigoureusement. Il a trébuché, mais sans me lâcher.

— T'avise pas de me toucher, a-t-il grogné.

— Lâche-la.

— Non.

— Emmett, s'il te plaît, lâche-moi, suis-je intervenue en tentant désespérément de garder mon calme.

Mon cerveau n'arrêtait pas de me décocher des alertes : « Danger, danger… »

J'ai serré les poings, presque malgré moi. J'étais prête à me battre. Après être tant de fois passée par là avec Matt.

— Purée, mais ce que t'es con ! a hurlé Savvy. Lâche-la !

— Occupe-toi de tes putains d'affaires pour une fois, espèce de stupide petite...

J'ai envoyé un coup de poing à Emmett, qui l'a atteint à la mâchoire. J'avais certes eu un peu d'entraînement avec Matt, mais ce n'était pas encore le coup de poing le plus percutant du monde. Non seulement j'ai perdu l'équilibre, mais l'impact n'a pas été aussi fort que je l'aurais voulu.

N'empêche, Emmett a reculé en chancelant et il a dû relâcher mon bras. Il n'était pas aussi accoutumé à encaisser les coups que Matt.

— J'ai dit non !

J'ai crié sans le vouloir : j'avais l'impression que mon cerveau avait été court-circuité. Je ne contrôlais plus tout à fait la situation.

— Je ne veux pas de ton aide, putain ! Je m'en fiche, du béguin débile que tu as pour moi depuis qu'on est gamins !

Emmett m'a dévisagée. Je me suis détournée en tremblant. Savvy m'a jeté un regard, très impressionnée.

— Bon, faut qu'on y aille, a-t-elle conclu avant d'éclater de rire.

J'ai lancé un coup d'œil à Emmett, juste à temps pour le voir se précipiter vers moi.

49
Lucy

— Hé ! dit Emmett.

Sa voix étouffée par la vitre de la voiture me ramène au présent. Il ouvre la portière. Je regrette de ne pas l'avoir verrouillée. Il s'agenouille pour se mettre à ma hauteur.

— Ne pars pas. Entre une minute.

— Lucy ?

La voix ténue de Ben sort du téléphone que j'ai posé sur ma cuisse. Emmett y jette un coup d'œil.

— Qui est-ce ?

— Ben, dis-je d'une voix faible.

Je suis paralysée. Tout ce que je vois, c'est le visage en colère d'Emmett qui s'élance vers moi.

— Bonjour, Ben ! lance-t-il d'une voix forte, joyeuse.

Il me sourit.

Je ne sais pas s'il comprend à mon visage à quel point je suis déboussolée. Je suis trop engourdie pour ressentir quoi que ce soit.

— Tu ne raccroches pas... ?

Emmett part d'un petit rire.

Puis il ravale sa salive, et je le vois. Il est nerveux.

J'ai la bouche sèche. J'agrippe le téléphone trop fort, à en avoir mal à la main.

Emmett se penche et me le prend. Il le porte à son oreille.

— Salut, Ben. Je crois que Lucy a besoin d'une minute. Elle te rappelle, d'accord ?

Je ne sais pas si Ben proteste. Emmett met fin à l'appel et glisse le téléphone – « mon » téléphone – dans sa poche. Il pose délicatement la main sur mon bras.

— Pourquoi tu n'entrerais pas ? Tu veux un verre d'eau ou autre chose ?

Je secoue la tête.

— Je ne peux pas te laisser reprendre le volant dans cet état. Tu es blanche comme un linge.

Il tend la main et attrape mes clés là où je les ai laissées, sur le siège passager. Je me rends soudain compte que je transpire. Cela fait un moment que je suis assise dans cette voiture brûlante.

« *Cours, Lucy,* hurle Savvy dans ma tête. *Cours !* »

— Viens à l'intérieur, répète Emmett, qui pose une main sur ma joue. Laisse-moi m'occuper de toi.

Il détache ma ceinture de sécurité – je ne savais pas que je l'avais attachée – et pose ses deux mains sur mes bras.

— Viens. Sors juste de cette voiture, d'accord, Lucy ?

Sa voix est douce.

C'est déroutant, parce que dans ma tête il hurle.

Lucy

Cinq ans plus tôt

Emmett m'a projetée sur Savvy. Nous avons toutes les deux atterri au sol.

— Oh, bon sang !

Savvy s'est relevée la première, puis m'a attrapée. J'ai saisi son bras.

Emmett lui a flanqué un coup de poing, si bien que mes ongles l'ont griffée quand elle a trébuché en reculant.

— Espèce de salope ! J'ai passé toute ma vie à t'attendre, à être le bon copain, et c'est comme ça que tu me remercies ?

Il m'a attrapée au collet pour me remettre debout. Savvy a alors jeté ses bras autour de son cou pour l'arrêter. Il s'est démené dans tous les sens, si bien qu'il a relâché mon vêtement. Il a ainsi réussi à se débarrasser de l'une des mains de Savvy, qui est tombée de son dos.

Après quoi, Emmett s'est retourné pour m'agripper avec désespoir. Je l'ai contourné en tendant la main à Savvy. Elle s'en est saisie avant de m'entraîner dans sa course.

Nous avons zigzagué entre les arbres. Quand j'ai osé jeter un coup d'œil par-dessus mon épaule, je n'ai pas vu Emmett.

— Oh merde, a soudain soufflé Savvy. Je me suis gourée de chemin.

Je me suis arrêtée, aux aguets. Les environs étaient sombres et silencieux. Nous nous étions éloignées de la route et Emmett n'était visible nulle part.

Je haletais. J'ai voulu attraper mon sac à main. Mon téléphone ! Il était dans la voiture.

— Tu as ton portable ? ai-je demandé.

— Oui !

Elle a glissé les mains dans les poches de sa robe et l'a sorti. Son visage s'est décomposé lorsqu'elle a baissé les yeux sur l'écran.

— Merde. Je n'ai plus de batterie.

D'une main tremblante, j'ai essuyé mes larmes naissantes.

— Je suis désolée. Je n'aurais pas dû sortir de la voiture. Je ne savais pas qu'il…

J'ai reniflé.

Elle a secoué la tête.

— Ce n'est pas ta faute. Mais plus tard, quand on aura appelé les flics, souviens-toi que je t'ai probablement sauvée d'un viol et d'un meurtre. J'attends de toi une reconnaissance éternelle.

J'ai ri à travers mes larmes.

— Une reconnaissance éternelle. Ça marche.

Savvy m'a pris la main.

— Retournons à la soirée, a-t-elle dit en désignant les arbres. Emmett doit nous attendre près de la voiture.

— Ça fait, genre, un kilomètre et demi, non ?

— Oui, mais je pense que c'est l'option la plus sûre.

Elle s'est baissée pour retirer ses escarpins. Je l'ai imitée.

— Tu es certaine au moins que c'est le bon chemin ?

J'ai levé les yeux au ciel, comme si j'allais miraculeusement acquérir la capacité de me diriger grâce aux étoiles. Je peux à peine distinguer le nord du sud quand le soleil est levé.

Elle a regardé à gauche, puis à droite.

— Euh… tu marques un point, là.

— On est arrivées de là, non ?

J'ai pointé un doigt dans la direction en question.

— Oui, peut-être. Je ne vois plus mes phares, a-t-elle constaté en portant ses mains à son front. Oh, mon Dieu ! Comment les gens faisaient-ils avant les téléphones ?

— Attends, on n'était pas si loin de la route principale. On va écouter, pour voir si on arrive à entendre les voitures. On pourra aller par là, dans ce cas.

Une grosse goutte de pluie m'est tombée dans l'œil et j'ai cligné des yeux, sidérée.

— Super, a maugréé Savvy en tendant la main pour attraper une goutte. La pluie, c'est exactement ce qu'il nous fallait, là.

Un crissement de feuilles m'a fait tourner la tête.

Emmett a brusquement surgi de l'obscurité ; il tenait quelque chose au-dessus de sa tête. Cela ressemblait à un marteau, mais pas du genre de ceux qu'on utilise pour la construction. C'était juste un bloc de métal au bout d'un bâton.

— Cours, a chuchoté Savvy.

Nous avons foncé à travers les arbres. Nous étions plus rapides sans nos escarpins. J'ai lancé les miens derrière moi, espérant toucher Emmett.

Je l'ai raté. Et il gagnait du terrain sur nous.

À bout de souffle, Savvy a lâché ma main.

— Vas-y, Lucy. Cours.

J'ai essayé de l'attraper de nouveau par la main.

— Ne t'arrête pas. J'entends des voitures.

— Non. Tu es plus rapide que moi. Vas-y. Va chercher de l'aide. Je peux me défendre.

— Non, tu ne peux pas...

J'ai crié quand une main a empoigné mes cheveux. Je suis tombée en arrière et un poing s'est abattu sur mon visage. Des étoiles ont dansé devant mes yeux. Même Matt ne m'avait jamais frappée aussi fort.

J'étais à terre. Je ne me rappelais pas comment j'étais arrivée là. Savvy a esquivé le coup de marteau qu'Emmett a lancé dans sa direction.

Elle s'est ruée sur lui pour tenter de lui arracher son arme, qui a cogné le sol dans un bruit sourd.

Elle a plongé pour l'attraper, avant de ramper dans la terre. Mais il l'a saisie par la cheville, lui arrachant un cri quand il l'a tirée sans ménagement.

J'ai plongé en avant, vers elle. Mon cerveau avait encore des ratés, j'avais des taches devant les yeux. J'ai enroulé mes doigts autour de son bras et désespérément tenté de la tirer vers moi. Je la tenais si fort que ma main commençait à me faire mal.

Emmett l'a brusquement lâchée pour attraper quelque chose par terre.

Il a pris son élan avec une branche d'arbre, lourde et épaisse.

Qui a percuté le crâne de Savvy.

Elle a heurté le sol avec un grognement. Je me suis précipitée vers elle. Elle s'est lentement redressée. Du sang dégoulinait d'une coupure à la tête.

Emmett se tenait au-dessus de nous, le souffle haché. Il avait jeté la branche de côté pour reprendre le marteau.

J'ai entouré Savvy de mes bras pour la protéger.

— S'il te plaît, arrête, ai-je supplié. On le dira à personne si tu arrêtes, d'accord ? On avait l'intention de partir de toute façon. Donc tu n'entendras plus jamais parler de nous. Je te le promets. S'il te plaît, Emmett.

Il m'a regardée fixement, de ses orbites rendues noires par l'obscurité.

— Lucy ? Savvy ? Emmett ? Vous êtes là ?

La voix de Matt a retenti dans le silence. Je me suis figée. Nous avions couru jusqu'à la voiture, pas jusqu'à la route principale. La voiture que j'avais entendue était celle de Matt.

— Ma...

Un coup de marteau a interrompu mon cri. Bien qu'il m'ait à peine effleuré la tempe gauche, il m'a fait reculer. Savvy m'a rattrapée avant que je ne percute le sol.

— Matt ! À l'aide ! a-t-elle crié.

Emmett a de nouveau levé le marteau. J'ai oscillé, prise de vertiges. J'ai ouvert la bouche pour crier, mais aucun son n'en est sorti.

J'ai regardé dans sa direction. Emmett avait le bras dressé, les yeux rivés aux miens.

— C'est toi qui me forces à faire ça, a-t-il grogné.

Le marteau se dirigeait droit sur ma tête.

Savvy m'a poussée hors de sa trajectoire. C'est elle qui a reçu le coup sur le crâne, si fort que le craquement s'est répercuté dans les arbres. Elle s'est effondrée sur mes genoux. Et son sang s'est répandu sur ma robe.

J'en avais les mains couvertes. Mon cerveau bourdonnait.

— Savvy ?

La voix de Matt était encore lointaine.

Emmett a regardé par-dessus son épaule, poussé un juron, puis il a de nouveau abattu son marteau.

Et tout est devenu noir.

50

Lucy

— Tu as trop essayé de te souvenir, déclare Emmett.

Je ne me souviens même pas de m'être extirpée de la voiture, mais je suis à présent debout à côté, et Emmett me regarde avec inquiétude. Il a enroulé ses doigts autour de mes poignets.

— Ce n'est pas bon pour toi, poursuit-il. Tu te rappelles ce qui s'est passé la dernière fois que tu as fait trop d'efforts ? Tu as commencé à inventer des choses dans ta tête.

Le craquement du marteau contre le crâne de Savvy tourne en boucle dans mon cerveau.

Trop réel pour que je l'aie créé.

— Matt t'a dit que j'étais sur les lieux cette nuit-là, non ? demande Emmett.

Je cligne des yeux.

— Quoi ?

L'expression d'Emmett s'assombrit.

— Il t'a dit que j'étais là. Il avait promis de ne pas le faire, mais j'aurais dû me douter que ce connard ne serait pas capable de garder un secret. Je ne te ferais jamais de mal, tu le sais.

Il a posé ses deux mains sur mes joues.

— Matt m'a dit que tu étais là, répété-je, même si c'est un mensonge.

Matt ne m'a dit que dalle.

Emmett était là ? Et Matt le savait ?

— J'ai quitté le mariage pendant vingt minutes, je devais rentrer chez moi pour laisser sortir mon chien, continue Emmett. Je t'ai vue… Bref, tu ne veux pas savoir.

— Si, je veux, dis-je dans un murmure.

— On a batifolé au mariage. On était… Bref, on a continué. Tu te souviens, les fois d'avant. Toi et moi, on est toujours en train de se rapprocher l'un de l'autre.

C'est une façon de décrire le fait que je me suis soûlée et que je l'ai embrassé deux fois, je suppose.

— Savvy nous a vus et elle s'est mise en colère. Je ne sais pas si elle te l'avait dit, mais elle et moi, on a eu une brève aventure. Ce n'était rien, juste quelques fois, mais elle s'est montrée très froide avec moi après. Peut-être qu'elle s'était monté la tête ?

C'est une façon de décrire le fait que Savvy l'a évité après une partie de jambes en l'air peu satisfaisante.

— Vous êtes parties ensemble. J'ai décidé de rentrer chez moi pour sortir mon chien, et je suis tombé sur la voiture de Savvy, arrêtée au bord de la route. J'ai trouvé ça bizarre, parce que la plupart des invités prenaient la route principale pour repartir. Il devait pleuvoir cette nuit-là, et le personnel du domaine nous avait déconseillé de prendre cette voie, facilement inondable. J'imagine qu'elle a oublié. J'avais oublié pour ma part, jusqu'à plus tard dans la nuit.

— Tu es tombé sur la voiture de Savvy, arrêtée au bord de la route, répété-je.

— Oui. Je suis sorti, et vous étiez toutes les deux au milieu des arbres, en train de vous engueuler.

— À propos de quoi ?

— Je ne sais pas. C'était trop difficile à suivre. Mais tu avais l'air vraiment contrariée. Elle t'a giflée, tu l'as griffée… J'ai voulu intervenir, mais tu as attrapé la branche d'arbre et tu as… Je ne pense pas que tu aies voulu la frapper aussi fort. Tu as paniqué, tu as commencé à crier et tu t'es enfuie.

— Tu as oublié ma blessure à la tête.

Il ôte ses mains de mes joues.

— Pardon ?

— Ma blessure à la tête. Tu as oublié que moi aussi, j'ai reçu un coup à la tête.

— Oh…

Quelque chose comme de la panique traverse fugitivement ses traits, puis disparaît.

— Je ne sais pas comment c'est arrivé, mais tu courais comme une dératée. Tu as dû te cogner la tête contre quelque chose. J'ai essayé de te rattraper, mais tu t'es enfuie.

— Et tu as laissé Savvy mourir comme ça ?

— Elle était déjà morte, murmure-t-il. Personne ne pouvait rien faire.

— Et tu n'es pas allé à la police parce que… ?

— Parce que je t'aime, déclare-t-il sans me quitter du regard. Je me fiche que tu aies commis une erreur une fois. À strictement parler, elle t'a frappée en premier. Et tu ne l'as pas fait exprès. Je le sais.

— Qu'est-ce que tu lui as dit ? À Matt ?

Le bourdonnement dans mon cerveau est de retour. J'ai du mal à réfléchir.

— Je lui ai dit la vérité. Que je t'avais vue tuer Savvy.

— Pourquoi j'ai..., lâché-je en fermant les paupières. Pourquoi me suis-je enfuie ?

— Je pense que tu avais peur d'affronter ce que tu avais fait.

— Et Matt n'a pas appelé la police non plus ?

— On voulait gérer nous-mêmes la situation. On était partis à ta recherche, mais la route avait été inondée et on n'a pas pu revenir te chercher. Et puis, ce type t'a croisée avant nous, et c'est juste... Il nous a semblé qu'il valait mieux ne rien dire. Tu ne t'en souvenais pas de toute façon.

Je lève la tête et croise son regard.

— Ça a dû être un vrai soulagement pour toi.

Il fronce les sourcils.

— Pour moi ? J'étais soulagé pour toi. Je ne voulais surtout pas que tu te souviennes de ce traumatisme. J'étais déçu que tu aies oublié notre petit moment au mariage, parce qu'on était enfin...

— Sur le point de baiser à côté d'une benne à ordures ?

— On avait enfin admis nos sentiments l'un pour l'autre.

— Tu m'étonnes. Comme quand je t'ai dit que je me fichais complètement du béguin que tu avais pour moi depuis qu'on était gamins, et que je voulais juste que tu me laisses tranquille ?

Il se fige.

— Tu n'as jamais dit ça.

— Pourquoi Matt t'a cru quand tu lui as dit que tu m'avais vue le faire ? Je t'ai frappé. Tu n'avais aucune trace de coup sur le visage ?

— Tu ne m'as jamais frappé, réplique-t-il.

— Je pense que Savvy aussi t'a frappé, mais elle n'était pas très forte. Elle était trop petite, trop fluette. Elle était meilleure avec des couteaux.

Emmett a l'air stupéfait.

— J'aurais dû te frapper plus fort. Ce n'est pas comme si j'avais manqué d'entraînement pourtant.

Il aurait mieux valu un bon coup de couteau dans le ventre. Savvy avait raison.

— Lucy, me dit-il du ton avec lequel il s'adresserait à un enfant, prenons un peu de distance avec tout ça. Tu deviens hystérique.

Je lui flanque un coup de poing en pleine face.

51

Lucy

Emmett vacille sur la chaussée en crachotant. Il me jette un regard totalement déconcerté.

Qui se transforme rapidement en rage.

Je devrais m'enfuir. J'attends que la voix de Savvy surgisse dans ma tête et m'enjoigne de détaler.

Au lieu de quoi, je la vois à côté d'Emmett dans sa robe rose, le visage ruisselant de sang.

« *J'ai une idée,* dit-elle en souriant. *Tuons Emmett !* »

Je souris à mon tour. Voilà une excellente idée.

J'avance à grands pas sur la chaussée, les poings serrés. Ma main droite me fait déjà mal après le premier coup.

Je m'en fiche.

Il m'attrape par le col et prend son élan pour me frapper. J'esquive avant de lui envoyer mon poing dans le ventre.

Il pousse un cri, se plie en deux.

— Lucy, arrête, fait-il, la respiration sifflante.

Je vise sa tête, mais il esquive. Je vois la rage dans ses yeux avant qu'il ne me décoche un coup au visage.

Je vois trente-six chandelles. Je suis au sol, des graviers s'enfoncent dans mes paumes. Quelque chose d'humide coule sur mon visage et dans ma bouche. Le goût du sang.

Il m'attrape sous les aisselles pour m'écarter de la route. J'ai tant le vertige qu'il m'a fait parcourir la moitié du chemin jusqu'à la boutique avant que je ne me mette à ruer.

— Bon sang, Lucy ! hurle-t-il.

Je me libère et me remets d'un bond sur mes pieds. Je me précipite vers lui.

Nous tombons ensemble par terre, où nous faisons deux roulades sans que je réussisse à le plaquer au sol. Puis j'y parviens et, les mains autour de sa gorge, je serre aussi fort que possible.

Il donne des coups de pied. Son visage s'empourpre.

« Tuons, tuons, tuons. »

D'une ruade, il m'éjecte. Dès qu'il s'est remis debout, il court dans le magasin.

Je le suis alors qu'il fonce dans la boutique, renversant un présentoir et projetant des pinceaux par terre. Je saute par-dessus.

Il attrape un marteau sur l'étagère – le même que celui qui lui a servi à tuer Savvy –, et je comprends soudain qu'il devait l'avoir dans son pick-up, cette nuit-là. Il est retourné jusqu'à son véhicule afin de prendre quelque chose pour me tuer.

Ce connard.

Je l'attrape par le dos de son T-shirt, mais le tissu se déchire lorsqu'il se libère. Et le voilà qui se rue par la porte de derrière.

Je m'élance à sa poursuite dans l'air poisseux.

Il m'attend de l'autre côté, marteau levé, prêt à frapper, et l'abat vers ma tête. Je parviens à esquiver juste à temps. Le bord de l'outil m'effleure à peine le front.

Je recule d'un pas chancelant. Il frappe de nouveau, rate de nouveau. Je tente alors de lui attraper la main pour l'obliger à laisser tomber son arme.

Il me repousse, frappe encore. Cette fois, le marteau m'atteint au menton et la douleur me fait reculer.

Un éclair de lucidité fuse à travers ma rage. Je devrais m'enfuir. Je jette un coup d'œil derrière moi, là où se trouve ma voiture, devant le magasin.

Je me rappelle soudain qu'il a pris mes clés. Mes clés et mon téléphone.

Je peux courir, mais les mains vides.

Une joie mauvaise se peint sur le visage d'Emmett tandis que je reste là, à ciller sous le coup. C'est un sentiment familier : la panique qu'on éprouve à être prise au piège, la frustration de constater que c'est lui qui a tout le pouvoir.

Je hurle. Un son guttural que je n'ai encore jamais entendu.

Je lui fonce dessus, et l'expression choquée de son visage m'offre le spectacle le plus satisfaisant qu'il m'ait été donné de voir. Nous percutons violemment le sol, enchevêtrés l'un à l'autre.

Je m'agrippe à ses bras pour essayer de m'emparer du marteau. Mon genou heurte sa poitrine, et sa prise sur le manche se relâche pendant qu'il halète. Dès que je lui ai arraché le marteau, je me lève d'un bond.

Il se hisse à son tour, les lèvres retroussées, le souffle trop rapide.

Je lui assène un coup de marteau dans le ventre.

Il s'effondre dans un cri, secoué de haut-le-cœur. Il tend la main, comme pour m'arrêter. Je m'immobilise, prête à frapper de nouveau.

Soudain sur ses pieds, il décampe au quart de tour.

— Emmett !

J'envisage brièvement de sprinter dans la direction opposée. Mais mes pieds en décident autrement. Je le poursuis avant même de m'en rendre compte : c'est la colère qui me pousse à agir.

Au loin, j'entends mon nom. Dans la réalité, ou est-ce la voix de Savvy ?

Il y a un bosquet derrière la boutique. Emmett s'y engouffre et je pousse mes jambes au maximum de leur capacité. Emmett lance un regard terrifié par-dessus son épaule. Il y a quelque chose de satisfaisant là-dedans. C'est peut-être ce que Savvy a ressenti quand elle a tué cet homme. « *Il le méritait.* »

— Tu ferais mieux de courir plus vite, connard !

— Lucy ! crie de nouveau la voix.

Pas Savvy. Plus près.

Je suis presque assez proche pour atteindre Emmett. Je tends la main, mes doigts effleurent le tissu. D'un coup sec, je l'enroule dans mon poing. Il hurle en tombant au sol d'où il tente immédiatement de se relever.

Je lève le marteau au-dessus de ma tête et l'abats sur sa jambe. Le craquement est aussi agréable que son cri.

— Lucy !

Emmett se sert d'une jambe pour faire levier et plonge sur ses genoux pour m'arracher le marteau. L'outil s'envole.

Et s'arrête aux pieds de Ben.

Il respire difficilement, les yeux écarquillés d'horreur. Il détache son regard de moi pour le porter sur Emmett.

— Oh mon Dieu, Ben ! lâche celui-ci, utilisant sa jambe valide pour s'éloigner de moi. Elle a perdu la tête. Complètement, putain. Elle essaie de me tuer.

Ben soutient mon regard. Je passe le revers de ma main sur ma bouche, ce qui revient à étaler le sang sur ma peau.

Je regarde le marteau. Puis Ben.

Il se penche lentement pour le ramasser.

— C'est lui qui l'a tuée.

Ma voix est un murmure et ne sonne pas tout à fait juste.

— Il a tué Savvy et essayé de me tuer.

La surprise se peint sur les traits de Ben. Je vois les rouages de son cerveau se mettre en branle, les interviews commencer à repasser dans sa tête. Je ne sais pas si ses recherches confirmeront mes dires.

— Matt a vu Emmett cette nuit-là, continué-je, tu peux lui poser la question. Emmett était là, et il l'a tuée, putain.

Ben me regarde fixement, d'un air indéchiffrable.

Emmett nie en secouant désespérément la tête.

— Non. Je n'aurais jamais fait de mal à Savvy. Ni à toi, Lucy. Tu dois me croire.

Ben penche la tête.

— Tu l'as vue ! insiste Emmett en me montrant du doigt. Elle était sur le point de me tuer ! Elle l'aurait fait si tu n'étais pas arrivé !

Ben baisse les yeux sur l'arme dans sa main.

— C'est ce qu'on va voir, dit-il.

Et il me lance le marteau.

52

Lucy

Assise dans un lit d'hôpital, j'observe un policier.

Il se tient derrière le rideau qui entoure mon lit, en pleine discussion avec Ben. Je les vois tous les deux à travers une fente, là où le tissu n'est pas complètement fermé.

— Vous l'avez entendu dire cela ? demande le policier.

— Oui, dit Ben. Emmett a crié quelque chose, comme quoi il allait tuer Lucy.

Je cille. J'ai beau avoir la tête aussi cotonneuse que douloureuse, je suis presque certaine qu'Emmett n'a rien dit de tel.

— Et Matt Gardner a vu Emmett cette nuit-là, poursuit Ben. Vous devriez l'interroger à ce sujet.

L'officier acquiesce et note quelque chose. Il écarte le rideau pour me fixer d'un regard dur.

— Nous aurons d'autres questions à vous poser dans une minute.

J'acquiesce d'un air engourdi.

Il s'éloigne et Ben passe derrière le rideau à mes côtés. Sourcils froncés, il paraît nerveux. Son stress est manifeste, vu la façon dont il croise et décroise les bras.

— Elle ment ! Pourquoi personne ne m'écoute ?

Le cri d'Emmett me parvient de quelque part, très loin, dans le couloir.

— J'aurais pu vous tuer tous les deux, dis-je à Ben.

Il a l'air surpris.

— Pardon ?

— Quand tu m'as lancé le marteau. J'aurais pu le tuer, puis toi. Ton instinct de survie n'est pas très développé.

Il laisse échapper un souffle qui ressemble à un rire.

— Comme tu l'as dit, ça aurait fait une meilleure fin. Tu assassines le vrai tueur et l'animateur du podcast qui essaie de résoudre le crime. Je pense que beaucoup de gens auraient préféré.

Je lui glisse un regard en coin.

— Il y a quelque chose qui cloche chez toi.

— Je sais, admet-il avec un sourire. Je n'ai jamais pensé que tu allais me tuer, Lucy.

Je ne sais pas si je le crois. J'aimerais bien, cela dit.

— Emmett n'a jamais dit ça, dis-je après un bref silence.

— Quoi donc ?

— Tu sais très bien. Il n'a pas crié qu'il allait me tuer. Il t'a dit qu'il était innocent.

Il hausse les épaules.

J'imite son geste.

— C'est tout ?

— Peu importe. C'est assez proche de la vérité. Les gens vont croire ce que je dis. Ta parole ne suffit pas.

« *La vérité n'a pas d'importance.* »

Les paroles de Savvy sonnent plus doux cette fois. Moins en colère.

Je reporte mon attention sur Ben.

— La vérité, c'est ce qu'on affirme comme tel.

53

Lucy

Matt m'attend devant l'hôpital.

J'ai une tête affreuse : un œil au beurre noir, trois points de suture à l'arcade sourcilière, un hématome qui commence à se former sur mon menton. Heureusement, mon nez n'est pas cassé, mais tout mon visage pulse de douleur.

— Merde alors !

Matt se précipite vers moi. Je vois mes parents, pas loin derrière lui. Ben est parti il y a un moment, parce que j'en avais assez de le voir tourner autour de moi. Je lui ai dit qu'il était inutile d'appeler quelqu'un, mais je vois que ma requête a été ignorée.

— Je vais tuer Emmett, grommelle Matt.

Mes parents s'arrêtent, pas bien loin derrière. Papa a le souffle court. Maman, les yeux rouges, fuit mon regard.

— Tu l'as vu, cette nuit-là, répliqué-je.

Matt a la décence d'avoir l'air embarrassé.

— Après toi, oui. Tu t'es enfuie, et Emmett est apparu une seconde plus tard, en larmes, à raconter qu'il t'avait vue la tuer.

— Et tu l'as cru.

— Tu as dit… tu as dit…

Il serre les poings de frustration et je recule instinctivement.

— Tu étais couverte de sang, tu parlais de meurtre ! Et tu as dit qu'elle le méritait, et : « Savvy a essayé. » Qu'est-ce que j'étais censé penser ?

— Elle a essayé de me sauver. C'était ça, la fin de cette phrase. Savvy a essayé de me sauver, et il l'a tuée.

— Oh, Lucy ! s'exclame Maman, qui semble vouloir me serrer dans ses bras.

Je recule en secouant la tête.

— Les flics veulent vous parler.

Papa me dévisage, bouche bée. Je pensais que j'étais trop épuisée pour me sentir encore plus agacée, mais il faut croire que non. Je ne sais pas où il trouve le culot d'avoir l'air surpris.

— Vous leur avez menti. Vous avez caché des indices. Bonne chance avec ça.

Ma mère a elle aussi l'air médusée.

— On te protégeait, proteste Matt. Il faut que tu comprennes. Tes parents, moi, on pensait te protéger.

— Non. Tu te protégeais toi-même, Matt. Tu savais ce qui se passerait si je commençais à dire la vérité aux gens. Tu savais ce qui sortirait.

Matt s'empourpre. Mes parents ressemblent à deux statues, même si des larmes coulent sur les joues de Maman.

Je m'éloigne.

— La seule personne qui m'ait jamais protégée, c'est Savvy.

Mens-moi à l'oreille

Un podcast de Ben Owens

Épisode final

La police a inculpé Emmett Chapman pour le meurtre de Savannah Harper. Matt, Kathleen et Don ont été mis en examen pour entrave à la justice.

J'ai parlé à certains habitants de Plumpton, quelques jours après l'annonce de la nouvelle. D'abord, Beverly, la grand-mère de Lucy.

Beverly : *Eh bien, ça fait beaucoup à intégrer, si vous voulez tout savoir. J'ai toujours su qu'elle n'était pas coupable. Je le savais alors que Lucy elle-même en doutait. J'aurais juste aimé que d'autres personnes aient plus confiance en elle.*

Ben : *Kathleen et Don n'ont jamais partagé avec vous ce que Matt leur avait dit ? Qu'il avait vu Lucy, la nuit où Savannah est morte ?*

Beverly : *Bien sûr que non. Sinon, je l'aurais crié sur tous les toits. Comment on peut croire cet homme au détriment de son enfant ? Comment Matt a-t-il pu croire Emmett au détriment de sa propre femme ?*

Ben : *Cela semble étrange.*

Beverly : *Eh bien, pas à proprement parler. C'est typique. Les hommes se croient toujours entre eux.*

J'ai également parlé à Ivy, la mère de Savannah.

Ivy : *Nous sommes encore en train d'assimiler tout ça. Il y a beaucoup de questions qui demeurent sans réponses.*

Ben : *Lesquelles ?*

Ivy : *C'est juste... Nous ne voulons pas nous précipiter pour juger.*

Ben : *À cause de ce qui s'est passé avec Lucy ?*

Ivy : *Nous ne voulons plus nous prononcer sur ce sujet.*

Et j'ai interrogé Joanna.

Joanna : *Emmett clame son innocence. Il affirme que Lucy a créé un nouveau souvenir. Il dit que ce n'est même pas sa faute à elle. Il est vraiment gentil sur ce coup-là.*

Ben : *Vous ne croyez pas Lucy, alors ?*

Joanna : *Mon chou, je suis perplexe. Elle a déjà créé de faux souvenirs, non ? Elle l'a admis. Et soudain, au bout de cinq ans, elle se souvient de tout et peut très commodément mettre ça sur le dos de quelqu'un ? C'est suspect.*

Ben : *Que pensez-vous du fait que Matt et les Chase aient dissimulé des informations importantes sur l'affaire ?*

Joanna : *Il est évident qu'ils n'auraient pas dû. Mais ils couvraient Lucy. On ne peut pas reprocher aux Chase d'avoir protégé leur fille.*

Ben : *Saviez-vous que j'étais là quand Emmett a essayé une nouvelle fois d'assassiner Lucy ? Je l'ai entendu crier qu'il allait la tuer.*

Joanna : *Attendez, vraiment ?*

Ben : *Tout à fait.*

Joanna : *Je... je ne savais pas. Eh bien...*

Lucy a eu la générosité de me parler une dernière fois pour répondre à quelques questions récurrentes.

Ben : *Regrettez-vous de ne pas être retournée à Plumpton plus tôt ?*

Lucy : *Oui. Je regrette beaucoup de choses. Je regrette d'avoir laissé mes parents et Matt me retourner la tête. S'ils n'avaient pas immédiatement agi comme si j'étais coupable, j'aurais sans doute été mieux armée pour faire face à tout ça. J'aurais pu reconstituer l'histoire plus tôt.*

Ben : *En parlant de reconstituer l'histoire, j'ai quelques questions en suspens. Tout d'abord, avez-vous retrouvé la mémoire de ce qui a suivi la mort de Savannah ? Des heures que vous avez passées à errer ?*

Lucy : *Non. Le traumatisme crânien a effacé tout cela pour de bon, je le crains.*

Ben : *Vous ne savez pas pourquoi vous avez laissé son corps ? Ou pourquoi vous teniez cette branche d'arbre ensanglantée quand Matt vous a vue ?*

Lucy : *Non. À mon avis, une partie de mon cerveau pensait que j'en avais besoin pour me défendre.*

Ben : *Emmett clame son innocence, et beaucoup de gens ne vous croient toujours pas. Ils disent que vous cachez quelque chose.*

Lucy : *Je pourrais donner des explications à longueur de temps que ces gens ne me croiraient toujours pas. La plupart d'entre nous ne changent pas d'avis une fois une version des faits adoptée. Tout le monde s'est fait une idée de moi, et ça ne changera pas, quoi qu'il arrive.*

Ben : *Est-ce que cela vous dérange ?*

Lucy : *Un peu. Je ne pense pas que ce soit trop demander qu'on ne pense pas le pire de moi systématiquement. Mais je m'en préoccupe beaucoup moins* *désormais. Je ne suis pas responsable de la fausse idée de moi que les gens se créent dans leur tête.*

Ben : *L'une des questions que l'on m'a posées avec le plus d'insistance, c'est : pourquoi votre mari a-t-il cru Emmett plutôt que vous ? Matt a très vite rejeté la faute sur vous. Pourquoi, à votre avis ?*

Lucy : *Eh bien, Matt m'a vue ce soir-là, et il est vrai que je n'avais pas l'air très bien. Je pense que la seule explication, c'est de dire que Matt ne m'a jamais accordé le bénéfice du doute sur quoi que ce soit. Comme la plupart des gens qui écoutent ce podcast, il pensait le pire de moi. Et pour être juste, il a vu le pire de moi. Notre mariage – sur lequel je ne vais pas m'étendre ici – était vraiment lamentable… Lorsque vous détestez déjà votre épouse autant qu'il me détestait à l'époque, il n'y a qu'un petit pas à faire pour se persuader qu'elle a assassiné sa meilleure amie.*

Ben : *C'est tout de même bizarre, non ? Matt n'aurait-il pas dû s'interroger davantage sur la version d'Emmett, vu les blessures qui vous avaient été infligées ?*

Lucy : *Bien sûr qu'il aurait dû. Mais Emmett avait une histoire plausible, et moi rien. Comme la plupart des hommes que j'ai connus, Matt est toujours plus enclin à croire la version des faits livrée par un gars.*

Ben : *Et vos parents ? Ils étaient convaincus que vous aviez assassiné Savannah, à cause de ce que Matt leur avait raconté. Pourquoi pensez-vous qu'eux étaient prêts à le croire, lui et pas vous ?*

Lucy : *Matt ne leur a pas dit qu'Emmett était là. J'aime à penser qu'ils auraient été plus sceptiques, dans ce cas.*

Ben : *C'est une façon généreuse de voir les choses. Vous ne leur en voulez pas de ne pas vous avoir accordé le bénéfice du doute ?*

Lucy : *Bien sûr que si. Mais je ne suis pas plus surprise que ça.*

Ben : *Que pensez-vous que Savannah dirait si elle était là ?*

Lucy : *Je pense qu'elle serait heureuse que j'aille bien. Elle est morte en essayant de me protéger. Elle m'a sauvé la vie. Nous formions une équipe, Savvy et moi, jusqu'à la fin.*

54

Lucy

L'air contente d'elle comme jamais, Grand-mère est appuyée contre sa porte lorsque j'arrive devant sa *tiny house*.

— Tu vas à l'aéroport ? me demande-t-elle alors que je sors de la voiture.

— Oui. Pas trop tôt.

Je n'arrive pas à croire que je viens de passer plus de trois semaines dans ma ville natale. Je mérite une médaille.

— La prochaine fois, c'est toi qui me rends visite. Cet endroit ne sera plus jamais gratifié de ma venue.

Elle ricane.

— Ce n'est que justice.

Elle recule pour me laisser entrer à l'abri de l'air conditionné. Je me laisse tomber sur son canapé. Grand-mère va à la cuisine pour se préparer un verre, puis s'installe à table avec.

— Ce n'est pas tout, murmuré-je.

— Qu'est-ce que tu veux dire ?

— L'histoire racontée par Ben dans le podcast. Ce n'est pas toute la vérité, dis-je en croisant son regard. Je sais que tu l'as deviné.

— C'est vrai, admet-elle doucement.

— Je te révélerais bien de quoi il s'agit, mais c'est la seule chose que je puisse encore faire pour elle. Garder ses secrets. C'est tout ce qui me reste.

Je me penche en avant, les avant-bras posés sur les cuisses.

— Oh, ma puce, je comprends. Tu ne dois ton histoire à personne. Et celle de Savvy non plus.

Elle s'avance et prend l'une de mes mains dans les siennes. J'acquiesce, la gorge nouée.

— Laisse Ben s'imaginer qu'il a élucidé toute l'affaire. Il a fait ce que nous voulions. Tu as raison de penser que certaines personnes ne te croiront jamais, en dépit de toutes les explications que tu pourrais donner. Crois-moi, on ne peut pas forcer les gens à nous apprécier. S'ils sont déterminés à penser le pire de nous, on ne peut rien y faire.

— Ils pensent le plus grand bien de Savvy, donc je ne peux pas en demander plus, il me semble.

— Absolument. Qui elle était réellement, et les secrets que vous avez partagés, ça t'appartient, à toi seule.

Je m'avance pour l'enlacer.

— Merci de m'avoir harcelée pour que je revienne et que j'aille jusqu'au bout.

— Il n'y a pas de quoi. Je ne demande pas mieux que de te harceler pour que tu fasses ce qu'il faut quand il le faut.

Mon téléphone émet un *ding*, aussitôt suivi d'un second. Je ravale un soupir en m'adossant au canapé pour jeter un coup d'œil à l'écran. J'ai reçu une étrange variété de messages ces jours-ci, certains émanant de connaissances, affirmant qu'elles étaient convaincues de mon innocence depuis le début (« *Je n'ai jamais vraiment douté de toi* », m'a envoyé Nathan ce matin, dans un texto bien trop absurde pour mériter une réponse), et beaucoup de commentaires sur mes réseaux sociaux au nom d'Eva Knightley, où l'on s'en prend à moi pour tout un tas de raisons. Une grande partie d'Internet me déteste plus que jamais. Certains conviennent que je n'ai pas tué Savvy, mais me haïssent quand même.

En l'occurrence, il s'agit d'un e-mail d'un journaliste qui me demande de commenter l'article qu'il écrit à mon sujet. Le message contient un lien vers une vidéo qui fait apparemment le tour des réseaux. Elle s'intitule : « *Lucy Chase : comment une psychopathe manipulatrice a piégé Emmett Chapman* ».

Je secoue la tête, amusée, avant d'effacer l'e-mail. Comme d'habitude, Grand-mère a raison.

On ne peut pas plaire à tout le monde.

— Tu as revu Ben avant qu'il parte, hier ? demande-t-elle.

J'acquiesce.

J'ai un SMS de lui sur mon téléphone, que j'ai laissé sans réponse depuis hier soir. Je n'arrive toujours pas à décider s'il est la meilleure ou la pire chose qui me soit jamais arrivée.

« *Je peux t'inviter quelque part quand tu rentreras à Los Angeles ? Je promets de poser moins de questions indiscrètes cette fois.* »

— Vous allez vous voir quand tu seras de retour à Los Angeles ?

Savvy apparaît derrière Grand-mère, nonchalamment appuyée contre la porte. La robe du mariage a disparu, remplacée par un jean et le débardeur blanc que je l'ai si souvent vue porter. Une bretelle de soutien-gorge rouge dépasse sur son épaule. Elle m'adresse un grand sourire.

« *Oui, putain !* » dit-elle. Je ne peux m'empêcher de rire, puis de lui rendre son sourire, même si Grand-mère me regarde d'un air perplexe.

Je sors mon téléphone pour répondre à Ben.

Remerciements

Mens-moi à l'oreille a été un acte de foi pour moi. Il m'a fallu deux ans d'écriture, de réécriture et de fiches codées par couleur punaisées sur des tableaux géants pour transformer l'histoire de Lucy en livre. Je resterai éternellement reconnaissante envers tous ceux qui ont fait ce saut avec moi et m'ont aidée à faire naître ce livre.

Un immense merci à mon agente, Faye Bender, la première à défendre ce livre et à y croire avec passion et enthousiasme.

Merci à James Melia qui, avec perspicacité et optimisme, m'a poussée à réécrire ces derniers chapitres tant de fois. Et merci à Amy Einhorn d'avoir pris le relais et permis au livre de franchir la ligne d'arrivée (et de m'avoir obligée à réécrire la fin une dernière fois : maintenant, elle est vraiment parfaite). Merci également à Lori Kusatzky pour tout le travail qu'elle a accompli afin de s'assurer que chaque étape du processus se déroulait sans encombre.

Merci à tous ceux qui, chez Holt, ont consacré du temps et des efforts pour faire briller le livre. Je n'ai pas eu l'occasion de vous rencontrer tous, mais j'apprécie profondément votre travail en coulisses.

Merci à Shannon Messenger, qui a lu quelques chapitres au tout début, m'a dit que oui, ils en valaient la peine, et m'a conseillé de continuer. Un grand merci à Kaitlyn Sage Patterson qui, lorsque je lui ai timidement avoué que j'envisageais d'écrire un thriller pour adultes, m'a immédiatement répondu que ce genre était un excellent choix pour moi. J'y ai souvent pensé en écrivant ces pages.

Merci à ma mère et à ma sœur, les seules personnes à qui j'ai laissé lire un brouillon achevé avant de m'adresser à des agents. Je vous remercie de m'avoir lue et de m'avoir donné l'assurance de pouvoir lâcher mon manuscrit sans danger dans le vaste monde.

Merci à tous les auteurs qui ont répondu à mes questions et qui ont été si généreux de leur temps lorsque je paniquais à l'idée de dénicher un agent qui aimerait ce livre. Merci en particulier à Maurene Goo de m'avoir aidée à en trouver un qui me convient aussi bien.

Et merci à Laura (encore), Emma et Daniel, avec toutes mes excuses. Voilà ce qui se passe lorsque vous laissez un écrivain vivre avec vous pendant six mois.

14567

Composition
NORD COMPO

Achevé d'imprimer en Slovaquie
par NOVOPRINT SLK
le 7 décembre 2025

Dépôt légal : janvier 2026
EAN 9782290432815
L21EPNN000657- 672924

ÉDITIONS J'AI LU
82, rue Saint-Lazare, 75009 Paris

Diffusion France et étranger : Flammarion